警視庁草紙 上

山田風太郎ベストコレクション

山田風太郎

角川文庫
16405

目次

明治牡丹燈籠

序　章

明治六年十月二十八日のまだ早い朝であった。西郷隆盛は本所《ほんじょ》小梅の隠《かく》れ家《が》から立ち出《い》でた。

前夜ふっていた雨はあがっているが、枯芦《かれあし》の中から霧が湧《わ》いて、あたりの風景を水村《すいそん》の水墨画のようにけぶらせている。しかし、いいお天気になりそうではあった。

隆盛は、お相撲さんみたいにふとったからだに、裾《すそ》短かの薩摩絣《さつまがすり》の袷《あわせ》を着て、白縮緬《しろちりめん》の太い兵児《へこ》帯をしめ、にゅっとつき出した素足に藁草履《わらぞうり》をはいていた。ただし、編笠《あみがさ》をかぶっているので、顔は見えない。手には一挺《ちょう》の猟銃を携え、お供は小牧新次郎という従者と、熊吉という下僕の二人だけで、一見したところ、ここ五、六日、毎日猟に出ていた日常の姿と何の変りもない。

やがて三人は源森《げんもり》堀に沿って、大川《おおかわ》のほうへ歩いていった。

「先生」

うしろで呼ぶ声がした。

　二人の従者は立ちどまろうとしたが、隆盛がそのまま歩きつづけるので、あわててまた追った。

「先生、いよいよ御帰国でごわすか」

　一人ならず、しかもまだ珍しい靴の音さえ駈《か》けて来るのに、さすがに隆盛は足をとめた。

　霧に下半身をけぶらせながら現われたのは三人の男であった。しかも紺羅紗《こんらしゃ》の帽子をかぶり、同じ地の制服を着ている。帽子につけた金モール、銀モールの差から、階級は違うらしいが、明らかに警察の連中であった。

「川路《かわじ》どん、おはんが来もしたか」

　西郷は編笠の中から、やや意外そうな声をもらした。

　帽子に金モールをつけた男は、挙手の敬礼をした。年齢は四十くらい。骨組みは大きいが、痩《や》せて、蒼白《そうはく》な皮膚をしている。唇の両はしに垂れた髭《ひげ》はあまり立派ではないが、深沈たる眼は、この人物のただならぬ器量を示していた。司法省警保寮大警視川路利良《としよし》である。

「よく、わかりもしたなあ」

「は、気づかれるとお叱《しか》りを受けると思いもして、わずかの人数ではごわしたが、二十三日以来、よそながら先生をお護《まも》り申しあげておりもした」

　と、川路大警視は、ちらと左右の配下らしい男に眼をやりながらいった。

編笠の中の西郷の表情はわからないが、従者の小牧新次郎と熊吉は、呆《あき》れたように顔を見合わせた。

征韓論《せいかんろん》が破れたのは、この二十二日のことである。「――右大臣、よく踏んばった」と、敵ながらあっぱれな岩倉具視《ともみ》に嘆声を投げて馬場先門《ばばさき》の岩倉邸を退出した西郷は、その翌朝、日本橋浜町の自宅から飄然《ひょうぜん》と姿を消した。

どの知友はおろか、わが家のごとく西郷邸へ出入りしていた篠原国幹《しのはらくにもと》、村田新八、桐野利秋《きりのとしあき》、別府晋介《べっぷしんすけ》、辺見十郎太などの薩摩隼人《はやと》もそのゆくえを知らず、岩倉とともに西郷の征韓論に頑強に抵抗したものの、最大の心友でもある大久保利通《としみち》なども、「西郷の気性からして、その足でもう薩摩へ出立したのではないか」と、人に語ったほどである。

しかし、隆盛は二人の従者だけをつれて、愛用の猟銃を携え、一艘《そう》の篷舟《とまぶね》で墨田《すみだ》川をさかのぼり、枕橋《まくらばし》で舟を捨てて、本所小梅の越後屋《えちご》――縁あって知り合いの深川《ふかがわ》の米問屋――の別荘に身をひそめ、きのうまでの五日間、秋の白雲の下でひねもす猟に余念もない日々を過して来たのであった。

天下のだれ一人として知る者もないはずの自分たちのゆくえを、人もあろうに司法省の大立者がちゃんと知っていて、そのうえ隠密裡《おんみつり》に護衛していたという。しかも、そのことをまったくこちらに気づかせなかったとは――と、二人の従者は瞳《ひとみ》を抜かれたような思いになり、この川路利良が長く邏卒《らそつ》総長として凄腕《すごうで》をふるって来た人物であることを改めて思い出していた。

「先生」

と、川路は、しかし思いつめたように呼びかけた。その眼に涙が浮かんでいた。

「先生にいまゆかれもしては、天下の大乱となりもす。日本は滅びもす。……何とぞ、東京におとどまり下さらんか？」

「心配はなか」

と、西郷はいった。

「大久保がおるかぎり、大丈夫《だいじょッぶ》でごわす」

そして彼は、また歩き出した。

「そいじゃ、先生。――」

川路は追いながら、しぼり出すようにいった。

「正之進も薩摩へおつれたもっし。先生あっての川路でごわす。……」

小牧新次郎たちは、そんな川路の顔をはじめて見た。去年から一年ばかり洋行していたためもあって、このごろこそ、あまり西郷邸に姿を見せなかったが、以前は報告や相談にしょっちゅうやって来て、しかもほかの直情熱血の隼人連と異り、歌わず、飲まず、それどころか大きな声を出したこともなく、どんな場合でも沈毅《ちんき》な仮面のような表情を崩さない川路であったのだ。

川路は、薩摩でも士族に入らない与力組の出身であった。前名を正之進という。それをお庭方にまでとりたててやったのは西郷であったといわれる。もっとも西郷はじめ維新の風雲を巻き起したのも下級武士が大半だが、中でも川路は、やがて蛤御門《はまぐりごもん》、鳥羽《とば》伏見《ふしみ》、江戸、会津《あいづ》と、おもだった回天の戦争にはほとんど参加して勇戦しながら、どういうわけかそのあとの論功行賞は意外にも恵まれなかった。出身と地味で重い性格が災《わざわ》いしたのであろうか。それを抜擢《ばってき》して、新東京の治安に従う三千の邏卒の総長にひきあげたのは西郷だ。まことに西郷あっての川路であったが、彼が隆盛に心服していることは、ただそういう立身の上の大恩によってだけのことではないことは、いま彼が見せた――はじめて見せたといっていい、まるで父に捨てられる子のような、泣きべそをかいた表情からも明らかであった。

「どうぞ、川路もお供を。――」

「馬鹿言《ゆ》な」

と、隆盛はいった。

「警保寮は近いうち警視庁となり、おはんがその最初の総監となるっちゅことではごわせんか。大久保を助けて、天下に大乱なんど起らんよう、お国に身を捧《ささ》ぐるのがおはんの務めではごわせんか」

笑いをふくんだ声であったが、大西郷にこういうことをいわれて、粛然《しゅくぜん》としない者はない。――川路大警視は鞭打《むちう》たれたように立ちどまった。

が、さきをゆく隆盛が、もう枕橋に近づいているのを見ると、

「先生、わかりもした！」

と、さけんで追いすがった。

「そいじゃ川路は、しばらく東京に残りもす。……ただ、鹿児島までの長か道中、陸軍大将でおわす先生が、その二人の従者だけおつれなされて旅をなさるのはあんまいでごわす。ここにおる二人の部下は——警部加治木直武《かじきなおたけ》、巡査油戸杖五郎《あぶらどじょうごろう》と申すが——いまここへ同伴したのは偶然のまわり合せでごわんど、いずれも頼りとなるやつごわす。これをお供に加えてたもし！」

加治木警部がさけんだ。

「おいも薩摩人でごわす。是非お供させてたもし！」

「そげな必要はなか」

と、西郷は編笠をふって、前方にしゃくった。

「あそこに舟が待っちょるごわす」

枕橋のすぐ下に一艘の篷舟《とまぶね》がつながれて、船頭がこちらを見て立ちあがるのが見えた。

「あれに乗って、品川へ回ってな、そこから汽船で薩摩へ帰る手はずにしてごあんでなあ。大仰な供はいりもさん」

——しばらくののち、西郷隆盛と二人の従者は、その小舟に乗って、源森堀から大川へ漕《こ》ぎ出していった。

空はしだいに薄蒼《うすあお》く晴れて来るようであったが、河面《かわも》や地上にはなお霧が立ちまよっている。霧のかなたへ、船頭と三つの影をのせた舟は消えてゆく。——西郷隆盛は去ったのである。かつて自分が開城させ、爾来《じらい》五年半、近衛《このえ》総督として君臨した東京から、永遠に。四年後の運命は神のみぞ知る。そして、それを枕橋の上で凝然と見送っている三人の男のうちに知っていた者があったか、どうかも神のみぞ知る。

ただし、六尺棒を抱《かか》えている巡査の油戸杖五郎の顔には、いささか混乱の波があった。上役の加治木警部が橋の上に正座し、両手さえついているのを見てである。

冷徹にして勇猛な加治木警部が、さっき西郷先生と相対して口をもがもがさせるばかりで、ろくに口もきけなかったのは、川路大警視に遠慮していたというより、感きわまってのことらしいが、それにしても土下座までして見送るとは思いがけなかった。

上役がそんな風にまでしているのに、自分が棒みたいにつっ立っているのはどうかと思われるが、加治木が薩摩人であるのに対して、油戸巡査はそうではなかった。油戸は奥羽《おうう》の男であった。彼の混乱はそこから発した。

加治木警部がふりかえって、いきなり吼《ほ》えた。

「馬鹿もん、なぜ坐《すわ》って西郷先生をお見送りせんか！」

「はっ」

油戸巡査はふらふらしていた腰に鞭《むち》の一撃をくらったように、あわててこれも橋の上に坐ってしまった。

小舟の影がまったく見えなくなってからも、なおしばらくのあいだ川路大警視は銅像のように佇《たたず》んでいたが、やがて動き出した。

「帰るぞ」

加治木をかえりみていう。その顔に、水のように静かな微笑があった。

「西郷先生がたしかに東京を離れなさった事《こつ》、大久保参議に報告申しあげんけりゃならん」

二人の部下はやっと立ちあがった。

川路大警視は歩き出したが、二人がついて来ず、加治木が油戸に何やら命じてから、彼だけ追って来たのを見て、

「何か？」

と、聞いた。

加治木警部は答えた。

「は、実は昨夜半、油戸巡査が警戒のため近くの柳島界隈《やなぎしまかいわい》を巡邏中、どうにも気にかかる人力俥《じんりきしゃ》とゆき逢《あ》ったと報告しもすで、その件につき、ついでに探索するように申しつけたのでごわす」

「それは西郷先生と関係ある事《こつ》か」

「うんにゃ、それとは関係ごあんさんどが、深夜俥《くるま》が一台とまっており、油戸が不審に思ってのぞいたところ、この世ンものとは思われん美女がひとり乗っちょり、そのままどっかへ消え失《う》せもしたが、あとに血らしいものが泥にたまっておったたっちゅ申す。……」

一

前夜のことだ。

巡査の油戸杖五郎は六尺棒をついて、柳島あたりを歩いていた。

断わっておくが、この当時巡査はだれも六尺棒を携えていたわけではない。まだ一般に佩刀《はいとう》禁止令が出ていない明治初年のころ、一般の巡査は三尺五寸の樫《かし》の棒を持たせられるだけであり、全巡査に帯剣させたのは明治十五年になってからのことだ。まだ新政府への謀叛人《むほんにん》がどれだけいるかわからない不安定で殺伐な時代に巡査の佩剣《はいけん》を許さず、西南戦争も終って政府の権威が確立してからそれを命じる。あきらかにここには、新支配者のたんげいすべからざる智慧《ちえ》が働いている。

油戸杖五郎が三尺五寸ならぬ六尺棒を抱えていたのは例外で、特別許可を得ていたからだ。彼は旧幕時代、侍であったころ、棒術の使い手であったのを見込まれてのことであった。

で、彼は、その夜、その棒を小わきにかいこみ、右手に龕燈《がんどう》を持って、柳島あたりを密行していた。背は六尺を超える巨漢だし、口髭《くちひげ》のみならず頬髯《ほおひげ》まではやして、外見的には川路大警視や加治木警部などよりはるかに堂々として見えた。ただ、よく見ればどこか態のような滑稽味《こっけいみ》がないでもなかったが。——

小梅の越後屋の別荘をめぐって巡回しているのは彼だけではない。二十三日の夜以来、川路大警視みずから出張して、十人ちかい者が交替で見張っている。そこにいる西郷が何をしているのか、いつそこを出るのか、という監視の目的もあるし、征韓論《せいかんろん》の問題も久しいことで、むろん西郷への反対論者も多く、そのほうからの刺客《しかく》の怖れもまったくないとはいえないので、その警戒のためもあった。

西郷に気づかれないようにしてこういう任務に従っていた川路や加治木などの薩摩人の心も複雑なものがあったろうが、油戸巡査の気持も単純でないものがある。彼は元仙台藩の侍であった。五年前、西郷らに征伐された「朝敵」の一人のなれの果てなのである。

夜半まではげしくふっていた雨があがり、星影さえ見えて来たので、足の歩みが早く、油戸巡査はつい柳島のあたりまで来た。それに気がついて、彼はひき返しはじめた。

すると、ある路上に、一台の幌《ほろ》をかけた人力俥がとまっているのを発見したのである。走っていればすれちがっただけであったかも知れないが、それがとまっているので、彼は近づいた。先刻その道を彼が来たときには、そんな俥は見えなかった。

その俥は提灯《ちょうちん》もつけず、笠《かさ》と蓑《みの》をつけた俥夫が、その饅頭笠《まんじゅうがさ》を伏せるようにして、梶棒《かじぼう》の中にじっとうずくまっていた。

「どうしたか？」

と、油戸巡査は呼びかけた。

すると、幌の中から声がした。

「はい、ここまで来ましたら、腹がいたいといい出しましたので、しばらく休んでもらっているのでございます」

それが若い女の声なので、龕燈を幌の中へ向けて、油戸は息をのんだ。

年は二十七、八か。細おもてのその顔は、凄艶《せいえん》を通り過ぎて、透《す》きとおるような美貌《びぼう》であった。

「そうか、気をつけてゆきなさい」

と、油戸巡査がすぐに離れたのも、むろん今夜の巡行の目的はほかにあったからだが、その女の美しさに胸をつかれて、へどもどしてしまったからだ。

俥のうしろにまわると、俥背に牡丹《ぼたん》が描かれているのが眼にはいった。これは別に異風のことではない。このころは人力俥の背に、山水花鳥、はては武者絵から役者絵まで、極《ご》彩色《さいしき》に密陀絵《みつだえ》としてかくのが流行《はやり》であった。

油戸巡査は歩み去った。だいぶいってから、彼はふと立ちどまり、しばらく考えていて、ひき返した。

第六感にひっかかるものがあった、というほどかんのいい油戸ではなく、ほんとうのところは、いま見た美女はあれは幻ではなかったか、という馬鹿げた疑いをたしかめるためであったのだ。

俥はもういなかった。

が、それが幻でなかった証拠に——さっき俥がとまっていたと思われる場所に、どろりと赤いものが――決して少量ではない血がたまっているのを、彼の龕燈は照らし出したのである。

油戸巡査は駈《か》け出した。

しかし、その提灯もぶら下げていない人力俥は、どこの路地を回ったのか、それっきり見つからなかった。三十分ばかりそれを探したあげく、彼はとうとうあきらめて、その夜の本来の任務に服するべく小梅のほうへ帰ったのであった。

加治木警部が川路大警視にいったのは、その件についての油戸巡査の報告にもとづく。

――さて、その朝、枕橋の上で二人の上司と別れたあと油戸杖五郎は、ふたたび柳島のほうへ向った。霧はまったくあがり、いい秋晴れになるらしかった。

やがて彼は、昨夜の場所と思われる地点に立った。

思い出して見ると、あれ以後雨はふっていないが、何しろ路は泥んこで、まだあちこち水たまりがあるというありさまだから、あのとき龕燈に浮かびあがった血潮などどこにも見えないようであったが、数十分もそこをにらみつけていて、油戸巡査はようやくその血の痕跡《こんせき》らしいものを確認したのである。

あれは夢ではなかったのだ！

しかし、あれが夢ではなかったとすると、血を流した者はだれだろう？　あれだけ血を流した俥夫が人間一人を乗せた俥をひくわけはなく、また乗っていた女が、あきらかにこちらを巡査だと認めながら、べつに大したことでもないように応答したのがいぶかしい。

そうだ、俥夫が腹痛だとかいい、うずくまっていたその蓑笠の姿を思い出してもただごとではなかったから、口から吐血でもしたのであろうか。しかし同時に油戸巡査は、その俥夫の蓑笠に雨しずくがひかっていたことも思い出した。雨はその三十分も前にやんでいたから、あれはそれ以前から――方角から見ておそらく吾妻橋《あずまばし》を渡って東京の市内から走って来たものと思われるが、そんな重病の男が、俥を曳《ひ》いて来るだろうか？

これは、たしかに「事件」だ！

油戸杖五郎は猟犬のように眼をひからせた。そして、俥のわだちのあとを尾《つ》けはじめた。

とにかく雨あがりの道を走った俥の跡だから、追跡に申し分はないようで、これが意外に難しかった。この一帯には、寮（別荘）が多い。向島《むこうじま》や小梅などにくらべては少く、また質も劣るけれど、森や畑や掘割のあちこちには、百姓家にまじってそれらしい建物がしきりに隠顕する。それだけに、あの後もこんな田舎《いなか》道を俥で来た者がまだ何組かあったらしく、それが錯綜《さくそう》しては水たまりに消えてしまうのである。

もし彼が、ふだんから加治木警部に特別の仕込みを受けていなかったら、彼は途中で絶望してしまったかも知れない。加治木警部は――いや、もとは川路大警視の方針だが、西洋の警察に学び、足跡とか俥の跡とか、その他犯罪者が遺《のこ》した物質の「科学的」捜査に異常な努力を傾けている人物であった。とはいえ、油戸杖五郎自身も、なみの巡査とは段ちがいの職務熱心な巡査にはちがいなかった。

こうして彼は、数時間のちに、柳島の或《あ》る家にたどりついたのである。――猟犬のように、熊のように。

それは寮でもなければ百姓家でもない、浪宅か無人の隠居所のような一軒であった。門さえなく、あちこち破れた竹垣の中の庭一面には、足跡も残らないほどの雑草が生《お》いしげって、もう枯れかかってそよいでいた。

俥のわだちは、その垣根の外まで来ていた。――と、油戸が正確に辿《たど》ったわけではない。たしかにそれらしい跡はあるけれど、それがあの血からつながっているという自信はまったくなかった。それより、その垣根の外にぼんやり立っている一人の男との問答から、彼はその家に注意をむけることになった、といったほうがいい。

「はてな」

と、油戸はその男に気づいて首をかしげた。半纏《はんてん》を着て、寒そうに立っている、ザンギリ頭のその三十半ばの男の顔にどこか記憶があったのだ。

さっきからそこに立って、その家のほうを眺めていた男は、近づいて来たのが巡査だと知ると、あわてて歩き出そうとした。

「待てえ」

と、油戸巡査は呼びとめた。

「おまえ……円朝《えんちょう》じゃないか」

彼は、その男が落語家《はなしか》の三遊亭《さんゆうてい》円朝であることを思い出したのだ。半年ほど前の非番の日、茅場町《かやばちょう》の昼席で「真景累ヶ淵《しんけいかさねがふち》」の素噺《すばなし》を聞いたことがあった。

「こんなところで何をしておるんじゃ」

「いえ、このおうちが、どうも何だか変でござんすから。……」

円朝はしかたなくもとのところに戻って来て、その家にあごをしゃくった。おそらく二《ふた》間《ま》か多くて三間《みま》くらいしかないだろうと見える小さなその家の雨戸はぴったりとざされて、それに朝の光が白じらと照りつけている。

ちらとそれに眼をやってから、油戸巡査はまた円朝を見た。

「おまえ、ここらあたりに住んどるのか」

「へえ、三月《みつき》ほど前からね、あれが拙宅《せったく》で。……」

と、円朝が指さしたのは、庭をへだてた、やはり小さな、しかしこれは風雅なたたずまいの一軒で、ちょうどそこから、こちらの話声を聞きつけたらしく、三十くらいの美しい女が出て来た。これもしどけなく半纏をひっかけてはいるが、あきらかに玄人《くろうと》あがりのあだっぽい女だ。

「おまえさん、どうしたのさ？」

「女房でげす」

と、円朝は紹介してから、

「羽川《うかわ》さんが妙だから、いまここで見ていたのよ。何しろ朝になると、毎日ここで居合いの大声を出す人が、けさは何も聞えないからのぞきに来て見るってえと。……」

「羽川とは、この家の住人か」

と、巡査は聞いた。

「へえ、元旗本の御浪人で……いえ、いまはもう浪人ってえものもねえか、とにかくここに一人暮しをしていなさるお方で。――」

「妙なことって、何さ？」

と、女房がいった。落語家にしては珍しく知的な円朝の顔は、少し蒼《あお》ざめていた。

「ほら、しめ切ったあの雨戸の隙間から、あそこにもあそこにも、何だか赤黒いものがしみ出してるじゃあねえか。おいらにゃ、何だかあれが血みてえに見えるんだが。……」

油戸巡査は躍《おど》りあがった。

そして、走っていって、雨戸をあけようとした。栓《せん》もしてなかったと見えて――あとで調べて見ると、はじめから栓などない雨戸であった。――それはすぐにこじあけられたが、そのとき何とも奇妙なことがあった。

三枚の雨戸のつぎ目の二個所に、下から三尺ほどの高さにぺたりと一枚ずつの紙片が貼《は》りつけられていて、これがビリビリと破れたのだが、その糊《のり》となっていたのは、何と血潮であった。つまり、文字通り血糊で貼りつけてあったので、円朝が見たのは、それが隙間から外へにじみ出したものであったのだ。

しかしそのときは、そんな怪事に気をとられるよりは、家の中に入り込んだ三人は、ほかのものを見て、そのままぎょっと立ちすくんでしまったのである。数十秒おいて、円朝の女房は恐ろしい悲鳴をあげて庭へ逃げもどり、枯草に足をとられて転んでしまった。

いまあけられた雨戸のあいだから白々とさしこんだ秋の朝の光の帯に、真っ赤なものが浮かびあがった。ほとんど道具らしい道具もないわびしい部屋の中に、不自然なほど派手な夜具が――敷蒲団《しきぶとん》だけ敷かれて――その上に、まだ髷《まげ》をつけた若い男がうつ伏していた。

血はすでに変色していたから、真っ赤なのはその夜具の色であったかも知れない。しかし、血はその夜具のみならず、周囲の破れだたみにも点々と残って、たしかに血まみれの足の跡さえあり、まるでその犠牲者が断末魔のきちがい踊りを踊りぬいたかのような印象を与えた。刀身に血の乾いた刀が一本落ちていた。

犠牲者はもちろんこと切れていた。

油戸巡査が近づいてひき起したその顔を――二十七、八の、精悍《せいかん》な顔を遠くからのぞきこんで、

「羽川金三郎さんでげす」

と、円朝が、舌が上顎《うわあご》にくっついたような声でいった。

奥羽での戦争以来、何十人という屍骸《しがい》を見たおぼえのある油戸杖五郎が、このとき全身がぞうっと冷たくなるのをおぼえたのは、この死んだ男の顔に浮かんでいる恍惚《こうこつ》とした死微笑を認めたからであった。いや、そればかりではない。戦慄《せんりつ》は実際の感覚として、屍骸のうつ伏せていた夜具全体が、びっしょりと濡《ぬ》れつくして冷え切っていることからも来た。

……

二

「その羽川金三郎とは何者か」

と、加治木警部は聞いた。

「は、元は二百石の旗本だと申すことで」

と、油戸巡査は答えた。

「ただ、隣りに住んでおる落語家三遊亭円朝の語るところによりますと。——」

「円朝なら知っとる。ほう、あれがそげなところに住んでおったとか」

「羽川金三郎は、半年ほど前からあそこへ来た——何でも、昔羽川家で買ってあったものだそうで——当人は、ここ二年ばかりずっと伝馬町《てんま》に入牢《じゅろう》しており、やっとこの春釈放されてそこへ住みついたと話しておったそうであります」

「伝馬町の牢に入っちょったと？」

「そこで先刻、記録を調査しましたるところ、いかにも羽川金三郎なるもの、明治四年三月、岩倉右大臣暗殺を計った嫌疑《けんぎ》で逮捕され、それ以来入獄していたことは事実であります」

「なに、岩倉卿《きょう》暗殺の嫌疑？　ま、あのころは雲井龍雄《たつお》とか河上彦斎《げんさい》とかいろいろ妙な謀叛人《むほんにん》が出たようだが、羽川金三郎なんぞっちゅう名に憶《おぼ》えはないな」

「どうやら無実の罪であったことが明白となり、それで出獄したらしいので」

西日比谷《ひびや》の司法省の一劃《いっかく》である。もとは老中久世《くぜ》大和守《やまとのかみ》の屋敷であったが、役所風に改造してさらに殺風景になっている上に、建物はどこか騒然とした雰囲気《ふんいき》であった。

いうまでもなく、大西郷東京を去る――という情報がすでに伝えられたせいだが、それ以前からこの役所の長官すなわち司法卿江藤新平《えとうしんぺい》が西郷と同時に辞表を出した事実があるので、動揺はここ数日のことであった。

軍人と同様、警察関係にも薩人が多いのでそれも当然のことで、なかんずく加治木警部など――西郷を自分の眼で見送ったものの――なお動揺は禁じ得ないはずだが、しかし彼は冷徹に、柳島から馳《は》せ帰った油戸巡査の報告を聴取した。それにまた、一応聞いた上でなお問いたださずにはいられない怪奇さがこの事件にあった。

「で、その羽川が死んでおった――自分で死んだのか、殺されたのか」

「傷は左の脇腹に深い刺し傷があり、それ以外にはありませなんだ。現場に落ちておった刀によるものと一応は思われます」

「自分で刺すのに、左の脇腹とは面妖《おか》しか」

「左様に思われますが、しかしひとに刺されたと考えるともっと不思議であります。つまり、さきほど申した血びたしの紙の目貼りの件で」

それなのだ。最大の怪事は。

その家は、玄関に当るものを入れて三間《みま》の小屋《しょうおく》で、それに台所がついていたが、玄関と台所の戸は内側から太い心張棒《しんばりぼう》で押えてあった。障子をはめた窓が二ヵ所あったが、その外側は格子《こうし》になっていた。そして、それ以外の唯一の出入口たる庭に面する雨戸の部分は、その雨戸に内部から例の血糊による封印がしてあったのである。

「余人に刺されたとするならば、下手人はどこから逃げたか。……いや、屍体を検証しましたところ、当人の両掌《りょうて》、両足の裏はべったりと血が塗られておったあとがあり、羽川自身が血まみれになって這《は》いまわり、左様な所業をしたものとしか考えられません」

「なんのためにそんな所業をしたんか？」

油戸杖五郎は頭をかかえた。

「また前夜、同じ柳島でおはんがゆき逢《あ》った俥《くるま》と、その事件はどんな関係があるのか、ないのか？　俥のわだちはその家の外まで来ておったといったな」

「いえ、俥の跡の件は自信ありません。あれがその事件に関係ありやいなや、いまのところ小官には見当もつきませぬ」

「しかし、俥のあとに血が残っとったといったではないか。それが関係のないはずはないか」

と、警部はいった。

そう考えるのが警察官として当然なのに、油戸巡査は信じられない眼つきをした。

「あの美人が、人殺しなどを。……」

「俥夫《しゃふ》と一味かも知れん。俥夫にやらせたのかも知れん」

油戸巡査は、はっとした。

「その俥夫は、どげなやつじゃったか」

「それが……蓑《みの》と笠《かさ》でまったく見えませなんだ。何しろそのときは、そんな事件のことなど夢にも知りませんで」

そう面目なげにいったあとで、油戸は反論した。

「しかし、あの俥の連中がやったとすれば……そのどっちかが、殺人のとき自分も傷をした、と警部どのはおっしゃるのでありますか」

「俥のあとの血は、そうではないかとおいは見る」

「すると、あれは殺人からの帰りの俥ということになりますが……小官の見たのは、現場のほうへゆくとしか思われん俥の向きでありましたが、……げんに、消え失《う》せた方角も」

「そんなことは、何とでもごまかせる。それについて参考のためもういちど聞いておきたいが、おはんがその俥を見たのは何時ごろじゃったか」

「左様です。雨がやんで三十分ばかりたってのことと記憶しておりますが」

「そうじゃったな。雨は一時ごろにやんだ」

加治木警部はしばらく考えていたが、すぐにまた聞いた。

「他殺にしろ、自殺にしろ、それだけの騒ぎを、隣家の円朝は知らなんだっちゅうのか」

「は、その点、きびしく糺《ただ》しましたところ」

油戸は立腹した表情になった。

「はじめは知らぬ存ぜぬと申しておりましたが、訊問《じんもん》しておるうち、羽川さんのことは自分より女房のほうが詳しいからそっちに聞いてくれなど皮肉めかしくいい出し、それはどういう意味だと女房が怒り出し、夫婦喧嘩《げんか》をはじめる始末で」

円朝がウンザリするほどくどくど、かつ頭ごなしに怒鳴りつける油戸の顔が見えるようであった。

「はては、きのうは女房と三回もつるんだから、隣りに死人が十人くらい出ても気がつくひまがない、など小官を嘲弄《ちょうろう》したようなことまで口走るので、二つ三つ殴打いたしつかわしました」

加治木警部は笑いもしなかった。彼は、こういう話には全然滑稽味《こっけいみ》を感じない男であった。

「円朝の女房は、たしか脱疽《だっそ》で胴体だけになった役者の田之助《たのすけ》の女房じゃった女じゃ。円朝というやつ、ふしぎに政府の大官なんどにひいきが多いが、やはり変な男には相違なか。……以前にはたしか日本橋に住んどったはずじゃが、いつのまに柳島くんだりへ落ちていっとったのか。おそらくその女房にからんだいざこざのせいじゃろ」

と、彼はついでにそっちにも、自分の推理力を披露《ひろう》した。それから、棚《たな》の上の船来時計を見て、しばらく考えていたが、

「よし、おいも一度見て見よう」

と、立ちあがった。

むろん、ふだんなら何の躊躇《ちゅうちょ》もなくただちに出動する加治木警部だが、西郷の帰郷、江藤参議の辞職などで政府自体が震撼《しんかん》している真っ最中だから、彼もここのところ思うように司法省から出てゆきにくい事情があったと見える。しかし、犯罪の捜査に異常な熱情を持っている彼に、とうてい捨ててはおけない事件であった。

「馬でゆくぞ！」

と、警部は油戸巡査にいった。

やがて二人は、騎馬でまた吾妻橋を渡り、柳島へ駈《か》けていった。どちらももとは侍ないしそれに近い出身であったから、乗馬は板についたものだ。加治木警部の腰にぶら下がっている革サックにはピストルがさし込まれている。午後の秋晴れの空の下だ。

現場は、油戸巡査が頼んでおいたほかの数人の巡査に護《まも》られていた。彼らは加治木警部を見ると、いっせいに敬礼したが、その一人が油戸に、やや困惑《こんわく》したように、

「ここに異常はないが……隣りの落語家夫婦がどこかに消えてしまった」

と、報告した。

「なんだと？」

油戸が隣家のほうを眺めているあいだに、加治木警部はつかつかと屋内にはいっていった。

現場はそのままであった。そして、戸の心張棒や窓の格子や、雨戸を封印した血の紙の残骸《ざんがい》も——むろんそれは破れているが——油戸巡査の報告した通りであった。乾いて変色

はしていても、凄《すさま》じいばかりの流血のあとも、そしてふしぎに笑うような顔で死んでいる男も。

「他殺なら、下手人はどこから逃げたのか？」

と、警部はつぶやいた。

「自殺なら、なぜ自分の血で雨戸に目貼りなどしたのか？」

彼は、屍骸《しがい》をまだのせている馬鹿に派手な夜具に手をふれたが、ふいに顔をあげて油戸杖五郎を見つめた。

「この蒲団《ふとん》は濡れておる。血ばっかいじゃなか。血のほか、ぜんぶ、ひどく濡れた形跡があるが、まさかあとで何もしてはおるまいな？」

油戸は、最初自分がふれたときも同様の――もっとしとどに冷たい感触を受けたことを思い出し、そのむね報告した。

「おそらく雨だ」

と、加治木はいった。

「これは、この男が死んだのは、雨のふっておるころか、それ以前だということではなかか？」

そうはいったが、とっさにそう口走っただけで、それが何を意味するのか、だからといってなぜ夜具が濡れているのか、判断を絶する顔で警部は口をつぐんだ。

「小宮があの俥《くるま》に逢ったのは雨のやんだあとでありますが」

こうは答えたが、油戸巡査もただ鸚鵡返《おうむがえ》しに答えただけで、そこから何らの連関をも見《み》出《いだ》したわけではない。

「して見ると、おはんの見た俥は——もし事件に関係があるなら——ここへ来る途中ではなく、ここから帰る俥じゃったということになる。事件は、雨中に起きたんじゃ」

と、警部はいった。油戸は納得《なっとく》のゆかない表情をした。彼の印象では、あの俥が——もし関係があるとしても——どうしてもこちらへ来る途中であったとしか思われないのだ。それにだいいち、蒲団がなぜ濡れているのだ？　あの内部からの封印はどうしたのだ？

しかし、警部はいった。

「実は、おいにもまだわからん。わからんが、とにかく円朝夫婦を探せ。逃げたところがくさい。それから、そん俥を探せ。いまんところ、それ以外にこん謎《なぞ》を解く手がかりはなか」

彼は立ちあがり、歩いて来て、油戸巡査をにらみつけるようにしていった。

「東京じゅうの俥宿を調べて、牡丹《ぼたん》の絵がかいてあるやつを探せ。また俥夫《しゃふ》で大怪我をしたやつがなかかを探せ。……おいは、残念ながらいまちょっとこの事件にかかわっちゃおれん。おはんの手柄にしてやる。油戸巡査、おはんに出世の機会をくれてやるぞ！」

「はっ」

油戸杖五郎の眼はらんらんとかがやき出した。

三

「親分！　親分はいますかい？」

格子戸の音とともに、威勢のいい声が聞えたかと思うと、家人の案内も乞《こ》わず、すぐにひとりで上って来て、がらりと唐紙《からかみ》をあけると、

「半七親分、大変だ大変だ」

と、立ったままさけんだ。

「かん八《ぱち》かえ。久しぶりだな、といっていいか、相変らずだな、といっていいか。——どうしたんだ？」

座敷に江戸のころの切絵図をひろげて眺めていた主人は、苦笑してふりむいた。

「親分のひいきの円朝師匠が大変なんですよ、お上《かみ》にとっつかまりそうだといってね。夫婦で泣きつかれたんだが、そのわけを聞いてみると、あっしにも何が何だかわからねえ。こいつァ、どうしても三河《みかわ》町の半七親分のお智慧《ちえ》をかりなきゃどうしようもねえってんで、神田《かんだ》からすッ飛んで来たんだ」

そう息を切っていいながらかん八は、さすがに尻《しり》っからげにした裾《すそ》を下《お》ろして、両膝《りようひざ》をそろえた。年は三十ばかり、背は低いが、顔もからだも鞠《まり》みたいにまるくて、鞠みたいにはずんでいるような男だ。

「円朝がどうしたって？　言って見な」

と、あるじは落着いた声でいった。

神田三河町の半七——といっただけで、ぴんと来る人が、この物語の読者は別として、明治六年ごろこの界隈《かいわい》に住んでいる人々にもどれだけあるであろうか。この界隈——いまかん八が、神田からすっ飛んで来た、といったように、ここは神田ではない、赤坂の閑静な路地の奥だ。半分ひらいた障子から狭い庭にひとむらの白菊が咲き、赤とんぼが飛んでいるのが見える。

浅黒い、おだやかな長い顔をして、まるで町人か芸人の隠居のように見える。——この家のこの座敷に、小説家の岡本綺堂《きどう》が訪れて、このあるじからいろいろと昔話を聞いたのは、さらにこれから二十年ばかりたってからのことだが、もうこのころからこの人には、綺堂の受けた渋い印象がそなわっていた。ひょっとしたら二十年前にも、同じ老成した印象があったかも知れない。すなわち「半七捕物帳」の半七であった。この明治六年、五十一歳である。

「半七捕物帳」は、天保《てんぽう》十二年、半七、十九歳のときの「大坂屋花鳥《かちょう》」事件からはじまり、慶応《けいおう》三年、半七、四十五歳のときの「筆屋の娘」事件に至る前後二十七年間にわたる六十数篇の彼の手柄話だが、この幕末期における捕物の大名人も、御一新《ごいっしん》とともに十手捕縄《じってとりなわ》をサラリと捨て、息子が唐物商をひらいているのをいいことに、この赤坂へひっ込んで、ひっそり閑と楽隠居をきめ込んでいるのであった。

そして、いまやって来た男は、半七が岡っ引時代の最後の手先で、冷酒《ひやざけ》かん八という。手先のころからの異名《いみよう》ではなく、いま神田の三河町で髪結床《かみゆいどこ》をひらいているのだが、冷酒をのみながら客に剃刀《かみそり》をあてるのでついた名前だ。

「ま、聞いておくんなさい、こういうことだ」

かん八は早口でしゃべり出した。

三日前の夜、柳島で起った怪事件についてである。円朝の隣家の若い浪人の変死、その部屋に内部から貼ってあった血紙の封印、深夜来たかも知れない牡丹を描いた人力俥の女、など。——

むろん、このかん八が円朝から聞いた話である。

「円朝師匠はまったく知らねえというんだが、調べに来たポリスにこっぴどくしぼられやしてね。あっしのところへ来たときも瘤《こぶ》だらけで、これじゃ当分高座に出られねえといってやしたが、よく考えてみると高座どころの騒ぎじゃあねえ。胆《きも》をつぶしてポリスの隙を見て柳島を逃げ出して来たってんだが、それでますます具合の悪いことになりやした。とにかく、その一件の謎をこっちから解いてやらなきゃ、師匠の無実の疑いははれねえし、どこへも顔が出せねえってことになっちまったんでね」

かん八は唾《つば》をとばしながらいった。

「こう泣きつかれたんだが、あっしにゃまったく怪談噺《ばなし》だ。で、とにかく半七親分に解いてもらうよりほかに法はねえってんで、赤坂へ駈けつけて来たわけでさ。親分、どういうことでございましょうねえ?」

「ふうむ、さて、おれにもわからねえ」

と、半七は聞きおえて、首をひねった。

「その俥が関係のあることはまずまちげえはあるめえが、死人の家の内側からの血の目貼りってえやつがねえ。どうも、御用と縁を切ってから、とんとかんが悪くなったよ」

「そんなことを親分にいわれちゃ、円朝師匠からの頼られ甲斐《がい》がねえ。師匠を助けるためでもあれば、田舎っぺえのポリス野郎に鼻をあかせるためもある。あのだんぶくろを着た丸太ン棒どもが、髭《ひげ》をひねりながら往来でコラコラとやってるのを見るたびに、あっしは気付薬代りの冷酒を――」

「旦那《だんな》」

　突然、半七がいった。

「旦那はどうお思いですね」

　かん八は眼をぱちくりさせた。そして、半七が顔をむけた縁側のほうを見て、

「どなたか、いらっしゃるんで？」

　と、声をひそめて聞いた。

「それァな」

　という、けだるそうな男の声がした。

「おれのあてずっぽうだがな、他殺でもあり、自殺でもあるようだな」

かん八は立っていって、半分あいた障子のあいだから縁側をのぞいて、

「あ、これァ千羽《せんば》の旦那《だんな》。——」

と、うれしそうな大声をあげた。

秋の夕日のあたる縁側に、二十六、七歳の男が寝そべって、頬杖《ほおづえ》をついていた。顔の前に膳《ぜん》があり、酒がある。彼は横着《おうちゃく》に寝そべって、庭の菊と赤とんぼを眺めながら、黙々と手酌でやっていたらしい。横になっているので、障子に影もうつらず、今まで見えなかったのだ。

「旦那がここに来ていなさろうとは思いがけなかった。どうなすったんでござんす？」

「昼寝をさしてもらいに来たのさ」

と、その男はいった。自堕落《じだらく》だが、苦味《にがみ》と翳《かげ》のある実にいい顔で、にやっとして、

「お蝶《ちょう》が夜ろくろく寝させてくれないんでね」

「へっ」

と、かん八は変な声を出したが、

「いつまでたっても平気でヒモになってる旦那に、お蝶さんが腹をたてて、それで追い出されたんじゃあござんせんか」

と、やり返した。

「うふ」

と、男は笑っただけで、ふり返りもせず、寝たままで徳利をかたむけた。これは元八丁《はっちょう》

堀《ほり》の同心、千羽兵四郎という男であった。

「ま、そんなことァどうでもいいとして、旦那、いまの話が、他殺でもあり、自殺でもあり――とおっしゃるのァどういう意味ですかい？」

「いい加減だよ。――どうも、その左脇腹を刺されてるってのが、自殺にしちゃおかしい。それは他人にやられたにちげえねえ。それを自殺に見せるために、部屋に封印をしたんじゃあねえかね」

かん八は眼をむいた。しかし、すぐにいった。

「じゃ旦那、その下手人はどうしてそこから逃げ出したんで？」

「いや、下手人が逃げたあと、死人が――死ぬ前に、自分でやったのさ」

「えっ、そ、そりゃまた、どうして？」

「下手人をかばうためさ。――下手人は、その俥《くるま》の女だよ」

「へえ、それじゃ、やっぱり。――」

かん八は大きくひざをたたいたが、たちまちまた聞いた。

「しかし、下手人ったって、女が来たことはだれも知らねえことでしょうに」

「よく知った仲だから、あとで糸をたぐられる心配があったんだろう。それに、そもそも巡邏《じゅんら》のポリスに途中見つかってるじゃあねえか」

「あっ、なるほど。――」

かん八は感嘆のうなり声をたてた。そして、半七のほうをふりむいた。

「親分、やっぱりとしですね。親分より、若い旦那のほうが凄《すげ》え。ああ、それがいま同心でねえのがくやしいじゃございせんか」

「だいたい半七の捕物話は偶然が多過ぎるよ」

と、千羽兵四郎は図に乗って半七の悪口をいった。

「下手人のゆくえがわからず、くたびれはてて半七が茶屋で飯か何か食ってると、たまたま葦簀《よしず》のかげで当の下手人たちがヒソヒソ密談をしているのをつかまえた、などという話がずいぶんあるよ。品川で将軍さまのお鷹《たか》が逃げて、どうも目黒のほうへ飛んでった、それをたずねて半七が目黒にゆくと、鷹は目黒にいた――〝鷹のゆくえ〟なんてえ話は、たまたま鷹が目黒にいたからいいようなものの、どうにもいただけねえ」

半七は苦笑していたが、

「それじゃ旦那、旦那の話によるとその倖は、人殺しに来る途中、巡査に見つかった、ということになりますね。やった帰り道で巡査に逢《あ》うなんてことは、予見出来ねえわけだから」

「そうさ」

「すると、まだ何もしねえ倖のあとに、そのときもう血だまりが残ってたってのァどういうわけでございます」

「あ！」

と、千羽兵四郎がさけんだ。

「それから、その死人の蒲団《ふとん》が濡《ぬ》れていたってえ話も腑《ふ》に落ちねえんだが」

「参った！」

と、彼はひたいをたたいて、がばと起き直り、座敷の中にはいって来た。

「しかし、おれはやっぱり、ゆく途中の俥《くるま》だと思う」

むずと坐《すわ》ると、別人のように凛然《りんぜん》としたおもむきがある。

「その俥夫《しゃふ》が、死んだ男だ。いや、深傷《ふかで》を受けた男だ！」

「えっ？――し、しかし、死ぬほどの傷を受けた男が、なんのために女を乗せて？」

眼を大きく見ひらきつつ、半七は切り返す。

「そしてまた、道の上に血が残っていたのは、俥がとまっていたところだけだったような話だが。――」

「待ってくれ」

兵四郎は思案した。顔をあげていった。

「俥を曳《ひ》いて来たのは女だ。女がどこかで男を傷つけて、俥で運んで来たんだ。ところが、遠くから巡査の龕燈《がんどう》が近づいて来るのを見て、あわてて入れ替ったんだ。つまり、瀕死《ひんし》の男が蓑笠《みのかさ》をつけてしゃがみ込み、女が俥に坐って、巡査の訊問《じんもん》をかわす。――」

かん八のみならず、半七も口をあけたっきりであった。

「そして、巡査がいってしまうと、すぐにまた女が曳いてその家にたどりつき、女が空俥《からぐるま》を曳いて去ったあと、男は最後の力をふりしぼって、刀に血を塗り、雨戸に血の目貼りをし、自殺したように見せかけてこと切れたのだ！」

実に驚倒《きょうとう》すべき推理だが、しかし、あまりに常識外の事実でもある。

「まちがいはない。それァな」

と、千羽兵四郎はいう。

「蒲団が濡れていたことからわかる。よそで刺されたとき敷いてあった血まみれの蒲団を、そのまま俥に積み込んだから、雨の中を来る途中、天然自然に濡れてしまったのだ！」

数分間、黙り込んでいたのち、半七がいった。

「しかし、どうしてまあ、そんな手の込んだことを？」

「そのいきさつは、その女をつかまえて聞かなけりゃわからねえ。女をつかまえるには、その牡丹《ぼたん》をかいた俥を探しゃいいだろう。牡丹をかいた俥なんざ、東京に何十台もあるだろうが、俥宿を一軒一軒虱《しらみ》つぶしにして、一台一台その晩のゆくえをつきとめりゃわかるだろう」

――期せずして、元同心千羽兵四郎は、加治木警部と同じ結論に達した。

「ありがてえ、これで円朝師匠を助けてやれる！」

と、冷酒かん八が立ちあがろうとしたとき、格子戸の外でだれか訪《おとな》う声がした。しのびやかな女の声であった。

さきほどはいなかったらしいが、いつのまにか台所でコトコト音をたてていた半七の女房のお仙がはいって来て、半七に訪客の名を告げた。

「なに？　飯田さまのお嬢さまが？」

半七はけげんな表情になり、

「お通しして」

と、お仙にいい、二人に向って、

「昔、わたしが恩になったお旗本ですが、瓦解《がかい》の騒ぎ以来、とんと御無縁《ぶえん》で来たおうちのお嬢さまで」

と、いった。

四

お仙に案内されてはいって来たのは、一人ではなく意外にも二人の女であった。一人は二十五、六か、身分はあまり高くはないらしいが奥さま風で、もう一人は四十ちかい女中風の女性だ。

「これはお珍しい、飯田さまのお嬢さま！」

半七がお辞儀《じぎ》したのはその若いほうの女だが、彼女は坐るのも忘れたように、不安の眼で兵四郎とかん八を眺めやった。半七以外の人間がそこにいたので当惑したらしい。

「御一別以来。……まあまあ、ほんとうにおとなになられてお見違いいたすようで……その後、殿さまはいかがお暮しで？」

何かと半七が挨拶《あいさつ》するのに、それでも、そっと坐った二人のうち、女中らしい女がもじもじしていった。

「半七どの、きょうこちらへおうかがいいたしたのは、或《あ》るお願いごとがあってのことで、それが大変申しにくいことながら、半七どのだけに聞いていただきたいことなので。……」

「この二人でございますか」

と、半七は兵四郎とかん八に眼をやった。

「いえ、それァわたしもいま考えたのでございますが、飯田さまのお嬢さまが何年ぶりかにわたしなどのところへいらっしゃるのは、どうせ昔の御用に類したことだろうと思い、もしそうであったら、御一新以来隠居同様、もう東京ってえ町がよくわからなくなっちまったわたしなんぞより、この人たちのほうがお役に立ちやすめえかと思いやしてね。ありていに申しますと半七は、新しい世の中が面倒になって、もうひっ込んだつもりなんでございますよ」

半七は笑った。

「だいいちこの座を外してもらったって、どうせ何かは聞える小さな家でございますから」

そして、きっとした表情にもどっていった。

「御用というのは、いまわたしが申したようなたぐいのことでございますか」

「ま……それに似たことですけれど、それが大変なことなので……」

「大変ならこのかん八の得意だ。はは、いえこの二人は、わたし同様。そちらさまが半七をお信じ下されておいでなされましたなら、半七同様お信じ下さってさしつかえのない人でございます」

こんな問答を、どこか皮肉な千羽兵四郎もにぎやかな冷酒かん八も、存外まじめな顔で聞いている。もっとも、べつに笑うような場面ではないが。――それより二人は、その若いほうの女の異様な美しさに眼を奪われたのであった。

細面《ほそおもて》の美貌《びぼう》だが、たんに凄艶《せいえん》というだけでなく、ほつれ毛をたらして、うなだれて坐っている姿は、何かこの世のものではないような美しさであった。

「お嬢さま、一日一刻を争うことでございます。半七どのをお信じいたしましょう。……ようございますか？」

と、もう一人の女がふりかえった。飯田の娘はわずかにうなずいた。

「わたしは、お嬢さまが……いえ、今は奥さまでございますが……昔から飯田家に御奉公申しあげて、いまもおそばに仕えておりますお常と申す者でございます。半七どのも、よそながら存じております」

と、お常は決心したらしかったが、なお決心し切れないように、

「ちょっとおうかがいいたしますが……あなたさまがたは、まだ徳川家に御恩義を感じていらっしゃいますか？」

と、聞いた。――かん八が、ずずっと膝《ひざ》を乗り出した。

「あたりきでござんす！」

「でも、もしこれからお話しすることが、今のお上に弓引くような一大事と関係がありましても、黙っていて下さいますか？」

するとと、兵四郎が、粛然としていった。

「心得てござる」

お常がこんなことを聞いたのは、むろんのっぴきならぬ立場に追い込まれた人間の最後の駄目押しにちがいないが、しかしまたここにいる三人の男の雰囲気に感応するものがあったせいに相違ない。あるいはこの三人の男が醸《かも》し出す一つの雰囲気があったからこそ、ついに切り出すつもりになったのかも知れない。

というのは、三人ともチョン髷《まげ》を結《ゆ》っている。――「ザンギリ頭を叩《たた》いて見れば文明開化の音がする。チョン髷頭を叩いて見れば因循姑息《いんじゅんこそく》の音がする」と巷《ちまた》では唄《うた》われているのに、記録によるとこの明治六年ごろの斬髪《ざんぱつ》率はまだ三割くらいであったといわれる。明治天皇が率先垂範して御斬髪になったのも実にこの年なのである。――かん八がやっているのも、髪結床《かみゆいどこ》であって、決して斬髪屋ではない。

半七、かん八はむろん、兵四郎もひたいをひろく剃《そ》った独特の八丁堀髷でこそなく、いまは不精《ぶしょう》ったらしく月代《さかやき》をのばしているけれど、黒羽二重《くろはぶたえ》の着流しに博多《はかた》帯をしめた姿とともに、粋《いき》な感じは文字通り江戸前で――そのほか、三人とも、醇乎《じゅんこ》として醇なる江戸の雰囲気を持っているのであった。

で、お常はふるえをおびた声で話し出した。――

聞くにつれ、三人の眼は驚きにひろがっていった。

飯田家の主人平左衛門は、瓦解のあと、一日往来を通行中、岩倉卿《きょう》の馬車馬に蹴《け》られたのがもとで死んだ。混乱の中に、娘のお雪は恋をした。相手は羽川金三郎という元旗本であった。

むろんそんな話を聞くのは、それ以前から飯田家に出入りする機会を失っていた半七にもはじめてだが、さすがに驚かないわけにはゆかない。が、彼はわずかに兵四郎に目くばせして、

「旦那《だんな》、偶然ということは、存外世の中に多いもんですぜ」

と、ひとりごとのようにいっただけである。お常はもとより、何のことだかわからない。

羽川金三郎とはかたく誓う仲となったが、祝言をあげる時節を迎えるまえに、彼はつかまった。岩倉右大臣襲撃計画の嫌疑によってである。そんな事実があったかというと、元旗本連と、新政府の大官に一撃を加えたいという話はたしかに酔語の間に交《かわ》した。特に岩倉卿は金三郎にとって、恋人お雪の父のいわばかたきでもあった。しかし、とうてい計画というようなものではなかった。しかも彼一人だけが逮捕されたのである。

一人になったお雪は、そのあと、やはり元旗本で金三郎の仲間であった大国《おおくに》源次郎という男の妻になった。源次郎はかねてからお雪に恋慕していて、手籠《てご》め同様にしてこの結果

になったのである。

そして、数年。

羽川金三郎の嫌疑はあいまいなものになって、伝馬町の牢《ろう》から出て来た。そして、いまは東京府権中属《ごんのちゅうぞく》という地位を得て、浅草蔵前《あさくさくらまえ》に住んでいる大国家へ、お雪を探しあててやって来た。——十月半ばのことだ。

「とんだ玄冶店《げんやだな》だな」

と、かん八がつぶやき、半七が口をさしはさんだ。

「つかぬことをうかがいますが、その大国源次郎さま——奥さまの御主人さまが、金三郎さまとやらをおさしなすったんで？」

密告したのか、という意味だ。すると、お雪が黙ったまましずかにかぶりを横にふった。ゆらゆらと、しかしひどく信ずるもののあるごとく首をふりつづけた。

「旦那さまはひどく気のあらいかたでございますけれど、決してそんな卑劣《ひれつ》なまねをなさるおかたではございません。もし羽川さまが密告でおつかまりになったのなら、それはほかのだれかのせいとしか考えられません」

と、お常もはっきりといった。

「けれど、げんにお嬢さまが大国の旦那さまの奥さまになられたことを知った羽川さまが、そうお思い込みになったのもあるいはむりからぬことでございます。しかも気性がおやさしくて、羽川さまを裏切ったと御自分をとがめがちな奥さまが、昔の恋人の疑いや望みを、きっぱりとはねつけられなかったのもいたしかたございません」

お常の声はわなないた。

「そして、とうとう十月二十七日の夜のことでございます。羽川さまは、うちの旦那さまを手にかけて仕返しをなさるという手はずになりました。……わたしは存じませんでした。その晩、実家《さと》に帰るように奥さまから申されて、それどころかいま申しあげたような話も、何も知らなかったのでございます。旦那さまも御存知ない。……みんな奥さまおひとりが、小さなお胸でお苦しみになっていたことでございました」

お常の頬に涙がつたわった。

「その晩は、旦那さまもいらっしゃいませんでした。旦那さまは、このごろお家を空《あ》けられることが多うございました。ほかにいた下男も外へ出されました。奥さまだけいらっしゃるお家に、羽川さまは忍んでいらっしゃいました。そして、追いつめられた奥さまは、おしとねの中で、とうとう羽川さまをお刺しになってしまったのでございます」

すでに、あの夜の女がこのお雪であったことを承知していた三人は、いま聞いたこと自体に特に驚きもしなかったが、

「袈裟《けさ》と盛遠《もりとお》か。いや、ちょっとちがうか」

と、つぶやいた兵四郎の息には、或《あ》る感情があった。褥《しとね》の中で、という事実には、凄艶きわまる空想が描かれないわけにはゆかない。さすがにお常ははっきりいわないけれど、あるいはそれは、男の傷の場所からして、犯されながらの凶行ではなかったか？

お雪の細い頸《くび》は折れんばかりであった。

「なぜおれを刺したのか、と羽川さまはさけばれました。これに対して奥さまが答えられましたのは。――」

お常はひたと三人を見つめた。

「さ、ここでございます。さっきわたしが、今のお上に弓ひくような一大事でも、と申しましたのは。――いって、まちがいございませんか?」

「武士に」

といって、兵四郎は片えくぼを彫った。

「二言はない」

「それでは申します。大国の旦那さまは、こんどはお旗本仲間ではない――さる元某藩のかたがたと御一緒に、近いうちほんとうに岩倉右大臣さまをお討ちになる御計画をなすっていらっしゃるのでございます。このごろお留守のことが多かったのも、そのためでございました」

三人は、うなった。

「そのことにいのちをかけた夫を、いま死なせるわけにはゆかないのです、と奥さまがおっしゃったのを、羽川さまは聞かれて驚かれたのは当然でございます。感動なすったそうでございます。それから、それなら自分もここで死ぬわけにはゆかない――もしここで屍《し》骸《がい》が見つかったら、大国家《おおくにけ》が無事にはすまない。大国の計画そのものがぶちこわしになるおそれがある、と、かえって心配なさりはじめたそうでございます。あのおかたも、やはり徳川のお侍でございました」

「ううむ、それでか。――」

と、兵四郎はうなずいた。お常はその言葉を怪しむ余裕さえなかった。

「奥さまは、羽川さまを殺して、御自分も御自害になるおつもりでした。けれど、そういうことになって、世間に知られないはずはなく、警察のお調べがはじまったら、羽川さまのおっしゃるようにすべてがおしまいになりかねません。その前に、何も知らなかった旦那さまが、どういう物狂いのありさまになられるか、気のあらいおかただけに思いなかばに過ぎるものがございます。何よりも奥さまは、このことを旦那さまに知られるのを辛《つら》いことにお思いになりました。けれど、羽川さまは何とか傷を縛《しば》っても、もう這《は》うだけの深《ふか》傷《で》でございます。……そこでお二人《ご》が、いえ羽川さまが必死で思いつかれたのが、近くから俥《くるま》を呼び、それに血まみれの夜具籠めに羽川さまを乗せて、奥さまが羽川さまのお住いの柳島まで運ぶという智慧《ちえ》でございました」

うなりつつも言葉とせず、兵四郎を眺めたかん八の眼に感嘆の色がある。

「さいわい蔵前に俥宿がございましたが、そこまでゆくまでもなく、奥さまが往来へお出になったところへ知り合いの俥夫《しゃふ》の空俥《からぐるま》が通りかかったので、これを玄関まで曳《ひ》きいれさせて、ちょっと仔細《しさい》があって一晩俥だけを借りたい、お手数だが朝とりに来てくれないかと頼み、金をやって俥夫を返されました。あとで、その俥に羽川さまを乗せ、下男の蓑笠《みのかさ》をつけた奥さまがそれを曳いて歩き出しなすったそうでございます。吾妻橋はすぐそば、橋を渡れば、すぐに本所、とはいえ柳島はそのはずれでございます。いろいろと御苦労なすったとはいえ、御覧のようにたおやかな奥さまが、真夜中の雨の中を、男一人を乗せた俥を曳いて柳島までおゆきになるのは、どれほどお辛いことであったでしょう」

同情するよりも、ぞっとするような光景だ。

「途中で休み休み、それでも何とか怪我人は、めざすお家にお運びになりました。ところが不運なことに、途中いちど巡査に見つかってしまいました。そのときは、近づいて来る警察の龕燈《がんどう》を見て、羽川さまみずからが蓑笠つけて蹴《け》込みに腰かけ、奥さまが俥に乗ってやり過ごされたそうでございますが……やはり、このことがあとでたたって参ったのでございます」

お常の眼は、恐怖のためにむしろ乾いた光に変っていた。

「奥さまがわたしにそのことをお打明けになったのは、わたしが帰ってからでございます。わたしはのけぞらんばかりにびっくりしました。何ということをなされたのか、とお叱りさえいたしました。けれど、わたしがその場にいても、ほかによい工夫があったとは思われません。柳島で亡《な》くなられた羽川さまのむくろはすぐに見つかり、警察が調べだしたこともわかりました。いろいろと怪しいことにも気づいたようでございます。わたしは俥宿へいって、それとなく聞きました。すると……けさ、一人の巡査がやって来て、二十七日の夜、大怪我をした俥夫はいないか、とか聞いていったそうでございます」

お常は身もだえた。

「奥さまのお借りになったのが、牡丹《ぼたん》をかいた俥だったのです。あの晩、その俥夫は奥さまから大金をいただいてすぐその足で地獄買いにいったらしく、また巡査が調べに来たときは倖《さいわ》い出払っておりましたので、巡査はあいまいのままで立ち帰ったそうでございますけれど、再度調べに来れば、やがてその俥夫が大国家に俥を貸したことがわかるに相違ございません」

三人は、うなずく。

「もうたまらない、いっそ死のうか、と奥さまはおっしゃいます。けれど、よく考えると、お死になるにもお死になれないのです。俥のゆくえがわかり、奥さまが御自害にでもなると、大国家に何があったのかと——ひいては旦那《だんな》さまに警察の眼がそそがれ出すのは、それも必定《ひつじょう》でございますから」

つるべ落しの秋の日は、いつしか庭から翳《かげ》って来たようだが、半七は灯《ひ》をつけるのも忘れている。

「ただ、ただいまの願いは、大国家を警察から無縁のものに置きたいことだけでございます。それで、半七どの、お頼みと申しますのは、そのことで。——」

お常はいざり寄った。

「警察が、これ以上俥宿を調べに来ないように、何とかしていただけないものでしょうか？」

「そいつあ難しい。警察のやることァ、こっちにどうしようもねえ」

半七はうめいた。

「でも、もとはそのほうで働いておられた半七どの、いまわたしたちがおすがりするのはあなたよりほかにはないと見込んで、心ノ臓の血をしぼるほど考えたあげく、お願いにやって来たのでございます」

「そう見込んで下すったのは、まことにかたじけのうございますが。……」

文字通り、血迷ったには相違ないが、女の智慧の短絡ぶりには、さすが老練の彼も頭をかかえざるを得なかった。

「あなたはどうお考えか存じませんが、わたしどもは昔の町奉行所のいわば残党、いまの新しい警察とァ何の関係もねえんでございますよ！」

「いや、心得た」

と、傍の千羽兵四郎がうなずいた。

「拙者、誓ってそのようにとりはからって進ぜる。安心して、お帰んなさい。——よそながら、大国さんらの御計画が何とか成功するように祈っております」

悠然《ゆうぜん》としていうのを、二人の女は眼も口もひらいて凝視していたが、やがて深く深くお辞儀し、お常などは手を合わせてふし拝みさえした。

「お俥を。——」

と、半七にあごをしゃくられて、かん八が立った。その背に向って、

「倅は借りて来て、奥さまがひっぱってゆかれたらいかがかな」

と、兵四郎が笑いながらいったのは、この場合に彼らしい悪い冗談だ。

「旦那、ひどく鷹揚《おうよう》におひき受けなすったが……」

二人の女がかん八とともに立ち去ったあと、半七は呆《あき》れたように兵四郎を見た。

「わたしゃ、倅の一件がそうだとすると、これで円朝も助けることが出来なくなっちまったんで、絶体絶命、動きようがねえって気持でございますが……いってえ、どんな智慧があるんで？」

「何もないよ」

平然としていう。

「じゃ、どうなさるんでございます？」

「左様さな、駒井相模守《さがみのかみ》さまに御相談にゆこうと思う。あのかたは、元幕臣でいま新政府に仕えておる連中ともお親しい。そっちを通じて、上から何とか手を打っていただくよりほかはねえだろう」

さっきのすばらしい謎解きにくらべて、これはまたあまりに平凡な常識的な策だが、実際半七としてもどうしようもない事態だ。

「あ、駒井相模守さま、お懐《なつ》かしいなあ」

と、半七は眼を宙にあげた。――それは幕末における江戸南町奉行の一人であった。

「しかし、いくら相模守さまだってお手の出しようがねえとは思うんだが……それより何より、右大臣の一件は、黙って聞くには聞いたが、こりゃ大変ですぜ」

半七は、改めて思い出して身ぶるいした。

「そいつを旦那、平気でおだてていなすったが、あれは要《い》らねえせりふじゃござんせんでしたかね。その企みがうまくいっても、しくじっても、あとでこっちに御用と来やしねえか、三河町の半七、五十を過ぎてお縄頂戴《ちょうだい》なんてことになったら、目もあてられねえ。倅の一件より、そっちが心配《しんぺえ》でございますよ」

「耄碌《もうろく》したな、半七親分。――もっともこっちだって、その一挙に加わるほどの元気はねえがね」

千羽兵四郎は笑った。

「といって、新政府の頭かぶ連中はやっぱり虫が好かねえよ。われわれはしょせん、滅んだ江戸の人間だ。死人同様たいくつしていたが、やっと浮世に面白いたねを見つけた。墓場の居眠りから這い出して、ひとつポリスどもをからかって、遊んでやろう」

それから、あごを撫《な》でながらつぶやいた。

「それにしても……雨夜《あまよ》にまわる牡丹ぐるまの美女か。あの奥さまも、どうしてもあの世の女だなあ、……いま来たのは、ありゃ亡霊じゃなかったのかね。そこの二つの座蒲団《ざぶとん》が濡《ぬ》れていやしねえか？」

怪談噺《ばなし》の好きな半七も、ぞっとして、いま二人の女が坐《すわ》っていたところを眺めて、あわてて手を振った。

「おどかさねえでおくんなさいよ、兵四郎旦那。まったく悪い冗談が好きだよ。しかし、これが悪い冗談ですみますかねえ。旦那——」

五

人も知るように、明治初年、軍隊と警察には薩摩人が多かった。とくに、その幹部はそうであった。ただ一人の陸軍大将西郷隆盛の辞職によって、陸軍では彼のあとを追って東京を去る者が続出し、いちじは雪崩《なだれ》現象をひき起した。

警察でも、むろん同様の現象が起ったのは前にしるした通りである。これを何とか制止できたのは、これもただ一人の大警視、余人ならぬ薩摩人の川路利良あればこそであった。

「おいも西郷先生の弟子でごわす。帰らんけりゃならんときはおいも薩摩に帰る。そのときおいといっしょに帰るがよか！」

彼は粛然として命じた。

事後の処理は迅速に行われた。新司法卿には、江藤新平と同じ佐賀人の能吏《のうり》大木喬任《たかとう》をあてたが、その中の警察——警保寮は、新しく設置された内務省に移管されることになり、新内務卿《きょう》には西郷につぐと見られた大久保利通が就いたのである。十一月十日のことだ。

建物の都合もあって正式の移動は年を越えてということになったが、司法省の大会議室で、関係者一同がお別れパーティをひらいたのは、十一月半ばの夕方早くのことであった。

立食であるが、酒も出た。出席者はむろん幹部を主とするが、在庁していて手のあいている者は、巡査も出席を許された。

新司法卿の大木、新内務省の大久保、大警視川路ら、その他来賓《らいひん》の、所管は変るが政府としての不動心を誓う挨拶《あいさつ》が延々とつづく。

たまたまはるか末席に、油戸杖五郎は、同僚の菊池剛蔵という巡査と話していた。

「油戸、ひどく疲れておるようじゃが、大丈夫か」

「うむ。……」

「このところ、馬鹿に働いておるようじゃが、何をしとるのか？」

「うむ。……」

油戸は、水戸訛《みとなま》りのあるこの菊池巡査が好きなのだが、何とも答えられない。

あれから半月以上も、重傷を受けた俥夫を探して歩いているのだが、そんな聞き込みはついに得られないし――神のみぞ知る、これを捜査の主眼としたのが失敗の原因であった――十月二十七日深夜の牡丹《ぼたん》をえがいた俥《くるま》の動静といっても、日とともにだんだんはっきりしなくなって、まだつきとめることが出来ないのだ。三遊亭円朝のゆくえさえわからない始末である。しかし、何としても自分一人で挙《あ》げて見たいと念願しているので、同僚には何もいえない。

倖《さいわ》いなことに菊池巡査は、このとき眼をあげて正面のほうを見た。

「や、何か余興がはじまるらしいぞ」

遠いテーブルに屏風《びょうぶ》が立てられ、派手な座蒲団をかつぎ出したのは、たしかに芸人風の若い男だ。

そのとき、何かの用でそちらにいっていたやはり同僚の藤田五郎という巡査が戻って来て、笑いながらいった。

「おい、円朝の人情噺《にんじょうばなし》が始まるらしいぞ。鉄舟《てっしゅう》先生がお祝儀としてつれて来たそうだ」

元幕臣ながらいまは天皇の侍従として、いやそれよりも当代の剣豪として雷名高いその山岡鉄舟は、きょう来賓の一人として、さっきから大久保内務卿とならんで椅子《いす》に腰かけている。

「そういえば鉄舟先生は円朝の大ひいきだと聞いたことがあるが、ああ武骨に見えて、さすがに江戸人じゃね。おぬしたちに、円朝の人情噺の面白味がわかるかな?」

藤田巡査に笑われて、油戸巡査はぱっくり口をあけて正面を見ていたが、むろんその言葉などが耳にはいっているわけではない。

やがて、まぎれもなく円朝が、扇子一本を持って座に上った。

これはほかの警部巡査一同思いがけないことであったと見え、まだがやがやと私語する中に、円朝はしずかに語りはじめた。場内の騒がしさなど意にも介せず、ここが、泣く子も黙るポリスの本拠だなどということさえ念頭にないような、一種無心の境にはいったみごとな芸人の姿であった。

彼は枕として、自分は御一新までは鳴物入り、小道具入りの芝居噺で虚名を得たが、感ずるところあってその後、素噺《すばなし》、しかも自分の創《つく》り出した人情噺を本願とすべく決心したこと、「安中草三郎」「塩原多助《しおばらたすけ》」などはその例だが、一方で怪談好みの趣味があり、すでに「真景累ヶ淵《かさねがふち》」「怪談乳房榎《えのき》」などで御機嫌をうかがったけれど、このたび新しい怪談噺を考えた、それをここでまず御披露いたしたい、という意味のことをしゃべった。

もっとも、まだざわめきが高くて、油戸巡査のあたりまではよく聞えない。――

「ただこれはあたしの作り話じゃございませんで、ほんとうの話なんでございます。それをこれからさき長いあいだ高座にかけてみがきをかけまして。……」

そんな声は聞えた。

ともあれ、何とも人を食ったやつ、こちらが血まなこで探している当人が、ここへ澄ました顔で乗り込んで来ようとは――加治木警部どのはいかがあらん、と首をさしのばして見ると、警部も中くらいの位置に立って、かっと眼をむいて正面をにらんでいるが、動かない。

「ただ、ほんとうの話だけに、話すあたしも怖ろしゅうございます、その怖ろしさが、お上の荒武者さまがたにどこまで通じまするか、通じますれば題は未定のお帰りと申しあげたいが、ただいまのところは題しまして怪談牡丹燈籠《ぼたんどうろう》。……」

そして円朝は語り出した。

「まだ東京《とうけい》を江戸と申しましたころ、牛込《うしごめ》に飯島平左衛門さまとおっしゃるお旗本があり、そのお嬢さまのお露さま、絶世の美女ながら御蒲柳《ほりゅう》のたちで、そのため、本所柳島に小さな寮を求め、お米《よね》と申す女中をつけてお住まいあそばす。さてここに、根津の清水谷に貸長屋を持ち、その上りで暮しをたてている浪人の萩原《はぎわら》新三郎、これも生まれつきの美男ながら、ごく内気のため同じ柳島にひっ込んで、外出《そとで》もいたさず閉じこもり、日々書見《しょけん》のみをいたしております。……」

「……怪談牡丹燈籠じゃと？」

油戸はなお円朝をにらみながら、口の中でうめく。その頭に、あの雨夜の牡丹俥《ぐるま》が夜光虫のように明滅する。

円朝は語りつづける。声はむしろ低く、しとしとふる雨音のようで、しかもいつのまにか場内はしーんとしずまりかえっていた。

かくて、ふとしたことから相知ったこの美男美女が恋し合うこと。これを知ったお露の父平左衛門があわてて娘を本宅にひきとり、お露は新三郎の名を呼びつつ儚《はかな》くこの世を去っていったこと。……

――むろん円朝が後に完成した波瀾《はらん》万丈の悪党物語「怪談牡丹燈籠」とはちがうけれど、その原型となったこの小さな悲恋物語にも、すでにそくそくたる妖気《ようき》はまつわりついている。

そして、同じく病んだ萩原新三郎のところへ、夜な夜な、お露とその手をひいた女中のお米が訪れるようになったこと。……

「きょうしも盆の十三日なれば、精霊棚《しょうりょうだな》の支度などいたし、縁側へちょっと敷物をしき、蚊やりをくゆらして新三郎は、白地のゆかたを着、深草形の団扇《うちわ》を片手に蚊を払いながら、冴《さ》えわたる十三日の月を眺めておりますと、生垣《いけがき》の向うから、カラン……コロン……」

場内は水を打ったようだ。

「さきへ立ったのは、年ごろ三十くらいの大丸髷《まるまげ》のよい年増《としま》で、そのころはやった縮緬細《ちりめんざい》工《く》の牡丹の花のついた燈籠を提《さ》げ、そのあとから十七、八とも思われる娘が、髪は文金の高髷にゆい、着物は秋草色染めの振袖《ふりそで》に、緋《ひ》縮緬の長襦袢《ながじゅばん》に繻《しゅ》子の帯をしどけなくしめ、上方《かみがた》風の塗絵の団扇を手に持って、その駒下駄《こまげた》の音が、カラン……コロン……」

円朝は語りすすむ。

かくて萩原新三郎が、ふたたび夜な夜なお露とちぎり合う。夜ごとの新三郎のうれしげな声に、隣りに住む男がふしぎに思って、或《あ》る夜そっとのぞいて見れば。——

「骨と皮ばかりの痩《や》せた女が、髪は島田にゆって鬢《びん》の毛が顔に下《さが》り、真っ蒼《さお》な顔で、裾《すそ》がなくって腰から上ばかりで、骨と皮ばかりの手で新三郎の首ったたまへかじりつく。そのそばに丸髷の女がいて、これも痩せて骨と皮ばかり、腰から下は煙のようで。……」

朝になって、男はこのことを新三郎に告げ、はじめて新三郎は恐怖して、そのころ念仏修行の行者として名高い新幡随院《しんばんずいいん》の良石《りょうせき》和尚に救いを求めにゆく。和尚はこれに数枚のお札を与え、家の中の戸という戸へ内側から貼って、夜じゅう雨宝陀羅尼《うほうだらに》経というお経を誦《とな》えることを伝授する。

さてその夜、またもカランコロンと訪れた牡丹燈籠の二人の女は、どうしても家の中にはいれず、外からとりすがって哀切に怨言《えんげん》をかきくどく。……そのため、幾夜かののち、ついに新三郎はお札の一枚をはがす。そこから二人の幽霊はうれしげにはいっていったが、その翌朝、隣りの男がのぞいて見れば、萩原新三郎は虚空をつかみ、面色土気色に変り、おびただしい血を吐いてこときれている。

「ここにふしぎなるは、新三郎が貼りましたるお守りのお札、あとで調べましたるところ、それはもとのままながら、いずれのお札も真っ赤な血に染まっていたと申すことでございます。……」

三遊亭円朝は語り終え、うやうやしくお辞儀して席を下りた。

拍手する者はだれもいない。それはみんなこの怪談噺に魂をとらえられてしまったからであった。油戸巡査も、からだじゅうが冷たい水にひたったような感じで、しばし茫然《ぼうぜん》と円朝の消えてゆく姿を見送ったばかりである。

……ややあって、彼はふとわれにかえってそこを飛び出し、玄関のほうへ走った。すでにそこに、加治木警部が立って、門のほうを眺めていた。

円朝は、俥で去ってゆく。しかし警部は声も発しない。

「……小官の見た俥の女は、あれは幽霊でありましたろうか？　あれは亡霊のしわざでありましたろうか？　警部どの。……」

油戸杖五郎はいった。

「そんなはずはなか。そんなはずはなかが、しかし、あの血糊《ちのり》の紙は……どうしてもわからん。おいにはわからん。それがわからんけりゃ、円朝はつかまえられん!」

と、加治木警部は白日夢を見るような顔でつぶやいた。外はすでに薄暮である。

夕暮の日比谷の通りの向うで、そのとき脳天から出るような唄声《うたごえ》が聞えた。

「いやだ、おっかさん
巡査の女房
出来たその子は、雨ざらし」

円朝の俥《くるま》の消えたあと、まんまるいからだをしたチョン髷の男が、唄いながら踊っていた。

加治木警部はわれに返り、吼《ほ》えた。

「けしからん! 官吏侮辱罪じゃ、油戸巡査、あやつを逮捕せえ!」

歯がみして、六尺棒かかえて走り出す油戸巡査のゆくてに、その男は鞠《まり》のころがるように駈《か》けて、駈けて、薄闇の中へ溶けていった。

——ともりはじめた銀座の煉瓦《れんが》街の灯が見える大通りで、円朝の俥を呼びとめたのは、羽織の裾を腰に巻いて、大小を落し差しにした男であった。

俥の上で、しきりに円朝は礼をのべた。何もかもみなさまのおかげで、とくにすらすらと怪談噺を作って下すった駒井相模守《さがみのかみ》さまには恐れいりました、いずれお礼には参るつもりではございますが、あなたさまともそこらで一杯、といった。

「ふむ、師匠があそこから無事で出て来れたということは、これで一応大丈夫ということにはちがいない。結構だった」

と、粋な巻羽織の影は軽くうなずき、

「まあ、今夜はよそう。そこらにかん八がいるはずで、あいつを置いてけぼりにするわけにはゆかねえが、晩酌にも冷酒をやるやつを見てるのは、おれはいやだよ」

と、笑って、俥から離れて、ふところ手をしたままぶらぶら歩き出した。

黒暗淵《やみわだ》の警視庁

一

「牛鍋《ぎゅうなべ》食わねば開けぬやつと、鳥なき郷《さと》の蝙蝠傘《こうもりがさ》」

と、仮名垣魯文《かながきろぶん》が「安愚楽鍋《あぐらなべ》」に書いたのは、明治四年のことだが、その流行に乗って、湯島《ゆしま》天神の料理屋開化楼で、西洋造作《ぞうさく》の一軒、は大のれんに朱《あか》く、「官許牛肉」と書いた西洋造作の一軒、湯島天神の料理屋開化楼で、は

からずも殺人が起ったのは、その七年一月七日の夕方のことであった。

午後遅く、十人ばかりの壮士がやって来た。ザンギリ頭だが、みな刀を持ち、中には朱《しゅ》鞘《ざや》の者もある。

廃刀許可令の出たのは四年だが、これは士族も帯刀しなくてもいいということで、禁止的な廃刀令の出たのは九年になってからだ。で、帯刀そのものは異とするに足りなかったし、このころ牛鍋を食いに来るのは何といっても元気のいい書生が多く、それにくらべてその連中は少し年輩で、中には四十近い顔も見えたので――あとでわかったところによると、このグループの平均年齢は約三十歳であった――店のほうでもべつに気にはしなかったのである。

彼らは牛鍋を中に、はじめひそひそと密談していた。

開化楼と称しても、椅子《いす》テーブルではなく、市松模様のゴザをしいて、箱に入れた今戸《いまど》焼の土火鉢《どひばち》、それに鉄鍋をかけて、タレや葱《ねぎ》は後年と変らないが、薬味に匂《にお》い消しの山椒《さんしょう》がそえてあるのを常としたというのが、いかにも明治初年らしい。

やがて、酒がまわりはじめると、案の定、放歌酔吟となる。

「土佐の高知の播磨屋《はりまや》橋で」

と、手拍子打って唄っていたころはまだよかったが――やがて、

「子房《しぼう》イマダ虎嘯《こしょう》セザリシトキ

産ヲ破リテ家ヲナサズ

滄海《そうかい》ニ壮士ヲ得テ

秦《しん》ヲ椎《つい》ス博浪沙《はくろうさ》」

刀を抜いて舞うやつが出て来る。

「風ハ蕭々《しょうしょう》トシテ易水寒シ

壮士一《ひと》タビ去ッテマタ還《かえ》ラズ」

その声と舞いがただごとでないと気がついたときはもう遅かった。痛飲、また痛飲、剣舞のむれが、三人、四人――五人、六人とふえると、襖《ふすま》、柱に斬《き》りつける。酒を持って来い、どんどん持って来いと吼《ほ》えて、女中が逃げると、鍋をひっくり返し、火鉢を蹴飛《けと》ばし、床の間に立小便をする。――まるで、キチガイだ。

あまつさえ、――

隣りの客はとっくの昔に逃げ出していたが、二つ、三つ離れた座敷で飲んでいた職人風の男が二人ばかり、事情はわからないなりにたまりかねて怒鳴りこんで来たうち、その一人をいきなりほんとうに叩《たた》ッ斬ってしまったのである。

斬ったあとで、みな驚いたらしい。袈裟《けさ》がけに斬られた男は、即死であった。そのまま、男たちは雪崩《なだれ》を打って階段を駈け下り、もう暮色の漂《ただよ》いはじめた湯島の町へ、いずこともなく逃走してしまった。――

あと、数分、開化楼は落雷のあとのようにしーんとしていたが、たちまち煮えくり返るような騒ぎになった。

「大変だ！・交番所へいって来い！」

「いや、巡査を呼んで来い！」

――こうして、転がるように走り出した若い衆の一人に、いちばん早くぶつかったのが、巡邏《じゅんら》中の警保寮巡査油戸杖五郎であった。

髯《ひげ》の油戸巡査は六尺棒をかかえて駈けつけた。

開化楼の二階は惨澹《さんたん》たるものであった。殺された男の屍骸《しがい》、血潮の凄《すさま》じさもさることながら、その杯盤狼藉《はいばんろうぜき》ぶりが――いや、それどころか、倒れている破れ襖、ひきちぎられた懸軸《かけじく》――「大喧嘩《おおげんか》でもしたのか？」と、思わず油戸は聞いたほどである。

喧嘩ではない、放歌酔吟の極の大あばれだが、ということになり、ではその連中は何者か、と油戸は改めて聞いた。はじめて来た客で、数は十一人、どこのどういう人間かはわからないが、どうやら彼らの使っていたのは、中に江戸弁も聞えたが、大部分はどうやら土佐弁であったようだ、ということをつきとめたのは、だいぶあとになってからだ。

ところで彼らは、妙なものを残していた。金だ。それはだいぶ多目《おおめ》だが、どうやらその日の酒と牛鍋の代金らしかった。人殺しをしたあと、飲食代だけは置いてゆくとは、馬鹿に落着いたやつもいたものだと思うが、一方で、やはり相当あわてていたと見えて、重大なものを残していたのである。

それは巻紙のきれっぱしであった。水ぐきのあとがある。

「……薫《かおる》の月のよごれただいまにては何のこともなく御座候につき、どうぞ〳〵今夕か明夕か、ぜひ〳〵おいで下さるべく待ち入り候。おめもじ申しあげ候上にて万々……」

紙きれはそこで切れていた。

女中にきくと、酒がまわりかけたころ、男たちは一通の手紙を次々にまわして読みあげ、野鄙《やひ》な歓声をどよめかしたり、ゲラゲラ笑ったりしていたという。そのうちに騒ぎになり、手紙はズタズタにちぎられ、逃走のときだれか気づいて拾いあげたものの、あまりの座の乱れに、ついこの断片だけは見のがしていったものではないかと思われる。

斬られた男は、すぐに同町の紺屋《こうや》職人だとわかったが、乱暴組の素性《すじょう》は依然不明であった。そのゆくえも知れなかった。

油戸巡査は警保寮に馳《は》せ戻って、加治木警部に報告した。

「なに、土佐訛《なま》りの壮士たち？」

加治木警部は、油戸巡査が意外なほど大きな声を発した。——油戸は、東京で毎日いくつかはある酒の上の殺傷事件だと思っていたのだ。

「そやつら、どげな連中か、至急つきとめんけりゃ、大事が起るかも知れんぞ」

加治木警部はいった。

「土佐っぽに、何やら不穏《ふおん》な動きがあっ情報があるんじゃ。いや、何やら不穏どころではなか、暮の芝増上寺《しばぞうじょうじ》の放火、新年早々の浅草寺《せんそうじ》放火も土佐っぽのしわざじゃなかかと、おいはにらんどる」

「え、それがその連中で？」

「いや、そりゃわからんが、とにかく危険分子の一派じゃなかか？　なぜかというに、そげな人殺し騒ぎを起して、わざわざ代金を残してゆくところが臭《くさ》か」

「は？」

「ただの乱暴者じゃなか。何かやる志のある連中の証拠じゃ」

そういわれて、油戸もだんだん大きく眼をむいて来た。西郷の帰郷で鹿児島県人が続々それに従ったことは当然として、薩摩人以外にも政府から辞職する者がひきも切らず、中でも土佐人の動揺が甚《はなは》だしいと聞いていたことだ。

「またたとえそんじゃなかとしても、そんな事件でひっかけて、当分土佐ン不穏分子を一網にひっくくることも出来るんじゃ。そいつら何者か、土佐弁以外まだわからんか？」

「いまのところは、まだ」

しかし、油戸巡査の昂奮度《こうふん》は一挙に高まった。彼は去年秋の柳島の殺人事件の捜査を命令されながら、その後頓挫《とんざ》のままになっていて、せっかく出世の機会を与えてくれたこの加治木警部にも面目なく、意気甚だあがらなかったのだが。——

彼は熱誠こめてさけんだ。

「私がつきとめます。私にやらせて下され！」

「おはん、この手紙をどう思うか」

と、加治木警部は、油戸が押収して来た紙っきれにもういちど眼を注いで聞いた。

「はっ、女の手紙ではござりませぬか」

「馬鹿もん、そんなことはわかっちょる」

警部は一喝《いっかつ》した。

「女からもらった手紙を、得意になって仲間に披露《ひろう》しておったものに相違なか。そげな事《こつ》はわかっちょるが、この女の素性よ」

「さ、それは」

「月経はもう終ったから、はよ来てたもし、とある。こげな手紙は素人に書けるものじゃなか。こりゃ水商売の女じゃ」

そういわれて見れば、まさにその通りだ。加治木警部の推理は明快であった。

「遊ぶところは、出身地によって縄張りがある。土佐はどこじゃったか。そうそう神保《じんぼう》小路など、ようぃっとる。さしあたってまず神保町へいって、土佐人のよくゆく家で、薫っちゅう女はおらんかと探して見んかい」

夜に入ったのに、警保寮は相変らず、騒然としていた。もともと人の出入りの多いところだが、この西日比谷から鍛冶《かじ》橋へ引っ越す日がいよいよ迫っていることもあった。それなのに、そのざわめきの中から何を聞いたか加治木はふと耳をすますと、

「よいか、すぐゆけ、頼んだぞ」

と、油戸に命じると、ドアをあけて廊下に出ていった。

奥から下僚《かりょう》を一人従えて、川路大警視が大股《おおまた》に歩いて来た。退庁の気配ではない、用件あって、外出するらしい案配だ。

加治木警部は呼びとめて、湯島天神の料亭の事件を報告し、土佐人についての自分の見解を早口に述べた。

「よか、よか、その通りにせえ」

と、川路大警視はうなずいた。加治木は聞いた。

「どこへおゆきでごわす」

「江藤どんのところへじゃ」

前司法卿で、西郷とともに辞職した江藤新平のことだ。

「こん中原がきょう佐賀から帰って来ての、佐賀でも、西郷先生、江藤どんの辞職を聞いて不平士族が騒ぎ出し、容易な事《こつ》ではおさまらん雲ゆきじゃっちゅう」

大警視のうしろに従っているのは、やはり薩摩人の警部中原尚雄《なおお》であった。このところ姿が見えないと思っていたら、さては佐賀へ密偵にいっていたのか。――

「そいで、いっしょに江藤どんに説明にいって、大至急鎮《しず》めに帰ってもらおうと思う。佐賀を鎮めるは江藤どんのほかはなか」

江藤新平は佐賀出身のいちばんの大物であった。

「西郷先生という大石が薩摩に落ちた地ひびきで、佐賀にも土佐にも長州にも波が立って、どこもかしこも忙しか」

川路大警視はうすく笑って、中原警部をつれて、夜の東京へ馬で出かけていった。

二

そのころ一橋《ひとつばし》から神保町へかけて、元の侍屋敷がみな軒燈《けんとう》をぶら下げた芸者屋に変って、なかなか繁昌《はんじょう》していた。土佐人の縄張りといってもここばかりではあるまいが、加治木警部の見込みは偶然的中していたのである。それに、柳島の事件のときとはうらはらに、天は油戸巡査に幸運をめぐんでいた。

というのは、その夜は収穫はなかったが、その翌日もその神保小路へいって、聞き込み数軒目の万屋《よろずや》という家に薫という芸者がいることをつきとめ、呼び出して、

「この手紙を書いたのはお前か」

しろから、訊問《じんもん》しているとき、その恐ろしく色っぽい芸者が顔色をかえて立ちすくんでいるうしろから、

「その手紙の受取人はわしです」

と、一人の男が現われたのだ。二十五六の、色黒く唇厚く、ひたいにいくつかにきびをひからせた精悍《せいかん》な壮士であった。

「うぬは何者だ」

「高知県士族、元近衛《このえ》三番砲隊少尉、黒岩成存《せいそん》という者です」

元少尉といったところを見ると、去年秋、西郷大将の辞職とともに雪崩のごとくやめていった軍人の一人にちがいない。——油戸は六尺棒をとり直した。

「では、きのう湯島の開化楼で騒ぎを起した一味じゃな」

のがれぬところと観念したのか、その一見獰猛《どうもう》な若者は案外素直であった。彼はうなずいた。

「左様です。酒の上とはいえ、隣りの客を斬ったのはわしです」

「なに?」

油戸は眼をむいた。

「では、うぬを逮捕する!」

拍子ぬけするような経過であったが、油戸巡査は天にものぼる心地《ここち》であった。彼はすぐにその黒岩成存という壮士を縛って、警保寮へ連行した。

ここまではあっけないほどであったが、それから彼は手こずった。彼ばかりではない。——加治木警部じきじきに厳しい訊問を加えたのだが、その黒岩という若者は、「あれは、近く土佐へ帰るので、東京に別れを告げる酒宴であった。人を殺したのは自分であるから、ほかの人間は一切関係がない。従ってその名をいう必要はない。ただ自分だけを罰してもらいたい」といったきり、蟇《がま》みたいに口を結んでしまったのである。

さすがの加治木警部も、ついにそれ以上の追及はあきらめた。もし、それから六日後に起った驚天の事件を知っていたら、決してその手をゆるめはしなかったであろうが。——

一月十四日の夜のことである。

赤坂の仮皇居を出た右大臣岩倉具視《ともみ》は、馬場先門の自邸へ向って二頭立ての馬車を走らせていた。

夜空に月なく、四界闇黒《あんこく》、ただ並んで走る馬丁《ばてい》の提灯《ちょうちん》を頼りに、馬車は赤坂喰違《くいちが》いの土《ど》堤《て》にかかった。このあたり、いまだ大江戸の面影を残し、樹木は乱生し、雑草は繁茂し、凄涼《せいりょう》をきわめている。ときに、午後八時。

馬車の左右から、白刃《はくじん》をひっさげたいくつかの黒影が立ちあがった。

「坊主」

「簪《かんざし》」

闇夜に姿は見えず、ただその殺気みなぎる声だけを聞いて、御者《ぎょしゃ》は仰天してそのまま馬

に鞭《むち》をくれたが、そのときおそく。──

「国賊岩倉、天誅《てんちゅう》を下す！」

殺到して来た影のうち、まず一人が車のうしろから一刀を突っ込んだ。馬車から蒲団《ふとん》のようなものが転がり落ち、竿立《さおだ》ちになった二頭の馬の蹄《ひづめ》の下へ消えたようであった。それとは知らず、べつの影が左右から車に刀身を突入させる。

一方、御者は斬り落され、馬丁はまろぶように逃げ去った。

「しとめたぞ！」

獣のように声をあげて、だれか顚覆《てんぷく》した馬車の幌《ほろ》をひきあけて、手をつっこみ、

「おらんぞ！」

と、愕然《がくぜん》たるさけびをあげた。車中は毛布だけで、そこにいたはずの人間が存在していないことに気がついたのだ。

「それでは、先刻落ちた影が？」

「ど、どこへ行《い》つろう」

刺客《しかく》たちは騒ぎ出した。馬丁の落していった提灯にまた灯をつけ、彼らは狂気のようにそこらの草むらを白刃で薙《な》いでまわったが、それらしい姿はなかった。

「では、さっき逃げていったのは馬丁だけじゃなかったのか。──」

「ちええ、残念じゃ！」

そう舌打ちする声にかぶせるように、

「いや、たしかに刀の手応《てごた》えはあった。あの手応えで死なぬはずはない！」

と、一人がさけんだ。

「おそらく右大臣め、即死して濠《ほり》の中にでも落ち沈んでしまったのではないか？」

彼らはなおしばらく提灯をふりかざして、土堤の下の暗い濠を照らそうとしていたが、やがて通行人か急報による人数か、向うから駈《か》けて来る跫音《あしおと》を聞くと、また合言葉を交《かわ》しながら、もののけのむれのように闇の中へ消えてしまった。

天運か悪運か、右大臣岩倉具視は生きていた。

最初の車のうしろからの一刀を、彼のしめていた博多帯と、それにさしていた短刀がふせいで、間一髪のところで浅傷《あさで》でとどまったのである。

岩倉はそのまま土堤をころがり落ちていって、水に沈んだ。そして、わずかに枯草につかまって水中からときどき首だけ出していた。刺客のむれさえ合言葉を呼び交さなくては同士討ちのおそれがあったほどの闇夜が彼を救ったのである。

やがて馬丁の注進によって駈けつけた宮内省の役人によって彼は救いあげられた。

そして、寒夜ひさしく水中にあったため、いちじは肺炎を起しかけ、天皇皇后が岩倉邸に見舞ったくらいであったが、やがて、傷とともにそれも癒《い》えた。

大久保内務卿《きょう》は激怒し、犯人の逮捕を川路大警視に厳命した。

この時点においては、刺客の素性はまだわからなかった。岩倉右大臣を狙《ねら》う筋はまだほかに雲のごとく存在したからである。

ただ——加治木警部の胸には、ふっとあの黒岩成存という若者の顔が浮かんだ。しかし彼は、そこから引くべき糸をみずから断《た》ち切った。

たしかにあのときは怪しいやつらだと睨《にら》んだことは事実だが、こういうことが起ってみると、これほどの大事をたくらむ連中が、その前に酒を飲んで、まったく無縁の人間を斬り殺すようなむちゃなことをやるだろうか、と、逆に否定する気になったのである。それに黒岩はあのあと、土佐出身の裁判官で川路とも親交のある岸本円蔵が親戚《しんせき》だということで、責任をもって身柄をあずかりたいと要求かつ保証して来たので、そちらにひき渡してしまっていた。このころには、まだ町人に対する無礼討ち思想がどこか残っていて、そんなことが出来たのである。

さて、岩倉卿の暗殺をはかった刺客はだれだ？

「岩倉卿は不時の参内《さんだい》じゃった」

と、加治木警部は巡査たちにいった。

「あの闇夜の馬車を岩倉卿と知っておった以上、下手人どもは、まだ明るいうち、岩倉卿が御自邸から赤坂の御所へ参内なさるのを追って見とどけたやつがあるに相違なか。しかもじゃ、走る馬車を、人間が走って追っかけては、必ず怪しまれるに相違なか」

考え、考え、言う。

「それを怪しまれずに追うには……人力俥《じんりきしゃ》で追ったに違いなか」

巡査たちはみな、あっと吐胸《とむね》をつかれた顔をした。

「その人力俥を探せ！」

巡査たちは勇躍して散った。

十四日、岩倉右大臣の馬車を追った俥《くるま》――そんなことは、全巡査を動員すれば、数時間のうちにも判明するだろうと思われたのに、十六日の朝が来てもまだ発見されなかった。事件はすでに新聞の号外になって東京じゅうを震撼《しんかん》させている。たとえ憶《おぼ》えのある俥夫《しゃふ》があったとしても、届け出て、係《かかわ》り合いになったときの難儀を怖れていてはそれまでだ。へたをすると、一味の凶行に加担《かたん》したものと見られて、えらい目に逢《あ》う、と――庶民を怖れさせる雰囲気が、このころの警察にはたしかにあった。――それから百年たった現代でも、まだあるかも知れない。

巡査油戸杖五郎は大いに思案した結果、その立派な口髭《くちひげ》や頬髯《ほおひげ》をモジャモジャに変え、もぐりの俥夫に化けて、あちこちの俥宿や客待ちの場所を徘徊《はいかい》しはじめた。

――ところで、加治木警部が右の指揮を下したのはどこか。すでに西日比谷の司法省の一劃《いっかく》ではない。鍛治橋門内の元津山藩邸で、門には墨痕淋漓《ぼっこんりんり》と三文字「警視庁」という大標札がかかった場所だ。

引っ越しは前日までに完了していたが、そのお祝いなどするいとまもあらばこそ。――実に警視庁が新しくこれをかかげたのは、赤坂喰違いの変の起った翌日、明治七年一月十五日のことなのであった。

三

——また、ここはどこだ。

江戸南町奉行所跡。

昭和の現代では有楽町《ゆうらくちょう》二丁目三番地、すなわち朝日新聞社のある一帯だが、江戸末期ここには数寄屋《すきや》橋御門があり、そして南町奉行所があった。

そして、滄桑《そうそう》の変の感は、すでにこの明治七年のころからあった。南町奉行所をめぐって、ここら一帯はいわゆる大名小路であったのが、御一新以来、ことごとく官庁や兵営に様変《さまが》えになり、おまけに五年二月に和田倉《わだくら》門から銀座築地《つきじ》にかけて五千軒近く焼けるという大火があって、ほとんど原形をとどめない。

南町奉行所のすぐ北側にあった松平遠江守《とおとうみのかみ》の屋敷は陸軍の工兵の兵営となり、それとならぶ松平相模守の屋敷は騎兵と輜重《しちょう》兵の兵営となり、東隣りの松平阿波守《あわのかみ》の屋敷跡はなんとラッパの音の聞える練兵所となっている。ただし、銀座などの町屋《まちや》とちがい、なまじそういう用途にあてられたために、いまいった二年前の火事の名残《なご》りがまだ残っていて、建物はほとんどバラックで、いちめん枯草の原ッぱといっていい。

「……いよいよ、わしの屋敷裏に警察が引っ越して来たぞ。きのう、ぶらぶらとのぞきにいったら、警視庁、という大看板をかかげておった」

と、老人は微笑していった。

「ああ、あれを御覧でしたか。実は先刻私もちょっと横目ににらんで通って来ました。いえ、わざわざ新警視庁なるものを見に来たのじゃなく、例の事件での騒ぎようをのぞきに来たのですが」

元八丁堀同心の千羽兵四郎はいった。例の事件とは、おとといの喰違いの変のことだ。

「それにしてもお奉行さまが外にお出かけになるとはお珍しい」

ちょっと気がかりな表情を浮かべていた兵四郎は、気をとりなおすように笑った。

「わしの屋敷裏とおっしゃいますが、お奉行さまのお家のほうが津山藩邸の裏にあったのではありませんか」

「そういうことになるか。いや、そのお奉行さまだけはやめてくれ」

「しかし、江戸南町奉行駒井相模守信興《のぶおき》さまに相違ないのですから」

「遠い夢だ。しかも、あまりありがたくない夢の日々じゃったよ。わしのように役立たずの町奉行ではのう」

一月十六日の午後のことで、冬には珍しい暖かな晴れた日であった。二人は障子をあけた三帖《じょう》で、外の風景を眺めながら話していた。台所でコトコトという音がする以外は、この世はひっそり閑として、すべて世は事もなし、といった和気が漂っている。

ほんのすぐそこの鍛冶橋の警視庁では、黒つむじのように巡査たちが出入りするのを、たったいま見て来たばかりなのだが。――

それは如何《いかん》ともしがたい、と兵四郎は憮然《ぶぜん》として考え、また和気は何よりもこの御老人から出ている、と思った。

小柄で、痩《や》せていて、総髪にした髪は真っ白で——まるで毛につつまれたおもちゃか何かのように見える。だれがこれを、幕末から明治にかけての江戸の最暗黒時代の南町奉行だと思うだろう。

もっとも、この人は徳川最後の江戸町奉行ではない。たしかそのあとにも、六、七人はいる。しかし、この人以前から——幕末の混乱期を通して、浮足立った幕府に歩調をそろえて町奉行もめまぐるしいほど回転し、人によっては二、三ヵ月などというのも少くなかった中に、この駒井相模守は慶応二年から明治元年までともかく足かけ三年その任にあり、これでも一番長いほうであった。

いま老人は、甚だ無能であったと述懐したけれど、だれが町奉行であったとしても、幕府が倒れる真っ最中に、何が出来たろう。それどころか、当時死んだ父のあとをついで八丁堀の同心になったばかりの若い兵四郎の記憶では、暗黒の嵐《あらし》の中に治安に苦闘していた——しかも自若《じじやく》として苦闘していたこの人が、江戸最後のただ一人の町奉行さまであったように印象されている。

瓦解《がかい》後、相模守は将軍について静岡へいった。そして去年の夏、江戸へひっそりと帰って来た。しかし津山藩江戸屋敷の裏にあったその小さな屋敷は、例の火事では焼け残ったものの、すでに没収されていて——今度、津山藩邸とともに警視庁になるという。

そこで彼は、ここに住んだ。

すなわち南町奉行所跡である。

奉行所そのものは火事で焼けて跡かたもないが、この一劃《いっかく》だけはどういうわけか、将来町屋にあてられるという話もあって、ただ茫々《ぼうぼう》たる草ッ原のままであった。そこに彼は、なんと三帖が三つあるだけの小屋《しょうおく》、というより庵《いおり》のごときものを編んで住んだのである。まるで戦災の焼跡に建てた百鬼園《ひゃっきえん》先生の家のようなものだ。

元幕臣で今も新政府に重用されている勝海舟とか山岡鉄舟とかに親交のある人だから、その筋でそういうことが許されたのかと兵四郎は思っていたが、とにかくこんな小さな家では、だれも文句をつける気になれないのかも知れない。

去年、その話をきいて千羽兵四郎は挨拶《あいさつ》にやって来た。五、六年ぶりの再会であったが、最初は恐ろしく老いぼれられたと思い、静岡での御苦労を思って暗然としたほどであった。が、その相も変らぬ和気の中に、これまた相も変らぬ――一種ふしぎな力を感じたのである。

その力を、兵四郎にはうまく説明出来ない。洒落《しゃらく》なような、生ぐさいような、とぼけているような、意地悪いような――そう、これも二、三度逢って話を聞いたこともある勝海舟先生と一脈も二脈もかよう雰囲気だ。

相模守は隅老斎《ぐうろうさい》と名乗っていた。世の隅《すみ》に老いた人、という意味であろう。しかし兵四郎は、あとでこれは愚弄斎《ぐろうさい》と変えたほうがいいと考えて笑った。そう名づけたいような肌《はだ》合《あ》いがたしかにこの老人にはあったのだ。

それはともかく、兵四郎は、ただ昔の上司に対する挨拶ばかりではなく、この老人の変な魅力を昔以上に再発見した思いになり、かつこの老人から彼も知らなかったような江戸の昔ばなしを聞くのを好んで——ちょうど三河町の半七に対するのと同じように——それからもしばしばこの庵を訪れた。不精者の彼には珍しいことだ。もっとも兵四郎は、まだ若いのに、文明開化が大きらいな男でもあった。

そして、はからずも去年秋、柳島の事件でこの老人の智慧《ちえ》をかり、明治政府の警察をけむに巻いて落語家の三遊亭円朝を救ってやったのであったが——円朝自身驚いていたが、それにしてもこの大きな毛虫みたいな老人の脳味噌《のうみそ》のどこから、あんなつやっぽくて凄味《すごみ》のある怪談噺《ばなし》がすらすらと流れ出したのか、呆《あき》れないわけにはゆかない。もっとも老人は、たねは支那の何とかいう怪談だ、とはいった。

「左様さな。では——隅老斎にちなんで」

と、相模守はいう。

「隅の老人——いや、隅の御隠居と呼んでもらおうか」

「隅の御隠居?」

兵四郎は眼をしばたたいた。

「それは伝馬町の牢《ろう》で、その中の役の名ではございませんか」

大牢では、牢名主《ろうなぬし》以下囚人独特の役々があるが、その中で、以前に入牢《じゅろう》して牢名主をやっていてまたはいって来たやつを、前官礼遇として「隅の隠居」と称し、特別に扱う。

「ふ、ふ、まあ、似たようなものじゃわい」

と、みずから隅の隠居と名乗った老人は、元南町奉行所のあった土地から笑った眼を外界遠くに投げて、

「その警視庁の看板じゃがの。なかなか見事な筆跡で、それをかかげようとしておる巡査に、わしは、それはどなたがお書きになったものかと聞いた」

と、また話し出した。

「すると、そっくり返って、川路大警視閣下じゃという。――それからまた聞くに、川路大警視はこれから総監として、警視庁の裏の一劃、すなわちもとのわしの屋敷に住むことになっておるそうじゃ」

面白げに笑う。

「あれは、いちどわしも逢《あ》ったことがあるが、相当な人物じゃぞ」

「へ？」

元南町奉行の私宅に新警視総監が住み、そのお奉行が草蓬々《ほうほう》たる町奉行所の廃墟《はいきょ》に住む――その皮肉な運命にちょっと眼をつぶっていた兵四郎は、ヒョイとその眼をあけた。

「お奉行――いえ、隅の御隠居さまが、川路大警視と？　ほう、いつのことでございます」

「ここにあった町奉行所を官軍に引渡したときじゃよ」

「はて、あのときの町奉行は。……」

「最後の町奉行は、北が石川河内守《かわちのかみ》、南が佐久間鐇五郎《ばんごろう》ということになってあったが、こりゃまったく引渡しのための一日奉行じゃ。佐久間なんぞ何の守《かみ》という官名を考えるひまもなかったくらい、いわば降伏調印式みたいなものじゃから、両人ともいやがっての。石川はとうとう前夜に逃げてしまった。そこでしかたなくわしが引っぱり出されて、石川に化けて立ち合った。――」

はじめて聞く秘話だ。実は兵四郎も、その前後は上野のいくさの跡を悲愁にぬれてうろついていて、奉行所のことなんか、全然忘れ果てていた。

「あれはたしか、明治元年の五月二十三日の朝であったな。御用金、米、書類をきれいにそろえ、畳、障子も新しくし、白洲《しらす》まで塵《ちり》もとどめず、一同官軍を待ち受けた。――というと立派そうじゃが、みんな青菜に塩のていたらくであったよ。そこへ、だんぶくろどもをつれて威風堂々、二人のしゃぐまの官軍隊長が乗り込んで来た。――」

「……」

「でな、いきなりそのとき、下ァに！　とわしがさけんでやったら、一人の隊長はあわてて馬から飛び下りたよ。ははは、あとでその隊長が――たしか海江田《かいえだ》という参謀であったが、さっき下にと怒鳴りおったのはどいつじゃという。わしがノコノコ出ての、あれは公《く》事人《じにん》控所に見物の町人どもがつっ立っておったのでそれを叱《しか》ったのだといった。その参謀が真っ赤になってなお怒ろうとするのを、もう一人の参謀がなだめて、金や書類には眼もくれず、当分、江戸の治安はあんたがたに委《まか》せる、よろしく頼むというなり同僚をうながして、これで用はすんだとばかり風のようにまた馬で去っていった。――」

「……」

「それが川路利良《としよし》という参謀であったとあとで知った。川路はそうはいったが、その日、たしかに江戸町奉行所はここで滅んだ。――」

そのまさに滅んだ趾《あと》に坐《すわ》って荒涼たる四辺を眺めやる隅の御隠居の眼には、さすがに名状しがたい哀愁の光がある。

「やがてその川路が、邏卒《らそつ》六千の総長となったことを知った。――」

御隠居は兵四郎を見やった。

「あれは、こわい男じゃぞ。江戸に何十人何百人の町奉行がおったか知らぬが、まずあれほどのやつは一人もおらなんだであろうな」

「どこがこわいのです」

「あの男、いつもものごとを二重、三重に考えておる。――」

「……？」

「われわれは、眼先のことにすぐに激し、または情に溺《おぼ》れ、それからあとはどうするか、ということは考えんじゃろう。瓦解のときの騒ぎを思い出せばわかる。――ところが川路は、いつも、そのあと、そのうらを考えておる。だから、平生《へいぜい》、怒りもせず、泣きもせず――」

兵四郎は、御隠居のいっていることもよくわからなかったが、それ以上に、なぜこの老人が川路のことをそれだけよく知っているかがわからなかった。

「とにかく、いくらこわくっても、私には関係ありません」

「しかしいつぞやお前はちょっかいを出したではないか。いや、こっちも手伝ったことになったが――うふふ、とにかく剣呑《けんのん》なことだ。例の一件も、しくじったらしいが」

柳島の事件のとき、事が岩倉卿《きょう》襲撃にからまることだとは告げてある。そのとき老人は、係《かかわ》り合いになることはよすがいいといいながらも、円朝を助けるためにあの智慧《ちえ》を貸してくれたのである。

きょう新聞を見て兵四郎は、喰違いの変のことを知り、さてはあの連中がやったか、と膝《ひざ》をたたいた。それで、さすが不精な彼も、ひとごとならず気になって、警視庁をのぞきにやって来て、それが昨日開かれたばかりというのに殺気みなぎり全力回転しているようなのにいささか胆《きも》をつぶし、そのついでにこの老人の庵《いおり》へ立ち寄ったものであった。

もっとも彼のほうからべつにその件についてはまだ特に口にしなかったが、はからずも老人のほうからそれに触れて来た。――ただし、穏やかな、またからかうような調子で、

「何じゃな、昔の町奉行所と今の警察は、まず駕籠《かご》と馬車くらいのちがいがありはせぬかな。兵四郎、もうちょっかいはよすがいいぞ」

と、警句を吐いたとき、美しい娘が顔をのぞかせた。

「兵四郎どの、お客です」

御隠居の孫娘のお縫《ぬい》だ。

「え、私に？　私がここにいると知って？」

「大国家《おおくにけ》のお常と申されるかたで、あなたのおうちのほうからあなたがこちらへ出かけたと聞いて来たといって、大至急お目にかかりたいことがあるそうです」

彼ははっとした。

すぐにお常は通された。きょうは一人であった。そして彼女は、いつぞやの赤坂の半七の家に入って来たときよりもっと蒼《あお》い顔をして、恐怖にひきつった眼をして、

「御同心さま、大変なことになりました。また巡査が、いちどやめていた俥《くるま》の調べをやりはじめて――いつかの俥夫が、とうとうあのことを白状してしまいました！」

と、いきなりさけんだ。

息をひいていた兵四郎は、大国家の女中を眺めていて――ともかく、いった。

「右大臣襲撃のことはしくじったようだな。大国源次郎どのは、やはり一味か」

「そうでございましょう」

「それで、源次郎どのはいまどこに？」

「わかりませぬ。数日前から家に帰っておいでになりませぬ。それよりわたしは、奥さまのほうが心配なのでございます。あのことがわかっては、奥さまはお死にになるよりほかはありませぬ。どうか、御同心さま、もういちどわたしたちを助けて下さいまし！」

一息おいて、兵四郎はいった。

「しかし、おれに何が出来る？　そいつがわかってしまった以上、何をしろというのだ」
お常は両腕をもみねじっていった。
「わたしは道々考えました。いつかのようにまた警察の手をとめていただきたいのでござ
いますけれど、もうそれを知られた以上、ポリスが踏み込んで来るのはふせげない。奥さ
まはお死にになるでしょう。……それをとめるには、旦那《だんな》さまがお帰りになって、その前
にお二人でどこかへお逃げになるということのほかはない。旦那さま以外に、奥さまを救
うかたはありません。……」
「だから、旦那はどこにいるんだ？」
「それを御同心さまに大至急探していただきたいのです。……」
「ばかな！　いま警視庁が血まなこになって捜索していてもまだわからねえ人間が……」
「いまの倖の件はわたしだけが知っていることで、奥さまにはまだ申しあげてはおりませ
ん。けれど奥さまは、それとは別に旦那さまのことを案じて案じて案じぬいていらっしゃ
います。旦那さまがつかまったと聞かれたら、そのときもすぐに御自害なさるでしょう。
わたしの願いは、どうせ助からないまでも、せめてその前にお二人を逢《あ》わせてさしあげる
ことでございます。どうぞ旦那さまがつかまる前に、またはポリスがこちらに踏み込んで
来る前に、お二人がお逢いになれますよう、旦那さまを探して来て下さいまし！」
「そ、そんなむりなことを言われても困る」
隅の隠居がしずかに声をかけた。

「それを探すにはな、兵四郎、それを探しているやつを探せ」

「は？」

「警視庁から出るポリスどものゆくえを追って見るのじゃな」

さっき、警察にちょっかいはよすがいい、と、とめたくせに。——

四

岩倉右大臣の馬車を追跡した俥はないか。

みずからこれを名乗って出た俥夫はなかったが、しかし加治木警部のこの方針は、結局的中していたのである。

それに従って捜査に乗り出した巡査のうち、松岡銅助という者が俥夫に変装して——そういうことをやったのは油戸杖五郎だけではなかったと見える——聞き込みにまわっているうち、麹町《こうじまち》十番地の俥夫の溜《たま》り場《ば》で、

「……あのときちょっと乗せただけで、太政官《だじょう》札で二両せしめたからな。あの爺《じじ》いも、うめえ目を見たろう」

という声とともに、何やら笑うのを耳にした。十六日の昼ごろのことだ。

松岡巡査は、さては、とその俥夫たちのたまりへ躍りこみ、いま太政官札をせしめたと話したのはどやつだと吼《ほ》えた。その結果、その中の俥夫の一人が、おととい午後四時ごろ

麹町平河《ひらかわ》町五丁目一番地の辻《つじ》で客待ちをしていたところ、一台の俥から下りて来た一人の壮士風の男がそのまま駈《か》けて来て、あそこを走ってゆく馬車を追え、金はいくらでもやるといって乗り込んだことを白状した。

「そ、それから、どこへいった？」

「何しろ向うは二頭立ての馬車でござんすから、一丁も走るともう息が切れて追いつかねえ、そこへ見知りの福松爺いが空俥をひいて通りかかったんで、そっちに代わってもらいやした。お侍さんは、そこで二両放り出して、すぐに福松の俥で追っかけてゆきやしたがね。——」

お侍、といった。その人相は、と聞くと、年は三十二、三、ザンギリ頭で丈《たけ》高く、眼細く鋭く、赤縞《あかじま》の書生羽織に紺足袋《こんたび》、朴歯《ほおば》の下駄で一刀をたばさんでいたといった。

「な、なぜそのことを早く届け出なんだか」

と、松岡巡査が怒鳴ると、鳩《はと》が豆鉄砲をくらったような顔で、

「な、何か、そのお侍さんがやったとおっしゃるんで？」

と、聞く。——むろんこのときは松岡を巡査と知って、その俥夫の眼に恐怖があった。が、ほんとうに知らなかったのか、恐れて黙っていたのか、聞かれてそらとぼけたのかよくわからない。

また、この新聞など読んだこともなく、喰違いの話を聞いたこともないという俥夫を叱っているいとまもなかった。松岡巡査は、足ぶみしてその福松爺いという俥夫の所在を聞

いた。

かくて警視庁は、犯人逮捕のいとぐちをつかんだ。それから芋蔓式《いもづるしき》に、十四日夕刻のその壮漢の行動をたぐり出すのは迅雷《じんらい》のごとくであった。

――あとでわかったところによると、その壮士はまさに岩倉卿を狙う一味の一人、中西茂樹という土佐の士族で、岩倉卿の馬車を、人力俥《じんりきしゃ》を乗りつぎ乗りつぎして追跡し、それが赤坂の仮御所にはいったのをつきとめたものであった。

警視庁は、それを知った。のみならず、それ以後彼がまたべつの俥《くるま》に乗って、仮御所ちかくから築地の新島原に帰り、そこにある共同宿泊所にはいったこと、ならびにその男が途中俥夫にものをいった調子は土佐弁くさく聞えたこと、またその宿泊所に、ふだん壮士風の男たちがしきりに出入りしていたことまでさぐりあてた。――果然、犯人たちは土佐っぽだ！

新島原は、維新後築地居留地をひらいたとき、外人の便をはかり吉原《よしわら》の遊廓《ゆうかく》を移転させて、京にちなんでこういう名の新花街を作ったのだけれど、大して流行《はや》りもしないうちに例の五年二月の大火でここも延焼したので、妓楼《ぎろう》はみんな吉原へひきあげてしまい、あとは焼け残った大きな女郎屋があちこちむなしい姿をさらしているという風景がしばらくつづいた。そこに、近ごろ薩摩人や土佐人が住みついて、絃歌《げんか》の代りに詩吟などで建物をどよめかしているという殺風景な一劃《いっかく》になっていたが――知って見れば、なるほど、といいたいところだ。

夜に入って、百人近い巡査が新島原に急行した。それがすべて制服をかなぐり捨てている。加治木警部の指図であった。

このときまでに警察では、その元妓楼の共同宿泊所には、二、三人しか在泊していないことをつきとめていた。例の襲撃は闇夜のことで人数のほども定かではないが、馬丁また岩倉卿《きょう》自身の話から、暗殺者たちが五人や六人ではないことははっきりしている。

ところが加治木は、その共同宿泊所を中心に、町のいたるところにさりげなく変装した巡査を佇《たたず》ませ、潜《ひそ》ませて監視させたのだ。そして、そこから出て来る者は捕え、入る者はそのままにする。おそらくその宿泊所は彼らの大きな巣の一つで、夜に入るとまた続々と帰って来るやつがあるだろうと見て、なるべく多くの犯人をその一網に追い込んで、あとで打尽《だじん》とゆこうという辛辣《しんらつ》な手段をめぐらしたのであった。

「旦那、いけねえ！」

闇の往来を、冷酒かん八が走って来た。

「このあたり一帯、ポリだらけですぜ！」

「ふうむ」

千羽兵四郎は腕を組んだ。

――大国家《おおくにけ》の女中お常の再度の依頼は、その目的さえも判然としないほどしどろもどろであった。要するに、主人の大国源次郎は今や右大臣襲撃の一味として追われ、その妻のお雪は柳島の殺人事件の容疑者としてつかまろうとしている。そこで、せめてものお常の願いとして、破局の前に二人をもういちど逢《あ》わせたいというのであったが、兵四郎からすれば、そんな二人を——いわば、双方死にかかっている夫婦を、いまさら無理して逢わせて見たところで、どうにもしようがねえじゃあねえかと思う。

それでもその依頼に立ちあがったのは、警察への嘲弄《ちょうろう》欲と、それから何より敬愛する隅の御隠居さまに一鞭尻《ひとむちしり》をたたかれたせいであった。

一鞭。——今までいちども見たこともなく、いまや警察の猛追を受けている男を、時間を争って探し出してくれという女中のむちゃな依頼に、当然首を横にふりかけた彼に、ただ一鞭、ただ一語、隅の御隠居は助け舟を出した。

「そいつを探している警視庁を追え」

まったくズバぬけた着眼で、あっとさけんで彼は、南町奉行所跡の小屋から駈け出した。駈け出したが、さすがに一人では手に余ると思う。そこで神田三河町の髪結床《かみゆいどこ》の冷酒かん八を呼んで来た。

「そりゃ大変だ！」

聞いて、かん八は飛び上った。

「いや、こちらは何も大変なことはねえが、乗りかかった舟だからね」

「何のんきなことをいっていなさるんだ。旦那、ひとごとじゃありませんぜ、例の牡丹《ぼたん》俥の奥さまがつかまると、円朝師匠がわけを知ってて警察をからかったってんでこれまたしょっぴかれる。円朝師匠が恐れいってぺらぺら白状すりゃ、こっちだってどうなるかわかりませんぜ」

兵四郎は感心したようにかん八を眺めた。

「なるほど、そういうことにもなるか。かん八、おめえ、そう馬鹿には出来んな」

「ひっくるほうの頭になって見りゃ、あたりめえじゃござんせんか。──そりゃ、一刻も早くその旦那《だんな》を見つけて、その奥さまといっしょにどっかへ逃がすより法はねえ。さっ、探しにゆきやしょう」

「どこへゆくつもりだ？」

かん八は棒立ちになった。そこではじめて兵四郎は、隅の御隠居の指図を打ち明けたわけだ。

──両人が、警察の動きを追って、ホシが新島原の共同宿泊所にいることをつきとめたのは夜に入ってからであった。

が──今。

そこをめぐって警察が、完全に包囲していることをかん八は報告したのである。ことごとく変装している巡査たちをそれと見ぬいたのは、さすがに昔十手《じって》捕縄《とりなわ》をとった岡っ引かん八なればこそだ。

一時間ばかりたって、兵四郎も一帯を歩きまわって、かん八の報告が正しいことを認めた。のみならず、警察の、犯人たちが知らずしてそこに集るのを待ち一網打尽にしようという作戦まで看破《かんぱ》した。その意図の通り、すでに宿泊所には、七、八人帰っているらしい。その中に大国源次郎もいる可能性は充分だし、警察がいつ踏み込むかはまったく予断をゆるさない。

千羽兵四郎はようやく焦燥《しょうそう》して来た。

警察の見えざる哨戒《しょうかい》は完璧《かんぺき》で、そこへ急報することは不可能だし、またそれによって壮士たちが駈《か》け出して来たところで、とうてい逃走出来ようとは思われない。

「こいつぁ」

二人は、立往生してしまった。

さて、この絶体絶命の包囲を切りひらく法如何《いかん》。

――ことわっておかなければならないが、その元妓楼は、焼跡の中にポツンと一軒建っていたわけではない。二年前の火事で新島原は延焼の災いを受け、遊廓《ゆうかく》そのものは逃げ出して、計画者の予想していた大繁華街は霧消したものの、やはり町ではあって、米屋、炭屋、八百屋その他が軒をならべ、なんといっても場所が築地だから、その店々からさすランプの光に、まだ往来は人通りも少くなかったのである。

その中に、大通りはむろん、どんな小路でも変装した巡査が立っていて、共同宿泊所のほうから出て来る人間で、何やら疑わしい男があると、ふいに物蔭《ものかげ》から現われて、

「おいこら、ちょっと来い」

と、ひっぱり込んでしまう。――その網は二重三重で、それとなく見ていて兵四郎は舌

を巻いた。

さて、その宿泊所の隣りに、銭湯があった。むろん何も気づかない町の人々は、しきりにそこに出入している。世にランプというものが出来てから、銭湯も夜の営業が出来るようになった。

かん八は大胆にも、いちどそこへ手拭《てぬぐ》いを肩にかけてはいっていったが、間もなく何くわぬ顔をして出て来て、

「驚いたね。あの中にも板の間に坐《すわ》って三、四人、お茶を飲んだり煙草を吹かしたり、しきりに団扇《うちわ》をつかったりしてましたが、ありゃたしかにポリスですぜ」

と、報告した。

「隣りとの間には、八尺くらいの板塀があって、とうてい乗り越えられねえ。隣りはまだ感づかねえで、酒を飲んで鞭声粛々《べんせいしゅくしゅく》なんて吼《ほ》えてまさあ」

「夜河を渡って来る敵軍も知らねえでか」

兵四郎は苦笑したが、すぐにきっとなった。

「事はいそぐ。ポリスども、いまにも踏み込みそうな気配だ」

「そうですか」

「かん八、もういちど、その風呂《ふろ》にゆこう。おれもいっしょにはいる」

「へ？　そ、それでどうしようってんです？」

「こうするんだ。実にばかばかしい話だがな」

兵四郎はかん八の耳に口をよせて、何やらささやいた。

――それから十数分後、その銭湯「島の湯」で一大騒動が持ちあがった。

湯槽《ゆぶね》の中で、二人の男が何やら口論をはじめたかと思うと――どうやらそれは、女房をとった、いやとらぬの喧嘩《けんか》らしかった――たちまち一人が恐ろしい勢いで飛び出して、板の間から自分の刀を持って駈け戻り、これをふりまわしはじめたのだ。相手は屈せず桶《おけ》をもって立ち向う。

まるで塚原卜伝《つかはらぼくでん》と宮本武蔵《むさし》の鍋《なべ》ぶた試合だ。

何しろ、みんな裸である。しかも――「男女入込《いれこみ》銭湯相成ラザル事」という東京府令が出たのは明治五年のころだが、まだ町の銭湯は混浴が少くなく、この「島の湯」もそれであった。この中で、いきなり抜身をひっこぬいてあばれ出したのだからことだ。

湯が煮湯《にえゆ》にでも変ったような悲鳴があがった。

たまたま板の間にいた三人の眼光の鋭い男が、大声をあげながら飛び込んで来て、これをつかまえようとしたが、たちまち二人がひっくり返った。あとでわかったところによるとそれは峰打ちであったが、恐慌《きょうこう》はそれで絶頂に達した。――おまけに一人はまた板の間に逃げ戻り、そこで狂気のように呼笛《よびこ》を吹いた。

「ピイイイイッ」

もう天地もひっくり返るほどの混乱だ。

なお風呂場であばれている二人をあとに、男も女も何十人か、真っ裸のまま逃げ出した。

寒風吹きさらす一月の夜の大通りへ。

包囲していた巡査のむれは、いったい何事が起ったかわからず、素破《すわ》とばかりにこちらへ殺到した。が、裸で走る男をつかまえるのに大汗をかき、裸でしがみついて来る女をひっぺがすのにあわてふためいた。

「うぬらァ、気でも狂ったのかっ」

やっとそのわけをきいて、雪崩《なだれ》のごとく「島の湯」へ闖入《ちんにゅう》したが、喧嘩していたという二人の男は影もなく、さて改めて問い糺《ただ》しても、冬の夜の銭湯のことでランプをけぶらす霧のような湯気の中の出来事で、その男たちの人相も雲をつかむようだ。

この突発的な珍事に、とっさに打つ手もなく、あれよあれよとばかり茫然《ぼうぜん》としていた加治木警部は、騒ぎがやや鎮まってから、ふいに躍りあがった。

「しまった！　やられたぞ！」

彼は例の共同宿泊所へ巡査たちをひきいて急襲した。

しかし、そこには、めざす凶漢たち——赤坂喰違いの下手人たちの姿は一人もなかったのである。隣りの銭湯の騒ぎに気づき、ついでそれ以外のただならぬ雰囲気を感じとって、破れた網のすきから雲を霞《かすみ》と逃げ去ってしまったに相違なかった。

数時間ののち、必死の捜索もむなしく、憤然また悄然《しょうぜん》とひきあげていった加治木警部は、新島原から出た闇の中で、どこからともなく寒風に乗って流れて来るすッ頓狂《とんきょう》な唄声《うたごえ》を聞いた。

「雪の朝《あした》や、風の夜は、
つつ袖《そで》寒く、ポリス泣く
ほんにやる瀬がないわいな。……」

五

しかし兵四郎たちは、警視庁に勝ったわけではなかったのである。

「おい、大国へいって様子《ようす》を見て来てくれ。昨晩は見つけることは出来なかったが――源次郎を知らねえのだから、見つけようもねえが――家に帰《けえ》るのをあてにするよりほかはねえ。たしか浅草蔵前に住んでいるといったなあ」

と、兵四郎に命じられて、冷酒かん八が蔵前へ出かけていったのは、その翌《あく》る日の朝のことであったが、やがてまるい顔を土気色にして、

「大変だ！」

と、いったきり、しばらく口もきけなかった。

――その早朝、大国家《おおくにけ》に一人のポリスが入って来た。それと知るや、奥でお雪はいきなり胸を刺して自害してしまったのだ。

ポリスがあわてて女中のお常を何かと訊問《じんもん》しているところへ、天なり命なり、夫の源次郎がもう一人の男をつれて帰宅して来たのである。

兵四郎が見込んだ通り、どうやら彼は新島原の宿泊所から逃げ出して、どこかで寒夜を過し、それからその同志の一人をつれて、自分の家へ帰って来たらしい。

それまで一党と自宅とはなるべく無関係においくべく努めていたらしい案配だが、危機を一髪で逃れた気のゆるみから、帰巣《きそう》本能にかられたものと見える。もっとも、もうほかに潜伏する場所もなかったのかも知れない。いずれにせよ、彼はそこで死んだ妻と咆哮《ほうこう》している髯《ひげ》のポリスを発見することになったのである。

つれて来た同志は、三十半ばの精悍《せいかん》無比の男であったが、これを見るやいなや、いきなり抜刀してポリスに斬りかかった。

ポリスは六尺棒を持っていた。そして恐ろしく強い男であった。格闘数分にして彼は、この凶漢の刀を棒でたたき落して縛りあげた。

そしてポリスがふりかえると、大国源次郎は妻の死骸《しがい》の枕頭《ちんとう》で、腹かっさばいて自決していたという。

ポリスは、逮捕した男をつれて立ち去った。

——以上はかん八が、泣き崩れたお常から聞いたその朝の悲劇であった。

「ああ大変だ」

と、かん八は両手をねじって、また飛び上った。

「そんな話をしてからお常さんは、ふらふらと出かけちまったが、どうやら大川のほうへ歩いていったようだ。あれ飛び込んだのじゃあねえか知ら、ああしまった、とめてやるんだった！」

「して見ると、おれたちが新島原から大国源次郎を逃がしてやったのが、かえってたたったということになるのかも知れねえな」

兵四郎は憮然《ぶぜん》たる顔になった。

「かん八、今夜あたり、あの奥さまとお常さんが、カランコロンとやって来るかも知れねえぜ。……こりゃ、隅の御隠居さまへ報告にゆくのがつれえ話になったなあ！」

蔵前の大国という元旗本、いまは東京府の下っぱ役人の家で壮漢を捕縛したのは油戸巡査であった。が、つかまえはしたものの、彼には何のことだかわからない。――

油戸杖五郎にとっては、すべてが偶然であった。

そもそも彼は、岩倉卿《きょう》を襲ったやつらを乗せた俥《くるま》を捜索していたのだ。ところが、蔵前のある俥宿で、彼は思いがけないことを聞き込んだ。

一人の俥夫《しゃふ》が、去年の秋、牡丹《ぼたん》をかいた俥を、一晩、ちかくの大国という家に貸したことをしゃべったのである。おそらく彼は、あの節ポリスが調べに来たときは不在であったものの、あとで仲間からそのことを聞いて気にしていたものと思われる。その牡丹俥と柳島の殺人とはまさか結びつけて考えなかったにしろ、平生からあまり身状《みじょう》のよくない男であったらしく、そういう手合によくあることで、警察におべんちゃらを使う、あるいは煙幕を張るつもりで、ちょろっとそんなことをしゃべったものと見える。

油戸巡査は心中にうなり声をあげた。

しかし、その日はこの聞き込みはどうにもならなかった。それは喰違いの変とは何の関係もなかった。――結局そのほうの手柄は、同僚の松岡巡査にあげられ、その夜彼も新島原の包囲騒ぎに狩り出された。

が、やはりこの一件は何とも気にかかり、新島原のほうが失敗したと判明するや、とりあえずその翌朝、大国家へ踏み込んで見たわけである。ここではからずもそこの妻女及び夫の自殺と凶漢の逮捕という意外事に遭逢《そうほう》したのだが、彼は何が何だかわからない。――油戸巡査は、とりあえずその壮漢を警視庁にひっぱっていった。そしてここで、またまた彼は予想もしない展開を見ることになったのだ。

つかまえられた男は、すでに覚悟をきわめたもののごとく、たとえいかなる大拷問に逢《あ》おうと一切白状はせぬといった面だましいで、口をへの字に結んでいた。また実際、その姓名や素性、何がゆえに巡査に危害を加えんとしたか、というきびしい訊問に、一語も発しなかった。

しかるに。――たまたまそこに油戸は立ち合っていたのだが、

「島崎。――」

ふいに呼びかけた者がある。加治木警部のうしろに立っていた藤田巡査であった。いつぞやの円朝の余興を聞いたとき、「おぬしたちに円朝の人情噺《にんじょうばなし》の面白味がわかるかな?」と笑った藤田五郎巡査であった。

「たしか、お前は土佐藩の島崎直方《なおかた》であったな。上方《かみがた》で逢ったことがあるが……おれを知っておるか？」

ぎょっとして見返していたその男は、みるみる恐怖の相に変った。

「あっ、おまえは」

と、彼はさけんだ。

「新選組の斎藤一《さいとうはじめ》。――」

聞いて、油戸巡査も胆をつぶした。

なんだって？　藤田巡査が新選組だって？　幕末京で鳴らした新選組、東北にいた杖五郎も、その勇名は聞いている。そして、その後、仲間との維新風雲《ふううん》談にもよく新選組のことが出て来て、たしかその中に斎藤一という隊士のあったことも憶《おぼ》えている。――藤田巡査がその斎藤一であったのか。斎藤一がどうして巡査になったのか。いや、新政府の警視庁が、どうして元新選組などを傭《やと》いいれたのか？

「やはり、土佐か」

と、加治木警部がいった。その表情は、むろん藤田巡査の正体などちゃんと知っている顔であった。

「おい……新島原から逃げたやつだな」

島崎の不敵な姿勢が、ふいに崩れた。

それよりも藤田巡査のほうにぐるっと眼をむき出したままの油戸杖五郎のところへ、そ

の元新選組の男はそろそろと近づいて来て、

「油戸。……かくしておってすまなんだが、いう必要もないと思ってのことだ。やはりあまり拡める必要はないだろう」

と、笑顔でささやいた。

「要するに、朝敵だったおぬしが警視庁巡査になったのと同じさ」

崩れた土佐人島崎直方から、武市《たけち》熊吉以下八人の岩倉卿襲撃の土佐人たちの名がもれたのはそれから数時間ののちである。

たちまち巡査たちは出動し、こんどはまちがいなく、昨夜来築地上柳原町ほか諸所に潜伏していた一味はことごとく逮捕された。その日一月十七日から、十九日にかけてのことである。

――とはいえ、捕えられた一味は岩倉卿の暗殺を計ったことを容易に自白しなかった。その口供書をとろうとしても、一切知らぬ存ぜぬでつっぱね、いかなる惨烈《さんれつ》な拷問にも口を割らなかった。かえって征韓《せいかん》の可否を滔々《とうとう》と論じて、取調官を辟易《へきえき》させた。とくに首領株の武市熊吉は幕末から志士として活躍し、前年清国から満州へかけて踏査《とうさ》して来たほどの豪傑であった。

「大警視、どうしても自白しもさんが」

二月にはいって、さしもの加治木警部も音《ね》をあげて報告しないわけにはゆかなかった。

川路大警視はしばらく眼をつぶっていたが、やがてぽつりといった。

「武市らに、こういってやれ。どうせ逃げられぬ運命じゃ。自白すれば、最後に武士の面目はたててやるとな」

「切腹ですか」

「うん、武士の面目は立ててやるといってやるがよか」

と、川路はくりかえした。

――死はまぬがれぬ、とは承知していたであろう。そして、それは斬首《ざんしゅ》だと覚悟していたであろう、そこへ武士としての切腹を許すと伝えられて、それがどれほどの感動を与えたか――彼らが続々と、魔法にかけられたように口供を述べはじめたのはそれからすぐのことであった。

――ちなみにいう。

一味九人の罪状が定まって死刑に処せられたのはこのとし七月九日であったが、それは切腹ではなく、やはり斬首であった。

「――川路にしてやられた！」

と、武市熊吉はさけんだが、しかし同志をかえりみた顔は苦笑を浮かべていたという。

しかも、その友人たちが受取った彼らの死体はなおなまなましい紫黒色の大斑紋《はんもん》に彩《いろど》られ、自白以後も――死刑直前までも拷問を加えられていたことが明らかであったという。明治のムチャクチャぶりの例証である。

――兵四郎やかん八のついに知らなかったことだが、その拷問は、「あの新島原の島の湯で喧嘩《けんか》騒ぎを起して一味を逃走させたやつはだれか？」ということを聞き出すためのものであった。これは一党のまったくあずかり知らないことであった。

もっとも彼らは、ただ知らないことを知らないといい張ったばかりではない。――喰違いの変の一党として断罪されたのはこの九人だが、ほかに大国源次郎なる者も加担していたと思われるふしがあったが、どうしてこの徳川の元旗本がそれに加わっていたのか、そのいきさつは彼が自決し、かつこの土佐人たちが一切口をつぐんだので、永遠の謎《なぞ》となった。

ついでにいえば、彼らはさきにつかまった黒岩成存についても、その名さえもらさなかった。

あれはやはり暗殺前夜祭で狂舞のあまりの偶発殺人であったが――これも明治のムチャクチャぶりの現われであるが――たまたま、武市熊吉の色おんなのところへ連絡のため立ち寄った黒岩が、ふいのポリスの捜索にぶつかり、彼自身は人を殺した張本人ではなかったが、そんなことで大事の破綻《はたん》を来たしてはならぬと、とっさに下手人として罪をひっかぶってしまったものであった。しかし、そのおかげで黒岩は死をまぬがれることにもなったのである。

余談だが、この黒岩成存という人物は、ひょっとしたら同じ土佐高知の郷士《ごうし》の出身である黒岩涙香《るいこう》の一族ではないかと思われるが、正確なところはよくわからない。ただし、後年おびただしい探偵小説を翻訳し、みずからも「無惨」と題する日本最初の本格探偵小説を書いた涙香も、このとしまだ十三歳で土佐にいたはずであったが。——

——さて、

「大警視、一味がついに口供をはじめもした！」

加治木警部が喜悦して総監室にはいっていったとき、川路大警視は大卓の前で一通の電文を読んでいた。二月三日の午後であった。

「そうか」

川路はそれにはべつに感動のようすもなく、その電報を卓に投げて、

「江藤どんが佐賀で、ついに叛乱《はんらん》に乗せられたようじゃ」

と、いった。

加治木警部の頭からも、喰違いの変の凶徒など消し飛んでしまった。彼はこの一月のはじめ、江藤が佐賀に帰って不平士族を鎮撫《ちんぶ》するように勧めにゆくと急いで出ていった川路の姿を思い出した。その江藤が、一月十三日——喰違いの変の前日——佐賀へ向って東京を出発したことも思い出した。

川路はつぶやいた。

「ミイラ取りが、ミイラになるおそれはあったが」

「江藤司法卿が謀叛《むほん》を起されたら……九州は大変ではごわせんか」

加治木警部は愕然《がくぜん》としてさけんだ。

「薩摩がそれに相呼応したなら――」

「西郷先生は起《た》ちもはん」

川路は鉄を打つようにつぶやいた。

「西郷先生は、江藤輩《ばら》と行を共にされるほど、御自分を軽うは思うておられんわい。……心配はなか」

かつての自分の上司、前司法卿を江藤輩と呼び捨てて、大警視川路利良は、水のような微笑を浮かべていた。

地はかたちなく空《むな》しくして黒暗淵《やみわだ》の面《おもて》にあり、神、光あれと言いたまいければ――とは、「創世記」の冒頭の一節だが、この警視庁創世記のときにあたって、聖書は知らず加治木警部は、その初代長官に、光よりも黒暗淵のようなものをはじめて感じた。

人も獣も天地の虫

一

「しかし、今井さん」

と、歩きながら藤田巡査がいった。

「時世時節《ときよ》とはいいながら、地獄狩りとは情けないね」

話しかけられた今井巡査は、何の答えもしなかった。闇の中なので顔は見えないが、おそらく持前の銅像みたいな無表情に、平生通り何の変りもあるまい、と油戸杖五郎は思った。

この今井という、三十を二つ三つ越えたかと思われる巡査が、かつては幕臣で、北越《ほくえつ》から会津、箱館《はこだて》までも戦ったという過去を持っている男だとは油戸も聞いていて、やはり「朝敵」となった仙台藩士の履歴のある油戸杖五郎は少なからぬ親近感をいだき、今までも何度かいろいろ話を聞こうとしたことはあるのだが、恐ろしく寡黙《かもく》な人間で、右の噂《うわさ》以上のことはまだ何も知らない。

ただこの巡査は、ふだんひまなときにはいつも、小さな妙な本を読んでいることが多か

った。いちど、それはなんだと聞いて、

「耶蘇の本だ」

と、答えられて、めんくらったことを覚えている。

ひたひたと夜の道を歩きながら、藤田巡査はつづいて話しかけた。

「こうして歩いていると、あんた、京の見廻組時代を思い出しやしないか？　しかし、狩りたてるのが志士というやつとはちがって、今は売女《ばいた》だとはね」

「や、今井さんは、京都見廻組もやられたのですか？」

油戸巡査は、驚いてさけんだ。新選組とともに幕末の京洛《きようらく》で泣く子も黙る見廻組の雷名は彼も知っている。

「昔の話はよそう」

と、今井巡査は重い口調でいった。

京都見廻組今井信郎《のぶお》——という名と、幕末の或《あ》る事件とが結びついて一般人に知られたのはずっとあとになってからのことであって、この時点においては藤田五郎巡査も、今井巡査のすべてを知っていたかどうかは疑わしいが、

「いや、警視庁も百鬼夜行《ひやっきやこう》じゃねえ」

と、面白げにいった。

むろん、元新選組隊士であった彼自身をふくめての感慨に相違ない。かつての仙台藩士たる油戸杖五郎も自分の運命を異《い》なものと考えていたが、藤田巡査などを思うとまだ驚く

にはあたらない。

藤田巡査自身、こちらから聞くと、「いやあ、汗顔《かんがん》のいたりだ」と手をふって、新選組時代のことをしゃべりたがらないので、ほかの同僚にそれとなく聞いて見たのだが、だれも彼が斎藤一《はじめ》であったことなど知らないようだ。

新選組の幹部の中に副長助勤斎藤一という名前のあったことは、新選組のことを知っている者はみな知っているのだが、さて斎藤一がどういう人物であったかというと、池田屋斬込みで見せた手並みは、剣名高い沖田総司《そうじ》、永倉新八《ながくらしんぱち》などに匹敵するものであったとか、裏切者の武田観柳斎《かんりゅうさい》、谷三十郎などを片づけたのは斎藤一などという評判のある一方で、近藤に叛《そむ》いた伊東甲子太郎《いとうかしたろう》一派に加わったり、かと思うとその伊東が殺されたときはちゃんと新選組に戻っていたという話もあり、出没自在、出身も不明なら新選組崩壊後の運命も不明という、謎《なぞ》の人物たる印象をますます深くするだけであった。

年は三十ばかり、もっともそのわりにひどく老《ふ》けた感じはあるが、一方ではそんな血風の過去を持つ男だとは思われない、のんきそうな、平べったい容貌《ようぼう》をしていて、いまも、今井巡査の叱咤《しった》にもかかわらず、

「うふ、百鬼夜行――夜行しているわれわれも相当怪しげなる者だが、つかまえられる売女どもも、考えて見りゃ有為転変《ういてんぺん》のやつらさね。落魄《らくはく》した幕臣の娘などが多いんじゃから」

と、平気でいった。

「旧幕のころも隠し売女の検挙ということはあった。しかしそれは吉原に対しての非合法の淫売《いんばい》じゃった。ところがこんどは、吉原もいかん、売色はすべて罪人としてひっとらえるというんじゃから、驚いた御時勢になったものだ。実のところおれなんざ、幕府が倒れたことよりも驚いておる。——おまけに、その売女の大半が幕臣の娘とあっては何をかいわんやだ」

ふいに、油戸巡査のほうへむいた気配で、

「貴公、どう思う？」

「どう思う、とは？」

「今夜の仕事など、つらいとは思わないかね、ばかばかしいとは思わないかね」

「その件については」

一息おいて、油戸杖五郎は答えた。

「松岡警部どのから、客の身分、女の素性《すじよう》などに一切斟酌《しんしやく》するな、という特別の注意がありましたので」

油戸と藤田とは同輩の巡査のはずだが、藤田の前身が新選組であったことを知ってから、彼はともすれば敬語を使うようになっている。

「ふふ、松岡警部どのか」

藤田巡査は笑った。

「あれは江藤さんと同じ佐賀出身じゃが、時勢にめくらで佐幕派じゃったせいで、出世の馬に乗りそこねた。——」

自分のことは棚にあげたような口ぶりだ。

「江藤司法卿に拾ってもらって、やっと巡査の口にありついた始末さ。それがさきごろの赤坂喰違い事変の手柄で突如抜擢《ばってき》されたものじゃから、今やウドンゲの花咲く時が来たとばかり武者ぶるいしておる。江藤さんの始末も気にかかるだろうに、江藤のエの字も口にせん、はは、脳中、ただ初仕事の地獄狩りの指揮にふくれあがっとる。しぼんでおったのがこんどはふくれあがり過ぎて、はじけなきゃいいが」

佐賀に勃発《ぼっぱつ》した叛乱は鎮圧され、逃走した首魁《しゅかい》江藤新平も土佐で捕われて、佐賀で裁きを待っているという報道はすでに伝えられていた。

「ま、松岡警部どのはめでたいとして、油戸、貴公に何の恩賞もなかったのは不公平だな。貴公もあの事件では相当にやったはずじゃが」

「いや、あれは」

と、油戸杖五郎は手をふった。

赤坂の喰違いの変で、彼は岩倉卿《きょう》襲撃の犯人の一味、黒岩成存を事前に捕えている。また事件後、別の一人島崎直方《なおかた》を捕えている。——ただし、後者はたしかに捕えたものの、彼自身は何が何だかわからず、あとになってそうと判明したものであり、前者に至っては

それが果して関係者であったかどうか、あいまいのままで終ってしまった。——

それにしても、岩倉卿追跡の犯人をつきとめる端緒《たんしょ》をつかんだ松岡銅助巡査は一挙に警

部に昇進させられたのに、自分のほうには何の沙汰《さた》もない。例の柳島事件は未解決のままだし、自分にも間抜けたところのあるのは自認しているから、油戸杖五郎は上司の評定《ひょうてい》に不服は持たないが、ただすんでのことでつかみかけた出世の機会をとり逃がしてしまったことが残念無念だ。

「私は何の手柄もないので当然でありますが……しかし、女房にヤイノヤイノと言われるのには弱りましたよ」

彼の髯面《ひげづら》はべそをかいたようになっていた。

「ほ、おぬし女房があるのか。いや、あるじゃろうな。はははは、おぬしのような豪傑が、女房に尻《しり》をたたかれておる図は、想像しただけでも――」

「もう黙れ」

と、今井巡査がひくくいった。

「ホシはあれじゃないか？」

三人は今まで、浅草奥山の中を歩いて来たのだ。四月半ばの生あたたかい、曇った夜ふけのことであった。

昼間は茶屋、矢場、見世物などが並んで雑踏《ざっとう》しているが、日が落ちるとともに人通りははたと絶え、店の連中まで宿に引揚げるので、無人の物凄《ものすご》い一劃《いっかく》と化してしまう。

それをいいことに、このごろ夜ここで大々的に淫売屋をやっているという。――松岡警部が指定した東京の密淫売の巣窟《そうくつ》は十数ヵ所あって、この夜を期してそれぞれ巡査が狩込みに出動したのだが、ここもその一つであった。

いま藤田巡査が嘆じたように、隠し売女は江戸時代から取締りに手を焼いたものだ。で、幕末ごろにはもうお手上げ状態になって、御一新以来いよいよそれどころではなく、このほうは野放しになった――どころか、社会的な大変動でかえって売春婦に落ちる女が激増していたくらいなのだが、明治五年六月になって突如例のマリア・ルーズ号事件が起った。横浜に入港したペルー船に奴隷《どれい》として乗せられていた中国人たちを救い出した事件だが、この余波として逆にペルーから、日本にも公認の遊女という奴隷制度があるではないかと突っ込まれ、頭をかいた明治政府は、ついに娼妓《しょうぎ》解放令を出すのやむなき破目にたちいたり、勢いの及ぶところ、すべての売春の取締りを強化するというなりゆきとはなったのだ。

今夜の密行もそのためのものであった。

「ここだ」

「やっとる、やっとる」

いま今井巡査が指さした一軒――それはひるま矢場をやっている店であった。――に耳をぴったりつけて、藤田巡査と油戸巡査は顔見合わせた。中で、三人や五人ではない、男女の笑い声、喃語《なんご》、あえぎの息づかいを聞いたのだ。

隣りの店との間の細い路地を通って裏口へ廻《まわ》り、そこに油戸だけ残して、あとの二人は表に戻り、今井巡査は龕燈《がんどう》をつけた。

「あけろ！」

藤田巡査は怒号し、警棒で表戸を乱打しはじめた。表戸には内側から心張棒《しんばりぼう》がかけてあったが、みるみる裂けた板に手をかけると、たちまちそこに人型の穴があいた。二人はそこから突入した。

「密淫売の現行犯として逮捕する！　警視庁だ！」

中で、凄じい混乱が起った。灯を吹き消したらしく、闇の中で跳《は》ね起きる音、ぶつかる音、転がる音、女の悲鳴に男の咆哮《ほうこう》。――その中を、龕燈の光芒《こうぼう》が走る。

「抵抗すると、ためにならんぞ！　神妙にせい！」

驚いたことに、中に刀を持っていて、これを抜いて向って来た男が何人かあった。

ただ、相手が悪かった。これがかつての新選組と京都見廻組の生残りだというのが、彼らにとっての不運であった。武器としては三尺の棒だけなのに、たちまち彼らは打ち倒され、あとは雪崩《なだれ》を打って裏口から逃げ出そうとした。そこに油戸杖五郎が待ち受けていて、これは六尺棒ですすきを刈るがごとく、片っぱしから向うずねを殴りつけた。

十分ばかりののち、路地に数珠《じゅず》つなぎの一群が出来上った。女が七人、男が十五人、この中には淫売業者も混っていたが、合わせて二十二人、それが大半男も女も半裸ないしまる裸といういでたらくだ。それを、しげしげと龕燈で照らされて。――

「ううぬ、邏卒《らそつ》め」

と、逆上し切った声でさけび出した者があった。

「おれたちはただの平民とちがうぞ。この縄を解け、おれたちは鎮台兵《ちんだい》だぞ、縄を解かぬとあとで大変なことになるぞ！」

「ほう」

　さすがに藤田巡査は驚いた声を出した。

「なるほど」

　と、つづいていったのは、さっきの刀をとっての抵抗を思い出したからだ。

「それじゃ裸で連行しては階級がわからんで気の毒じゃ。おい、衣服をとって来てやれ」

　あきらかに業者とわかる男にあごをしゃくり、運んで来させた衣類の山を照らす。まさに軍服で、しかも佐官尉官のものばかりであった。

「着せてやれ。女が先じゃ。や、手は縛られたままか。では、女は縄を解いてやれ、男はズボンだけでよい」

　男たちは、狂気のように騒いだ。

「こら、おれたちは鎮台の将校じゃっちゅうことがわからんか！」

「何が鎮台じゃ」

　と、藤田巡査はひらべったい顔でそらうそぶいた。

「戊《ぼ》辰《しん》のとき、こういうやつらに負けたのが不思議。――」

「なんじゃと？」

「それとも、あのときの官兵はみんな西郷どんが薩摩へつれて帰って、あと残ったのがこのカス鎮台か。いや、こっちの話じゃ。――歩けっ」

おれたちを縛ると、大変なことになるぞ。――と、淫売買い現行犯の鎮台将校がわめいたのは、むろんせっぱ詰っての威嚇《いかく》であったろうが、しかし、事実はその通りになった。

二

その翌々日、上野で大騒動が起ったのだ。

ちょうど四月の半ばで、上野の山は桜の盛りで、いたるところ緋毛氈《ひもうせん》やむしろをしき、市民の花見の宴もたけなわであった。重箱をひろげ、瓢箪《ひょうたん》をならべ、三味線をひき、ひょっとこ踊りをやっている群もあれば、朗々と謡曲を合唱している組もある。こういう年中行事の風景は、まだ旧幕時代とちっとも変らない。――

その中に現われた異風の一団がある。

三人の男が二人の女を両側から肩に組んで、五人横隊になって稲妻型に歩いて来たのだ。男はすべて、金ボタンの小倉《こくら》の軍服に赤黒の帽子をかぶり、白帯に刀をさした兵隊で、女は――これが、両人とも、ひたいに膏薬《こうやく》など貼りつけて、しかも紅白粉《べにおしろい》も毒々しい、あきらかに夜鷹《よたか》と見える女であった。

むろん、背の高さがちがうから、二人の女は吊《つ》るしあげられたかたちになって、足をバタバタさせながら、キイキイ悲鳴をあげている。それには委細かまわず、兵隊たちは、

「開化に姿はみな筒袖《つつそで》で、

シャッポかぶって馬車人力俥《じんりきしゃ》
日曜ドンタク、ガス、テレガラフ
おうい、おい、おい、
新たに変る世の中じゃ」

わははははは、わはははは、と顔じゅう口だらけにして唄《うた》いながら歩いている。むろん、しらふではない。

千鳥足の及ぶところ、重箱を踏みつぶし、瓢箪を蹴《け》とばし、はては人間をもはね飛ばす。一目見て、これが鎮台兵だと知って、花見の客たちはただ逃げまどった。

そのとき、向うから一人の巡査がやって来て、これに市民が注進したが、巡査はこちらを見て、あわててどこかへ駈《か》け去った。

しかし、彼は逃げたのではなかった。自分一人では手に余ると見たのであろう、数分ののちに十数人の仲間をつれてまた駈け戻ってきた。

「おいこら、何を乱暴しちょるか」

包囲してとがめたが、鎮台兵は血走った酔眼を向けて、

「そこどけい、木ッ端《こっぱ》ポリスども、おれたちゃ軍人だぞ」

と、歯をむき出してあざ笑った。

そもそも軍人と警察は、このころ犬猿の仲で、これまでも小競《こぜ》り合いが絶えなかった。前者が徴兵による百姓が多く、後者が挫折《ざせつ》した武士のなれの果てが多かったというちがい

から来るおたがいの反感に因するものであったかも知れない。――格闘が起るのに、数分の口論を要しなかった。

三人の鎮台兵に対するに、十余人の巡査である。たちまち兵隊はねじ伏せられたり、殴り倒されたりしたが、このとき思いがけない事態が起った。

今までどこにいたのだろう――そういえば、あちこち花見の宴をひらいている兵隊たちがあったが、これがいっせいに立ちあがり、それればかりか至るところの樹立《こだち》の蔭《かげ》や向うの森の中からまで、百人に達するのではないかと思われるほどの鎮台兵がむらむらと現われて、喊声《かんせい》をあげながら殺到して来たのだ。

夜鷹は四つン這《ば》いに這って逃げていった。

酔っぱらった兵隊は囮《おとり》であった。巡査がそれにひっかかるのを、あらかじめ網を張って待っていたものにちがいなかった。彼らはみな手に棒を持っていた。

さすがに剣は抜かなかったが、とにかくこれでは勝敗の帰趨《きすう》は明らかだ。

この結束を、翌日の新聞は、

「棒折レ帽飛ビ臣ガ事畢《おわ》ンヌ」

と、書いた。巡査の敗北ぶりを笑ったのである。

といって、鎮台兵の加勢をしたのでもない。同時に新聞は、「花見チョボクレ」なるものをのせた。

「ヤレヤレみなさん聞いてもくんねえ、

今日の騒ぎは、地獄が狩られる、
あとから出て来る兵隊乱暴、巡査厄介、
喧嘩《けんか》の騒ぎが毎日絶えない。
花見のお客はあわてて逃げ出す、
瓢箪ころげてはまぐり開帳、
兵隊なんぞは桜の時分にゃ、
禁足させたらみんなが安心」

民衆は、この騒ぎのよって来たる原因をもう知っていたのである。

さて兵隊たちは、制服もズタズタに裂け、血まみれになった巡査たちを数珠つなぎにして、意気揚々と引揚げていったが、このとき巡査の一人だけを解き放って、

「こやつら返して欲しけりゃ、おととい浅草でつかまえた将校を即刻釈放せいと警視庁に言え」

と、命じて追い返した。——

これで問題は大々的な警察と軍の対決となるはずであったが、事はあっけなく終熄《しゅうそく》した。当時の陸軍卿《きょう》は山県有朋《やまがたありとも》で、昭和初年のゴーストップ事件で警察に横ぐるまを押して我を張りぬいた陸軍当局のような幼児性の馬鹿者ではない。川路大警視は、大久保内務卿をわずらわすまでもなかった。——もっとも、大久保は江藤新平の裁判に立ち合うために西下していて、当時在京していなかったが——ただちに山県陸軍卿に連絡して、右の乱暴の主

謀者を厳罰に処することを約束させた。

これで警察対軍隊の騒ぎは片づいたのだが、そのまた余波が生じた。改めて警視庁による私娼《ししょう》の徹底的検挙が行われることになったのである。このことを川路大警視に進言したのは、松岡銅助警部であった。

たまたまそこには加治木警部がいて、

「それはよかが、つかまえた女はどうすッか？」

と、いった。

「みんな伝馬町へ送って」

と、松岡警部は鬼瓦《おにがわら》みたいな顔で答えた。

「親か兄弟か、しかとした保証人を呼び出して、これにもはや再犯させぬとの誓約書を出させてから釈放する」

「それがなか場合は？」

「一年ばかり放り込んでおけば懲《こ》りるじゃろ。おれが見るに、それくらいにせねば隠し売女《ばいた》の根はつきぬ。今回の事件でもわかるように、これが治安の乱れの根源となっておるし、以前のような廓《くるわ》が消えただけに、これ以上繁殖されると、手のつけられぬことになる」

「隠し売女の件が原因で巡査がひどか目に合ったんで、坊主憎けりゃ袈裟《けさ》まで憎か、その憂さばらしじゃとまた新聞が言わんか」

と、加治木警部はいったが、眼は珍しく笑っていた。新聞の花見チョボクレでも思い出したのかも知れない。

松岡警部はあごをつき出した。

「世間が原因を知っとるだけに、この際警視庁の断乎《だんこ》たる意志を見せてやるためにもやらんけりゃならん。さもなければ、警察は軍との悶着《もんちゃく》で、地獄狩りに懲《こ》りたと思われよう」

「よか」

と、川路大警視はうなずいた。

「いずれにせよ、隠し売女の取締りはやらんけりゃならん。……こんどもおはんに、その総指揮をまかせる」

「はっ」

松岡警部の顔はかがやいた。

「松岡、おはんの意見と方針は了承したがの」

加治木警部はまた口を出した。

「売女の中には、幕臣やら佐幕諸藩の侍の娘などが少くないと聞く。……ま、あまり世間の評判にならんように取扱ってやるがよか」

「何をいうか。世人の評判になることが懲らしめになるんじゃ。これまでこのほうで甘くしたのが、そもそも今のような密淫売《いんばい》の猖獗《しょうけつ》を来たした原因ではないか」

松岡警部は、そっくり返るようにしていった。――巡査から警部になってから急に威張り出したところはたしかにあるが、薩人が主流を占める警察で、うらなりの佐賀人として鬱屈《うっくつ》していた彼の心情としては、それも無理からぬ点はある。

「では」

大警視に敬礼して、勇躍して出てゆこうとする松岡警部を、川路は「待て」と、呼びとめた。

「佐賀でな、この十三日、江藤前司法卿が処刑されたそうじゃ」

テーブルの上には、電文があった。——松岡警部の顔に、さすがに愕然《がくぜん》たる表情が浮かんだ。江藤前司法卿は、彼の郷党《きょうとう》の大先輩でもある。

「処刑とは……」

「斬首《ざんしゅ》」

と、川路大警視はいった。——いかに叛乱《はんらん》を起したとはいえ、ほんのこの間まで司法卿であった人を、逮捕後半月ばかりの裁判で斬首するとは——と、やがて世にも知られて物論を呼んだ酸鼻《さんび》な事実を、いま川路大警視は自若として伝える。

「国家への叛逆者の命運はかくのごとし、不軌をはかる者は眼をあけて見よ——と、大久保内務卿みずからが決断されて、そのみせしめを示されたものと思う。おいも同感じゃが、しかし江藤卿はおはんの先輩じゃろ。——今夜はしずかに回向《えこう》してさしあげろ、よいか」

「はっ」

松岡警部は鳥肌立ったような顔色で眼をとじたが、すぐにそれをかっとむいて、加治木警部をにらんでいった。

「じゃから、おれも同じ鉄血《てっけつ》の方針でゆくぞ。――前司法卿ですらかくのごとし、いわんや売女に落ちた女が元幕臣の娘であったとしてもそれが何じゃ。以後、おぬし、この件に口は出さんでくれえ」


数日後から、全東京の売春婦の大狩込みがはじまった。現行犯ではなく、かねてから眼をつけていた場所と女の地曳《じび》き網《あみ》的検挙であった。

そして、伝馬町の牢《ろう》――このころには旧幕時代の大牢が、まだ伝馬町囚獄署として使われていた――の門には、縛りあげられた女たちの行列が、延々と連日つづいた。

そういう一日のある夕方のことである。所用あってここに来た油戸巡査は、用をすませて門を出たところで、この行列とゆき逢《あ》い、道ばたによけてこれを見送っていた。うしろは見物の市民でいっぱいだ。

すると、突然、「おえん！　おえん！」と、さけび出した者がある。

実は見物人たちの中にも、知り合いの売女を見つけた者があるらしく、これに呼びかけ、女がやり返し、笑う声、はやす声でけんけんごうごうたるものがあったのだが、その声があまり悲痛をきわめていたので、油戸巡査はそのほうを見た。

囚獄署の潜《くぐ》り門を出たところで、一人の男が棒立ちになって、売女の行列を眺めていた。三十をやや越えた年輩で、顔色わるく髯《ひげ》だらけで、背たけは小柄だが、一方で野獣のように精悍《せいかん》な感じの男であった。役人がそのうしろに二人立って、あきらかにいまその潜り門から出て来たばかりのように見えた。それが、

「おえん！　どうしたってんだ、おえん！」

いきなり男は飛び出そうとし、つかまえかけた役人を凄じい勢いでふり離して、行列のほうへ駈《か》け出そうとした。

その前を、六尺棒がふさいだ。横ざまに走った油戸巡査の棒であった。

男は身もだえしてさけんだ。

「通しておくんなせえ、あそこにおいらの女が――女房同然の女がいるんだ。おれが牢に入ってる間、きれいに待ってるといった女がいたんだ。ちょっと話させておくんなせえ、お願《ねげ》えでごぜえます！」

「あれはこんど挙げられた隠し売女どもだ」

と、役人がいった。

「これ、狼藉《ろうぜき》を働くと、いま出て来た牢へまたぶち込むぞ！」

男は、へたへたと地べたの土ほこりの中へ坐《すわ》ってしまった。

そして、彼がさけびかけていた女の一群が門の中へ消えてから、油戸巡査が改めて見下ろすと、その男の姿も消えていた。

「ありゃ何者か」

と、油戸巡査は聞いた。役人は答えた。

「去年小ばくちでつかまって入牢《じゅろう》し、いま釈放された男ですが――たしか、あいつ、肺を患《わずら》ってるはずだが、いや、すばやいやつで」

と、役人はキョロキョロまわりを見まわしながらいった。

「どうやら留守中、色おんなが売女になっていたと見えますな、いや浮世さまざまとはいいながら、夫婦が牢屋の門でいれちがいとは妙だ。あいつは、東海道で鳴らした清水の次郎長の一の乾分《こぶん》とか二の乾分とかいわれた、小政ってやつですがね。いや、瓦解《がかい》でおちぶれたのは、侍だけじゃあありませんなあ」

三

「おまえさん、助けておくんなさい」

外に俥《くるま》のとまる音がしたかと思うと、芸者姿のままのお蝶が駈け込んで、履物《はきもの》もひっくり返すほどの勢いで上って来た。

黄昏《たそがれ》にも春の香が濃い狭い庭に向って、行燈《あんどん》を置き、銚子《ちょうし》をのせた膳《ぜん》をすえ、柱にもたれかかって三味線をつまびきしていた千羽兵四郎は、さすがに眼をまるくしてふりむいた。

「どうしたんだ」

「大変なことを聞いたんですよ。さっき、お客から」

あえぎながら、そばに坐ってお蝶はいう。

「いま東京で隠し売女《ばいた》狩りってのがやられてるの、おまえさん、知ってるでしょ？」

「知らないね、このごろ新聞を見ねえから。……まさか、おめえが狩り込みをやられることはあるめえ」

お蝶は兵四郎の膝《ひざ》をぶった。

「痛い。それがどうして大変なんだ？」

「榎坂のお波さま、柏木のおふみさま、芹谷のお菊さん、塙《はなわ》のおしゅんさん、野寺のお浜ちゃん――みんな、つかまったんです」

みんな、お蝶の昔の友だちの名だ。兵四郎が本人を知っているのも、二、三はある。

「その話は三日ほど前ふと聞いて、あたし、びっくりしたけれど、恥になるからおまえさんにもしゃべらなかった。そのうちすぐに帰されるだろうとも思って。――」

「ほう、その連中が……隠し売女をやっていたのか。はじめて知った」

「蔑《さげす》まないで下さいな。みんな、それぞれ、泣くにも泣けないわけがあったんです」

そこまで話すにも、お蝶の長いまつげは濡《ぬ》れていた。――みな、安旗本や御家人の娘たちだ。瓦解以来の惨澹《さんたん》たる幕臣の生活をいやというほど知っている兵四郎には、それらの事情はいちいち聞かなくても察しはつく。しかし、それにしても、あのしとやかで可憐《かれん》な娘たちが売女になっていたとは！

「それがみな伝馬町へ送られて、もう十日以上にもなるそう……いえ、あたしが大変だというのは、そのことじゃないの。それも大変だけど、さっき内務省のお役人がお客に来て、お座敷で話してるのを聞いたら、つかまえた女には身請人《みうけにん》をいわせて、その保証がないと出してくれないんですって。もうそんな稼業はやらない、やらせないという。——」

お蝶は、小蝶と名乗って、柳橋の芸者に出ていた。

お蝶もまた御家人の娘であった。その友だちの転落を蔑むどころではない。まったく紙一重のちがいだ、と兵四郎も思う。

もっとも、紙一重とはいうが、お蝶の場合にかぎって、なみの女とは天地のちがいはある。

お蝶はいまだかつて置屋《おきや》に身を置いたことがない。ある事情から知り合った柳橋のさる老芸者に、芸者としての手ほどきを受けたあとは、自前で、この兵四郎との愛の巣からかよっている。——今夜も、ほんの先刻出かけたばかりだ。

まだ若いのに、そういう特例が許されたのも、この小蝶の何とも形容を絶するほどの美しさのゆえであった。

それどころか小蝶は不敵にも政府の大官や役人の座敷に出るのを拒否し、それでもどうしても出なければならないときは一言の口もきかず、ただ黙っていることを許されている。客がそれを承知させられるのだ。そんな途方もないわがままが通るどころか、どの客も眼じりを下げているのは、ひとえに黙って坐っていてもまぶしいばかりの嬌艶《きょうえん》さのおかげであった。しかも、それが決してつんと澄ましているようには見えない。当人はつんと澄ましているつもりでも、ふしぎな愛嬌と肉感美がにじみ出しているのを、本人がどうすることも出来ない。——

で、その夜、黙って聞いた客の役人の話に、お蝶は吐胸《とむね》をつかれ、もはや座にとどまる余裕を失って、俥《くるま》で小舟町《こぶなちょう》のこの家まで駈け戻って来たのであった。

「そんなことになったら、お波さまもおふみさまも、お菊さん、おしゅんさん、お浜ちゃんも、みんな死んでしまうわ！」

お蝶は身もだえした。

「それどころか、そんなことを知ったなら、それぞれのおうちの親御さまが、みんな御自害なさるにきまってるわ！」

お蝶は兵四郎のひざにすがりつき、ゆさぶった。

「早く、早く、何とかして——助けてあげて！」

「助けろってえのは、その娘さんたちを伝馬町の牢から出してくれってえことかい？」

「そう」

「そう、なんて、あんまり気楽なことをいわれても困る」

「どうしてあたしが気楽なもんですか！　それどころじゃないからこそ、お客も放り出して帰って来たんじゃないの。——」

「そいつぁわかってるが……助けてやりてえのはやまやまだが」

と、兵四郎は貧乏ゆすりみたいに膝をゆさぶった。

「場所が、何しろ伝馬町だ。徳川三百年、あそこを破獄《はごく》したやつは一人もいねえそうだ。

瓦解以来のぞいたことはねえが、役人は明治政府と変っても、あの警視庁の武者ぶるいを見てもわかるように、昔より厳重にはなっても、決してゆるんじゃいねえはずだ」

「だから、おまえさんに頼んでいるんじゃないか」

「まさか、おれに牢屋敷《ろうやしき》に斬り込めなんていってるんじゃあねえだろうね。斬り込んだって、五人の女をつれ出すなんて無茶だよ。いや、相手が男一人だって出来っこねえが。……」

「おまえさん！」

お蝶はさけんだ。

「あたし、おまえさんが好きだけじゃない。御一新以来ただごろごろしていても、ひとさまは何ていおうと、あたしゃおまえさんを買ってたんだ。何かやるひとだ、何かを待ってるひとだと、あたしも待ってたんだ」

まったく、一言もない。兵四郎は実はお蝶のヒモ同然として暮して来た男なのである。もっとも当人に劣等感などまるっきりなく大威張りで、お蝶も恩着せがましいことなど露ほどももらしたことはなかったが、いまはじめてこうやりつけられると頭をかかえないわけにはゆかない。――

「そこへ去年の秋ごろから、やっとやる仕事を見つけた、ポリスをからかってやることだといい出して、わたしが待ってたのはそんなことじゃないけれど、まあ何もしないで茸《きのこ》みたいに生えてるだけよりゃまだましだとよろこんでいたのに――いま、そのときが来たっていうのに、そりゃ無理だ、そりゃ困るって何さ」

お蝶としても、思いつめての逆上であったろう。溢《あふ》れ出る涙に眼も唇もぬれて、それがお座敷姿のままだけに、凄艶《せいえん》とも何ともいいようがない。

「いまこうしているあいだにも、お浜ちゃんたちは大変なことになってるかも知れないのよ。旗本御家人の娘たちがそんなのっぴきならないどん底に落ちて苦しんでるっていうのに、おまえさん、そんなノホホンとした顔をしてて、ポリスをからかうだの、警察のなまずひげに一泡《ひとあわ》吹かせてやるだの、あの高言はどこへいったのさ？」

「まったくおっしゃる通りでございますがね」

と、兵四郎は往生した。

「そりゃ無理だ、そりゃ困るって何さといわれても、やっぱりそりゃ無理だ、そりゃ困る。……」

このとき冷酒《ひやざけ》かん八が、三遊亭円朝同道でやって来なかったら、千羽兵四郎どうなったかわからない。

両人が訪れたのは、これから一つ日本橋の兜市《かぶといち》でも見にゆこうと誘い出しに来たというのであったが、それは、いまごろいないはずの小蝶がまだそこにいたからの口上で、ほんとうのところはどこへゆこうというつもりであったのか知れたものではない。

進退きわまっていた兵四郎は、右の次第を両人に打ちあけた。

「へえ。……伝馬町の牢破り、ねえ！」

元岡っ引のかん八も、聞いて悲鳴のような声をあげた。

もっともらしく腕こまぬいていた円朝が口を切ったのは、ややしばらくの思案のあとであった。

「そりゃあたしなんぞにうまい工夫の出る筋合いのことじゃございませんが、どうでげしょう、人形町の五林亭《ごりんてい》さんにでもお願いして見たら。――」

「五林亭、やあ」

と、兵四郎は、手をふった。

「あれはいかん、あれはおっかな過ぎる。――」

「やっぱりそうでござんすか。いや五林亭さんは御存知の通り伝馬町にはなじみの深いひとだから、なんか牢屋敷のアナでも知ってるんじゃあねえかと思いやしてね」

円朝は頭をかいた。

「牢屋敷にアナがあるかどうか知らねえが、あのひとに頼むとあとがたたりそうだよ」

「いえ、青木さんももう四十半ば、いまはもうアク洗いした席亭でございますがね。もっとも無断で休んだりする噺家《はなしか》なんぞがあると、鉄砲の台をとった鉄の棒でひっぱたくことがあるそうではげすが」

それだけで、笑い話に終ったこの人物の名が、やがてまた三人の口に上るのに時間はからなかった。伝馬町の牢に収容された女たちを逃す――この不可能事を可能とする智慧《ちえ》の持主が、ほかにまったく浮かんで来ないのである。その人物だって可能とは思えないが、しかしさしあたってそれよりほかに期待すべき人間はいない、という結論に達したのだ。

四

人形町楽屋《がくや》新道《じんみち》の寄席《よせ》五林亭へ、その席亭の素性を知らずしてかよっている者も多いだろうが、それが青木弥太郎《やたろう》という名だと聞くと、だれでも眼をまるくするにちがいない。

元は安旗本だが、よくいえば活気横溢《おういつ》、わるくいえば凶暴無残のあばれん坊で、よからぬ仲間を集めてその首魁《しゅかい》となり、雲霧《くもきり》お辰《たつ》という吉原の女郎あがりの妖婦《ようふ》を妾《めかけ》として、幕末の世の乱れに乗じて、殺人、強姦《ごうかん》、放火、強盗と悪行のかぎりをつくした。それも「天下のために軍用金をつのる」というわけのわからぬスローガンを唱え、何百両、何千両と持ってゆくという大がかりなものであった。

が、それよりもこの男を有名にしたのは、彼が捕えられてからはじめて世に伝えられたこれら血みどろの悪の数々よりも、それからの審問に右の所業など一切知らぬ存ぜぬで押し通したその強情我慢ぶりであった。

彼は石抱きの拷問を受けた。三角棒をならべた板の上に坐《すわ》らせられて、膝《ひざ》に一枚十二貫――約四十五キロの石をのせてゆさぶられる。三枚、四枚と重ねられるにつれて、肉潰《つぶ》れ骨あらわれて、囚人の大半は悶絶《もんぜつ》するどころか息絶えてしまう。青木の場合も、同じ牢問いにかけられて死んでしまった仲間は二、三にとどまらない。ところが彼は、これを五枚二百二十五キロの石抱きを十八回やられて、殺されても「一寸の虫にも五分の魂。——いわんや、武士がいったん知らぬといったら、知らぬのだ」

と、うそぶき通して耐えぬいた。——物語の世界ならともかく、現実にあったこととして、これほどの大拷問に屈しなかったのは、あとにもさきにもこの青木弥太郎以外にまずあるまい。

彼は元治《げんじ》元年六月、三十人がかりの捕吏に捕縛されてから明治元年七月まで、約五年間、伝馬町の牢に放り込まれていた。

その牢屋敷のいまの役人が——むろん兵四郎などは知らないことだが——牢の門に去来する罪人の運命を眺めていて、浮世さまざまと彼なりに感じいった感慨をもらしたが、この大囚人青木弥太郎など御一新で運命の変った罪人のうちの最適例だろう。彼は徳川崩壊とともに、しょせんあるべきでなかったいのちを永らえることが出来たからだ。

すなわち明治元年に何が何だかわからないままに牢から追い出されて、馬鹿みたいに立ち去ったが、それから七年間どうしたか。——とにかくいまは、人形町の席亭として——その前半に「大事業」をなしとげてあと後半はその実績で食うという、まれにある幸福な人生の成功者らしい余裕を全身に見せて、煙草を輪に吹いて坐っている。

「それは難しゅうございますな」

と、彼はその煙管《きせる》でぽんと風雅な灰吹きをたたいていった。

「あそこから、そんな、らくに逃げられる方便がありゃ、あたしが五年もはいってたわけがありませんや」

前に坐っているのは、千羽兵四郎とかん八と円朝である。——青木弥太郎の言葉づかいは、むろんただ席亭としてのものだ。

この人物が牢屋にぶちこまれたのは、兵四郎やかん八が十手を握る前のことで、話には聞いていたが、めんと向って実物に逢《あ》うのはこれがはじめてであった。いまは巷《ちまた》の席亭らしく、なんとなく自堕落な着つけもむしろ粋《いき》で洒脱《しゃだつ》だが、あぶらぎって大兵肥満《だいひょう》、なるほど若いころこれであばれられたら相当なものだったろうと思われる。——そういう返答も、予期はしていたから、その意味ではそれほど失望はしなかった。

「やはり、そうでしょうな」

と、兵四郎はうなずいて、挨拶《あいきつ》してひきとろうとした。すると五林亭主人は呼びとめたのである。

「お待ちなせえ、その牢破りの話は面白い」

眼の底が凄味《すごみ》をおびてひかっていた。

「それに、幕臣の娘を救い出すというところがうれしい。徳川の禄《ろく》を食《は》んだ青木弥太郎、そんな相談を受けて知らぬ顔の半兵衛をきめこんでいちゃあ、御神君の霊にも申しわけがない」

御一新のおかげで牢から出されて命拾いしたこの男がいうのだ。

この五林亭に相談するについては、実は兵四郎は或《あ》ることを気づかったのだが、それに対して円朝は、「いや、あのおひとはなるほど危ねえおひとじゃあるが、そんな話でいまのお上に密訴するなんてことァ金輪際ございません。その点にかけちゃあ、円朝太鼓判を押しやす」と、何か信ずるもののあるごとく保証したが、なるほど青木弥太郎が本気で肩を入れたことはやがてわかった。

「それにね、聞いたところによると、今度の地獄狩りの采配《さいはい》をふるってるのァ松岡ってえ警部らしいが、ありゃあたしもちょいと知っているお巡りで」

と、五林亭はいい出したのだ。

「もう二年も前になりますかねえ。まだあのひとはポリスだったが、あたしのところへ調べに来たことがある。遠まわしながら、どうやらあたしが隠し売女《ばいた》の親玉じゃあねえかと探りに来たらしい。どうもよくよく隠し売女のお好きな警部さんのようで」

からからと笑ったが、そういわれて見るとこの人物は、寄席のほかにも何をやっているか、知れたものではない。

「その警部さんを知ってるから、いま工夫がつきました」

「ほう、それは」

「警視庁をゆする手がね」

「え、警視庁をゆする？」

「どうもあたしには、そんな智慧しか出ねえようだ。はははは、これから申しますがね、ただ、いまのお話、少々あらっぽいが、あたしの考えた工夫よりほかに法はございませんぜ」

青木弥太郎はニタニタ笑いながら、手をたたいた。

「お辰、お辰、新しいお茶を持って来ておくれ」

すぐに、若い女がお茶を持って来た。

その女が出て来たのはそのときがはじめてではなかったが、かん八は口をあけて見まもった。年は二十二、三、美しいというより、妖艶《ようえん》だ。そして、妖艶というより、かん八に口をあけさせたのは、その悩殺的な官能美であった。みごとに突き出した胸のふくらみと恐ろしく大きなお尻《しり》のあいだの胴は、蜂《はち》みたいにくびれて。——

「席亭さん、いま、お辰とお呼びなすったようですが」

その女がひっ込んでから、かん八は生唾《なまつば》をのみこんで聞いた。

「お辰ってえと、昔、席亭さんとごいっしょに、いろいろと派手にあれしなすった。——」

「雲霧お辰でございますかな」

平然として五林亭はいい、首をふった。——御守殿《ごしゅでん》姿の御殿女中に化けて町の賭場《とば》へ乗り込み、ゆすりをかける雲霧お辰の姿は草双紙《くさぞうし》にまでなったものだ。

「左様、あれはおんな牢の牢名主《ろうなぬし》までやったから、おればこんどの用に立ったかも知れませんが、あたしといっしょに牢を出てね、そのときはもぐらが外へ出たようにめんくらって、オコリが落ちたような変な具合で別れて、それっきり行方も知りませんよ。鎌倉あたりの尼寺にはいったとも聞いたが、訪ねていったこともない。いまの女は、年もちがいます。あたしたちがあばれてた文久《ぶんきゅう》、元治のころは、あれはまだ子供だ。あのお辰とは人ちがいでさあ」

弥太郎は妙な笑いを浮かべていた。

「あれは上州から東京へ出て来た女で、本名はべつにあるんだが、たしかにお辰にあやかって同じ名で呼んでおります。顔かたちもどこか似てるが、それより道具がねえ」

「道具？」

かん八の問いには答えず、弥太郎は笑いながらいった。

「道具といえば、実はあたしの工夫ってえのは、あの女を道具にしようってんで」

「とは？」

兵四郎が眼をしばたたいて聞く。

「つまり、あたしのところへ松岡警部さんにおいでを願う。なに、隠し売女の件で、とか何とかもっともらしいことをいって、あいつが一騎駈けでやって来るようにはからいまさあ。そして、あのお辰に、売女として色仕掛で落させるんです。あたしの見たところ、警部はきっと落ちる。——」

「……」

「だいいち、あたしがいうのも妙だが、あのお辰に色を仕掛けられて落ちねえ男は、まあねえでしょう。こわいのは、それからだ。あとをひくんです。あの女は。――味も比類がねえが、あれをはじめるとあの女はきちがいみたいになって、それがまた男にゃ忘れられねえものになる。――こういうことをいい出した以上、言っちまいますがね、あの女のさね――くじられると、女がひいひいいうあれですな――あれが、ふつうの女の倍はあるんで」

青木弥大郎の面目躍如《やくじょ》たるものがあり、甚だ露骨なことをいう。

「そうなれァ、もうこっちのもの、売女取締りの親玉が売女の虜《とりこ》になっちまっちゃ、もうかたなしだ」

「それはそうだろうが……かりに、そうなったとして」

ややあっけにとられていた兵四郎は、疑問を出した。

「警部が果して、牢の女たちを釈放しますか。また警視庁そのものが、そんなことを認めますか」

「あたしが乗り出した以上、あやふやな始末じゃすましません」

五林亭は煙管をくわえて、ふうとふとい煙をふいた。

「お辰にね、ふ、ふ、松岡警部の寸法まではからせます。大きくなったときの寸法までつかまれて、あとで知らぬ存ぜぬとァ言わせねえ。とにかくのっぴきならねえ証拠をそろえて、いわば警視庁にゆすりをかけるんで」

「……?」

「お辰をあのなまずひげの人身御供《ひとみごくう》にするのァ実はあたしも気色はよくねえんだが、幕臣の娘たちを助けるとありゃしかたがねえ。それくらいのことはしなきゃ、青木の男がすたる。なに、すぐになまずのほうが人身御供になります」

彼は三人を凄《すご》い眼で見すえた。

「あんたがた、笑うかも知れねえが、こんどのことでこっちの望みをとげるにァ、この手よりほかにはありませんよ。……それにしても直参《じきさん》青木弥太郎、おかげで大酒飲みが七年ぶりに酒にありついたような気がいたしますなあ」

……しばらくののち、三人は楽屋新道に出た。白い五月の光の中に、狐につままれたような表情で歩いていたが、やがて兵四郎が、

「どうも、頼んでよかったか、悪かったか、わからなくなった」

と、頭をかかえた。

「やっぱり、とんでもねえことを考える人だね。もっとも、そもそもこっちの望みが大それたことなんだが。……」

うなされたように円朝がつぶやく。

「ほかに、何かいい法がありますかい？」

黙って、また十数歩歩いて、兵四郎がいい出した。

「かん八、おれはこれから隅の御隠居さまのところへゆこうと思う」

「へっ？」

「実はことが牢破りだから、いくら何でも元南町奉行さまに相談にゆくのは気がひけて遠慮していたんだが、こうなると、その手をやっていいかわるいか、やっぱりあのかたの御意見をきかずにはおれなくなった。——おまえも、いって見るかえ？」

冷酒かん八はまだ何か真昼の妄想《もうそう》を見ているような顔をして、あらぬことをつぶやいていた。

「……何とかが、ふつうの女の倍はあるといいやしたねえ？」

やがて、兵四郎とかん八は、元南町奉行所跡の隅の御隠居を訪れた。

聞いて、首をひねると思いきや、隅の御隠居さまは破顔した。

「面白い、やって見るがよかろう」

「ほかに名案もありませんが、されば とて、べつの女をいけにえにして色仕掛っての ァ。

……」

「弥太郎がさし出した女じゃ。二代目雲霧お辰と見ればよかろう。色仕掛というがな、旧幕のころも役人がよく女を抱かせられて落ちた。明治政府の役人はどういうことになるか、それを検査すると思や、そう気にするには及ぶまい。いや、検査も蜂の頭もない、伊藤とか黒田とか——いまの大官どもの世を憚《はばか》らぬ傍若無人な漁色ぶりのよいいましめともなる」

「うまくゆけば、そういうことにもなりましょうが。……」

「あとは知らぬ存ぜぬとは言わせない、と青木弥太郎が申したと？　ふおっ、ふおっ、眼の前に強盗強姦《ごうかん》のれっきとした証拠をつきつけられても、あくまで知らぬ存ぜぬでつっ張り通したあの弥太郎めが。――いや、そこが問題じゃて。いかにも、証拠をつきつけられても、青木づれの男でさえ頑張ったことを、警察が知らぬ存ぜぬで押し通すおそれは充分あるな」

隅の隠居は、声をひそめた。

「ちょっと寄れ、兵四郎」

この家で、だれに聞かれて困る話か、顔を近づけた兵四郎の耳に、御隠居は何やらささやいた。聞くにつれて、兵四郎の顔に驚きの表情が浮かんでいった。

耳から口を離して、隅の御隠居はふと気づいたように苦笑した。

「いや、何も天下の一大事というほどのことではないが」

「それにしても御隠居さまは、どうしてそんなことを御存知で。……」

と、兵四郎はまじまじと老人を眺めていった。老人は答えた。

「なに、先日、伝馬町あたりまで散策に出かけての、たまたま牢屋敷につれ込まれる売女《ばいた》の大群を見物したのよ」

兵四郎が訊《たず》ねたのは、そのことではなく、それ以上のことであったが、そのとき思いがけず突然、隣室で異様な声がした。

はげしい咳《せき》と、さらに何やら吐いたような――あきらかに男の声だ。三間《みま》しかないこの小屋《しょうおく》に、べつの男がいようとはいまはじめて知ったことで、兵四郎とかん八はめんくらった表情になった。

「血煙り荒神山《こうじん》の話を知っておるかな」

突忽《とっこつ》として、老人は妙なことをいう。二人は、首を横にふった。

「それでは、清水の次郎長という名を聞いたことがあるか」

「や、次郎長――それは駿河《するが》のばくちうちの親分で、たしか明治元年、清水港で咸臨丸《かんりん》から流れついた幕府方の戦死者を拾って葬ってくれたとかいう――それが、どうかしましたか」

「その乾分《こぶん》の小政《こまさ》ってやつを、そのとき牢屋《ろうや》敷《しき》門前からつれて来た。隣りにいるのはその男だよ」

「へえ？」

「ちょうど牢から出て来たところで、ひどい肺病にかかっておる。どうやら次郎長はいま富士の裾野《すその》で開墾をやっておるらしいが、そこへ帰すことも叶《かな》わぬありさまで、しばらく当家に寝させておくことにした。それはよいが、その男の女房が、なんといれちがいに、こんどの狩り込みで牢に放り込まれてしまったというんじゃ」

隅の隠居はまた声をひそめ、風のようにささやいた。

「名はおえんというそうな。ついでのことに、その女もつれ出して来てやってくれんか。――次郎長のことは、山岡を介してよく聞いておる。小政も、幕臣の屍体《したい》収容には働いてくれたろう――それが、いま死ぬほど逢《あ》いたがっておる。いや、その男は、死にかけておる。実は、逢わせてやってよいかわるいか、わしにもよくわからんところがあるんじゃが。……」

五

まさか？　と、眉《まゆ》に唾《つば》をつけるところはあったのだが、事はまんまと、青木弥太郎の狙《ねら》い通りに運んでしまったのである。

犯罪の見通しに対する彼のカンの正確さを讃《たた》うべきか、悪におけるその手順の鮮やかさに恐れいるべきか。——

それにしても、弥太郎の妾《めかけ》のお辰という女の蠱惑《こわく》の凄《すさま》じさよ。彼女が松岡警部を粘っこい女郎蜘蛛《じょろうぐも》の巣にひっとらえたのは、人形町の或《あ》る待合であったが、そのありさまを隣りで聞いていて、兵四郎は妖夢《ようむ》を見る思いであった。とうていお辰が、青木の指図でやっているものとは思われなかった。

むろん兵四郎がそんな真似をしたのは、或る目的あってのことで、物好きな悪趣味からではない。青木弥太郎との相談の上だ。

弥太郎は、最初の日だけそこで松岡警部に逢って、東京の売淫《ばいいん》組織についてのもっともらしい情報を二つ三つ提供したのだが、以後「おあとがよろしいようで」と、ひっ込んでしまった。警部のほうは、青木から知らされた事実をたしかめることも出来なかった。その前に——そのとき、偶然のように酌に出たお辰の妖術にそのまま落ちて、理性を失ってしまったのである。

二日、三日、四日。——それでも、ひるまは警視庁へ出勤してゆくが、退庁するやいなや、吸い寄せられるようにそこへひき戻されて、夜も眠らずお辰と痴話《ちわ》狂う。元来は人なみはずれて好きな道であったのか、それとも何かの事情でかつえていたのか。——いや、何よりもお辰という女の、青木弥太郎保証づきの例の奇態な「道具」のなせるわざであったのであろう。

六日、七日、八日。——警視庁へ出かける松岡警部のナマズひげは枯れたような感じになり、足もよろめいているようであった。それでもとにかく出勤するのが、むしろ感心だとさえいえた。

千羽兵四郎が現場にあらわれたのは、十日目の夜のことであった。

「なにやつじゃ！」

松岡警部は仰天してはね起きようとしたが、下から黒髪みだしたお辰が真っ白な足をからめて、そうはさせない。彼女は例のむっちりふくらんだ腰を吸いつかせて、無我法悦《ほうえつ》の声をあげつづけている。

「その女の亭主でござる」

と、あぐらをかいて、兵四郎はいった。

松岡警部はようやくお辰をひっぺがして、起き直った。さすがに、胴ぶるいしながらいう。

「うぬ。……きさま、つつもたせ、じゃな。――」

「まあ、そういうわけで」

覆面をした切れながの眼が笑っている。このごろは珍しい宗十郎頭巾《ずきん》に黒羽《くろは》二重《ぶたえ》の着流しという姿で、実際に兵四郎は、黙阿弥《もくあみ》の芝居か何かをやっているような気になっている。

――彼が隣りで待っていたのは、こういう目的があったからだ。

いちどは、縁なき女を囮《おとり》にするとは――と、ちょっとこだわったが、もともと彼は、こんないたずらがきらいなほうではない。それにお辰がそんな斟酌《しんしゃく》無用な女であることも、ほとほと思い知らされた。

「そういうお姿ではござるが、むろん御身分は承知いたしております」

松岡警部は、ふんどし一本という姿であった。彼はうめいた。

「金か。か、金が欲しいのか」

「いえ。……そういう女を女房にしてりゃ、亭主は小遣いに困ることはないので、お人もあろうにわざわざ警部さまへ、拙者がお願いにまかり出たのは、金ではござらん。――」

「な、なんじゃ、うぬの願いとは？」

「ほかでもねえ、いま伝馬町の囚獄署につかまっている女のうち、ほんの五、六人、お解き放し願いたいんで――そいつは、拙者どもちょいと知り合いの女でござるが。――」

むしろ、松岡は、なんだ、と安堵《あんど》の眼色になった。が、そんなことか、そんなことなら

お安い御用だ、などとはいわない。さらに、傲然《ごうぜん》たる面がまえで、

「何をいうか、そんなことは出来ん！　かりにも法によって検挙した売女どもを、神聖なる国家の権職をあずかるものとして――」

「こうして売女をお買いになったのか」

うっ、と詰《つま》った松岡に、兵四郎はたたみかけた。

「あとあと、当方が害をこうむらんためにも断わっておきますがね、女房を相手にしての警部さんの言行録はみんな書きつけにしてあります。それどころか、ふ、ふ、寸法までとってある。覚えがござんしょう、あんたのほうで得意で測らせたんだから。――そんな大きなからだしてて、ふだんがたった一寸九分八厘、こいつあ、と思っていたら、いざ出陣となると、なんと三倍の五寸九分四厘となる。いや、おみごとなもんでしたなあ」

いつのまにかお辰も起き直って、なまめかしく肘《ひじ》をあげて髪をいじりながら、くつくつ笑っている。

「その書きつけを、恐れながらと大警視閣下なり新聞なりに送る。いや、拙者どもをつかまえたって駄目です。あとから書きつけは回ることになっているんだから。――その結果のあんたの難儀ぶりにくらべて、今日今夜、たった五、六人の売女を釈放することぐらいが何でござろう？」

松岡警部は、けものみたいな息づかいをしていた。

「のみならず、それをやって下さりゃ、当分このまま、警部さんが堪能なさるまで、女房

のからだはさしあげますぜ。どうですかな、松岡警部さん。……」

ひょっとしたら、この条件がいちばん麻薬的な作用で警部を呪縛《じゅばく》したかも知れない。――十日間は味わわせておやんなさい、もう病みつきになりますから――とは、弥太郎がニヤニヤ笑いながらいったことであった。

「や、やむを得ん。……」

松岡警部は肩で息をしながら、ついにうなずいた。

「善はいそげ。それじゃ早速参りましょう」

夜の下《もと》に出た。月はあるが、いま雲の中にあった。

「旦那《だんな》」

往来の物陰から、男が一人、すうと寄って来た。暗いからよくわからないが、どうやら手《て》拭《ぬぐ》いを盗《ぬす》っ人《と》かぶりしているらしい。

兵四郎は警部をひとにらみしておいて、そのほうへいった。――冷酒かん八はささやいた。

「首尾は？」

「上々」

「そいつはよかった。で、これから？」

「伝馬町までいって、頂戴《ちょうだい》して来るよ」

「そうですか」

盗っ人かぶりの頭が、ちょっとかしげられたようだ。

「なんだ」

「へえ、いま向うに、六尺棒をかかえたポリスが一人立っていやしてね。巡邏《じゅんら》かも知れねえが、何だかじっとこっちを眺めていたような気配でしたよ」

「なに？」

「それがまたふっと見えなくなりやしたが……まさか警視庁のほうで、何か感づいたんじゃあござんすめえね？」

兵四郎はまわりを見まわし、しばらく考えていたが、

「それじゃ、いよいよ事は急ぐ。では、ちょいといって来るぜ。――」

と、金縛《かなしば》りにしてあった松岡警部のほうへ戻っていった。

彼はこのときまで、伝馬町囚獄署の前まで警部についてゆくつもりでいた。そこで目的の女たちを受取って引揚げれば事はすむと考えていた。

兵四郎が牢屋敷《ろうやしき》の中まで入ることを決心したのはこのときである。

――兵四郎と松岡警部が、そこからほんの一足の伝馬町の囚獄署につくまでを見とどけてから、身をひるがえして駈《か》け出していったのは油戸杖五郎巡査であった。

油戸巡査はここ三日間、人形町の待合を見張っていた。加治木警部の命令によるものであった。

そして加治木警部の命令もまた川路大警視の注意によるものであったのだ。

「……松岡の動静はおかしか。眼を離すな」

大警視よりも、はるかに松岡に接することの多い加治木警部も、ここ数日の松岡警部の放心状態は、そう言われて見てはじめて思い当ったくらいで、監視の必要までは覚えなかった。おそらくそれは、後年明治のフーシェとまでいわれた密偵使いの大家川路大警視のおそるべきかんによるものであったろう。

深夜のことで、鍛治橋《かじ》の警視庁には加治木警部、藤田巡査、今井巡査その他の小人数が宿直しているだけであった。

「ゆけ、おいもゆく」

油戸巡査の報告を受けて、加治木は、藤田と今井にあごをしゃくった。

「馬を命じろ、伝馬町へ。——」

六

緊急の事件があって、目下検束中の売春婦のうち、五、六人を警視庁で再調査する必要が生じた、と、松岡警部が申し込んだのに対し、囚獄署の役人たちは異議もなく応じた。

その警部といっしょに、宗十郎頭巾をかぶり、着流しに落し差し、という異風の人物がいるのに対しても、べつに疑いの眼は向けない。警部になってからの松岡の威風は、すでにこの囚獄署を覆《おお》うものがあったからだ。

三、四人の役人が、提灯《ちょうちん》を持って、先に立って行く。それに、月も出た。

千羽兵四郎がここに入るのは、七、八年ぶりになる。むろん、同心時代の用件で来たのだが、何もかも変った東京では、可笑《おか》しいことに、いまでは昔ながらの牢屋でさえなつかしい。月明りに見る牢屋敷は、しかし荒れていた。聞くところによると、もう一年ほどたったらここは取払われて、いま作られているもっと大きくて「近代的」な市ヶ谷《いちがや》監獄に移転するということだ。荒れているのはそのせいかもしれないが、とにかく三百年もつづいた伝馬町の牢もそれでなくなるのかと思うと、万感胸に迫るものがある。——

しかし兵四郎は、感慨にふけっているいとまはなかった。

夜の暗がりにも、白粉《おしろい》とも体臭ともつかぬ異様な匂いをはなっているおんな牢の外鞘《そとざや》に立って、彼の知っている女の一人の名を役人に告げた。

「……おしゅんとやら、出ませい！」

役人は、潜り戸の鍵《かぎ》をはずしながらさけんだ。

すでに外鞘に来た提灯を見て、まるで灯に誘われる妖蛾《ようが》の大群のように、牢格子《ろうごうし》の一つ一つに鈴なりに女の顔がならんでいたが、その一つが、ふいにさっと隠れた。

「逃げることはない。ここから出られるのだ」

あきらかに見憶えのある顔と知って、思わず兵四郎はさけんだ。

「おしゅん。……お波、おふみ、お菊、お浜……出ておいで」

それから、つけ加えた。

「清水の小政の女房、おえんという女もおるか。おったら、それも出い」

――まっさきに出て来たのは、そのおえんという女であった。美しい、というより、美しかったろう、と思われる、やつれはてた女だ。

あとは、この際、何を考えているのだろう、いらいらするような時間を経て、やっと五人の女が出て来た。

「……わけは、あとでいう。とにかくおいでなさい」

六人の女をつれておんな牢の外鞘から出たとき、兵四郎は、牢屋敷の門を入って来る数騎の馬蹄《ばてい》のひびきを聞いて立ちすくんだ。――

――しまった！

と、何が起ったかはまだ知らず、兵四郎の全身の毛穴はそそけ立っていた。すでにかん八の注進を聞いてうかうかと手間暇をかけているとどんな邪魔が入るかも知れぬと見て、彼はみずから松岡について牢屋敷の中に入ってせきたてて来たのだ。

しかし、それも間に合わなかったか。いま門の方角にただならぬ蹄《ひづめ》の音を聞いても、衰えはてた六人の女をつれて、兵四郎は逃げ出すことも出来なかった。

数分後、いくつかの提灯や龕燈《がんどう》の光を乱して、ゆくてに一団の黒影が現われた。こちらを見て、いっせいに立ちどまり、しばし様子《ようす》をうかがっていたが、

「松岡警部！」

と、呼ぶ声がした。

腑《ふ》抜けみたいに立っていた松岡警部は、それを加治木警部の声と知って、がくと膝《ひざ》をついてしまっている。

「こいは何事《なにごつ》か」

加治木警部は歩いて来た。うしろに、三人の巡査が従う。

「松岡。……おはん、この深夜、女囚をつれてどこへいって、何しようっちゅうのか」

松岡警部は弁明の言葉を失ってしまったらしく、放心状態でべたりと坐《すわ》ったままだ。たまりかねて兵四郎が口を出した。

「拙者から申しあげる。このたび隠し売女取締の儀につき、再度お取調べを願いたいことが生じたので」

「うぬは何者か」

「新聞記者だ」

「なんじゃと？」

これには、さすがにはっとしたらしい。――「東京日日」とか「郵便報知」とか、まだ後年の新聞ほどの権威はないが、記者に幕臣崩れやアンチ政府主義者が多かったから、あの「花見チョボクレ」を見てもわかるように、やはり相当にうるさい存在にはちがいなかったからだ。

相手側の動揺は見てとったが、しかし兵四郎もそれで通るとは考えていない。

「というのは、その売女《ばいた》取締りの最中に、指揮官たる松岡警部が売女買いに精を出されていたことが判明したので——その実否をたしかめるために、女を五、六人借りてゆきたい」

それにしても、黒頭巾《ずきん》に刀を落し差しにした新聞記者とはわれながら妙だ、と兵四郎は笑い出すところであった。青木さん、あんたがいった通り、やっぱり警視庁をゆすることになったようだぜ、と彼は心中にさけんだ。

「ただし、事情によっては必ずしも記事にするとは限らないが、とにかく、この女たちは暫時《ざんじ》拝借したい」

「松岡警部、そいは事実か」

松岡は大きな蟇《がま》みたいに両手をついたきりでふるえていた。

すると加治木警部は、兵四郎をぎょっとさせるような言葉を発した。

「わかった！　事実とすれば、警視庁は責任をとる。……松岡警部、切腹せよ！」

背後をかえりみて、二人の牢役人の腰の刀に眼をとめると、鞘ごめに二本とも抜かせて、藤田五郎巡査に渡させた。

「一本は介錯《かいしゃく》、おはん、頼む」

藤田巡査は、役人の一人から手拭《てぬぐ》いをもらい、二本の刀を持って松岡警部のところへやってきた。その一本を抜いて、手拭いを巻いて松岡の前におき、もう一本の鞘を払ってそのうしろに立つ。

これを意外ともせず、全然あわてた風もなく、まるで当然の職務を執行するように見えれば、かつての新選組時代の士道不覚悟の隊士の制裁を再現しているようなつもりであったが、どの巡査にしてもこういう行動をとれたろうか。藤田五郎──実は斎藤一にして見たかもしれない。

「松岡警部、はじめて下さい」

妙にやさしい猫撫《ねこな》で声《ごえ》で、あごをしゃくった。

冗談でもなければ、お芝居でもない。……なんと、事は凄惨《せいさん》な現実として進行したのである。松岡警部が夢遊状態で、しかし制服を大きくひろげて太鼓腹に刀をつき立てるやいなや、背後に立った藤田巡査の刀身一閃《いっせん》、ばさ！　と濡手《ぬれて》拭《ぬぐ》いをはたくような音とともに、その大きな頭を切り落してしまったのである。

──ほんのさきごろの岩倉卿《きょう》暗殺未遂事件における大殊勲者の首を。

凜冽《りんれつ》たり、草創期の警視庁！

──などと、感心してはいられない。事はまったく意外に出《い》でた。千羽兵四郎は髪も逆立ち、悪夢を見る思いであったが、しかし屈せず、最後の切札を出すほかはないと覚悟した。ただし、それがどの程度有効かどうかはまだ不明だ。

七

「記者。……警視庁は責任をとった」

と、加治木警部は呼びかけた。

「しかし、検束した罪人はみだりに釈放することは出来ん。そいどころか、おはん、松岡の瀆職《とくしょく》をどうして知り、どうしてかかる行為に出させたか。そいを取調べる。どこの新聞で何ちゅう記者か、まず名乗れ」

「よし、このことも報道する」

兵四郎はいった。新聞記者らしい口をきくのに大苦労だ。

「これで警視庁の罪が帳消しになったわけではないぞ。それとこれとは別問題だ。それより僕は、かかる恐るべき警視庁だと知った以上、ただここにおる六人の女ばかりではない、収監《しゅうかん》中の売笑婦すべての即時釈放を要求する」

「何を厚かましか事《こつ》をいうか」

「僕は警視庁のみならず、明治政府の責任を追及するのだ」

「明治政府の責任？」

話がばかに大きくなったので、これは誇大妄想狂か？　というように加治木警部は改めて兵四郎を見すえて、

「うぬは、元幕臣か？」

と、聞いた。——

「そのわけをいう」

兵四郎はその問いにはとり合わず、

「諸君は、高杉晋作《しんさく》、坂本竜馬《りょうま》という人物をどう思うか」

と、反問した。あまり突拍子もない名が出て来たので、警部たちはあっけにとられて黒頭巾の記者を見まもる。

「聞くまでもない、その二人は維新回天の英雄として、その功業は西郷、木戸、大久保などにまさるとも劣らない。諸君としては永遠に香を焚《た》いて礼拝《らいはい》すべき名だろう」

黒頭巾はつづけた。

「その二人は国事に肝脳を捧《ささ》げつくす一方で、またものの哀れを知る人であった。――肺を病《や》みつつ天馬のごとく往来する高杉の身辺には絶えず一人の女の影があった。その女がどれほど高杉の心を慰めたか、三千世界の鴉《からす》を殺し、ぬしと朝寝がしてみたい、とまで歌わせた女人だ。元は馬関《ばかん》の遊女、名はおうの。……」

みな、黙って聞いていたのは、黒頭巾の演説に、声涙ともに下る、といった調子があるので、唖然《あぜん》としていたためであった。

「坂本に至っては、維新成らんとしてその前夜、京河原《かわら》町通りの近江《おうみ》屋で殺された。襲ったのは、どうやら京都見廻組とかいう。この日本に黎明《れいめい》を呼んだ英雄児の脳天を一太刀で斬り下げ、刺客《しかく》は悠々《ゆうゆう》と、鞍馬天狗《くらまてんぐ》の謡曲を口ずさみつつ立ち去っていったというが、その前に坂本はいちど伏見の寺田屋で新選組に襲われて、危機一髪のところを逃れたことがある。このときは妻のお竜《りょう》が、風呂場《ふろば》からまっぱだかで急を告げて助かったのだが、近江屋のときはそばにお竜がいなかったのを如何《いかん》せん。……」

「……何を、こげなところで維新話を」

動きかけた加治木警部の面《おもて》を、黒頭巾の声が打った。

「諸君、その高杉坂本両先輩の、恋人たり妻であった二人の女人の、その後の消息を御存知か？　両英雄、天に昇って七年。――」

彼はゆっくりとうしろをふりむいて、指さした。

「その二人は、あそこにおる」

「な、なに？」

「高杉晋作の妾《めかけ》おうの、坂本竜馬の妻お竜は、東京の隠し売女の検挙の網にかかって、いまあのおんな牢《ろう》の中におる！」

これこそ兵四郎が隅の御隠居から受けた知識であった。いましゃべったことは、あの日の隠居の講釈の受売りなのだ。――あのとき彼が聞きたかったのは、隠居が隠し売女のむれの中にその二人の女人を見たということもさることながら、なぜ隠居がその二人を知っていたか、ということであったが。――

さすがに加治木警部たちも、雷電に打たれたかのようであった。

「そ、そげな馬鹿な事《こつ》が。……坂本どん、高杉どんの御内儀が、こげなところに。……」

「つかまえて、追い込んだのは諸君だ。諸君は、諸君をして今日あらしめた大功労者たちに香を焚くことは忘れなかったろう。しかし、その功労者を助け、慰め、苦を共にした影の女人は忘れた。忘れるどころか、かかる恥辱をもって酬《むく》いたのだ。僕が忘恩の明治政府の責任を追及するといったゆえんだ」

兵四郎は指をめぐらして、警部たちをさした。

「悲劇は、その大志士たちの愛人だけではない。坂本竜馬は、人も獣も天地の虫、といった。諸君はこれをどう解釈するか、僕は、人間はみんな同じ、といったに等しいと解釈する。こんどつかまった隠し売女たちは、幕臣の娘が多いと聞く。あの女たちとて、みな男どものなせる天地逆転のわざの哀れな犠牲ではないか。——僕は、坂本高杉の両愛人のみならず、女たちすべての即時釈放を要求する！」

「……いまの話は、ほんとうか」

と、今井巡査がしゃがれた声でいった。

「嘘だと思うなら、いって調べて見るがいい」

加治木警部の諾否《だくひ》も求めず、今井巡査はおんな牢のほうへ駈《か》け去った。加治木警部はなお茫然《ぼうぜん》として佇《たたず》んでいたが、

「それがまことなら」

と、やがていった。

「その二人の女は釈放しよう。……しかし」

と、兵四郎に爛《らん》と眼をむけて、

「うぬは逃さぬ。まずその頭巾《ずきん》をぬいで顔を見せろ」

と、いった。

武者ぶるいして立ち上ろうとする油戸巡査を抑えて、つかつかと、藤田巡査が歩み寄って来ようとした。万事休す、と見て千羽兵四郎は飛びずさり、抜刀した。藤田はさっき松岡を介錯《かいしゃく》したままの血まみれの刀身をぶら下げている。立ちどまって、じっと兵四郎の構えに眼をそそいで、

「や、これは」

と、うめいたが、すぐ、にやっと笑った。

「これは久しぶりに見た。おぬし、使えるな。……これは面白い！　屍骸《しがい》にしてから顔を見てやろう。……」

そのとき、おんな牢のほうに物音が起った。「……はてな」と、加治木警部がふりむき、兵四郎も藤田巡査も眼を見張った。

そのほうから、女が出て来たのだ。二人だけではない。十人も、二十人も……あとからあとから限りもなく、異様な匂いをまきちらしながら溢《あふ》れて来る。牢の中の女がすべて出て来たのはあきらかであった。

「警部どの、おゆるしを」

口をあけている加治木警部の足もとに、今井巡査は膝《ひざ》をついていた。警部はさけんだ。

「おはんがした事《こつ》か。……な、なんでじゃ？」

「話はまことでござった。二人は、おりました！　ただし両人とも曖昧屋《あいまいや》のおかみをしておってつかまった由でござるが。——」

と、今井巡査はうめいた。

「その二人だけを出すことは、かえって二人を辱《はずか》しめることでござる。みなと同様、みなにまぎれて、何もいわずに出してやることこそこちらの慈悲。……いや、慈悲ではござらぬ」

彼の声はのどにこもり、舌ももつれてよく聞えなかったが、まさに血を吐くようなひびきを帯びていた。

「……を斬った京都見廻組今井信郎の詫《わ》びとして、何とぞ今回のこと、おゆるし下され。それこそ、拙者への慈悲。……」

今井信郎の青銅のような男らしい顔は滂沱《ぼうだ》たる涙に濡《ぬ》れて、加治木警部を見あげ、がばとひれ伏した。

それから、ふいにぬうと立ちあがった。さっき割腹したままの松岡警部の手にしていた刀をひっつかんでである。

「その代り、こやつは、拙者が斬ります。……この秘密を知った男だけは外に出すわけには参らん」

そのとき、門のほうで、人間とは思われないような声が聞えた。

「おえん……おえん！」

暗い海を漂う花たばのような女の行列のかなたからである。

「おいらが来たぞ。死んでもらいに来た。おいらといっしょに死んでくれ。……おいらは今夜死ぬんだ！」

そして、暴風のような悲鳴の渦《うず》が巻いた。

「狼藉者《ろうぜき》ですっ」

牢役人が二、三人、転がるように駈けて来た。

「たしか先般出獄したばかりのやくざ者が……気でも狂ったか、白刃を抜いて斬り込んで参りました」

「なんだと？　よし、ゆけ」

加治木警部に叱咤《しった》されて、きょろきょろしていた今井巡査と藤田巡査は、刀を手にしたままそのほうへ駈け出した。

眼前の黒頭巾を相手にしている場合ではない、と見たよりも、その「新聞記者」の姿は、茫然としている間に、いつのまにやら消え失《う》せていたからだ。

……そも、いかなるつもりであったろう、長脇差をひっさげて、夜の伝馬牢へ突入して来たその男は、売春婦の渦の中で、めざす女を見つけ出し、これを袈裟《けさ》がけに斬ったところで、駈けつけた元新選組と元京都見廻組の巡査に斬られた。

女と折り重なって倒れたその男は、傷ならぬ口からもかっと血を吐きながら、まさに血笑としかいいようのない声をはりあげていた。

「清水港は鬼よりこわい、大政小政の声がする。……おえん！　あの日に帰ろうぜ。……

……」

それを横眼で見つつ、千羽兵四郎は疾風のように走りぬけている。小政というその男より、下からひしとすがりついたあの寂《さび》しげなおえんという女の笑顔を、眼華《がんか》として刻んだまま。

女のむれとともに伝馬町囚獄署の門を走り出して数十間、おぼろ月の下に、杖《つえ》をついた白い毛の一塊みたいな老人と冷酒かん八の姿を見て、兵四郎は立ちどまった。

「うまくいったようじゃな」

兵四郎は息をきりながら、

「ご、御隠居さま、いま清水の小政とやらが牢にあばれ込み、そのおかげで拙者命びろいいたしましたが、あれは御隠居さまが。……」

「いやいや、あれは勝手に死にたがって、勝手にあばれ込んでいったのじゃよ」

杖にのせたあごの白い鬚《ひげ》が風に動いた。

「わしはけしかけたおぼえはない。べつにとめもせなんだが……人間だれでも、生涯の途中に死ぬべきときが一度はある。そのときに死なぬと、あとろくなことはない。あの男も荒神山あたりで死ねばよかったのじゃ。明治に生きてよい人間ではない。その他、あの人、この人……いや、いや、ひとさまのことはいえぬ。このわしがまたおまえさんがまず生恥かいて生きておる見本でな。ふおっ、ふおっ、ふおっ」

しばらく、トコトコと歩いて、御隠居はまたいった。

「ところで、みごとに死ぬべきときに死んだ坂本竜馬や高杉晋作じゃがな。あの二人が、自分の愛した女のなれの果てを知ったらどう思うじゃろう？」

兵四郎はのどのつまったような声で答えた。

「……泣くでしょう」

「いかにも、泣くじゃろう。しかし——竜馬が、人も獣も天地の虫、というせりふを吐いたことはおまえに教えたが高杉も同じことを考えておったじゃろう。——御両人、天から眺めておって、泣いたあとで、しかしからからと笑いはせぬかな？」

幻談大名小路

一

世の中に偶然ということはよくあることだ、と三河町の半七はいったけれど、その半七親分のところに座頭の話を聞きにいった帰り、座頭の命を助ける破目になったので、冷酒かん八は妙な気持になったが、それはあとになっての感慨である。

そのときは、むろん胆《きも》をつぶした。

赤坂に住む半七親分の家を出たのはもう夕方であったが、この二、三日陰気にふりつづいていた雨が何とかあがりそうな気配であったので、ついでに彼は麻布《あざぶ》の遠縁の家を訪ねた。そこで一杯飲まされて、出たのがもう午後十時近かったろう。

雨はあがったというものの、まだこの世はうす暗い霧にけぶっているようであったが、赤い夏の月が朦朧《もうろう》と浮かんで、このあたりいちめん青田の中の道に立っている石の道標によくよく眼を近づければ、左日ヶ窪《ひがくぼ》、右堀田原と読めないこともない。

野の向うに、黒々と杉の木が一本見えた。ときどき五位鷺《ごいさぎ》がぶきみに鳴く。

「ぎゃあ！」

突然、恐ろしい声が聞えた。鷺の声ではなかった。

そして、その杉の木のほうから、たしかに人間がまろぶように走って来て、すぐうしろから明らかに白刃《はくじん》をふりかざして追って来る影が見えた。

田圃《たんぼ》の中の道が直角に曲っているのに、逃げる男はそれも見えないもののように駈《か》けて来て、まっすぐに田圃に飛び込んだ。水と泥をこねくり返してもがいているやつを、道のはしまで追って来た影は、刀をさしのばして突こうとする。

はては、自分も田圃の中へ足を踏みいれて刀をふりかぶったその腕へ——きりきりっと一本の縄が巻きついた。

のけぞり返り、影もまた水煙をあげて倒れたが、泥の中で刀を持ちかえたか、たちまちその縄を切り、起き直った。

「御用だ！」

と、かん八はさけんだ。

明治七年ごろには、あまり聞かれない声だ。が、人殺しをしようとした男はその声を聞くと、まだもがいている影は捨てて、こけつまろびつ田圃の中を、向うの道まで逃げていった。

そして、そこに這《は》いあがると、

「宅市《たくいち》。——あのことをしゃべると、必ず殺しにゆくぞ！」

と、恐ろしい声を送って、そのまま、また一本杉のほうへ逃げていった。

「御用御用」

かん八はまださけんでいる。

彼はいつも懐《ふところ》に捕縄《とりなわ》をしまいこんでいる。むろんそんなものを使う、はっきりした目的あってのことではない。それはノスタルジアを籠《こ》めた彼のお守りであった。

それをはからずもいま操《あやつ》る機会を得て、彼は有頂天《うちょうてん》になり、しばらく、「御用だ、御用御用」と派手にわめいていたが、そのうち田圃に倒れていた影が動かなくなっているのにやっと気がついた。

「どうしたんだ」

返事がない。しかたがないから、泥の中に入っていってひき起した。

暗い月光であったが、相手が眼をとじていることはわかった。泥まみれであったが、どうやら左肩に傷を受けているらしいこともわかった。さっきの悲鳴はそのせいであったらしい。そしてその男は失神していたが、まだ息があった。

「はてな、こいつ按摩《あんま》か」

かん八がそうつぶやいたのは、とじた眼より丸坊主の頭に気がついたからだ。

「こんな気味の悪い晩に按摩を斬るたあ……いよいようすっ気味のよくねえことをしやがる」

彼はその男をかついで道に上り、そのままあとを振り返り振り返り歩き出した。さっきの凶行者はどこへ逃げたか、あとを追って来るやつはないようだ。

按摩はひょろりと痩《や》せこけた男であったが、恐ろしく背が高くて、鞠《まり》みたいにふとって短軀《たんく》のかん八が背負うと、その足をひきずって歩く案配になった。

「へっ、まるでらくだの馬の屍骸《しげえ》をしょって、かんかん踊りを踊っているようなもんだな。まったく変なものをしょいこんじゃったよ……」

そうこぼしながらも運んでいったのは、根が親切なためというより、やはり昔岡っ引をやっていた度胸のせいであったろう。

彼は途中で百姓家を見つけると、大八車を借りて、さっき立ち寄った親戚《しんせき》の家へ運んで、手当をしてやった。

傷はうしろから斬られたもので、案外浅傷《あさで》であった。しかし、焼酎《しょうちゅう》を吹きかけられ、ありあわせの金創膏《きんそうこう》を塗られ、さらしで繃帯《ほうたい》されながら、ようやく意識をとり戻した盲人は、かん高い悲鳴とともに、「怖い、怖い」と恐怖のうめきをもらした。

一晩そこに厄介《やっかい》になって、その翌朝、

「おい、いってえ、どうしたんだよ？」

と、聞いても盲人は、依然うらなりの胡瓜《きゅうり》のような首をふるわせて、

「そ、それをしゃべると殺されます。どうぞ、このまま帰しておくんなさいまし」

と、いう。――年は三十前後らしい。

「浅傷じゃああるが、とにかくそんな傷を受けて、盲がひとりで帰《けえ》れるもんか。それに、おめえ、どこに帰《けえ》ろうってんだ。おうちはどこだえ？」

「わたしは。……」

と、盲人は答えかけて、また首をふった。

「いえ、それをしゃべると、追っかけて来られて、また殺されます。……」

「何をいってるんだ。こっちはおめえを殺そうとした人間じゃねえ。助けてやったほうなんだぜ」

「あ、おありがとうごぜえます。あの、ここはどこで、どちらさまでごぜえましょう？」

「ここは麻布の堀田原……つまりおめえが殺されかかった場所の近くの百姓家で、ただしおめえを助けたおれは」

かん八はちょっと考えて、

「百姓じゃあねえ、元は十手捕縄をあずかった神田三河町のかん八って男さ」

と、いった。これでも、相手を安心させるためにそう名乗って見たのだ。

が、相手は盲ながらぎょっとした表情になり、横たわっていた頭を枕《まくら》に伏せて、それっきり黙ってしまった。

何かある、とかん八は考えた。むろん、夜の野原で殺されかかったのだから何かあるにきまっているのだが、あれはどうやらゆきずりの事件ではなく、深い仔細《しさい》があるらしい。少くともこの盲人は、凶行者の素性《すじょう》を知っているようだ、とかん八は見た。

だいたいが物好きな男だ。

こんなものをかつぎ込まれてすでに迷惑顔をしているこの家に、このまま置いておけないことは明らかで、いちどかん八は、もういちど赤坂の半七親分のところへつれてゆこうかと思ったが、すぐに半七親分もいい顔はしないだろうと考えた。——

実は昨日、半七のところへいったのは、或《あ》る知人を介して、旧幕のころの「当道《とうどう》」——幕府公認の盲人組織——は解散させられたのだが、その最後の惣録《そうろく》の福住検校《けんぎょう》はどうなったろう、と問われ、むろんかん八は知らず、首をひねった末、こんなことなら物識《ものし》りの半七親分にかぎるとわざわざ聞きにいったのだ。さすがは半七で、それについては「福住検校は路頭に迷い、熊谷《くまがや》在の元の妾《めかけ》の家に転がりこんだが、そこでもむごい仕打ちを受けて、どうやら最後は餓え死《じに》したとか聞いたぜ」と答えたが、それ以上詳《くわ》しいことは知らなかった。

それはいいのだが、話の途中、何かといえば、「もうおれの出る幕じゃあねえ。主人公はちがったよ。別の物語にゃ、別の主人公が出るがいい」などいうせりふが洩《も》れ、半七が、回顧談はともかく、いまの浮世はさっぱりと捨てたらしい心境が読みとれたのである。

そこでかん八は、赤坂はあきらめて、少し遠いけれど、三河町の自分の家につれてゆくことにした。

で、俥《くるま》を探して来て、その日のうちに、また微雨がふり出している中を、怪我人を神田まで運んでいった。

盲人がそれに従ったのは、何といっても、自分の家へ帰ってもつけ狙《ねら》われそうな気がする、という恐怖からであったらしい。

彼はその夜、かん八の家――髪結床《かみゆいどこ》の店に寝ていて、まだうわごとをいった。

「恐れいります、恐れいります」

はっきりとではないが、そんなことをいったようだ。

「わたしなど下賤《げせん》なものが、殿さまのお屋敷へ……いえ、無理につれて来られたので、何とぞお許しを。……」

朝が来ても、彼はまだうなされているような表情であった。

その盲人が、かん八が明かした昔の職業に頼る気になったのか、それともその親切にほだされたのか、やっと自分の受けた災難についてかん八にしゃべり出したのは、その翌日のことであった。

二

『へぇ、わたしは飯田町《いいだまち》で按摩渡世をしておりまする宅市と申すものでごぜえます。いいえ、江戸の生まれではごぜえません。北陸の生まれで、十五の年にふとしたことで盲になり、十年ほど前――廿歳《はたち》の春に江戸へ出て参ったものでごぜえます。

江戸へ出て来たのは、出来れば平家琵琶《びわ》、筋が悪ければ鍼灸《はりきゅう》でも修業して身をたてたいと念願してのことでごぜえましたが、つい金貸し検校の手下となり、まともな修業もせぬうちに御一新となり、御存知のような盲人の官職御廃止とともに、盲人どもはことごとくばらばらの按摩渡世でもやるほかはない境涯におちてしまった次第でごぜえます。

あの日、夕暮ちかい小雨の中を、わたしは飯田町を笛を吹いて流しておりました。雨の中を歩く商売は、どなたさまでも同じでごぜえましょうが、とりわけ盲には辛《つろ》うごぜえます。左手に傘《かさ》、右手に杖《つえ》、それをときどき持ちかえて笛も吹かねばなりませぬ。そうこうしているうちに、ぬかるみに高下駄《たかげた》をつっ込む。……

ほとほと難渋《なんじゅう》しておりますときに、そばにだれか近づいて参りました。

「按摩どの」

と呼びかけたのは、たしかに身分ありげな御老女の声でごぜえました。

「お頼み申したいが。……」

「へえ、おありがとうごぜえます。……して、どちらさまでごぜえましょう？」

「それが、雨もふっておるし、駕籠《かご》でいってもらいたいのじゃ。駕籠はそこに待たせてあります」

わたしは驚きました。そして、そのときわたしのまわりには、その御老女ばかりではなく、何人かの男のかたも立っている気配をはじめて感づきました。

「すると、御遠方で？」

「いえ、それほどでもない。……大名小路《だいみょうこうじ》ですが」

「へっ？　大名小路！」

わたしはいよいよ驚きました。遠いといえば遠うございますが、それほどでもないといえばそれほどでもない。……わたしがびっくりしたのは、道のりではなく、その場所でごぜえます。

「あの、それでは、お大名のお屋敷へ……わたしが？」

「さればです。御老公がこのごろお肩が凝《こ》ってお肩が凝って、夜もよく御寝《ぎょしん》あそばされぬほどなのです。謝礼はいかほどでもつかわすゆえ、なにぶんともに頼みまする」

その声とともに、わたしは男の強い力で、いやも応もなく、待っていた駕籠の中へ押し込まれてしまったのでごぜえます。

駕籠はあがり、雨の中を歩き出しました。それとならんで、数人の跫音《あしおと》がぴちゃぴちゃとつづきます。それにどうやら、もう一挺《いっちょう》の駕籠が先に立っている気配でしたが、その中にさっきの御老女がお乗りになっていたのではごぜえますまいか？

これは大変なことになったと、駕籠の中でわたしはうろたえておりましたが、ぞっとしたのはそのあとでごぜえます。

お殿さまのお肩をもむなど、そんな大それた——と、気をもんだとたん、はてな、もういまの世にお大名などないのではないか？と、思い当ったのでごぜえます。いえ、それは元お大名でまだ昔と同じお暮しをなされているおかたもごぜえましょうが、ゆくさきの大名小路は、たしか二、三年前の大火でほとんど焼けつくしたはずじゃあなかったか？

「もしっ」

わたしは駕籠の戸をゆさぶりました。

「ほんとうに大名小路とやらへ参るのでごぜえましょうか？」

「その通り」

「大名小路は火事で焼けてしまったはずではごぜえませんか？」

しばらく、ただ歩く跫音ののち、

「焼け残ったお家もある。黙ってゆけ」

という、押し殺したような声が聞えて参りました。

わたしはいよいよ恐ろしい気になりながら、しかしそのうち、たとえどんなところへつれてゆかれようと、まさか町中《まちなか》の按摩《あんま》をどうしようというわけでもあるまいと、度胸をすえました。

駕籠はやがて大名小路へ入りました。……むろん、わたしには外の眺めはわかりませぬ。そもそもわたしは、江戸へ出て来たのが、世が物騒がしい慶応二年、しかもお大名などとは縁もゆかりもない按摩でごぜえますから、大名小路へなど、いちども足を踏みいれたことがないのでごぜえます。

ただ駕籠の歩いた道のりから――このごろ駕籠もほんとうに珍しいものになりましたそうで、とくにわたしなんぞめったに乗る機会《おり》もないので、どれだけ走ったかどこまでいったのかよくわかりかねますが、とにかくお城のそばの大名小路へ入ったにちがいごぜえません
そう申しますのは。――

いえ、その前に――入ったとたんに、わたしは恐ろしい目に逢《あ》ったのでございます。

駕籠はとまりました。わたしはひき出されました。生暖かい小雨はまだふりつづいておりました。傘がさしかけられる音がし、男のかたの声が聞えました。

「按摩。――按摩はあとでやってもらう。その前に頼みたいことがある」

「へ？　わたしに、按摩以外の何を？」

「おまえ、奥戸外記《おくどげき》という名を知っておるか？」

わたしは、ぎょっとなりました。

「知っておるな。おまえにとって忘れられない名前のはずじゃ。その男に、いま逢わせてやる。来い」

わたしはごつい手に手をとられました。あわててひっ込めようとしましたが、そのまま引かれて歩き出すよりほかはございませんでした。

わたしはこのときはじめて、自分が呼ばれたのはゆきずりの按摩として呼ばれたものではない、自分の名前も素性も承知でつれて来られたのだということを知ったのでございます。

奥戸外記――それはわたしにとって、ほんとうに忘れることの出来ない名前でございました。

と申しますのは、わたしは百姓の倅《せがれ》でございますが、十五のとしの秋、お国家老の御子息さまがお鷹《たか》の稽古《けいこ》をなされているのを知らず、またそのお邪魔をしたのも知らず、野良でそのおかたに鞭《むち》でたたかれる破目となりました。そのとき何かのはずみで鞭の先が左眼にはいったと見え、つき刺さるような痛みとともにその眼はつぶれてしまいましたが、どうしたことか、それから一ト月ばかりたつと右眼も痛み出し、とうとう生まれもつかぬ盲となってしまったのでごぜえます。その御家老の御子息の名が、奥戸外記さまなのでごぜえました。

なにしろ十五でごぜえます。そのとき、「あいつを殺す、お城へいってあいつを殺してやる」と身もだえして、文字通り盲滅法に飛び出そうとするわたしを、おやじとおふくろが半狂乱で抱きとめたのを今も忘れませぬ。それから十五年ばかりたった今でも、くやしくてくやしくてならないのでごぜえます。

とは申せ、いざその人に逢わせてやるといわれると、わたしは足もすくんでしまいました。そのわたしを、強い力は半分ひきずるようにしてつれてゆくのでごぜえます。

そのとき、大名小路のどこかで、鼓《つづみ》の音が二つ三つ聞えました。駕籠から下ろされるまでは、人通りも多い往来と感じられましたのに、その場所に一歩入ると、しーんと別の世界のようで、それだけにその鼓の音がよく聞えたのでごぜえます。その谺《こだま》の具合と、瓦《かわら》や軒から落ちる雨の音で、わたしの両側にあるのは、決して町家でない、大きな建物だということもよくわかりました。

しかし、わたしをその人に逢わせて、いったいどうしろというのでごぜえましょう？

「外記どの」

呼ぶ声がしました。相変らずの小雨の往来でごぜえます。

「貴公が若いころ、盲にした男をここにつれて来た」

「この男をな、貴公、背負って歩け」

「それ、よいしょ」

数人の声でそんなことをいうと、あっというまにわたしは抱きあげられ、だれかの背中にかぶせられました。それは恐ろしく大きくて頑丈な肩で、みるみるそれに縄で結《ゆわ》いつけられてしまったのでごぜえます。

「ば、馬鹿なことをするな」

わたしを背負った人は肩をゆさぶりましたが、しかしどうしようもないようすでごぜえました。

「こんなことをして、何をしようというのじゃ？」

「これから御老公に拝謁《はいえつ》なされえ」

「御老公？　かように人をかついだままでか？　たわけたことを！」

「貴公は、殿に対してさえどのような仕打ちをするか、たんげいすべからざる男じゃからな」

声は嘲笑《あざわら》いました。

「これ按摩、おまえのおぶさっているのは、おまえを盲にした奥戸外記どのであるぞ」

厚い肩のうしろから前へ出て、宙をかきまわしていたわたしの両手のうち、右手に何やら握らされました。

「今持たせたのは匕首《あいくち》じゃ。それを、こうやって」

と、わたしの手に手を持ちそえて、

「峰を外記どのの頸《くび》にあてておく。そのままの姿勢で、もし外記どのがあばれ出したら、刃を返してのどをかき切ってやれ。殺しておまえの恨みをはらすがいい」

「無断でその匕首を放り出しでもすると、おまえの命はないぞ」

「では、そのままでゆけ。……まっすぐに。――」

しばらくためらっていたのち、奥戸外記は歩き出しました。その肌ざわりでもわかる大きなからだの男が妙におとなしかったのは、まわりのようすに手向いなどさせぬものがあったせいと、それからやはり背中におぶさっているわたしのせいでござえましたろう。

もっともわたしは、これが自分を一生めくらにした怨敵《おんてき》か、とは思うものの、一方では、これから何が起るのか、という恐ろしさにわくわくして、ただでくのぼうみたいにかぶさっているだけでござえましたが。……

「こちらへ」

背負い、背負われたまま往来を歩いてゆくと、だれか前に立った気配でござえました。そしてわたしたちは大きなお屋敷に入ったのでござえます。

大きなお屋敷――といっても、むろんわたしに見える道理がありませんが、こちらの床を踏む音、だれかの咳払《せきばら》いのひびきなどから、わたしがいままで入ったことのないような大きな建物であることはよくわかるのでごぜえます。お大名のお屋敷などへそれまでいちどもうかがったことなどありませんが、その長い長いお廊下には驚きました。

「奥戸外記どの参上。——」

そんな厳《おごそ》かな声が遠くまでひびきました。

頭がうすぼんやりとしびれたようになって、ひとの背中からお化けみたいにだらりと両手をぶら下げていたわたしは、このときわれに返ってまたふるえ出しました。ひょっとしたら、ここはお国の殿さまのお屋敷ではあるまいか、と気がついたのでごぜえます。お国の殿さま、と申しましても、もともとほとんど江戸のお屋敷でお暮しで、わたしが江戸へ出てから藩のとり鎮めに御帰国なされたそうでごぜえますが、そういうわけでわたしは、眼のあいていた子供のころからいちどもお顔を拝したことはごぜえませぬ。それで、御一新以来どうなされたのやら、それもまったく縁なき衆生《しゅじょう》でごぜえましたが、いまこのお屋敷にその殿さまがおわすのではないか、と思うと、髪も逆立ち——いえ、按摩でごぜえますから髪はごぜえませぬけれど、肌も粟立《あわだ》つ思いになりました。

ここが江戸のお屋敷ではあるまいか、ここに殿さまがおわすのではないか——いえ、もう疑うのは無用でごぜえます。さっきから耳に聞いているなりゆきから、そうにきまっております。

江戸の御老公はおやさしいかただが、国家老がよくない——とは、子供のころから聞いていた百姓どもの噂《うわさ》でごぜえました。領民にも評判は悪くないお殿さまだったのでごぜえます。そのおかたの前に、わたし風情《ふぜい》のものが——しかも、そんなおんぶしたお化けのような恰好《かっこう》で出るとは——と、わたしがふるえ出したのはそのためでごぜえます。同時にわたしを背負っていた奥戸外記もわなわなとふるえ出すのがわかりました。

両人ともふるえながら、長い廊下を歩いていって、やがてたたみの座敷へ入ったような感じがしたとたん、

「御前でござるぞ！」

そんな声が、叱りつけるように聞えました。

奥戸外記はいきなりべたっと坐《すわ》ってしまいました。ところがその背中にはわたしがくくりつけられております。奥戸外記もからだの大きな人でごぜえましたが、わたしも御覧のように背たけだけはひょろひょろと高い。それでわたしのひざもたたみにつく恰好になり、そういうおかしな姿で二人いっしょに坐ってしまったことになります。

「外記」

静かな御老人の声が聞えました。

外記はつっ伏しました。その上にわたしも重なってお辞儀いたしました。

「久しぶりじゃな」

「はっ。……」

「その後、そのほう、盛んにやっておるようでめでたい」

「……と、殿には——」

「わしは変らぬ。おかげで、見るように、何の変りもない。――」

わたしには何も見えませぬ。またお大名屋敷の中の光景など、いちども見たこともありませぬ。

にもかかわらずわたしには、青だたみに金の屏風《びょうぶ》、そこにずらっといならばれている裃《かみしも》をつけた侍衆や、またやの字の帯をしめたあでやかな腰元衆まで見えたような思いがしたのでごぜえます。いえ、これははっきり申しあげますが、わたしはたしかにそこに濃い女の匂いを嗅《か》いだのでごぜえます。

「外記、何も変らぬぞよ」

「……はっ」

「おまえのいまやっておること、いや、あれ以来のおまえは、みんな夢を見ておったのではないか？」

「……へ？」

「維新以後のことはよ。ふ、ふ、ふ」

わたしは、ぞっといたしました。わたしはさきほどから起ったことを、これは夢ではないかと思いたいほどでごぜえましたが、そういわれて見ると、御一新このかた、公方《くぼう》さまやお大名がおいでなされぬという世の中がみんな夢ではなかったかと思われて参りました。

……わたしばかりではごぜえません。わたしを背負ってのめっている奥戸外記のからだまで、すうと冷たくなったようでごぜえました。

遠くの鼓の音がふえ、笛が加わり、急調子になりました。

御老公は笑《え》みをふくんだ声で仰せられました。

「ところで外記、鶴はどこにおるかの」

「鶴姫さまは、小松川に、おん安らかに」

「小松川のどこに」

「癲狂院《てんきょういん》に」

いってしまったあとから、奥戸外記は、はっとわれに返ったような身動きを見せました。が、それと同時に、どどっと跫音がむらがり立つ音がすると、無数の手がわたしたちにつかみかかり、抑えつけてしまったのでごぜえます。

「あいや、それも鶴姫さまのおんためを思えばこそ。——」

そんな外記のさけびが聞えましたが、わたしは脾腹《ひばら》をひどく打たれ、そのまま気を失ってしまい、あとはどうなったかわかりませぬ。——

……気がつくと、わたしはまた駕籠《かご》に乗せられておりました。駕籠は地面に下ろされたままで、わたしはその中で息を吹き返したのでごぜえます。駕籠の中ということも、むろんあとで知ったことでごぜえます。

「覚《さ》めたか」

声がして、

「出い」

と、外へひきずり出されました。濡《ぬ》れた地べたの上でごぜえました。

「按摩《あんま》。……しばらくここで待て。間もなく、男が一人来る。そやつが来たら、うぬがきょう聞いたこと、知ったことを語ってやれ。是非、語ってやるのだぞ。もしこのまま逃げ去れば、うぬの命はないぞ。……」

首すじをぺたぺたと、冷たい――刀の刃《は》がたたきました。

「それよ、これがうぬの杖《つえ》じゃ。ただし、その用果してからゆけ」

そういうと、わたしの手に杖がおしつけられました。すぐに空駕籠のあがる音がし、ぴたぴたといくつかの跫音《あしおと》が遠ざかってゆきました。

わたしは腑《ふ》ぬけみたいにそこに立っておりました。わたしは先刻のあの大名屋敷での変なりゆきを思い出しました。いま恐ろしいことをいって立ち去った人間がなかったら、わたしはまだあのことを夢だと思ったに相違ごぜえません。

先刻の――と申しましたが、あれからどれほど時がたったのか見当もつきませぬ。あのときは雨がふっておりました。そして、盲にも夕暮ということはわかりました。けれど、今は、雨はやんでおりましたが、もう真っ暗な夜でごぜえます。しかも、頭の上にそよぐ樹のざわめき、まわりにはひろびろと蛙《かえる》の声、それからときどきうす気味の悪い五位鷺《ごいさぎ》の声さえ聞えるではごぜえませんか？

ここはどこだろう？――あそこが麻布の堀田原というところだったとは、あとでわかったことでごぜえます。むろんわたしは逃げるどころではごぜえませんでした。

やがて、向うから、だれかやって来る跫音がしました。ただ一人でござえました。

「按摩宅市……とやら、そこにおるか」

そう呼びかけて来たのに、わたしはかえって胸撫《な》で下ろし、すがりつくように、

「は、はい、ここにおります。わたしでござえます」

と、答えました。その人は、前に立ちました。

「おまえが……奥戸外記どののことを、何やら存じておるようだが。……」

そこでわたしは、しゃべり出したのでござえます。飯田町で呼びとめられてからのことを。──大名小路の江戸屋敷で起ったことを。

つまり、いまわたしがしゃべったことでござえます。

相手はときどきうなるような声をたてながら聞いておりました。わたしはだんだん、しゃべったことを悔いて来ました。しかし、話し終えたあと、まさか斬りつけて来られるとは。……

「よし、わかった。何にしても」

相手はいきなりさけび出しました。

「うぬは生かしてはおけぬ」

わたしは、無我夢中で逃げ出しました。うしろから左肩に、熱い鏝《こて》をあてられたような感じがしました。それでもわたしは、転がるように駈《か》け出しました。

そして、やっと親分に助けられたのでござえます。

ああ、親分、とうとうしゃべっちまいました。それも親分が、昔十手捕縄を預った身だとおっしゃったからでごぜえます。わたしは狙《ねら》われているんです。こんな名もねえ、しがねえ盲を、どこで眼をつけていたか、だましてあんな恐ろしい目に逢《あ》わせ、わたしが何をしたというのか、あとでばっさりという仕打ちにしたやつがあるんでごぜえます。このぶんじゃ、長屋に帰《けえ》っても無事にすみそうもねえ。どこまでも追っかけて来るにきまっている。だから、お助け願《ねげ》えてえために、親分にしゃべったんでごぜえます。が、まさか親分、親分もこうしゃべったあとでばっさり、なんてえことはごぜえますめえね？』

三

事件の発端にめぐり逢うという点だけは、油戸杖五郎《あぶらどじょうごろう》巡査は幸運児なのである。

それについて述べる前に、彼の暮しぶりを紹介する意味もかねて、書いておかなければならないことがある。

油戸巡査の住んでいる秋葉原《あきはばら》の長屋は、露天商や、いかけ、傘《かさ》直し、下駄《げた》直しなど貧乏な人々が多かったが、その中に芦原栄蔵という傘屋がいて、そこに弟の金次郎という男が、年はもう二十六、七にもなるというのに、いつもぶらぶらしていた。

ぶらぶらならまだいいのだが、これが頭がおかしいのである。いつのころからそうなったのかつまびらかでないが、とにかくからだじゅうに紙っきれやらぼろっきれやらをぶら下げ、頭に草履《ぞうり》をのせ、手に摺子木《すりこぎ》を持ち、本人は「正三位《しょうさんみ》左大臣芦原将軍藤原のもろみ」と称する。

「いや平民ども、達者で働いておるか」

と、長屋の路地をねり歩きながら大声でいう。

「おいどんはちょっと空を飛んで、薩摩にいって来たぞよ。西郷どんといっしょに狩りをして来たんじゃ。西郷どんからみなのものどもに何分よろしくということじゃった」

しょっちゅう、そんなことばかりいっている。誇大妄想狂なのである。ただ、大言壮語するだけならいいのだが。——

このきちがいは、大にしては甚だ政界に興味があり、小にしては制服の巡査などに特に関心があるらしく毎日のように油戸巡査の家の前にやって来てからう。

「わが物と思えば軽し樫《かし》の棒、

上の恩義を笠《かさ》に着て、

春の朝《あした》や風の夜は、

つつ袖《そで》寒くポリス泣く。

待つ身につらき御給金、

ほんにやる瀬がないわいな」

と、巷間《こうかん》に唄《うた》われている流行歌を表口でわめいたり、またどこで覚えてきたのか、直立

不動の姿勢になって、

「一ッ、人民ノ権利ヲ保護シ、営業ヲ安ンゼシムルコト。

一ッ、国事犯ヲ隠密《おんみつ》裡ニ探索警防スルコト。

一ッ、放蕩淫逸《ほうとういんいつ》ヲ制シテ風俗ヲ正シクスルコト。――」

などと、川路大警視みずから筆をとった「警視庁職制章程」などを、ばかに正確に朗唱したりする。

これを日課みたいにやられる上に、三日に一度はノコノコと家の中にも入って来て、内職に髪ふりみだしている油戸巡査の妻のおてねに、

「おいこら巡査の女房」

と、そっくり返って呼びかけ、

「この鬱陶《うっとう》しいのに鼠みたいに働いて、御苦労じゃのう。油戸巡査は月俸五円じゃそうなが、それでは女房が働かんと食えんな」

と、大いに同情の意を表したり、

「聞くところによると、巡査が強盗をつかまえれば十円、放火を消せば、二十銭、土左衛門《どざえもん》をしゃくいあげれば五十銭の褒美《ほうび》がもらえるそうじゃが、女房がそんなにきちがいみたいに働いとるところを見ると、油戸杖五郎相変らず何の働きもないと見える。甚だ気の毒じゃ」

と、嘲弄《ちょうろう》したりする。

おてねはほんとうに鼠みたいに小さくて、鼠みたいな顔をした女であったが、これでももとは侍の妻である。しかも、恐ろしく気丈者だ。たいていのことには負けてはいないのだが、これは相手がきちがいだけに手がつけられない。

歯をくいしばって我慢した炎が、やがて帰宅した夫に吹きつけられる。その弁論は奔流《ほんりゅう》のごとくであるが、要するに言わんとするところは、最初と最後にいつもくっつく言葉に尽きる。すなわち、判で押したように、

「ようございますか。みんなあなたが出世なされぬためにこの恥辱を受けるのでございます！」

に、はじまり、

「その昔は仙台藩で百五十石、棒をとっては鬼杖五郎《おにじょうごろう》とうたわれたあなたさま、必ず油戸の家名を挽回《ばんかい》して下さりませや、よろしゅうございますか！」

に、終るのだ。

みじかくて一時間、長ければ三時間以上にも及ぶ。その間、鼠みたいなこの妻の前に、鬼をもひしぐ髯《ひげ》っ面《つら》の大男の油戸杖五郎が、首を垂れたまま動かない。

実際に本能的にこわいのだが、理窟《りくつ》としても彼女に頭があがらないのだ。それは仙台藩が朝敵として戦い、降伏して以来の、長い長い妻の苦労を思えばこそであった。

打ち明けると、一、二年の間、二人は物乞《ものご》いに近い境涯にまで落ちたのである。そのころ幼い男の子が死んだのも、栄養失調のせいと思われた。それも生活に不器用な杖五郎の

責任が大きく、その間何とかしのいで来られたのは、阿修羅《あしゅら》のようなおてねの働きのおかげであった。

だから油戸巡査は、かえって非番の日がこわい。——

さて、その夏の一日、彼が小松川まで出かけたのは、まったく以上のような事情が重なっての結果だ。つまり、それが非番の日であったためと、持てあましていた長屋の狂人を始末するあてが出来たからであった。

長屋が持てあます以上に、狂人の兄の傘屋一家も持てあましていたことはむろんである。そこへ、だれかが、小松川にきちがいを収容してくれるところがある、と知らせてくれたのだ。——それで、相談の末、狂人金次郎を護送する役を油戸巡査が、公務ではなく私的に引受けることになったのであった。

狂人だけは俥《くるま》にのせ、略式人力俥鹵簿《じんりきしゃろぼ》と号し、小松川行宮《あんぐう》に向うといつわった。

小松川癲狂《てんきょう》院。——

石井研堂《けんどう》の「明治事物起原」に、「瘋癲《ふうてん》病院の始まり」と題して、東京には維新前から狂人病院が一つだけあり、それは日本橋新乗物町《しんのりものちょう》の林一徳という医者が弘化《こうか》三年から小松川に「狂病治療所」と名づけて設けたもので、維新後、その子の元春がこれを癲狂院と改めて経営していたことが書かれてあるのがそれだ。もっとも、所在地も所在地だし、私立のものではあり、むろん広告もしないから、こういうものが存在するとは、当時一般ではほとんど知る人も少なかった。——

さて、こういういきさつで、長屋の狂人金次郎をはるばると小松川癲狂院まで送りとどけた油戸巡査は、そこではからずも一つの怪事件にぶつかったのである。

小松川癲狂院は、寂しい小松川でもさらに人家を離れた川沿いに建ち、古い陰気な建物が、生いしげった夏草の中に埋まるように見えた。

入ってみると、廊下の両側に、これだけは頑丈な格子《こうし》のついた部屋がならび、まあ伝馬町の牢《ろう》に似たようなものだ。

話はかねてから通じられていて、油戸はやすやすと狂人を雑居房の一つに送り込むことが出来たのだが、——まさかこの二十七歳の狂人が、あと六十年以上も生存していて、やがて巣鴨《すがも》精神病院へ、さらに松沢精神病院へ移り、なんと昭和十二年まで一世を哄笑《こうしょう》させつづけた名物男いわゆる「芦原将軍」となるとは想像もしなかったろう。

それはそれとして、油戸巡査はそのあとで、何やら屈託していた院長の林元春から思い切ったように、またおずおずと、昨夜ここでふしぎな死人《しびと》が出たことを打ち明けられたのである。

昨夜の午後九時過ぎであった。門のあたりで怪声が聞え、職員が出て見て、その外に一人の男が坐《すわ》ったままうつ伏せになっているのを発見した。やがてそれが右手に短刀を握り、右頸動脈《けいどうみゃく》を切り、口に一枚の紙片をくわえていることがわかった。その紙片を見ると、

「以死奉謝、不忠之臣奥戸外記」

と、あり、裏に、

「屍骸《しがい》の儀は引取人今夜中に来着迄《まで》御内聞に願上候」

と、書いてあった。

林元春院長は、屍体の顔を見て、それが知らない顔ではなかったので、この文面の願いを守る気になった。とはいえ、さして職員の多くないこの癲狂院がそのすべてをあげて、煮えくり返るような騒ぎになったことはいうまでもない。

この騒ぎのあいだに、収容してあった狂人が一人消えていたのである。

狂人といっても、鬱病《うつびょう》の女性で、これは一棟だけ離れた建物に住まわせてあったのだが、何者か格子の錠を木ごめにえぐりとって開き、中の狂人をつれ出したらしい。あとで調べると癲狂院の裏門があき、人力俥のわだちのあとがあったが、表門の騒ぎにまぎれて、しばらくだれもこのことに気がつかなかった。――

警察にとどけようか、どうしよう、と迷っていると、真夜中ちかく俥で五人の男が駈《か》けつけて来た。

そして、屍骸を見て蒼《あお》ざめてうなずき合い、また或《あ》る狂人の安否を聞いた。それが右の狂女で、その狂女が消えていることが判明したのはこのときのことである。男たちはいよいよ狼狽《ろうばい》したていであったが、さて、

「これは身分ある方がたの秘事でござれば、改めて御挨拶《あいさつ》に参るまで、かたく御内聞に」

と、恐ろしい顔で釘《くぎ》を刺し、屍骸を俥の一つに乗せて、またあたふたと闇の中へ消えていった。――

こういう事件だ。

「まるで、もののけに襲われたような気持で。……」

林元春がこれを打ち明けたのは、油戸が巡査と知って、内証にしてはおけないと判断したためであるらしい。

「ふうむ、その狂女とは何者ですか」

「それは、その奥戸外記どのが四、五年も前に当院にお預けになった女人で……御入院当初はひどい鬱症で、とくに男を見れば恐怖の相になり、ただ許して、許して……と壁に背をおしつけられるばかりでござったが、ここのところはよほど軽快なされておった。何でも奥戸どのお身寄りの、どうやら元主筋にあたる女人らしく、世に知られては恥となることゆえ、絶対に秘密に頼むとのことで――もっとも当院で預っておる患者の大半は同じような依頼つきでござるが……昨夜の事件を警察に届けるのを憚《はばか》っておりましたのは、そういう事情もあったからでござる」

「奥戸外記とは？」

「何でも、教部省権大史《きようぶしようごんのだいし》、とか承《うけたまわ》っておったが。……」

「それが、なぜ当院の前で自決したものですかな」

「それは当方には見当もつかず、何にせよ恐ろしいことで、ただ当惑のほかはござらぬが。……」

「死を以て謝したてまつる、不忠の臣、とは？」

「さあ？」

「その狂女をかどわかしたのは何者で、奥戸どのとやらの死骸を引取りに来たのは何者か？」

「さて？」

油戸杖五郎はその足で警視庁にとって返し、加治木警部に報告した。加治木警部に非番の日というものはなかった。

「ほう？」

加治木警部はまじまじと油戸巡査を眺めた。

「犬も歩けば棒にあたる、というが、おはん、よく棒を拾って来るな」

「棒ははじめから持っております」

「はははは、いや怒るな。それはおはんの手柄になるかも知れんぞ。よか、至急、その奥戸外記なる人物について調べておく」

四

翌日、油戸巡査は加治木警部に呼ばれた。

「わかった。奥戸外記はやっぱい教部省の役人じゃった。この二日ばかり出勤して来んそうじゃ」

「ははあ」

「ところでな、奥戸外記は加賀の大聖寺《だいしょうじ》藩の元国家老の倅《せがれ》じゃったっちゅうが、おはん、維新当時、大聖寺藩はどうしたか、知っちょるか？」

「いえ。――」

「なに、要するにほかの諸藩と同じ右往左往じゃが、とにかくはじめは佐幕を唱《とな》えた。実は藩主は老体で、病身で、じゃからそろそろ隠居して世子《せいし》にあとを譲ろうと思っていたところにその世子が急死した。そこで事実上、藩政を握っておったのは国家老の奥戸将監《しょうげん》とその子の外記じゃったげな。これがなかなかのやりてで、老公としてはゆくゆくは世子の姫君、つまり孫姫の婿《むこ》に迎え、この外記に大聖寺藩をつがせようという話じゃったっちゅう。そこへ維新の嵐《あらし》が来た」

「……………」

「この外記が、徳川三百年の恩義、また武士道の大義に照らし、順逆を誤るなと叱咤《しった》し、かくて大聖寺藩は鳥羽伏見のいくさ前には、幕府方に応じて越前まで兵を押し出した。しかるに幕府方が敗れると天地逆転、こんどは天朝二千年の恩義、また皇国の大義に照らし、順逆を誤るなと力説して、まっさきに官軍へ恭順《きょうじゅん》の働きをした者は、なんとこれまた奥戸外記じゃったちゅう」

「……………」

「ま、どの藩でも似たり寄ったり、またこげな人物は、掃いて捨てるほどあったよ。誹《そし》っちゃいかん、笑っちゃいかん。人間、生きるためにはやむを得んこっちゃろ。外記はそれぞれの場合、本気じゃったんじゃろ。じゃからこそ、みなそれにひきずられて、右往左往したんじゃろ」

「……」

「ただの、大聖寺藩のそげな動き——佐幕の兵まで出したために、維新後老公は知事になったかならなんだか、とにかくすぐに放り出されて、いまではそのゆくえを知る者もなか。代って奥戸外記のほうは、いまは教部省権大史にまでなっちょる」

「……」

「これは珍しか。勝どんとか榎本《えのもと》どんのような衆目一致する万能の傑物なら知らず、なみの人間に毛の生えた程度で、しかも山また山の大聖寺藩ごとき小藩の出身で、右のような経歴を持つ男が、新政府の高官まで昇るとは、ほんに珍しか例じゃ。例えば同じ佐幕の仙台藩に籍を置いたおはんなんぞ、いまだに巡査邏卒《らそつ》で風に吹かれとるではなかか？」

油戸杖五郎は苦笑を越えて、泣き笑いのような顔をした。

「ま、仙台藩はほんとに官軍とやり合ったんじゃから別じゃが、それにしても奥戸外記、どうしてそううまくいったかと調べて見たらの、どうやら四条隆平卿《たかひらきょう》の御推挽《すいばん》によるらしか。……その縁を探って見たらの、明治元年、北陸道鎮撫《ちんぶ》副総督じゃった四条卿は、同年の暮に大聖寺藩主の孫姫、鶴姫を妾《めかけ》としとる」

「——ほ？」

「これが、世にも稀《まれ》なる美女で、おそらくそのように周旋《しゅうせん》したのは奥戸外記じゃなかかとおいは見る」

「その姫は……外記を婿とするはずであった姫ではござらんか」

「その通り。つまり外記はおのれの花嫁たるべき女人を征服者に献上して、おのれのいまの地位を獲得したのじゃなかか？」

「それは、また。――」

「もっとも四条卿へ人身《ひとみ》御供《ごくう》として売られた姫は、一年ばかりで鬱症となり、四条家を出されたことまでは判明したが、以後どうなったのか不明と調査にある」

「おう、それでは、その女人があの小松川癲狂院に。――」

「それがこんどわかったのじゃ。そこへ入れたのは、奥戸外記じゃな」

「なるほど、それで不忠の臣云々《うんぬん》の書置きの意味がわかりました！」

「おいにはわからんなあ、あの書置きは」

「は？」

「何が不忠の臣じゃ」

「その姫を売ったこと、また癲狂院に閉じこめたことなどを詫《わ》びたものでありましょう。まことに家来として、人間として唾棄《だき》すべき無道の所行です」

「そりゃ、五、六年も前の話じゃ。では、姫を癲狂院からつれ出したのは何者か？　また外記の死骸《しがい》をあとで引取りに来たのは何者か？」

「どちらも、外記の志を受けた連中でしょう」

「おはん、やっぱり馬鹿じゃな。いかにおのれの非道を反省したとしても、六年目か七年目の夜に瘋狂院へやって来て、その門前で自殺する必要はなか。本人が医者に話して受け出せばよかはずじゃなかか」

「なるほど。——」

「おいは、奥戸外記は自殺したんじゃなく、殺されてあそこに運ばれて来たものと思う。門前で妙な声が聞えたというのは、瘋狂院の職員たちを呼び出すための下手人の声じゃったと思う」

「え？」

「その騒ぎにまぎれて、姫をつれ出した。死骸が口にくわえておった遺書というのも、外記が書かされたか、他人の筆か、いずれにせよ殺したやつのしわざじゃろ。しかも引取人はあとで来るとある。それは殺したやつからこのことを通報された別の組じゃ」

「別の組。——」

「あとで来た連中こそ外記の一派よ。殺したやつは、そう知らせて屍骸《しがい》を引取らせても、秘密のうちに始末されるじゃろうということを承知しておった。——」

加治木警部は一枚の紙片を卓上に置いた。紙片には、人の名がずらっと書いてあった。

「教部省の職員名簿を見るとな、奥戸外記の下に元大聖寺藩士が七人もおる。思うに、同じひきによって新政府に職を得た連中よ。それに書き写しておいた」

警部の俊敏さには驚きいるばかりだ。

「ただし、この連中をいきなり拘引《こういん》するわけにはゆかん。おそらくこの連中は殺人者じゃなか。ただ、おいの見るところでは、この中にあとの組がおると思う。――油戸巡査」

「はっ」

「ここに書きあげた名前の連中な、教部省前に張込んで、だれをだれとつきとめて、それから小松川瘋狂院の林元春とやらいう院長を呼んで、それとなく首実検させてくれんか」

「はっ」

「おいの推量通り、この中にあとの組のやつがおったら、それを――一人でよか――一人だけ選んで、その殺人の事情を聴け。屍骸を内密に処置したくらいじゃから、容易に泥は吐かんかも知れん。そのときは少しくらいおどしてやってよか」

油戸巡査は、紙片をつかんで出ていった。

彼は、加治木警部に命じられた通りにやった。そして、その紙片に書かれた名の男を、林元春院長に、とある辻《つじ》でよそながら首実検させ、まさにそれらが小松川瘋狂院に屍骸の収容に来た「あとの組」の連中であることを確認したのである。油戸からすれば、加治木警部の推理は驚くべきものがあった。

そこまではよかったのだが。――

数日後、油戸巡査は、何やら戸惑った表情で加治木警部の前に現われた。

「まことに奇怪なる事実に逢着《ほうちゃく》いたしました」

「何か？」

「警部どののお見込みが的中しておったことはすでに御報告申しあげた通りでありますが、さきほどその一人安岡音之助と申す人を屯所に呼んで、例の一件について厳《きび》しく訊問《じんもん》いたしました。すると、面色土のごとく変りつつも、はじめは一切知らぬ存ぜぬといい張っておりましたが、ならば小松川癲狂院の院長を呼んで逢《あ》わせようかと申したところ、結局白状するに至りました」

「ふむ」

「詳細なところはあとで申しあげるとして、その概略を申せば、その安岡音之助すなわち奥戸一派は、落魄《らくはく》せる元大聖寺藩士から、藩主や姫君を売った者、藩士を出しぬいた者として、しばしば脅《おど》されておったそうで、鶴姫さまが狂女となられたのも外記が四条卿に妾として献上したのが原因だと申し、刃物を持って押しかけられたのも二度や三度のことではなかった由」

「さもあろうな」

「ところが、狂女となって以来の鶴姫さまのゆくえがだれにもわからない。奥戸がどこかへ隠したもので、奥戸の家ではないことだけはたしかだが、それがどこかは仲間でさえも知らない。――」

「ほう」

「奥戸は、右の脅迫者たちに対しては、おれが責任をもって姫をお養い申しあげるといっておるのだ、おれを殺せばだれも知らぬところで姫は餓死《うえじに》なさるがそれでよいか、と申し、仲間に対しては、姫君こそわれらにとって魔除《まよ》けのお守り札じゃと申しておったそうで。――」

「正気のときは出世の道具に使い、気がちがったら保身の人質に使ぅか。――相当にふとかやつじゃな」

「悪いやつははじめから知れておりますが、姫の居場所を仲間にも隠し、おぬしたちに知らせると、何かのはずみできっとしゃべる、おれならどんなことがあっても洩《も》らしはせん、と笑って申しておったそうで、なかなか剛腹《ごうふく》な人間であったようでござる。腕っぷしのほうも、巨漢に加えて居合の免許取りであったそうですが。――ところが、さる晩」

「奥戸が屍骸となって発見された夜か」

「いえ、あの前日の夜のことでござる。外記は友人数人と白山下《はくさんした》の某料亭で会食し、だいぶ酩酊《めいてい》してそこを出たのが深夜に近かったということです。いえ、この友人は右の大聖寺の仲間ではなく、教部省のべつの朋輩《ほうばい》で、これも調査いたしましたところ、外記が辻待ちの俥夫《しゃふ》と話をしているのを見たのが最後で、それっきり省に出て来ぬので、いかがいたしたものかと困っておると申しておりましたが、最初は、あのあたりにこのごろ出没しておるいわゆる朦朧《もうろう》俥夫――例の売春禁制以来かえってふえた悪所へ誘う、ポン引きの俥夫にでも拉《らっ》し去られたか、と思っていたということであります」

「ふむ」

「さて、その翌晩、左様なこととは知らぬ仲間の一人――それは偶然、小官の訊問した安岡音之助でありましたが――青山にあるその家の門を叩《たた》く者あり、家人が出たところ闇の中から、奥戸外記がさらわれた一件を知っておるか、知らなければ麻布堀田原一本杉のところに按摩《あんま》宅市なる者が待っているから、いそぎそこへいって事情を聞け、と申して立ち去った者があります。はっとしたというのは、安岡もその日奥戸が出勤して来なかったことを不審に思っていたからで、疑いつつ、恐怖しつつ、結局安岡はともかくもそこへ出かけた。――」

「ふむ」

「事実、深夜の野中の一本杉の下には、按摩が一人立っておったそうで――その按摩から聞いた話があまりにも奇怪。――」

油戸巡査が報告したことは、つまり宅市本人が冷酒かん八にしゃべったことと同様の内容である。もっとも巡査は、そのときその男が話を聞いたあとで按摩を殺害しようとしたことは聞かなかった。――

――聞いて、加治木警部も珍しく頓狂《とんきょう》な声をあげた。

「なに、大名屋敷じゃと?」

「まことにたわけた話ながら、一方では、安岡すらもはじめて聞いた姫君の幽閉場所、すなわち小松川癲狂院という名に何やら真実味が感じられ、とるものもとりあえず自宅に帰ったところ、その直前家人がふたたび闇の中から、その小松川癲狂院にて奥戸外記がこれまでの不忠を詫びて自決したと告げる声を聞いたということで、安岡はいよいよ愕然《がくぜん》となり、改めてまた飛び出して、途々《みちみち》仲間を呼び集めつつ、俥をつらねて小松川へ駈《か》けつけたそうであります。そして、果然、奥戸の屍骸を発見した次第。——」

油戸巡査はつづける。

「一同鳩首《きゅうしゅ》相談した結果、何にせよかかる事実が世に知られては元大聖寺藩の恥になるばかりと判断し、癲狂院には沈黙を請《こ》い、屍骸を隠密に始末したる段まことに恐れいる、と申したてておりましたが、一方ではまた山猿組がついにかかる凶行に出た以上——」

「山猿組？」

「落魄の元大聖寺藩士どものことを、左様に呼びました。また山猿がこちらのお守り札を奪った以上、もはやいつ奥戸につづいて当方に危害を加えて来るやも知れぬ。どうせ警部に嗅《か》ぎつけられた上は、もはや覚悟した。事実として何やら法的犯罪を犯してはおらぬわれら、しかも政府の職員たるわれらに、篤《あつ》く警視庁の保護をお願い申す、ということでありました」

加治木警部は苦《にが》り切った表情であった。

「警部どのの御推定は的中しておりました。それにつづけて安岡は、山猿組一味の所在について——彼らは、いつのころからか築地の采女《うねめ》ヶ原に小屋などを作って、そこで笊《ざる》や箕《み》のたぐいを編んで生計を立てていると申しますので、早速小官は安岡をつれてそこへ赴《おもむ》きました。すると、それはまことだったのであります」

「ほう」

采女ヶ原とは、旧幕時代から香具師《やし》や大道芸人などが集まる場所であったが、維新以来その方面にも取締りが厳しいので、今はただ堀割に囲まれたただの原っぱになっていると承知していたが。——

「見るもいぶせき掘立小屋をいくつか並べ、その外の陽《ひ》だまりに坐《すわ》って竹細工など作っておるのは世にいわゆる山窩《さんか》そっくり、どう見てもこれが元武士とは思えぬ連中でありました。安岡は近づかず、小官のみその前を歩いて見ましたが、安岡が教えた小屋の一つに、これは一人白衣を着た気品ある老人が端然《たんぜん》と坐っておりました。安岡はそれが老公だというのであります」

「ふうむ。……乞食《こじき》の殿様となった大名もあるか。それで、そのお姫さまの姿は見えたか」

「いや、それは見当りませなんだ。婆は何人かおりましたが、のぞけば奥まで見える掘立小屋のどれにも若い女の影はどうも見えなかったようでござる。……ただし安岡は、必ず姫はその山猿組にかくまわれておる、その連中こそ奥戸を殺害したにきまっておる。速《すみや》かに一斉逮捕してもらいたい、とせっつきましたが」

「——もしそれが事実なら捕まえんけりゃなるまいが」

といったが、加治木警部は何やら気の乗らない顔をしていた。

実は油戸巡査はこれほど重大な捜査をやって来たくせに、まるで武者ぶるいを感じなかった。彼にしては珍しいことだが、それというのも奥戸一派に釈然としないものがあったからだ。

加治木警部も同じ心境ではないか。——それにしても、最初の警部の推理はみごとに的中している。それなのに、加治木警部は途中から——どうやら按摩の話のあたりから、首をかしげているようだ。

「しかし、そりゃ安岡のいっちょることを信用せんけりゃはじめから成り立たん話じゃ。とくにその按摩の一件はおかしい。——」

「小官もそう思いました。とくにその大名屋敷のくだりが」

油戸巡査がはじめから戸惑った表情をしていたのは、何よりその一条の荒唐無稽《こうとうむけい》さのゆえであった。

——大名小路とはいうが、それは旧幕時代の名称で、後年の区別では丸《まる》ノ内《うち》、有楽町《ゆうらくちょう》を全部ふくむ広大な一劃《いっかく》だが、その大名街はおとといの大火で完全に消失してしまった。——

「その通りじゃ。奥戸外記はその大名小路の大聖寺藩邸に呼び出され、おどされて姫のゆくえを白状《はくじょう》させられたといいたいのじゃろうが、大聖寺藩邸はおろか、大名小路そのものが存在せん。それに盲の話によると別に郊外でもなく、町中《まちなか》にそれらしい一劃、それらしい建物があった風じゃが、いうまでもなく大名小路はすでに焼け失《う》せ、そのほかの東京のあちこちにある藩邸や旗本屋敷も、維新早々は知らず、今では諸官庁、諸大官がみな入って、むしろ払底しとる。――」

加治木警部はいった。

「それで安岡とやらは、その按摩はそれからどうしたか申したか」

「いえ、按摩について聞いたところ、実にあいまいな顔をしましたが」

「ふうむ。……それにしても安岡は、それならなぜそんな按摩の夢物語を聞かせたのか？ま、念のため飯田町界隈《かいわい》に、按摩宅市というやつがおるか調べて見ろ。采女ヶ原よりそっちが先じゃ」

五

千羽兵四郎もその按摩の話を聞いた。

数寄屋橋の「隅の御隠居」のところへぶらりと立ち寄ったら、冷酒かん八がその按摩をつれて来ていたのである。

――かん八は、宅市の話の奇怪さもさることながら、按摩がなおその後の魔の手に怯《おび》えつづけるので、彼の処置に窮して相談にやって来たものであった。

「それでは当分、ここに置いておけ」

と、隅の御隠居は事もなげに言った。

隣りの部屋では、娘の声でお手玉でもやっているらしいようすが聞える。御隠居の孫のお縫は十七になるが、おそろしくしっかりした娘で、ふだんそんな遊びをしているのを見たことはないが、どうやら友達でも来ているらしい。相変らずここは平和だ。

はじめ兵四郎が微笑《ほほえ》んで耳をすましていたら、「親戚《しんせき》の娘が泊りがけで遊びに来ておるのじゃよ」と御隠居はいった。

で、かん八が、隣りに眼をやって、

「しかし、お客さまが……」

と、いいかけると、御隠居は、

「小さいながら、これでも部屋は三つある」

と、笑い、つぎにひょいと驚くべきことをいった。

「それに、その按摩、当分ここに隠れてでもおらぬと、たしかに無事にはすまんぞ。……」

「えっ、どうしてでござんす？」

「いまの話の中の奥戸外記という男じゃがな。あのあと、死骸《しがい》となって、さるところで見つかったそうじゃ。……」

かん八は眼をむいて、絶句した。按摩宅市はかんてんみたいにふるえ出した。

兵四郎が聞いた。

「御隠居さま、どうしてそんなことを御存知で？」

「ふおっ、ふおっ、わしはこれでも元南町奉行じゃから喃《のう》」

「そ、その男を殺したのは、いまの話の中の……」

「なに、いま威張ったが、下手人までは知らん」

と、隠居は笑ったが、しかし次に、宅市のつれてゆかれたのは加賀大聖寺藩江戸屋敷であったらしい、といい、ぽつりぽつりと、維新前後の大聖寺藩の葛藤《かっとう》、その姫君の運命や奥戸外記の辣腕《らつわん》などについてしゃべり出した。

……どうしてそんなことを御存知で？と聞けばまた、江戸南町奉行が出て来るだろう。ただ口をあけて聞いている兵四郎とかん八に、

「これから判断すると、出世組の奥戸外記は落ちぶれ組の憎しみの盾《たて》として鶴姫さまを使い、わざとその所在を隠し、めったなことではそれを白状するたちの男ではなかったと見える。それをはからずももとの大名小路の大聖寺藩邸にさそい込まれ、昔ながらの老公以下の威勢に胆《きも》おしひしがれ、平常心を失ってつい白状したかに思われる。ところで、その場所はどこか？」

「ここから見るがごとく、大名小路など地上にありませぬが……」

「では、按摩《あんま》の話は嘘《うそ》か。どうじゃ、宅市？」

「いえ、いえ！」

と、盲人は必死の表情でさけび出した。

「どうしてわたしがそんな嘘をつく必要があるのでごぜえます。あれはたしかに大名小路の大名屋敷。――」

兵四郎がいった。

「めくらのお前が、それを見たわけじゃないだろう」

「そ、それはそうでごぜえますが、めくらのかんというものもあるのでごぜえます。それにだいいち、そうでなかったら、わたしを背負っていた奥戸外記が、どうしてあれほど恐れいったのでごぜえます？　またその後、わたしが堀田原の一本杉で、なんであんな恐ろしい目にあったのでごぜえます？　それはここにおいでなさる親分も御存じのはず。——」

「しかし、どうしてまたおめえがかどわかされて、奥戸外記におぶわれるなんてえ目にあったのかなあ？」

と、かん八が首をひねった。

「いくらおめえが奥戸に恨みのある人間だからって、わざわざおめえを探し出してよ。おめえの役割がよくわからねえ」

「わたしもあとでいろいろ考えたのでごぜえますが、奥戸って人は怖ろしく腕っぷしの強い人だから、その五体の動きを縛るつもりだったのじゃごぜえますまいか？」

「そ、それにしてもよ、なにも、盲を。——」

「そいつあ、今の話を、しゃべらせるためよ、あとで堀田原の一本杉に来た男によ」

と、兵四郎がいった。

「それが奥戸一派の男で、つまり主家を裏切ったそやつどもへの威嚇《いかく》だ。聞きたいことを聞き出して、もはや用済みとなった奥戸外記が、屍骸《しがい》となっても黙っておれという。――」

「おそらく、図星じゃろう」

隅の御隠居はにこっと笑った。さも面白げに、

「そこで、兵四郎、宅市の話が嘘でないなら、その大名小路を一つ探して見んか。……」

そのとき、隣りのお手玉の声がやんで、お縫が台所のほうへ出ていったようであった。

そこで男たちと笑い合う声がして、やがてお縫が戻って来てこちらの襖《ふすま》を三寸ほどあけた。

「お祖父《じい》さま、相州佗助《そうしゅうわびすけ》村から源兵衛たちがやって来て、また米や野菜をとどけてくれました」

「そうか。よく礼をいって帰せ」

相州何とか村というと、はてそのあたりに駒井相模守さまの昔の知行地《ちぎょうち》があったのじゃないか知らん。して見ると、そこの百姓たちが、時勢が変ってもなお相模守さまに食い扶持《ぶち》をとどけて来るのであろうか、と兵四郎が考えていると、お縫がまたいった。

「それから、お祖父さま、樋口為之助《ひぐちためのすけ》どのがいらっしゃいましたが。……」

「や、樋口為之助。……」

さけんだのは、千羽兵四郎のほうだ。それは元同僚の八丁堀同心の名前だったからだ。

「さて困ったの」

と、隅の御隠居は、按摩宅市を見やった。これからかくまってやろうという人間がいる

ので、ここに新しい客を入れるのを憚《はばか》ったらしい。

「用件はわかっておる。どこか就職の口はないかと先般来頼まれておるのじゃが。……」

と、いって、御隠居はふと兵四郎を見た。

「兵四郎、おまえは牛込馬場下の夏目小兵衛を知っておろうな？」

「ああ、元名主の……存じております」

——旧幕時代、町名主と町奉行所同心は、町の治安上のことで相談することが多いから、いろいろ縁が深かった。もっとも兵四郎は、瓦解《がかい》このかた、その夏目小兵衛ともとんと御《ご》無沙汰《ぶさた》しているが。……

「実はあれに樋口の働き口について依頼状をこれに認《したた》めてあるのじゃが、樋口は瓦解直前に同心になった男なので夏目を知らぬ。おまえ、すまぬが、夏目のところへつれていってやり、わしからよろしく頼みいると話してくれぬか。……」

「は」

かん八は、按摩の件があるのであとに残し、兵四郎は座敷を出た。なんだかいま聞いた話が宙吊《ちゅうづ》りになったままのような感じだが、御隠居の依頼でもあり、かつ元朋輩《ほうばい》のことだからやむを得ない。

牛込馬場下の元名主への依頼状をあずかって外に出る。

その日も、いまにも雨の来そうなむし暑い曇天の午後であった。裏口のあたりには、百姓らしい男が二、三人しゃがんでのんきそうに煙管《きせる》をくわえていた。

兵四郎が眼を見張ったのは、そこに立っている樋口為之助が背中に二つくらいの女の子を帯でおんぶしていたからだ。

「お久しぶりですな。……昔、御同役をやっていた千羽兵四郎です」

「や、樋口さん」

「ああ」

樋口為之助は、あいまいな声を出した。兵四郎に見憶えがなかったらしい。四十半ばを越えたいかめしい顔だが、瓦解以来の辛労が皺《しわ》とともにしみついていた。

兵四郎が、御隠居の言葉を伝え、自分が牛込馬場下の夏目小兵衛のところへ案内するというと、はじめて樋口は正気に戻ったような、また恥じいるような眼で兵四郎を見た。

「いま、何をしておられるのですか」

「いや、東京府中属を勤めておるが、いろいろと気の染まぬことがあって、もしやしたらと駒井さまにお願い申しあげた次第で。……あなたは、今、何をやっておられる」

「私はヒモで」

「ヒモ？」

「待って下さい、俥《くるま》を呼んで来ます」

兵四郎は、俥を二台探して来た。

樋口為之助が女の子を背から下ろすと、眠っていた女の子はぱっちりと眼をあけた。

「いや、ただいま女房が病気でござってな。まさか、牛込までゆくとは思わぬゆえ。…

…」

と、彼は弁明した。

眼をさましたが泣きもせず、年にしては輪郭のはっきりした眼で、その女の子は兵四郎を眺めている。

「ほ、なかなか美人じゃの。さあ俥に乗せてあげるよ」

兵四郎は笑って頭をなでた。

「名は？」

「なつ」

と、その女の子はさすがに、なちゅ、と聞えるあどけない声で答えた。

俥に乗って牛込へ走らせながら、兵四郎はこの樋口為之助について考える。樋口はさっき自分を見ても記憶がないような表情をしていたが、それも無理はない。御隠居もいっていたが、彼はたしかに瓦解の前の年に同心になったばかりの男であった。そうだ、甲州の百姓の出身で若いころ志を立てて江戸に出、中間《ちゆうげん》奉公をしながら営々と金をため、四十くらいになってやっと南町奉行所同心の株を買ったとか聞いた。ただし兵四郎も、彼についてはそれくらいしか知らない。

百姓の子がともかくも侍になるまでに、どれほど刻苦したことであろう。しかも、そうまでして侍になったとたん、侍の府は霧散してしまったのだ。――ここにも維新の悲喜劇の好例の一つがあった。

かったが。——

殺された男に好感を持つことが出来ず、殺したであろう人々に憎しみを持つことが出来な

兵四郎の思いは、ここで樋口から離れて、大聖寺藩士のなれの果てに移る。彼は当然、

——はて、それにしても、今の東京に、大名小路はどこにある？　それを探せと御隠居さまは笑うように仰せられたが。

首をひねっているうちに、俥は牛込馬場下の夏目小兵衛の家についた。

六

いま町名主というものは東京にないが、まだその格式を保って、式台に突棒《つくぼう》や刺股《さすまた》、馬上提灯《ちょうちん》などをかけ並べた玄関に立って訪《おとな》うと、十七、八の息子が出て来て、父は三日ばかり前から内藤《ないとう》新宿の親戚《しんせき》のところへ出かけたきりだといった。

「いつお帰りですか」

「それが、いつか、うちではわかりません」

兵四郎はちょっと困ったが、ここまで来て、新宿はほんの一足だから、おさしつかえなければそっちにおうかがいしたいが、どこへゆかれたろうか、と聞いた。

「伊豆橋という遊女屋です」

と、息子が答えてくれたのは、兵四郎が最初に元南町奉行の駒井相模守さまからの使い

だと断わったからであろう。

「はて、お名主さんが？」

「そこが母の実家同様の家で、そのうえ姉がまたそこにお嫁にいってるのです」

と、息子は顔を赤らめながら、むっとして答えた。

兵四郎たちはまた内藤新宿に俥を走らせた。

これで夏目小兵衛のゆくさきが、内藤新宿のうち新宿遊廓《ゆうかく》だということが判明し、なんとなく気が楽になって、兵四郎はそこへいった。——

新宿の遊女町の発生は、いつの世とも知れぬ。内藤新宿が宿駅となったのは元禄《げんろく》のころからと伝えられるが、そのうちいつしかおびただしい飯盛女《めしもりおんな》で名高い宿場となり、幕末期にはもう旅籠《はたご》屋というより妓楼《ぎろう》というほうが適当な見世見世が軒をつらねるようになっていた。とはいえ、幕府あるうちは、それでも公式には遊廓は吉原一ヵ所であったのだが、明治の世がはじまるとともにその制限も解け、名さえ新宿遊廓と名乗りはじめた。——

その中で、兵四郎が夏目小兵衛をつかまえたのは、夏の日も暮れかかったころであった。ちょうど小兵衛が、一人の男といっしょに歩いているのを見つけたのである。

小兵衛は元町奉行の依頼状を受けとり、読み、ちょっとおしいただくようなしぐさをしたが、すぐにはそれに触れず、まず懐しげに兵四郎と、その後のことを聞いたあとで、

「いや、ここにおけるのは塩原昌之助《しおばらしょうのすけ》と申しましてな。わたしの末ッ子を養子に貰《もら》ってもらった男で。——この塩原がいま伊豆橋の管理をしてくれておるので」

と、自分がここにいるわけを説明した。伊豆橋が自分の妻や娘ともっと深い縁のある点は何となくぼかした。

「管理。──」

つぶやいて、兵四郎は遊女町を見わたした。

本来なら、もうそろそろ不夜城のように灯がはいり、往来には浮かれ男たちがさんざめいている時刻だが、いま見る町は死に絶えたようだ。ほかに人はおろか、猫の子一匹歩いていない。

これは、ここばかりではない、吉原をはじめどこの遊廓もそうだが、おとしの娼妓《しょうぎ》解放令以来のことで、当時の「新聞雑誌」（という雑誌である）に、

「府下処々ノ遊里糸竹ノ音ヲ絶チ、冬枯ノ景況ヲナシ荒涼ニタエズ」

とあるような光景に化してしまっていたのだ。とくにその日は、どんよりとした夕雲の下に、地上まで銀灰色の蒸気が満ちているようで、無人の新宿遊女町は、この世のものならぬ異次元の町に見えた。

「樋口さまとおっしゃいますか」

小兵衛はやっと樋口為之助のほうへ顔を向けた。

「元の御身分柄……どうでございましょう、警視庁へお勤めになる気はございませんかな」

「警視庁へ！」

頓狂《とんきょう》な声をあげたのは、樋口よりも兵四郎のほうだ。

「もっとも、巡査なんかじゃありません。事務のほうでございますがね、それでも少しは御縁があろうと存じまして……ええ、あたしゃ、そのほうにちょっと知り合いがあるんです」

「——あらっ？」

と、地面に下ろされていた樋口の娘がふいにさけんだ。

そして、何を見たのか、その二つばかりの女の子は、父の手をふりはなして、ヨチヨチと駈《か》け出していった。——

向こうの朱塗りの格子の奥に、七つくらいの男の子の顔が見えた。

「あれがわたしの末ッ子——つまり、この塩原に養子にやったやつで」

と、小兵衛はいった。そして、ふと思い出したようにいい出した。

「ああ、そういえば千羽さま、先日ここで妙なことがあったそうですよ。いや、あたしが直接かかわりあったことじゃなく、この塩原の話でございますが、あとで聞いて警視庁へ届けようかどうしようと首をひねって、あんまり馬鹿々々しいからそのままにしておきましたがね。いえ、あたしが今こちらに参りましたのはそんなことじゃございませんが」

「とは？」

「もう何日前になりますかねえ。——夕方、ここに袴《はかま》に靴をはき、帽子に髯《ひげ》をはやした役人らしい人がやって来て、東京府では近く遊女屋再開許可の運びとなり、それについてその規模やら条例やら内々説明するから、すぐに近くの大宗寺《たいそうじ》境内に集まれってんで、みんな夢かとばかりよろこんで、そこへ駈け集まったんでございます。みんなといっても、がらんどうの女郎屋の留守番ばかり二十人ほどですが。――ところが、そこへいって、いつまで待ってもだれも来ない。――」

塩原昌之助という男は、間が悪そうに苦笑いしていた。

「といって、お役人の話とありゃ、ほっとくわけにもゆかない。みんな馬鹿みたいに日が暮れるまで待っていて、やっとどうやら一杯食わされたらしいということで帰って来たというのですが、あと調べて見ても、べつに何も盗難はない。いったいありゃ何だったんだってえことになりましたが、あくる日になって、あの金之助《きんのすけ》が――」

と、格子越しに幼女と話している男の子にあごをしゃくって、

「金之助は塩原につれられてここに来ていて、そのときは置いてけぼりにされていたのでございますが、それが、きのう変なものを見たっていうんです」

「変なものとは？」

「格子の向うの往来を、乞食《こじき》の行列が通っていったって……それから、だれか按摩《あんま》さんを背負って歩いてたって……まあ八つの子供のいうことでございますからとりとめもねえが、それじゃあそのとき塩原たちに一杯食わせたのは何のためだか。……」

みなまで聞かず兵四郎は駈け出して、向うの遊女屋の格子の外に立った。

「おいっ……坊や、何だって？　おじさんに、もういちど聞かせてくれ、按摩がどうした

って？」

「ああ、いつかのこと？　うん、まるぼうずのあんまさんをしょっていったよ」

格子の向うで、蒼白《あおじろ》い顔にかすかにあばたのあとのある子供は、利口そうな眼にいっぱいに恐怖のひかりをたたえていった。

「鬼ごっこみたいにめかくしされたひとが……雨のなかを。そのまえに、ボロボロのこじきが、たくさんあるいてったよ。……」

そうであったか、盲人の大名小路はここであったか、と千羽兵四郎は茫然《ぼうぜん》として、銀灰色の蒸気の中にけむるがらんどうの遊女町を見わたした。

「こら、女の子、ここはどこだか知ってるか」

「おうもん」

「なんだい、それ……おまえなにしにここへきたんだ」

「おいやん」

「おまえ、おいらんになりにきたのか。ばか、なんて名だい」

「あたい、ひぐち、なちゅ」

数え年八歳の幼童と三つの幼女は、朱《あか》い格子越しにあどけない会話をつづけていた。

――この少年が、後年夏目漱石《そうせき》として「道草」の中に、「……不思議な事に、其《その》広い宅《うち》には人が誰も住んでいなかった。それを淋しいとも思わずにいられる程の幼ない彼には、まだ家というものの経験と理解が欠けていた。彼は幾つとなく続いている部屋だの、遠く迄真直《まっすぐ》に見える廊下だのを、恰《あたか》も天井の付いた町のように考えた。そうして人の通らない往来を一人で歩く気でそこいら中馳《か》け廻《まわ》った」と、この「失われた町」での生活を描写することになろうとは、兵四郎は知らない。

いわんや、この幼女が後年「廻れば大門の見返り柳いと長けれど」にはじまる名作「たけくらべ」の作者樋口一葉《いちよう》になろうとは、いよいよ知る道理がない。

その翌《あく》る日、からっと晴れた朝。

「御隠居さま、わかりました!」

兵四郎は飛び込んで、まずさけんだ。

「あの大名小路は、新宿の――」

「わかったか。早かったの」

隅の御隠居は微笑した。そして、兵四郎の説明も聞かず、

「あの姫君はゆかれたよ」

と、いった。

「姫君?」

「それ、きのう縫とお手玉をして遊んでいた娘御よ。あれが大聖寺藩の頭のおかしくなった姫君。――」

兵四郎はキョトンとなり、まだわけもわからず、

「どこへ？」

と、鸚鵡《おうむ》返《がえ》しに聞いた。

「相州佗助村へ」

隅の御隠居は髯の中で、きゅっと笑った。

「警視庁が追っかけ出すとうるさいからの。いや、事実もう嗅《か》ぎまわり出した形跡がある。それで、采女ヶ原に住んでおった一族もろとも、当分そっちへ保養にいってもらった。あの按摩もいっしょじゃ。あそこへゆけば、まず大丈夫じゃろ、ふおっ、ふおっ、ふおっ」

開化写真鬼図

一

秋の一日、千羽兵四郎はチョンマゲをつけたまま、汽車に乗った。

品川から横浜までの鉄道は、おととしの明治五年五月から、ついで九月、新橋から通じるようになったのだが、文明開化が大きらいな兵四郎は、まだいちどもそんなものに乗ったことはなかったのだが、その横浜に急用が出来たのである。新橋から横浜まで約七里、足で歩けば充分一日かかるところを、なんと五十分くらいでゆけるというのだから、いかな兵四郎でも、急用とあればいたしかたがない。

停車場には、こんな告示を書いた板がぶら下げられていた。

「乗車セムト欲《ほっ》スル者ハ遅クトモ表示ノ時刻ヨリ十五分前ニステイションニ来リ、切手買入レ其他手都合ヲナスベシ。

発車並ビニ着車トモ必ズシモコノ表示ノ時刻ヲ違《たが》ワザルヨウニハ請合イガタケレドモ、ナルベク遅滞ナキヨウ取行ウベシ。

犬一匹ニツキ片道賃銭二十五銭ヲ支払ウベシ。……」

兵四郎はこの告示も気にくわない。内容がではなく、文章がである。これは在来の日本の文章ではなく、どこかに紅毛臭《こうもう》がある。

汽車そのものは――ここで描写するよりも、横着《おうちゃく》なようだが、読者には、まあ西部劇に出て来るようなやつを想像していただいたほうがてっとり早い。おまけに、客車と貨車がばらばらにつなぎ合わせてある。

帰りの汽車に坐《すわ》って、兵四郎は憮然《ぶぜん》たる顔をしていた。むろんまだ汽車にこだわっていたわけではない。

彼が横浜へいったのは、隅の御隠居さまから手紙を託されて、本町《ほんちよう》三丁目の生糸貿易商渋沢喜作《しぶさわきさく》にとどける用であったのだが、手紙の内容は知らない。ただ渋沢喜作が元渋沢成一郎《せいいちろう》という名の幕臣で、いちどは彰義隊の頭取《とうどり》までやった人物だということを知っている兵四郎は、いまその商売が大繁昌《はんじよう》して豪勢な店を構え、彼が生まれながらの大実業家みたいな顔をしているのに、眼をまるくした。やはり幕臣であったその従弟《いとこ》の栄一《えいいち》とともに、これは実に珍しい例だ。

幕臣仲間のこういうかたちの成功者を羨《うらや》むたちの兵四郎ではないが、それにくらべて自分のこれからを思うと、さすがののんき者もちょっぴり冴《さ》えない気持になるのは是非もない。何よりも、恋人のお蝶の眼が浮かんで来るのだ。

お蝶は何も自分に出世してくれともお金を儲《もう》けろなど訴えているわけではない。げんに彼女自身、新政府の役人には肘鉄《ひじてつ》をくわせているくらいだ。兵四郎も新政府の禄《ろく》を食《は》もうなどいう気はてんでないし、さればとて貿易商の才覚など露ほどもないし――にもかかわらず、お蝶は自分を信じ、何やら期待している。それがわかっているだけに、ふだんはそんなことを余り考えないことにしているのだが、現実に渋沢の成功ぶりを目撃すると、やはり兵四郎もいささか憮然たる心境にならないわけにはゆかない。

もう一つ、彼が気にかかっていたのは、隣に坐っている一人の女であった。横浜から乗って来た女だ。

お高祖頭巾《こそずきん》をかぶっているので顔はよくわからないが、年は三十半ばくらいらしい。頭巾の中からのぞいている部分だけ見ても相当以上の美しい女に見えるが、その眼のまわりに隈《くま》がある。着物を着ているのに、その頸《くび》には金色の頸飾りをつけていた。

――こいつがラシャメンというやつか。

と、兵四郎は思った。ネックレスをつける風習など日本の女にはないが、それ以外にもその女の全身からは――異様なのはその頸飾りだけであとは尋常なのに――どことなく異人の匂いがすることを、最初から彼は嗅《か》ぎとっていたのである。

――それにしても、何だか薄汚ねえ感じのするやつだ。

まあ美人らしくもあり、衣裳《いしよう》も常人以上なのに、ふしぎに自堕落な、それよりもっと精神的に落ちぶれはてた感じがあって、兵四郎はなるべく身を離して、窓から外を見ていた。

芝浦あたり、海の上の土手を走ってゆくところがあった。何でも鉄道を敷くのに、土地の住民が反対して、そのために新橋品川間の工事があとになるというほどの騒ぎがあった末の措置《そち》がこれらしい。まるで汽車が海の中を走っているような風景には、兵四郎もちょっと感心した。

やがて汽車は新橋に着く。

赤煉瓦《あかれんが》作りのステーションをぞろぞろと、ほかの客とともに出かかった兵四郎は、すぐうしろに異様なさけび声を聞いた。

ふりかえると、一人の若い男が、さっきのお高祖頭巾の女の袖《そで》をとらえている。

「これはいいところで逢《あ》った。これからおれは横浜のおまえのところへゆこうと思ってたんだ」

若者は、袴《はかま》に朴歯《はおば》の下駄《げた》、朱鞘《しゅざや》の大刀までさしていた。そういう書生もまだほかにいないではないが、たいてい頭はザンギリにしているのに、これはまた古風な大たぶさだ。色黒く、眼鋭く、精悍《せいかん》というより獰悪《どうあく》な顔をしていた。

「教えてくれ、小浪はどけえいったんじゃ」

「そこを離しておくれな、みっともないじゃないか、大声を出して」

と、女はお高祖頭巾のあいだからまわりの人々を見まわしていった。

「教えてくれりゃ離すたい」

「あたし、小浪ちゃんのゆくえなんか知らないよ」

「嘘《うそ》つけ、岩亀楼《がんきろう》のぬしともいうべきおまえが、小浪のゆくえば知らんはずはない。言わんと、殺すぞ！」

「二口目には、すぐにひとを殺す殺すって……だから小浪ちゃんが逃げていっちまったじゃないか。異人の女郎など、禽獣《きんじゅう》にひとしき女、皇国のために生かしてはおけぬとか何とか、いいたい放題のことをわめきたてて、そんな男の相手にだれがなるものかね。いったいおまえさん、小浪ちゃんをつかまえて、どうしようってのさ？」

若者は一瞬ひるんだようだ。が、すぐに顔をひきゆがめていった。

「実はおれは、十日ほどたったら果し合いすることになっとるばい」

「へえ？」

「それも小浪のためたい。……」

「小浪のため——って？」

「とにかく、おれはそれで死ぬかも知れんたい」

ちょっとその蟹《かに》みたいな顔に滑稽《こっけい》な哀愁が浮かんだようだが、たちまち彼はまた猛然と女をひきずり寄せた。

「じゃけえ、その前にどぎゃんしてもいちど小浪に逢《あ》いたいんじゃ。さあ、小浪のいどころば言え！」

「あっ、助けて——このひと、人を殺すよ——人殺しーいっ」

あまり気にくわない女ではあったが、もう見捨ててはおけない。こういう衆人環視の中にしゃしゃり出るのは兵四郎の常人以上にてれるところだが、だれもとめに出るものがないから、やむなく彼はその若い壮士の腕をつかんだ。

「よく事情はわからないが、女相手の乱暴はよしなさい」

「こらっ、邪魔すっか！」

女を捕えていた腕をつかまれたので、その間にお高祖頭巾の女はふり払うようにして、人混みの向うへ逃げていった。

歯がみして追おうとする男の前に、ゆきがかり上、兵四郎はぬっと立ちふさがる。

「こやつ、殺すぞ！」

まるで、狂人だ。もう完全に逆上し切った形相《ぎょうそう》で、男はいきなり抜刀して、兵四郎に斬りつけた。

ぱっと兵四郎はかわした。流れる凶刃の腕を手刀で打ったのは反射的行為だが、もともと彼は維新前、下谷《したや》の伊庭《いば》道場で心形刀流《しんぎょうとう》の免許皆伝を受けたキャリアを持っている。男は大刀をとり落し、拾おうとしたが、手がしびれて、そのままうずくまってしまった。

「悪気《わるげ》じゃない。もののはずみだ。いや、御免」

兵四郎は大てれにてれて、お高祖頭巾の影がもう見えないのにも安心して、スタスタその場から歩き出した。

百歩ばかりいったときだ。

「待て、――お待ち下はりまっせ！」

背後から、あらあらしい鼻息で駈《か》けて来る足音を聞いて、兵四郎はふりかえった。いまの壮士が追っかけて来る。兵四郎はうんざりした表情になった。

「ちょっとお願いがござりまっす!」

「もういいじゃないか」

「いや、是非ともお頼みしたいことがござりまっす!」

若者は兵四郎の前にまわって、往来にべたりと坐ってしまった。

「いや、おみごとな腕前に恐れいった。そこで拙者、ただいまとりあえず神明の宣示《せんじ》を仰いだところ、どぎゃんしても貴方《あなた》におすがりせよとの神慮で。——」

「神明? 神慮?」

兵四郎はめんくらってしげしげと見下ろした。若者の獰猛《どうもう》な顔は、それだけに凄《すさま》じいばかりの熱誠に燃えていた。

「何です、その頼みごととは」

「果し合いの介添人《かいぞえにん》になって下はりまっせ!」

「なに、果し合いの介添人?」

兵四郎はいよいよあっけにとられた。

「そういえば、さっきそんなことをいってたようだが、ありゃほんとの話ですか」

「まことでござりまっす!」

「ほほう。というと、それは?——いや、とにかくまあお起《た》ちなさい。通行人がふしぎそうに見ておる」

相手を起たせて、二人は並んで歩き出した。とりあえず、兵四郎が聞く。

「あなたは九州の人ですか」

「肥後《ひご》熊本でござりまっす。桜井直成《なおなり》と申す」

それから、桜井は語り出した。はじめのうち、彼は何やら羞恥《しゅうち》するところがあるらしく、黒い顔を朱色に染めて、どもりがちであったが。――

要するに彼は、ある男と一人の女を争って、十日のちに神田のめがね橋で決闘することになった。相手も若いが、鏡新明智流《きょうしんめいちりゅう》の大剣士上田馬之助の道場で、相当筋がいいと聞いているから、自分が必ず勝つとは言いがたい。そこで万一自分が敗れて死んだとき、そのことを故郷へ知らせてくれる人が欲しい。ただ原因が原因だから、かえって知人には依頼しがたく、その適当な人を探すのにひそかに悩んでいたのだが、いまはからずもそれを見つけた、いや、神のお告げがあった、と彼は田舎者らしい勝手さと何やら狂信的な単純さをもって述べるのであった。

「その女とは？」

「それが、横浜の岩亀楼の遊女で。――」

桜井直成はいよいよ顔を赤黒くして、懐《ふところ》から腹巻のほうへ手をつっこんで、白い布で巻いたものをつかみ出した。それをひらくと、一枚の写真が現われた。

「これでござりまっす」

「ほう」

「何でも横浜の下岡蓮杖《しもおかれんじょう》と申す写真師にとってもらったものだそうで、女がくれたものでございまっす」

手にとって、兵四郎は眼をまるくして眺めている。写真はまだ世に珍しいが、下岡蓮杖という高名な写真師の名は聞いたことがある。それよりも彼の眼をとらえたのは、そこに写されている遊女姿の女のたぐいまれなる妖艶《ようえん》さであった。とくに絵とちがって写真だけに、しかも女の顔をこんなに大きく撮ったものを見るのははじめてといっていいだけに、それはまさに生けるがごときなまなましさであった。

気がつくと、それをのぞきこんでいる肥後の壮士は、よだれを垂らさんばかりだ。――たかが遊女がもとで何の決闘沙汰《ざた》、など野暮なことは兵四郎は言わないし、またこの写真を見ればこの若者がのぼせあがるのも無理はないとも思う。――それにしても兵四郎は、ふと気にかかることを思い出した。

「さっき、ちょっと聞いたところによると、しかしあんたはこの女郎を殺してやるとか、何とか。……」

「さればでございまっす。この女、この夏ごろから異人の女郎となり――岩亀楼と申せば、幕末に異人の女郎となることば拒んで、ふるアメリカに袖《そで》はぬらさじ、と自害した遊女喜遊《きゆう》を出したほどの女郎屋の名家なるに、なんちゅう恥さらしか、日本国の名誉のため、おのれ天誅《てんちゅう》を加えてくれんと。……」

女郎屋の名家か、と兵四郎が笑いかけると、桜井が血ばしった眼でぎろっとにらみつけたので、彼はあわてていった。

「それほどけがらわしい女郎のために果し合いするとは、また――」

「それが、拙者にもよくわかりまっせんたい。この小浪を愛してるのか、憎んどるのか、自分の心がよくわかりまっせんたい」

壮士は大きな拳固《げんこ》で自分の頭をごつんごつんたたいた。質問はしたが、兵四郎にはこの青年の混乱した心情がわかるような気がした。写真を返しながら、

「で、この女郎はいま岩亀楼にいないのですか」

「一ト月ばかり前から、姿ば消したのでござりまっす。それで、あのお吉が必ず知っとるばい思うて――」

「あっ、あの女。――あれも、岩亀楼の女郎ですか」

「左様でござりまっす。あれもその昔、アメリカのハリスとかの妾《めかけ》になったとかの、唐人お吉ちゅう女で。――若い遊女にいろいろ悪智慧《わるぢえ》をつけるあばずれですたい」

兵四郎はちょっと息をのんで、桜井の顔を見つめたが、桜井のほうは自分だけの願いを思いつめている案配で、

「どうでござりまっしょう、介添人の件は」

と、熱心にいった。

兵四郎はうなずいた。

「よろしい。拙者でよかったら引受けましょう」

彼はこの若者の、さっきやっつけられたくせに、それにはこだわらないでこんな依頼を

するいさぎよさ、直情ぶりにいささか好意を持ったし、それにそういう役目を甚《はなは》だ面白がるたちでもあった。

二

「……あ、こらこら」

と、巡査油戸杖五郎《あぶらどじょうごろう》は呼んだ。

木挽《こびき》町の上田馬之助の道場前の往来だ。彼は、五、六人の弟子とともにそこから出て来たばかりであったが、先をゆく青年のからだのどこからか白いものがぴらりと地上に落ちたのを見て声をかけたのであった。

何やら考えに沈んでいるらしく、まだ気づかないでゆきかかった青年に、杖五郎は拾ったものを追いかけていって渡した。

「やあ、どうもありがとう」

青年は意外なほど狼狽《ろうばい》し、赤面した。

油戸杖五郎は、この夏から五、六回、この上田道場に来ている。それは加治木警部に命じられて或《あ》ることを上田馬之助に依頼するためであったが、好きな道でもあり、道場で、二、三度、ほかの弟子と稽古《けいこ》したことがある。小さな町道場ではあり、かつ剣術などほとんど流行《はや》らなくなった時勢で、弟子は気の毒なほど少なかったが、それにもかかわらず、といっていいか、それなればこそ、といっていいか、意外に筋のいい者が何人か見られた。

その中に、この青年がいた。

年は二十になるやならずだろうか、スラリとした筋肉質のからだに、きりっとした面長《おもなが》の顔をしている。名は東条といった。それ以外はべつに知るところがない。――いや、油戸は、道場で二、三語言葉を交しただけだが、その若者にひどく親しいものを感じていたのだ。それは東条に、どこか奥州《おうしゅう》弁の訛《なまり》があったからであった。

「貴公、ひょっとしたら南部の出《で》じゃないか」

と、肩を並べて歩きながら、油戸巡査は話しかけた。

「そうです。三年ばかり前、盛岡から来ました」

と、東条は答えた。

「東条英教《ひでのり》と申します」

「それは、懐かしいのう！　おれは、仙台じゃ」

「そうだろうと思っていました。警視庁のかたですか」

東条英教もなつかしそうな顔をした。油戸はうなずいて、

「貴公、若いのに、この時勢に剣術を修業するとは感心じゃて。お家は何をしておられる」

「父は、細ぼそと能を教えております」

と、東条はいった。つんつるてんの袴《はかま》をはいたその書生姿は、質素というよりたしかに

貧しげであった。

「南部藩で能楽をもって仕えた家でありましたので」

「ふうむ、そうか。しかし能楽の家の出で、剣術を習うとは、何の目的で――」

「いえ、別にこれといった目的もありませんが、出来れば陸軍士官学校にはいりたいと念願しておりまして」

陸軍士官学校はこの秋、市ヶ谷の元尾州《びしゅう》藩邸に創設され、来年第一期生を入学させるとか聞いている。しかし油戸巡査は首をかしげた。

「じゃが、あれは出身にうるさいとか聞いたぞ。朝敵となった南部藩はどうかな？　おれの知っとるかぎり、薩長《さっちょう》出身以外で軍人を志願する者は、下士官を養成する陸軍教導団にはいっとるが」

そして彼は、声をひそめていい出した。

「実はな、おれが上田先生のところへ通《かよ》っとるのは、先生を警視庁の剣法師範に招聘《しょうへい》したいという願いからじゃ。警視庁はまだまだ剣術を必要としとる。どうじゃ、おぬしも警視庁にはいらんか？」

「警視庁にはいっても、あなたのようにせいぜい巡査でしょう」

と、東条はいった。魁偉《かいい》な髯面《ひげづら》のまま油戸巡査は苦笑した。

「それより私は軍人になって、やりたいことがあるのです」

ずいぶんはっきりものを言う青年だ。そのきれながの眼は、生き生きとひかって、秋の大空の白雲を仰いだ。

……と思う間もなく、急にその瞳光がゆれ、表情がひきゆがんだ。

「ああ駄目だ。私はその前に死んでしまうかも知れん」

「何じゃと？」

東条英教はふいにふりかえり、油戸巡査の腕をつかんだ。

「お願いがあります。私の決闘の介添人になってくれませんか？」

「えっ、決闘の介添人？」

「実は、十日のちに或る男と、神田めがね橋で果し合いをする約束をしているのです」

「それは、どういうことじゃ？」

東条英教はふところから、さっき油戸に拾ってもらった白い布につつまれたものをとり出し、布をひらいた。中から美しい遊女の写真が現われた。

彼は、これは横浜の女郎屋の遊女であり、ふとしたことからこの女のために或る男と決闘しなければならない破目となった。相手もなかなかの剛の者だから、必ず自分が勝つとは保証出来ない。もし討たれた場合は、恐れいるが父母のもとへ、何とか理由をとりつくろって報知してもらう役目をひき受けていただけまいか、と思いつめた表情でいった。

そんな私闘は、法律上許せない——などいう考えが、まず出て来ないところが、明治七年の警官であり、かつ元仙台藩士油戸杖五郎であった。

「しかし」

と、彼は眼をむいていった。

「貴公のような大まじめな青年が、遊女をさしはさんでの果し合いなど、ふしぎじゃの」

頭に浮かんだのは、そんな疑問のほうである。

「いえ、この相手は、私がその男を殺さなければその女を殺すのです」

「なぜじゃい?」

「その女が異人の女郎となったことを、倶《とも》に天《てん》を戴《いただ》かずというほど憎んでいるからです」

横浜の遊女屋の女郎には二種類あり、日本人相手のものと異人相手のものとあり、後者を「異人の女郎」と呼んでいることは、油戸巡査も知っていた。異人相手はいやがるのがまだふつうだが、何しろ収入はそのほうが桁《けた》ちがいに多いので、だんだんその数がふえて来つつあるとも聞いている。

「だからこの小浪という女は、その男を恐れて一ト月ほど前から姿を消してしまい、いまどこにいるか、私にもわかりません」

「それで、果し合いとは。——」

「いや、何にしてもその男とは決闘をせねばならん約定《やくじょう》を結んでしまったのです」

東条は断乎《だんこ》としていった。青年にしてもやや高いほうだが、しかし底力のある声だ。一言ごとに口をへの字にまげるくせといい、この若者のただものでない意志力を現わしていた。

「お願いです」

彼は油戸巡査の腕をつかんだ。

「警視庁のかたにこんなことをお頼みするのはいかがかと思うのですが、武士としてお願いしたい。その上、大変勝手ですが、警視庁のかたとしてもお願いしたい。もし私が敗れて死んだら、この横浜岩亀楼の小浪という遊女のゆくえを探して下さい」

一生懸命の眼であった。

「そして、私の遺言を伝えて下さい。必ずいまの稼業《かぎょう》から足を洗って、清い正しい女になるように祈って私が死んだと」

「承知した！」

と、少し前からだんだん釣り込まれ、ついに感動した油戸杖五郎は大きくうなずいた。

さてその翌日、油戸巡査は、上田馬之助の件について加治木警部に報告したついでに、ややためらったのち、おずおずとこの決闘の話を打ち明けた。

――東条英教に頼まれたときはばかに昂奮《こうふん》して請《う》け合ったけれど、一晩たって考えて見れば、やはりその決闘を黙認するのみならず、警察の自分が上司に無断でその介添人になるのはどんなものかと、さすがに気にならざるを得なかったのである。

「原因はともあれ、二人の若者が約定しての堂々の果し合いとは、当今珍しく勇壮で爽快《そうかい》でござらんか」

と彼は、哀願するようにいった。

「この際私は、一私人として立ち合ってやりたいと思うのですが、いけませぬか？」

巡査のとんでもない熱情にあふれた顔を見て、加治木警部の冷徹な眼の奥に、ちらっと微《かす》かに笑いが浮かんだようだ。

「いかん、やめさせろ。何を馬鹿な事《こつ》をいっちょるか」

と、加治木警部は当然な返答をした。油戸杖五郎はがっくりした。が、なおみれんがましく、

「しかし、相手はその女を殺すといっており、どうやらとめてとまらず、またとめてもどこかでまたやると思いますが。……」

と、いった。

「やめさせろ」

加治木警部はにべもなく繰返した。

「そげな阿呆《あほ》な事《こつ》で、みすみす若い者を死なせる事《こつ》があッか。黙ってそげな事《こつ》やらせて弟子を死なせると、上田先生に叱《しか》られるど！」

もっとも、警視庁が招聘《しょうへい》しようとしている上田馬之助先生は、幕末に有名な「松田の喧《けん》嘩《か》」をやってのけた勇名をとどろかせた剣豪ではあるのだが。——

——ところが、三日ばかりたってからのことである。

あれほど東条青年に快諾した約束を、さてどうしようかと苦慮している油戸杖五郎を呼び出して、加治木警部はこんなことをいい出した。

「おはんがいった例の果し合い、その原因となった横浜岩亀楼の小浪という女郎な」

「あれは種田政明《まさあき》陸軍少将閣下の妾《めかけ》となっちょる」

「は」

「種田少将は実は近く熊本鎮台司令官として赴任《ふにん》されることになっちょるが、おいと同じ薩摩人じゃ。以前から女のほうにかけてはいろいろ風評のあるかたではあったが、異人の女郎じゃった女を妾にすとは——おそらく熊本につれてゆくので大事ないと思うたものじゃろうが、それにしてもちと不謹慎ではあるな」

「ほほう」

慨然《がいぜん》として、加治木警部はいう。

例によって針ほどのことも逃さぬ探索網だ。——これは加治木警部だけではない。ほかの警部も同様の言動を見せるし、そのすべての背後に鬱然《うつぜん》として立っているのが川路大警視であることは油戸巡査も承知している。しかも川路大警視の眼は、ただ東京だけでなく日本全国にそそがれているらしい。その末端の機械の一つである油戸巡査も、ときどきこのことを感じて、ぞっとすることがあった。

「ともあれ、そうとわかった以上、捨ててはおけん。おはんの知った南部藩から来た男はともかく、聞けば相手の男は、その女を殺すの何のと言っちょるそうではないか。むろんそのために果し合いするほどじゃから、可愛さ余って憎さが百倍というところじゃろうが、それだけにその女が種田少将の妾になっちょること知れば、どこまでのぼせあがるか、どういう波を立てるか、とにかく、少将が無事にはすまんおそれがある」

と、加治木警部はいった。

「その果し合いの結果がどうなるか。――是非、おいも立ち合わんけりゃならん。もし相手のほうが生き残ったら、検挙せんけりゃならん」

三

めがね橋で決闘が行われたのは約束の日の約束の早朝のことであったが、それが思いがけない変ななりゆきになった。

そもそも二人の若者の争いの原因となった女のゆくえを、いま当の二人も知らないというのだから変な話だが、それにもかかわらず、二人は果し合いをしなければならぬ破目となったのであろう。

神田めがね橋。

江戸のころは、筋違《すじかい》橋といった。それを去年十一月、ここにあった見付《みつけ》を壊したときに出来た石材を利用して石橋に変えた。しかもその石橋の下が二つの半円をえがき、水に映ると眼鏡のように二つの円となって見えた。正式には万世《よろずよ》橋というのだが、この呼称も雅《みやび》に過ぎたと見えて、のちには万世《まんせい》橋というほうが通りがよくなったが、当時はめがね橋と呼んで、これまた開化の一表徴であった。

そこへ、その朝――十月末の一日の早朝六時前、橋の両側から二つずつの人影が朦朧《もうろう》と近づいて来た。まだ夜明前の蒼茫《そうぼう》とした時刻で、朝霧が立ち迷い、それ以外に通行人の影はない。

――と見えたが、その少し前から、橋のたもとに、去年橋を作ったときなお余って積みあげられた石材の蔭《かげ》に、もう一つの人影が立っていたが、彼がそこに来たのはもっと霧の濃い時刻であったから、だれも気づかなかったろう。

一方からは、肥後の壮士桜井直成と千羽兵四郎。

兵四郎は例によって着流しに巻羽織、それに宗十郎頭巾《ずきん》をかぶっていた。べつに顔をかくすような悪いことをするとは思っていないが、とにかくいまの世の法律で許されない行為の介添人でもあるし、やや肌寒の秋の朝だし、それに何より本能的な虫の知らせの頭巾であったかも知れない。

一方からは、南部の書生東条英教と油戸杖五郎。

杖五郎はさすがに官服ではなく、袴《はかま》に鳥打帽という姿で、ただ例の六尺棒をついていた。彼としては不本意ながら、事によっては相手の男を逮捕しなければならないから、愛用の棒を携《たずさ》えて来たのだ。介添人が棒を持っているのはおかしいが、東条は彼の素性《すじょう》を知っているし、上田道場に出入りするとき、彼がいつも棒を抱きかかえているのを見ているから、ことさらには怪しまなかった。

「……や？」

桜井直成と東条英教は、たがいに相手が一人でないのを知って、ちょっと動揺したようであった。すぐに東条がさけんだ。

「これは助太刀《すけだち》ではない。介添人じゃ」

「おれも同じじゃ」

と、桜井直成はさけび返し、つづけて、

「では、始めよう。――あの女の運命は、われわれのうちいずれか勝った者の手中にある」

と、蟹《かに》みたいな顔に似合わない気のきいたことをいった。もっともこれは、まったくそのように信じた人間のぎりぎりのせりふではあったろう。

「うん」

東条はただそううなずいただけで、すばやく下駄《げた》をぬぎ捨て、袴のももだちを取って、つ、つ、つ、と橋の上へ駈《か》け寄りながら抜刀した。

桜井のほうも同じことである。――かくて朝霧けぶるめがね橋の上で、南北の二人の若者は白刃をもって相対した。

おたがいは知らず二人の介添人は、橋のたもとに立って、凝然《ぎょうぜん》とこの勝負を見守っている。

おたがいは知らず?――ただこのとき、対峙《たいじ》した二人の若者から、ちらっと相手方の桜井直成の介添人に眼を移して、ふっと首をかしげた者があった。石の影に立っていた加治木警部である。

彼はむろんその千羽兵四郎が、以前から警視庁に挑戦を試みている人間の一人だとは知らない。明確にそんな大それたことを志している者があろうともまだ感づいていない。この冬の赤坂喰違《くいちが》いの変のとき、包囲した土佐の刺客たちの宿舎の隣りの銭湯で騒ぎを起して彼らを逃走させた二人の男があったことは憶《おぼ》えているが、あれは土佐の息のかかった何者かだったろうと思っていた。それからまた伝馬町のおんな牢《ろう》から売春婦たちを逃がした実に大胆不敵なやつがあったことも忘れるどころではないが、これまた彼は、ほんとうに新聞記者だと思い込んでいたのだ。それであれ以来、幕臣崩れの新聞記者を一人一人ひそかに洗って見たのだが、今までのところまったく手応《てごた》えがない。——

さて、いま、ふっと首をかしげた加治木警部の頭に、数秒にして浮かんで来たのは、そのおんな牢事件における黒頭巾の新聞記者であった。——虫の知らせで千羽兵四郎が頭巾をかぶって来たのは、なんと悪い目に出たのだ！

……いま、声なき殺気の気合をあげて、橋上の二人が躍りかかろうとした一瞬、

「おおっ」

われを忘れて、石の蔭から加治木警部は絶叫した。

「その黒頭巾は、おんな牢の新聞記者だ。油戸巡査、そやつをひっ捕えろ！」

むろん、兵四郎は仰天した。何者か？　と石材の蔭から現われた山高帽に羽織袴《はおりはかま》の影に眼をこらすいとまもなく、橋上の二人をつきとばすような勢いで、棒を持った向うの介添人が疾駆《しっく》してきた。いや、実際に、これを敵方の助太刀と錯覚して刀を向け変えた桜井は、

その棒の一颯《いっさつ》にはじき飛ばされたほどである。

――あいつか！

兵四郎は、この棒を持った髯男《ひげおとこ》が巡査だと知った。いままでの事件で、二、三度、それとなく接触したことがある。

「うぬ、曲者《くせもの》、待て」

凄《すさま》じい棒の打ち込みを、飛鳥のように兵四郎はかわした。実は、必死だ。

「やあっ」

鉄壁も砕けよとうなりをたてて飛んで来る棒を、ほとんど無意識に抜刀した刀身が、戛《かっ》！　とみごとにその尖端《せんたん》一尺あまりを空中に斬り飛ばした。渾身《こんしん》の心形刀流の妙技であった。

棒は刀とちがい、切断されてもなお武器となる。そこが棒術のたんげいすべからざるところだが、これほどの相手には近来めぐり逢《あ》わなかったと見えて、さすがの鬼《おに》杖五郎も一瞬狼狽《ろうばい》した。

その転瞬《てんしゅん》のすきを盗んで、兵四郎は身をひるがえし、逃げ出した。

走る、走る。――

どこを、どう走ったのかわからない。「待てえ」背後から死物狂いの声をしぼって、跫《あし》音《おと》は追って来る。結果において、それからついに逃れ得たのは、足の迅《はや》さより、霧のせいであったにちがいない。

ところで、可笑《おか》しいことに兵四郎は、いつのまにか一人の青年と並んで走っていたのである。

実はすぐうしろを追って来る跫音にぎょっとしてふりむいて、それが例の巡査でないことに安心して、並んで走ることになったのだ。それが、自分が介添人となったあの桜井直成ではなく、その相手のほうだということに気づいたが、どうするというわけにもゆかない。

向うも気がついたようだが、だからといってこちらに敵愾心《てきがいしん》を向けていいやら悪いやら、混乱その極に達しているようだ。

やがて、完全に追跡者から離れたと知って、二人は足ゆるめ、立ちどまった。しばらくの間は、二人は大息をついているばかりで口もきけなかった。

「どうしたんだ」

と、やっと兵四郎はいった。

「どうしたのか、わけがわからんです」

と、相手はあえいだ。それから、

「やはり、しまったことをした。あの人物なら頼んでも大丈夫だと見込んだのですが、やはり果し合いの介添人に巡査を頼んだが失敗だった。……」

と、長嘆した。

「それにしても、別にまた巡査を配置していようとは！」

どうやら彼は、決闘相手に全気力を集中していたこともあって、物蔭からふいに現われて何か怪声を発した者があり、それに応じて介添人の巡査が猛然と駈けて来たのを、兵四郎を捕えようとしたのだとははっきり確認する余裕がなかったらしい。とっさに、依頼した巡査の罠《わな》にかかったと思い、それよりあまりに意外な突発事に驚愕《きょうがく》して、ただ反射的に逃げて来たらしい。

「果し合いが法律で禁じられていることは知っています」

と、彼は、さっきの決闘のときとは別人みたいに弱り切った顔になった。

「しかし、それより困ることは、このことが父母に通報されることで——それを今やられると、私は動きがつかなくなる。ひょっとしたら、盛岡に帰る、など言い出されるかも知れない。……」

果し合いで死ぬかも知れないのに、この青年はその果し合いのことを親に知られるのを当惑している。兵四郎に訴えているのではない。孝行息子が父母の意にそむいた行為を計って、それがばれることに対する懊悩《おうのう》のひとりごとであった。

「私にもわけがわからんが」

と、兵四郎はいって、まわりを見まわした。

霽《は》れかかって来た朝霧に、草原《くさはら》の中の小さな家が浮かんで見えた。数寄屋橋の隅の御隠居さまの「お城」であった。

「とにかく、落ちついて善後策を講じよう。来たまえ」

彼は、放心状態の若者をつれて、隅老斎の庵《いおり》に転がり込んだ。

四

隅の御隠居さまは、代る代る二人から話を聞いて、白い髯をゆすってけらけら笑った。

もっとも、めがね橋の果し合いの件は、数日前にもう兵四郎から話してあった。

「ふうむ、そういうことか。……いや、心配しておるのに笑うて悪いがの。その話、はじめからおしまいまで可笑しいぞ。そもそも、ゆくえも知らぬ女のために果し合いする発端《ほったん》から、果し合いの介添人に巡査を頼むやつ、一方の介添人のほうがポリスにつかまりかけて、せっかく勇ましいめがね橋の決闘がめちゃくちゃになったなりゆきも滑稽《こっけい》なら、最後に相手方の当事者と介添人が、いっしょになって逃げて来たというに至っては、もう何といっていいかわからぬほど可笑しい」

さすがに二人は笑う気にもなれず、兵四郎は蒼然《そうぜん》たる顔色だし、東条英教のほうは依然ぼんやりとしている。

「ま、しばらくここで休んでゆくがいい。ここはだれも知らぬ江戸の——いや、東京の高《こう》野山《やさん》じゃ」

といったのは、あらゆる罪人を下界の法の追及からかばう聖域の意味だろうが、この三帖三間《じょうみま》の小屋《しょうおく》に、果してそれだけの魔力があるか。

そうはいったものの、御隠居が手を打って孫娘のお縫を呼んで、

「おまえ、すぐ神田三河町へいってな、かん八を呼んで来い」

と命じ、

「かん八にその後のようすを探らせよう」

と、いったのは、兵四郎の不安と焦燥を読んだからだろう。

兵四郎は外に出ることは出来ない。自分はともかくも逃げはしたのだが、問題はあの桜井直成である。あの男がつかまったとすると、こちらの名と住まいだけは告げてあるので、当然自分がたぐり出される。こうしている間にも、警吏《けいり》のむれが自分の家へ殺到して、何も知らないお蝶をひっくくっているおそれは充分あるのだ。

「兵四郎、落着け。物事はなるようにしかならぬものさ」

そんなことをいって隅の御隠居さまは、煙管《きせる》をくわえて、唐人お吉の話などしはじめた。

唐人お吉のことは、先日兵四郎が桜井から聞いて驚いて老人に話したので、いまふと思い出したのだろう。

「お吉はな、ハリスが下田《しもだ》に来たころ、身の廻《まわ》りの世話をする下女が要《い》るだろうとこちらで探したのじゃが、はじめて日本へ来た異人じゃから、おいそれと志望者がおらん、そこへ下田で芸者をしておったあの女が、お金になるならと名乗り出て、ハリスの宿舎の玉泉寺《ぎょくせんじ》へいった。正直にいってこちらは、ハリスの開国の要求に困り切っておったから、あわよくば女でとろかして、という馬鹿な考えもいくらかはあって、お吉がそのころ廿歳《はたち》くら

いであったか、しかもわりにいい女じゃったから、これならとひざをたたいたのじゃが、ハリスはもう五十過ぎの、しかもあとでわかったように人格的にはなかなか立派な男じゃったから、そんな罠には眼もくれなんだ。──」

隅の御隠居さまは笑いながらいう。当時隠居は何とか奉行で浦賀《うらが》あたりを往来していたという話を兵四郎も聞いたことがある。

「それどころかハリスは、なに思ったか、十日ばかりでお吉をお払い箱にした。ただそれだけのことで、それからお吉には唐人お吉という異名《いみよう》がついた。それも当方は、ずっとあとになって知ったことで、そのころはお吉どころじゃない。その後何かのはずみで、お吉がその名に祟《たた》られて香港《ホンコン》のほうへ流れていったというような噂《うわさ》もふと耳にしたことがあるが、いつのころからかまた巷間《こうかん》、日本の開国の犠牲になった女として世にもてはやされておるという話も聞いた。それが──そんな巷説や物語とはべつに、ほんものお吉は横浜に舞い戻って、いま岩亀楼におったのか。十日間で、しかも何もなかった十日間で、一生の運命が狂った、やはり哀れな女ではあるな。──」

東条英教は眼をまるくして聞いていた。彼も岩亀楼でお吉という女は知っていたが、それが世のいわゆる唐人お吉だとは、はじめて知ったらしい。

彼は、その女は、異人の女郎をしているのみならず、若い遊女をあちこち世話したり、売り飛ばしたりする役もやっている、あまり感心しない女だと思っていたと述べ、

「そうでしたか。あれが唐人お吉ですか。……」

と、感にたえた表情でつぶやいた。

「世評や、後世の物語とほんものがちがうということは、唐人お吉にはかぎらぬよ」

と、隅の御隠居はいい、

「幕末にな、幕府の役人は——わしのようなただオロオロするばかりのろくでなしが大半じゃったが——役人の中には、一身はもとより幕府のことすら忘れて、日本のために必死に働いた人も少くなかったよ。じゃが、彼らのやったことは、無になった。少くとも、彼らのしたことは、だれも知らないことになった。世はそんなものよ」

べつに歎《なげ》くような調子でもない。皺《しわ》の底におちくぼんだ眼は、ちょっと虚無的ではあるが明るく笑っている。

「思うに、いま何かをやらかそうと大奮闘しておる明治政府の連中も——彼らのこれからやることも、やがて無に帰するときが来るじゃろうて」

これらの述懐は、この隅の御隠居さまの哲学を仄《ほの》かに照らす光ともいうべく、この老人をすこぶる敬愛している兵四郎にとっては重大な手がかりを与えるものであったのだが、それが平生のときなら知らず、現在ただいま、彼はそれどころではない。何を悠長《ゆうちょう》な、と舌打ちしたいほどであった。

かん八が来た。

御隠居は、不明瞭《ふめいりょう》な発音にもかかわらず手短かに要領よく事態を説明して、兵四郎の家に変りはないか、見張りにゆけといい、また別に東条英教の住所と父の名を聞いて、何やらさらさらと巻紙にしたため、これをその家にとどけろと命じた。

「英教どのには、わし、すなわち元江戸南町奉行駒井相模守のところに寄って少し遅くなるが御心配のないように、と書いておいたが、それでよいかな？」

と、笑う。

その手紙を持って、かん八は駈《か》け出していった。一人ではやれない仕事だが、そこはかん八だから、何とかこの「御用」を果すだろう。

あと。――

「ほほう、これがその女郎か」

隅の御隠居は、東条から一枚の写真を見せられて、興味深げにのぞき込んでいた。

この東条は、つき合ってから数時間にしかならないが、若者にしては重々しいと見える肌合《はだあ》いで、これが横浜の女郎に、そのため決闘を計るほど熱情を燃やすに至った心情といきさつが奇怪にたえないほどだが、いま兵四郎にそんなことを詳しく聞いているゆとりはない。ただ東条もあの桜井と同じ写真を持っていたのにはおやおやと思った。

御隠居もべつに問いもせず、

「なるほど、これは美人じゃな」

と、大感心のていだ。兵四郎の邪推かも知れないが、眼が好色の色さえ浮かべているように見える。

そんな東条青年だが、彼だって大いに心配なはずだが、その写真を出して見せたりしたのは、いつしか彼もこの御隠居さまにふしぎな魅力を感じ出したからの行為に相違ない。

「これは下岡蓮杖のとったものではないか」

と、御隠居はただし、青年がうなずくと、

「蓮杖はわしの手下じゃった」

と、いった。これには兵四郎も驚いた。

「あれは下田の生まれで、元浦賀砲台の足軽でな、そのころから変ったやつじゃった。……

……」

と、御隠居はいい、いま横浜の高名な写真師下岡蓮杖が、その昔砲台の足軽のくせに、港に渡来する黒船を熱心に写生していた妙な男であり、その後ハリスの下男となり、そこではじめて写真なるものを見せられたり、教えられたりしたということだ、など語りはじめた。

昼ごろ、かん八が駈け戻って来た。

そして彼は、いろいろ聞き込みをやったところ、めがね橋で一人の若者が一人の男にひっくくられていったこと、その男は山高帽に羽織袴《はおりはかま》姿であったが、どうやら警察の人間らしかったこと、しかし兵四郎の家にはまだ何の異常もないこと、東条の家には手紙をとどけ、向うは受取って首をかしげたが、さして心配するようすもなかったこと、などを告げて、また忙しげに駈け出していった。

家のほうに変りはない、ということには一安心したが、めがね橋でつかまったのは桜井直成に相違なく、つかまえたのはあの石垣から現われた男——いまから思うと、それはどうやらいつぞや伝馬町の牢《ろう》で汚職の配下を遅疑《ちぎ》なく切腹させた恐るべき警部と同一人のようだ——と、ようやく気がつくにつけて、兵四郎はいよいよ落着かない気持になった。

「かん八から何もいって来ぬ以上、何もないのじゃ、いずれにせよ俎《まないた》の上の鯉《こい》と思って、落着いて待っておれ」

御隠居は平気で東条青年と話している。

「お前さん、軍人志望じゃと？」

「はい、そうであります」

「どうしてそんなものになりたい？」

「今の世の侍というと……まあ、軍人ですから」

「侍か。世の中がこうなっても、まだ懲《こ》りないで侍になりたいやつがおるか」

「私がお国のために尽そうと思えば、軍人になるよりほかはないと決心しているのです。日本はいまに必ず多くの軍人を必要とするときが来ると思います」

「とは？」

「日本はこれから外へ出ますから」

「征韓論《せいかんろん》か」

御隠居はつぶやいた。

「おまえさん、西郷党か」

「私は負け組の奥州人ですから、薩摩はきらいですが……しかし、日本はいずれ外に出る運命を持っていると信じています」

「――やんぬるかな」

と、御隠居は嘆息《たんそく》した。

「あの維新な、あれでどんな変革が日本に起ったか。徳川幕府が明治政府に変ったのをはじめとして日本はいろいろ様変りしたが、その中で、それらの何よりも一番大きな変化は、日本人が今まで知らなかった或《あ》ることを知ったということじゃとわしは思う。……あのとき、日本人はさんざん異人におどされた。ペルリ、オールコック、パークス、親切なハリスまでが日本をどやしつけた。現実にすぐ外では阿片《あへん》戦争などが起っていたし、日本自身も薩摩長州では外国艦隊の砲撃を受け、千島《ちしま》や対馬《つしま》は侵《おか》された。それを見、それを味わって日本人が感じたのは、幕府方、倒幕方を問わずすべての者が心魂に徹して、おとなしくひっ込んでいちゃ駄目だ、じっとして坐《すわ》っておれば食われるばかりだ、ということじゃった。……」

この場合に、御隠居は自分の維新観を開陳《かいちん》しはじめた。

「いいも悪いもない。国民的な恐怖から出た――左様、意識革命というやつじゃ。それと同時に日本人は、欲しいものはほかの国を侵しても目的を達する、ということを異人から学んだ。それまで日本は、狭い島国の中で、ただあるもので飯を食う、ということを暮しのもととしておったのじゃ。島国の中では、物に限りがある。それを承知しておるゆえに、欲はその限られたもののうち、と心得て、あらゆる世の中の仕組み、ものの考え方はそこから出ておった。しかるにあのとき、日本人は、もし欲が物を上廻《うわまわ》り、それがなければ遠慮なくよそにとりにゆけばよい、というやりかたを異人から学んだ。日本人にとって、水《すい》滸伝《こでん》の石の棺から飛び出した魔星のような思想じゃな。……」

二人はぽかんと聞いている。

「かくて日本人そのものが、百八どころか日本人の数だけの魔星となった。おまえさんもその一つ、いや、その将星になりたいというか」

御隠居は東条青年をしげしげと見まもった。

「日本人の変りようは、もう手がつけられぬ。……なるようにしか、ならんじゃろ。しかし、何をやろうと、ゆきつく果ては、しょせんは、無、じゃぞ。ふおっ、ふおっ、それを承知の上で軍人になるか。――」

「はい！」

東条は、大声で答えた。御隠居の史観、未来観など、わけのわからぬ念仏のように聞いていたとしか思えない表情であった。

この東条英教こそ、はじめは陸軍教導団出身の曹長でありながら、のちやがて異例の抜《ばっ》擢《てき》を受けて陸軍大学に入り、明治の日本陸軍の指導者、ドイツのヤコブ・メッケル少佐をして、「まさに将器なり」と嘱目《しょくもく》させ、日清戦争では川上操六《かわかみそうろく》のもと大本営で、全作戦はほとんどその劃策《かくさく》から出たといわれた人物となる。のち病気のため中将で退役《たいえき》することになるが。——しかし、それよりも、いかな未来学者の隅の御隠居さまも、この奥州から出て来た能楽師の息子の睾丸《こうがん》から、十年後、東条英機が発生して来ることになろうとは、予想のかぎりではなかったに相違ない。

秋の日は短いというが、灼《や》けつく夏さながらに長い長い一日がやっと暮れてくる。

そしてかん八が来て、依然、兵四郎の家にポリスの音沙汰《おとさた》のないことを伝えた。

「帰りましょう」

決然と兵四郎はいって、起《た》ちあがった。御隠居が見あげて、

「まだわからんぞ」

「いや、考えてみると、つかまるなら、どこにいても同じことです。それに、そうなるなら、一晩でもお蝶を抱いて寝てやりとうござる」

兵四郎は笑った。

「私も帰ります」

東条もわれに返ったように居ずまいを正す。

老人はしばらく黙って二人を見くらべていたが、

「そうか、それなら、また変ったことがあったらおいで。もっとも、来ることが出来れば、の話じゃが」

と、笑ってうなずき、べつに強《し》いて止めるようすもなかった。

五

一夜明けても、何の異変もない。まるで狐につままれたようだ。

あるいはこれが最後になるかも知れないと考えたので、その夜、兵四郎に心ゆくまで愛《あい》撫《ぶ》されつくしたお蝶は、むろん何も知らず、満ち足りた顔で、髪結《かみゆ》いに出かけていった。


——


そのあとで兵四郎は、キョトンとしていたが、やがてまたぶらぶらと隅の御隠居さまのところへ出かけた。

「御隠居さま、何事もありませんが、どうしたものですかな」

隅老斎は笑い出した。

「警察につかまらんで、物足りなさそうな顔をしておるのはおまえくらいなものじゃろ」

それから、いった。

「わしもいろいろ考えて見たのじゃがな、おまえの名、住所を知って警察がほうっておくことはあり得ないから、それはまだ知らない——すなわち、つかまった肥後の若者とやらが、まだ白状《はくじょう》しないと考えるよりほかはない」

「そんなことがあるでしょうか」

「その男は、白状すりゃどうやらお前がよくない目にあうと知って、肥後のモッコスぶりを決め込んでおるのじゃないか？」

兵四郎は、桜井直成の凶猛だが愚直ともいうべき面だましいを思い出した。それにしても、介添人たる自分のことを白状しないのは出来過ぎている——と考えたが、ふっとこのとき頭をかすめたのは、彼が自分と話している間にも何かといえば神示だの神告だの口走って、何やら憑《つ》きものがしているのではないかという疑問が生じたことであった。

「ただしかし、それはいつまでも続かんぞ」

と、御隠居はいう。

「いつかはお前のことがわからずにはいまい。——」

「それは、そうだと思います」

「そこで、おまえを助ける法——つまり、警察の追及を断《た》つ手を考えたのじゃがな。ただ一つ、法がある。甚《はなは》だ突飛な手段じゃが、それよりほかに法はない」

「えっ、警視庁を黙らせる——そんな法がありますか」

「うむ、……あの小浪という女郎な、ちょいと手を廻《まわ》して調べた結果、その女がいま種田政明という薩摩出身の陸軍少将の妾《めかけ》になっておるということを知って思いついた智慧《ちえ》じゃ。その周旋をしたのがお吉で、ひょっとしたらお前が東京へ来るお吉と相乗りしたとき、お吉は麹町の種田家へでもゆくところじゃなかったかの」

「へへえ。……しかしまた御隠居さまが、どんな手蔓《てづる》でそんなことを？」

「わしは元江戸南町奉行じゃぞよ」

しばらく黙っていたのち、兵四郎はまた聞いた。

「それで、そういうことがわかって、どうしようというのですか」

「その仕掛人がこれからやってくることになっとる」

といってから御隠居はちょっと横をむいて、

「御免下され、池波正太郎《いけなみしょうたろう》どの」と、小声でつぶやいた。

「仕掛人。――」何のことやらわからず眼をしばたたく兵四郎に、御隠居はにこにこ笑いながら、

「かん八が、けさ早く横浜に呼びにいった。どうじゃ、手廻しがよいじゃろ。おまけに、文明開化の汽車のおかげで、何事も手順が早くいっていい」

冷酒かん八が、その仕掛人とやらを同伴して来たのは、それから一時間ばかりのちのことであった。

兵四郎は眼をぱちくりさせた。――まるで不破数右衛門《ふわかずえもん》がお家の大事に鎧櫃《よろいびつ》を背負って駈《か》けつけて来たのかと思った。その男は、黒紋付の羽織袴《はおりはかま》、大兵肥満、頰から口、あごにかけてモジャモジャと髯《ひげ》をはやし、たしかに鎧櫃さえ背負っていたからである。おまけに人の背丈ほどの杖《つえ》までついている。いま不破数右衛門といったけれど、兵四郎は一瞬、自分を追っかけて来たあの棒術の巡査を思い出して、ぎょっとしたほどだ。年は五十くらいだろうか。

「これが写真師下岡蓮杖」

と、御隠居は紹介した。

蓮杖は巨大な蟇《がま》のごとくに平伏して、ふとい声でゴニャゴニャと何やら言った。何をいっているのかわからないが、久闊《きゅうかつ》を叙《じょ》しているらしい。何しろ大いに敬意を表しているていである。

「いや、いや」

御隠居はかるく受けて、

「ちと事は急を告げておる。挨拶《あいさつ》や昔ばなしはあと廻し、早速《さっそく》じゃが、お前の写真で助けてもらいたいことがあるのじゃ」

と、いった。

「相模守《さがみのかみ》さまのお申しつけならば、いかなることでも。――いわんや、写真、とあれば、蓮杖お安い御用で」

「それが、あまりお安い御用ではないのでな」

御隠居は、どう切り出そうか、と、しばらく思案のていであったが、やおら、

「お前、岩亀楼の女郎小浪を写真にとったことがあるな」

と、いい出した。

「岩亀楼の小浪、おう、とりました。私、女の写真をとるのが何よりの望みでござるが、まだまだ頑冥不霊《がんめいふれい》、やれ魂を吸いとられるの寿命がちぢむのと写真をとられるのをこわがる女が多く、ほとほと難渋《なんじゅう》しておりまするが、あの女は陽気で、器量に自信もあるせいで

ござりましょうが、すすんで写真をとらせてくれたありがたい女でござります。とくに、女郎には、まったく珍しい。――」

「お前、裸の女をとりたくはないかえ」

「えっ。……」

蓮杖は大きな頭をあげて、御隠居を眺めやった。御隠居はその眼をのぞきこむように、

「お前、交合しておる女をとりたくはないかえ」

と、低い声でいった。

しばらく、沈黙があった。――兵四郎はむろん驚いたが、このとき御隠居さまの眼に、いつか見世物で見た催眠術師の眼と同じ光を見たような気がした。

「お前は好きなはずじゃ。写真の鬼といわれるお前じゃが、なかでも美しい女の交合しておる姿を写真にとるのは、夢に見るほど好きなはずじゃ。……」

ささやくように、御隠居さまはいう。

御隠居さまは、その昔この下岡蓮杖が浦賀砲台の足軽をしていたころ、その上役としてちょっと知っていただけのような口をきいていたが、どうやらもっと深い縁があるらしい。蓮杖が大恩を受けたことがあるようでもあるし、御隠居のほうでも、蓮杖という人間を、その内奥までもよほどよく知っているような気配である。

「どこの女を？」

蓮杖がかすれた声で聞く。

「その小浪という女じゃよ」

と、御隠居は答えた。

下岡蓮杖はまた黙り込んだ。が、その小浪という女を思い出し、その裸身を想像し、さらにそれが男にからみつき、あえぎ、のたうっている姿を思いえがいているようであった。眼に赤い火がともったように見えたからだ。

下岡蓮杖。――元の名を、桜田久之助という。伊豆下田の生まれである。

若いころ浦賀砲台つきの足軽になったり、玉泉寺のハリスの下男となったりしたことは御隠居さまのいった通りだが、これがのち、どういう機縁で写真に興味を持ち、だれからその技術を学び、そして日本写真術の開祖となったのかはよくわからない。ただ天性絵を好み、師について絵を学んだことは知られている。

むろん、最初はだれか異人に教えられたのだろうが、言語はよく通ぜず、ほかの技術とちがって写真は自分にも器械と材料が相当に要るのだが、幕末にそんなものが自由に手にはいるはずもなく、ほとんど独学独創にひとしい苦をなめたといわれる。

手製の器械の製造や、鶏卵紙と称された印画紙、また薬品の買入れなどで金を使いつくして赤貧洗うがごとくになり、しかも思うような写真はうつらず、もはや絶体絶命の窮地におちいった冬の一日、薪《まき》もないので枯蓮《かれはす》を焚《た》いて人からもらった餅《もち》を焼いているとき、ふと蓮の実を割ったところ、中に根や茎や葉のかたちがそなわっているのを見て、人も同じだ、雌伏《しふく》のときにもすべてはそなわっているのだと感奮し、最後の一枚を撮《と》ってみたところ、ついに物がありありと浮かび出て来たので、妻と手をとり合って泣いたという。よくある成功美談だが、あり得る話と思われる。

やがて、文久二年、彼は横浜の野毛《のげ》に日本はじめての写真館を開業し、名所写真などをとって外人に売るのをなりわいとしたが、その技術に研鑽《けんさん》するところ、上野戦争のまっただなかを駈けまわって白刃の戦闘をとろうと試み、当時は露出に三分かかるといわれた湿板法による写真であったから、さすがにこれは成功しなかったが、のちには横浜のイギリス領事館傍に有名な古松がまさに命つきて倒れる瞬間撮影まで成功するに至ったという。

この開化の器械をあやつりながら、黒紋付の壮士の風態《ふうてい》で、たえず五尺三寸の杖をつき、杖には「野路山路わけてたどらん色も香も清き蓮《はちす》の根を杖として」と刻んであったというのは、右の蓮の実の機縁を記念としたものであろう。のみならず、「旧幕府」中の「写真事歴」という記事によれば、「蓮杖毎朝写真場に上りて旭日《きよくじつ》を拝し、指頭をふるって、臨、兵、闘、者、皆、陣、列、在、前、と九字《くじ》の呪文《じゆもん》を唱う」などとあるところを見ると、彼自身、決して常人ではない性格があったに違いない。

「……で、小浪が客との？」

ごっくり唾《つば》をのみこんでいう。

「いや、小浪はもう岩亀楼におらぬことは知らぬか。あれはいま陸軍少将種田政明閣下の妾となっておる」

蓮杖は眼をむき出した。

「それを、とってもいい、と、その少将さまからの御注文で?」

「馬鹿をいえ。だれがそんなものを注文するかよ」

御隠居は笑った。

「こっちで勝手にとるのじゃ」

「そ、そんな……こっちの首が飛びます」

「お前に罪の及ばぬように、別の下手人を作ってやる。そいつの脅《おど》しでやむなくそういう破目になるように仕立てる」

「よくわかりませぬが、たとえどのような具合になりましょうと、何しろ写真は昼間でなくては叶《かな》わず、しかも短くても二分間くらいはじっと動かないでおってもらわなければならぬ仕事で——」

「それにも助手をつける。この男じゃが」

と、御隠居は兵四郎をかえりみ、

「このことはな、うまくゆけばお前が助かる唯一の法となるのみならず、あの前途ある東条青年から狐を落す法ともなる。ふおっ、ふおっ、いわゆる逆療法というやつじゃな。……まず、寄れ」

莞爾《かんじ》として、兵四郎と蓮杖をさしまねいた。

「実はこの手を種田某ごときに使うのはちともったいないような気がせんでもない。例えば伊藤とか黒田とか、もっと上の好色大官にためしたいほどの快着想と思うんじゃが、この際やむを得んわい。……」

六

麴町にある種田政明陸軍少将の権妻《ごんさい》小浪を、「旧友」お吉が訪れて、例の写真師下岡蓮杖が、ちかく離京される由承ったが、お名残《なご》り惜しい艶姿《あですがた》、是非最後にもういちど記念写真をとらせていただけまいか、と願っている旨《むね》を伝えたのはその二日後であった。

小浪はもともと自己顕示欲《けんじよく》の旺盛《おうせい》な女で、従って写真が大好きであった。いつか自分が蓮杖にとってもらった写真もすこぶる気にいって、好いたらしい客や自分に夢中な客には一枚ずつ配ったくらいである。

で、そのことを種田に相談し、かつ蓮杖を絶讃《ぜっさん》すると、少将も賛成したのみならず、自分もその場に立ち合いたいといい出した。事と次第では、自分もいっしょにとってもらうかも知れぬといった。――それほど写真はまだ珍しい時代であり、かつ写真師蓮杖の名は少将も耳にしているほど世に聞えていたのである。

こういう経過は、実に自然に、ほとんど自動的に進行した。だれがその背後に、黒い計画者があると知っていたであろう。最初に動いたお吉でさえ、ただ蓮杖にふと頼まれ、多少の礼金をもらっただけで、それ以上のことは何も知らなかったのだ。

さらに二日後、種田少将の邸《やしき》へ、下岡蓮杖が乗り込んで来た。

例の杖《つえ》をつき、鎧櫃《よろいびつ》を背負った魁偉《かいい》な姿でである。——その鎧櫃には、暗箱やら種板やら現像液の薬品やら印画紙やら、写真道具一切がぎっしりつまっているのだ。

奥まった離れの一室で、写真師が種板を作るのを、種田少将は——彼はひげをぴんとたてた肥大漢で、恐ろしく威張った男であったが——さすがに興味深げに眺め、いろいろ質問した。頼んで写真をとりに来たくせに、蓮杖はどこか無愛想で黙りがちである。

もっとも、聞いてもよくわからない。当時の写真の法は、ガラス板にコロジオン液なるものを塗布《とふ》し、硝酸銀の水溶液に浸して種板を作るのだが、これがまだ乾かないうちに撮影しなければならないから湿板法という。のちの乾板とちがって感光度が低いから撮影時間は一瞬というわけにはゆかず、かつ撮影しても乳剤がこれまた乾かないうちに現像を了《お》えなければならない。だから薬品一切を持参しなければならなかったのだ。

やがて蓮杖は、暗箱ごめにすっぽり黒い布をかぶって、小浪の撮影にとりかかった。

障子をあけはなち、白い秋の日がいっぱいにさしこんだ座敷に、小浪は華やかに着飾って立っていた。むろん遊女姿ではなく、一応奥さま風だが、どこかだらしない感じがあって、それがまた奇妙な魅力を醸《かも》し出している。黒い眼、赤い唇、白い肌から何かポトポト滴《したた》りそうで、ちょっと身動きしても、全身が骨がないかのような曲線をえがく。それをいつも見ているだろうに、種田少将閣下はよだれもこぼれ落ちんばかりであった。

その小浪を、蓮杖は三枚ばかりとった。

それから、種田少将も女のそばに寄り添って立った。軍服の正装であった。たんに写真に興味を持っただけでなく、彼が小浪といっしょの姿をとってもらう気になったのは、いかに彼がこの妾《めかけ》に首ったけであったかを物語る。

小浪だけのときと同じように、蓮杖は写真器械をのぞいては、歩いて来て、二人の位置や向きや姿勢や着付けを直した。それはウンザリするほど繰返された。

それからまた、シャッターを切ってからが長い。このころにはだいぶ改良されて来ていたのだが、まだ幕末のころには写真師がシャッターを切ったままどこかへ用足しに出かけたという話があるくらいである。その間、被写体は時間がとまった状態で静止していなければならない。――

種田少将が、焦《じ》れて、文句をいうと、

「よいお写真をとるためには御辛抱下されい」

と、重々しく写真師はいう。はては、

「帝国軍人で、これくらいの我慢が相成りませぬか！」

と、叱咤《しった》した。反射的に少将は直立不動の姿勢になった。

蓮杖はまた写真のところへ戻って、黒い布をかぶった。――そのとき、庭のほうからだれか一人、ぶらりと座敷にあがって来た。

黒紋付の着流しはまだしも、黒い宗十郎頭巾《ずきん》をかぶっている。少将と妾はちらっとそれを見て、変なやつが入って来たとは思ったが、さけび声はたてなかった。

というのは、その男はあまりに平然としていたし、邸は無人ではないのだから案内も請《こ》わずにここにはいって来られるはずはないし、黒頭巾は面妖《めんよう》にしても、そもそも下岡蓮杖にしたって相当以上に鬼面《きめん》ひとを驚かす風態《ふうてい》でやって来たのだから、一瞬、二瞬、その男は写真師の弟子だろうか、と思ったのだ。それにその男は、頭巾の間からちらっと布をかぶっている蓮杖を見て、近くの壁にたてかけてあった例の杖をヒョイととり、心得たような物腰で、二人のほうへ歩いて来た。

そして、二人のうしろにまわり、少将の手をぐっとつかんでうしろにまわす。それでも癇《かん》の強い少将がまだされるがままになっていたのは、さっきから蓮杖に何度も同じようなことをやられた名残りでもあった。

そのとき、黒い布をかぶっていた蓮杖が、ぱっとそれをとって顔を現わした。

「何者じゃ！」

大きな眼が恐怖にむき出されている。

少将が愕然《がくぜん》としたとき、もう一方の腕もうしろにまわされて、両手首に縄のようなものがかけられていた。ふりむいて、ひーいっと小浪が悲鳴をあげた。

「静かにしろ。騒ぐと、命はないぞ。いや、騒がなくても——」

黒頭巾はドスのきいた声でいい、

「ふふん、横浜で異人の女郎をしていたというのはお前か。ラシャメンの身をもって、陸軍少将の妾となる。帝国陸軍の恥辱だからたたッ斬ッて来てくれと頼まれたのだが。——」

と、いった。すでに少将から手を離して、刀のつかに手をかけたようだ。

「く、曲者《くせもの》だ！　出合え！」

一声さけんだとたん、少将ののどは凍ってしまった。黒頭巾は一歩さがり、いきなり白刃をひらめかしたのである。小浪のからだから血の花が咲いたように見えた。

血ではなかった。彼は女の帯を背後から切っただけであった。帯のみならずその下の下紐《ひも》のたぐいまで切ったらしく、その一瞬に女のからだから、帯はもとより腰巻きまでズルズルと解け落ちて、それが血の花と見えたのだ。たちまち帯しろ裸以上のしどけない姿に一変して、小浪は茫然《ぼうぜん》と立っている。

鍔鳴《つばな》りの音とともに刀は鞘《さや》におさまったようだが、一方の手には依然杖を立てている。

——いまのわざも片手斬りであったわけで、それで女のからだに傷もついていないらしく、かえって人をぞっとさせずにはおかない手練《てだれ》であった。

「待て、おまえが横浜の写真師下岡蓮杖というやつか」

逃げ出そうとした蓮杖は、声の鞭《むち》で背を打たれた。

「逃げると、その写真の器械を木ッ端微塵《こっぱみじん》にたたきこわすぞ」

蓮杖は動けなくなり、ふりかえり、ふとい両腕をふりまわして、

「それだけは！　お助け。——」

と、さけんだ。——異人を相手にすることが多かったせいか、蓮杖先生のゼスチュア、なかなか捨てたものではない。

「殺せと頼まれたが、見れば見るほど殺すには惜しい女。――」

と、黒頭巾の兵四郎も思い入れよろしく、

「よし！」

と、うなずいた。

「命だけは助けてやろう。そして、殺さなかったわけの証《あか》しに、一つ写真とやらをとってもらおう。ラシャメン、お前、そのまま着物をぬいで、裸の写真をとってもらえ。蓮杖、とれ」

「ば、ばかなことを。――」

うしろ手にくくられたまま、身をもがいて泡《あわ》をふく少将に、

「女が殺されるよりましだろうが」

笑った黒頭巾の眼には、殺気があった。

小浪は、やけになったように裸になった。その前からただ着物をひっかけたような姿になっていたのだから、思い切りもよかったのだろう。

かくて、一糸まとわぬ裸形《らぎょう》となった女を見て、心中、兵四郎も息をのむ。盛りあがった真っ白な乳房、つき出したお尻《しり》、それに胴は蜂みたいにくびれて――なるほどこれでは、種田少将はいわずもがな、一見朴念仁《ぼくねんじん》の田舎青年たちが頭を燃やしたのも無理はない。

「そうだ、いっそ」

兵四郎は杖をとんとついた。

「女。——ここで少将閣下と抱き合って寝てくれ、それを写真にとろう」

「ば、ば、ばかなことを。——」

仰天する種田少将は、杖の先でしたたか腰を突かれ、手が縛られているので、もろに地ひびきたてて転がった。痛みのために息もつけず、巨大な芋虫のごとくのびちぢみしているのに、

「女、少将も裸にしろ、蓮杖、おまえは——あそこの押入に夜具があるだろう、それをとり出して、そこに敷いてくれ」

と、あごをしゃくった。

もはや夢遊病者のように、小浪と下岡蓮杖はその命令に従った。軍服をぬがせようとして、うしろ手にくくられた少将の腕を女がもてあまし、少将がまたもがき出したのを見ると、兵四郎は短刀をぬいて、無造作に縄を切った。で、両手は自由になったわけだが、その短刀が鼻の先にぶらぶらしているので、勇猛無比の種田少将もいかんともすることが出来ない。

かくて——秋の白光の照る豪奢《ごうしゃ》な夜具の上に、少将と妾は抱き合ったまま転がり、下岡蓮杖がそれを撮影するの余儀なきに至ったのだが、兵四郎が舌を巻いたのは、その妾のしたことだ。

彼女は、自暴自棄になったのであろうか、精神錯乱《さくらん》におちいったのであろうか、それともこの女は、元来変てこな性情の持主だったのであろうか、酒も飲まないのに陶酔《とうすい》したよ

うな声を出しはじめ、同じく酒も飲まないのにこれは泥酔状態になった裸の少将閣下をあきらかに挑発し、なんと、もののみごとに受け入れてしまったのである。

――これァ、想像以上にへんな女だ。……

無我夢中のていで白い腰を波打たせている女に、

「そのまま――二分、動かないで！」

と、下岡蓮杖は叱咤した。

「動かないで、それ、一押し、二押し！」

無理なことをいう。

隅の御隠居さまに命じられたときは胴ぶるいしていたのに、いざめざすこの場面になると、その眼は赤い炎のように燃え、髯《ひげ》の中の口は舌なめずりしている。写真の鬼、ということもあろうが、この蓮杖の性格にも相当以上に妙なところがあるのは疑えない。

――これも、たしかにへんな男だ。……

と、兵四郎は舌をまいたあと、

――いや、ひとのことァ言えねえ。こんなことをやるおれも決してまともじゃあねえ。

と、苦笑した。

種田少将と小浪が、われに返って起きあがったとき、そこには黒頭巾の影と写真師の姿はなかった。ただ二人の鼓膜には、蜂の羽音のように恐ろしい余韻《よいん》をひいていた。

「このことは、黙っているなら、内輪だけのことにしてやる。警視庁にとどけたり、写真師を追っかけたりして騒ぎたてたら、写真は東京じゅうに、えじゃないかの神札みたいに降るぞ、いいか。――」

七

「大警視」

靴音高くはいって来た加治木警部が、息ごんで報告した。

「さきほど或《あ》る肥後人を呼んで面通しさせたところ、あん強情っぱりの正体がわかりもした。たしかに肥後の男で、姓名は桜井直成っちゅう者の由。どうやら神風連《じんぷうれん》の一党だそうで」

「神風連。――」

川路大警視は顔をあげた。

「なるほど、それで、きゃつ、神示によって沈黙する、など申して踏んばっとったのか」

神風連とは、肥後熊本に発生し、蟠踞《ばんきょ》している政治結社である。依然として尊皇攘夷《じょうい》を頑守《がんしゅ》しているのはいいとして、その行動ことごとく日本古来の神道に従い、その行状はあらゆる文明開化を拒否する狂信的な一団として知られている。

だから、むろん反明治政府だ。――とはいえ、それは熊本に赴任《ふにん》した新政府の役人たちが悩まされていることで、この時点で、東京ではほとんどその存在すら知る者が少なかった中に、さすがに川路大警視は、即座に腑《ふ》に落ちたような顔をした。

「依然として、きゃつの介添人となった男の素性は白状しもさんが、如何《いけん》ごわんそかい」

「その介添人から手紙が来た」

「えっ」

「その写真を同封してじゃ。見て見やい」

眼でさされた卓の上の封書から、半分のぞいたものをまずとりあげ、加治木警部は眼をむいた。

それは裸の男女のからみ合った写真であった。白蛇のようにまといついた女の淫美《いんび》さも言語に絶するが、その相手の肥大家《いのこ》のごとき男は。——

「こら……種田少将ではごわせんか！」

「——ふ、ふ」

川路大警視は珍しく笑った。

「手紙にはな、その写真をとったのは横浜の下岡蓮杖っちゅう写真師じゃが、それは自分が脅《おど》してとらせたので蓮杖に罪はなか。蓮杖はこちらの素性も知らんはずじゃと書いてある。また警視庁でなおめがね橋の若者を抑留しこちらの正体を追及するつもりなら、すでに出来上っとるこの写真を、何十枚となく東京じゅうにばらまくと申しておる。帝国陸軍少将とラシャメン獣合の図としてな。——ただし、そちらでただちにめがね橋の男を釈放し、それ以上手を出さぬ限り、こちらもこの件に関しては何もせぬ、と」

「――ふ、不敵なやつめが！」

　さすが冷徹な加治木警部も、満面を朱に染めて吼《ほ》えた。

「き、きゃつ、天下の警視庁を脅迫すッとは。――もう堪忍ないもさん、こ、この手紙、お下げ渡し下ッさんかあ、これと、その写真師を締めあげて、きっとひっつかまえてやらんけりゃ」

「いかん」

　と、川路大警視は首をふった。

「こいは、こっちの負けじゃ」

「な、なぜでごわす？」

「そいつをつかまえるよりゃ、こっちの被害のほうが大きか」

「種田少将の事《こつ》ごわすか。馬鹿な。――こげなことも起りゃせんかとおいも心配しておりもしたが、身から出た錆《さび》、こげな不覚者の少将など、どうなってもよかではごわはんど！」なんが、鎮台司令官じゃ。……

「じゃっちゅうて、こっちの手で薩摩人の恥さらすわけには出来もさんで。また種田少将ばっかいの恥ではなか」

　川路大警視は笑顔で、しかし断乎《だんこ》としていい、

「種田はこんままそ知らん顔して、熊本へゆかせえ。……そいからな」

　と、宙を見ていった。

「あん若衆《わかしゅ》も、手紙の指図通り、こいから肥後へ帰ることを条件に、釈放せえ。そん写真を見せてやったら……狐憑《きつねつ》きが落ちたように、東京から落ちていってしまうじゃろ。手紙のぬしのことは、そのあとにせえ」

肥後の若者が警視庁から出て来るのを、遠くから千羽兵四郎とかん八は見ていたが、声をかけるわけにはゆかなかった。——

果せるかな、そのうしろから、例の髯の巡査が棒をかかえて出て来た。棒は、新しいものに変えたらしい。

桜井直成は、警視庁の門を出たときは昂然《こうぜん》と肩をそびやかしていたが、しばらく歩くと急にがくりと首を垂れてトボトボ歩き、うしろに巡査がついて来ることも気がつかないようであった。

そのまたあとを、兵四郎とかん八がついてゆく。尾行は、昔とったきねづかでうまいものだ。

桜井は新橋まで歩き、汽車の切手——切符——を買った。ついで、群衆にまぎれて、髯の巡査も買う。

「……はて、横浜へゆくつもりか。何しに、どこへ？　まさか、岩亀楼じゃあるめえな」

兵四郎はふりむいた。

「おれはこれ以上いけねえ。かん八、おめえがつきとめて来てくれ」

「合点《がってん》だ！」

桜井と巡査とかん八が汽車に乗ったあと、千羽兵四郎は俥《くるま》をかって数寄屋橋の御隠居さまのところへ引き返して、報告した。

「横浜へな、ふうむ」

御隠居は首をかしげて、

「かん八の注進を聞かなきゃ何ともいえないが、そりゃ船で肥後へ帰ったのじゃないかの？　巡査はそれをたしかめるためについていったものじゃろ」

と、いった。兵四郎がいう。

「何やら、ひどく気落ちしたていに見えましたが――私の知っていたあの男とは別人のごとく、まるで魂をぬかれたようで」

御隠居はしばらく兵四郎の顔を見まもっていたが、

「ひょっとすると、その男、警視庁に送った例の写真を見せられたのではないか。――」

「えっ？」

「それは、いまわしが同じ写真を東条に見せてやったら、東条も魂をぬかれたようになったからな。いや、あれは先刻やって来て、たったいま帰っていったところじゃが――逆療法、と思うて見せてやったのじゃが、ちと薬が効《き》きすぎたかも知れん」

隠居は笑った。この老人がときどき見せる変に意地わるい、生ぐさい表情が、白い髯の中にそよいだ。

「あれは陸軍士官学校をあきらめて、教導団にはいって一兵卒から踏み出してゆくつもりだ、と報告に来たのじゃが」

と、つぶやいたが、どこやら放心状態で、

「しかし、警視庁でその写真をあの若者に見せたとすると——その若者が肥後へゆくとすると——その熊本へは、おっつけあの種田少将が赴任《ふにん》する——おおっ」

と、独語がふいに奇妙なうめき声に変り、

「手紙の宛名《あてな》は川路じゃから、それには川路の意志が加わっているはずじゃ」

すべて仮定から発した推測だが、この御隠居さまのこういう思考法を、いまは兵四郎は笑うことが出来ない。凝然《ぎょうぜん》と見まもる前で隅の隠居は、

「おう、川路大警視、あれは途方もないことを考えておるかも知れぬぞ。……」

ふいに寂《じゃく》と黙りこんでしまった。

残月剣士伝

一

「彰義隊にさえ加わらなかったおれだよ。どうしていまさら剣術で新政府に仕官出来ると思うかね、今井。——」

と、榊原鍵吉《さかきばらけんきち》はいった。

もともと重厚な人物だが、そうつぶやいた声はあまりに沈痛で、それでなくても口の重い今井巡査は、用件を切り出したところで言葉を封じられてしまった。

が、榊原鍵吉はそこでぎらっと暗い光をはなつ眼をあげて、今井巡査を見まもった。

「おれはそれより、おまえさんがよく警視庁に勤めたとふしぎに思っておる。痩《や》せても枯れても徳川直参《じきさん》、京都見廻組までやった今井信郎ともある男がよ」

今井巡査の男性的な顔に、かすかに赤味がさした。たまりかねたように、そばの菊池巡査がズボンのひざをすすめて、

「しかし、先生、今井のような無名の軽輩の出所はともあれ、高名な上田馬之助先生まで、すでに警視庁剣法師範を御承諾下すって、もうお勤めでござるが。——」

と、口を出したが、

「上田はたしか肥後系の人じゃないか。直参のおれとはちがうよ」

と、榊原鍵吉はにべもなく首をふった。が、つづけて、

「ふうむ、上田が喃《のう》」

と、ちょっと宙をにらむような眼つきになったのは、世に伝えられるように、その名に多少のライバル意識があったからだろう。事実、彼はすぐに吐き出すようにいった。

「上田が警視庁に勤めたとあれば、おれはますます巷《ちまた》の孤塁《こるい》を護《まも》るよ」

「いったい、三尺棒をぶら下げたポリスに剣術を教えてどうしようってんだ」

と、うしろから声がかかった。

榊原鍵吉のまわりには、七、八人の男が坐《すわ》っている。壮士というより、どれもこれも尾羽打ち枯らした浪人といったほうがふさわしい連中ばかりだが、それとは離れて一団となった四人の若者であった。鍵吉たちがまだ昔ながらの髷《まげ》を頑守しているのにくらべて、これはザンギリ頭、書生風の姿もサッパリとして、見るからに英気颯爽《さっそう》たるものがある。

下谷車坂のこの道場にやって来た二人の巡査を迎えて、ほかの連中はさすがにいささか鼻白んだ気配であったが、この四人の若者は、はじめから何やら挑戦的であった。そして、用件が榊原先生の警視庁招聘《しょうへい》であると知って、いよいよ嘲弄《ちょうろう》的になった。

その中の一人、いちばん若くてまだ廿歳《はたち》にならぬと見える美少年などは、一匹の獰猛《どうもう》な顔をした犬を抱いて、さっきからそれが巡査を見てひっきりなしにひくいうなり声をたて

ているのにも平気でいる。

今井巡査はそのほうをふりかえって、榊原鍵吉に眼をもどした。

「先生、私のいたころは、神聖なこの道場に犬をあげるなど、考えられないことでしたが」

すると、その犬が、かん高い声でわんと鳴いた。あきらかに、抱いている少年がどうかしたに相違なかった。

少年は笑った。

「犬は、同類が来たと思っておるのだ。巡査の分際で神聖な道場に上って来たのはそっちではないか」

「うぬら、薩摩から来たやつらだな」

と、今井巡査が制止するまえに、菊池巡査がうめいた。

「加賀人で、その名は島田一郎、長連豪《ちょうつらたけ》、杉本乙菊《おとぎく》、脇田《わきた》巧一《こういち》——と、名までこちらはつかんでおるのじゃ。うぬら、何のために薩摩へいっておったか」

四人は、さすがにはっとしたようだ。が、すぐに犬を抱いた——美少年のくせに、名は大豪傑のような長連豪とわかっている若者が、いっそう闘志をむき出しにして、

「加賀人が薩摩にいって悪いという法律がいつ出たか」

と、やり返した。あとの三人が、朱鞘《しゅざや》をひっつかんでがばと立とうとするのを、

「いいかげんにせぬか。今井もおれの弟子じゃ」

と、榊原鍵吉は叱《しか》りつけた。にがり切った顔であった。

「それにしても、警視庁は妙なことまでよう調べておるの」

「さればです」

今井巡査はいった。

「きゃつらがなにを考えて当道場に転がり込んで来たかは知らず、ああいうきちがい犬どもから先生をお護《まも》りするためにも、是非警視庁にはいっていただきたいのでござります」

「あの犬は、桐野利秋君からもらって来たものじゃそうな」

と、榊原鍵吉はちらと眼を投げていった。いかつい容貌《ようぼう》だが、持ち前の人のいい、むしろ困惑した表情で、

「おれは薩摩はむろんきらいじゃが、桐野君だけは、あれがまだ中村半次郎といって江戸の道場で修行して廻《まわ》っておったころ、つき合ったことがある。まことに敬愛すべき豪傑じゃった。それがくれたという犬じゃから。——」

追い出せない、という弁解だろう。それにしても、それを道場に持ち込んで恬然《てんぜん》たるこの若いやつらの無作法さかげんは——と、改めてそちらに向き直りかけた今井巡査を、

「もういい」

と、榊原鍵吉は語気するどくいった。自分の弁解にみずから立腹したようでもあった。

「何にしても、おれは警視庁の剣法師範などやる気はない。せっかくだが、今井君、帰ってくれ」

今井巡査は、両腕をついたまま、榊原鍵吉の拒否の回答とともに、道場のすぐ裏から聞えて来る子供たちの笑い声泣き声を聞いていた。

今井の知っているころの榊原家にも子供は多かったが、いまはもっとふえているらしい。らしい、ではない。ことし四十五になる鍵吉の子供ばかりではなく、その父親の益太郎がまだ達者で、達者どころか破天荒の道楽者で、まだ子供を作りつづけているということだ。つまり親子そろっての子供が、この車坂の榊原家にはウジャウジャしているのである。

元講武所師範役榊原鍵吉は、今井信郎巡査がその昔京都見廻組として出張する前、すなわち七十俵六人扶持《ぶち》の御家人であったころの剣法の師であった。

こんどその榊原を警視庁の剣道師範として招聘《しょうへい》する話が持ちあがったとき、むろんその交渉の使者の役目は今井巡査に命じられたのだが、彼ははじめから首をかしげていた。

いま鍵吉は、「彰義隊にさえ加わらなかったおれだ」といったが、それはたんなる断りの口実でもなければ、いわんや彼があの当時官軍への恭順派《きょうじゅんは》であったという表白でもない。その言葉には裏の事実があって、彼は最後の将軍慶喜《よしのぶ》を徳川家を売った元凶と認め、そんなもののために剣をふるうことを拒否したのだ。決して心怯《おく》れて彰義隊に参加しなかったのではない証拠に、彼はあのとき万死をおかしてただ一人、弾雨の中を輪王寺宮《りんのうじのみや》を背負ってこれをお落ししている。彼は、十四代将軍以前の徳川家のためだけに忠誠を捧《ささ》げる男であったのだ。

そんな師匠だから、いま新政府の警視庁の師範などになるわけはない、と具陳したのだが、一方では榊原家の生活がいよいよ窮迫《きゅうはく》していることは聞いていたし、そこへ加治木警部から、鹿児島へいっていた加賀の壮士たち四名が、最近東京に帰って鍵吉の車坂道場にわらじをぬぎ、そこで剣術の修行をしているという情報を伝えられて、放っておくと先生の運命はろくなことにはならないと判断し、かくて今井巡査は菊池巡査の助けを借りてようやくここへ乗り込んで来たのだが――案の定、拒否された。

それは覚悟していたことだから、今井巡査は案外失望せず、またいまその加賀の壮士とやらを見ればいずれもただ矯激《きょうげき》なだけの若輩ばかりで、愚直ではあるが重厚な先生が、こんなはねっかえりどもに軽々しく動かされるはずがない、という信頼がかえって植えつけられ、

「左様でありますか」

と、今井巡査はうなずいた。悲哀の中にも、彼はこの師の頑固さに感嘆の思いを禁じ得なかった。

「相わかってござる。先生のお気持はよく上司に伝えましょう。残念でありますが、この件はあきらめます。では」

と、一礼して、菊池巡査をうながし、そばの警棒と制帽をとって立ちあがる。

「若僧ども」

四人の書生の前を通りながら、菊池巡査はおさえ切れぬいいたちの最後っ屁《ぺ》をはなった。

「榊原先生の教えを受けるつもりなら、剣はいのちのやりとりじゃということを学べ」

「なにっ」

と、いったが、すぐに鍵吉のほうを見て、一人、まんまるく肥った若者が髯《ひげ》をなでて、

「ぬしと権限定めたからは
浮気させぬはわしの義務」

と、からだつきに似合わぬうまい鼻声でこのごろの流行歌《はやり》を口ずさみ、

「そのつもりでわれわれは榊原先生についておる。うぬら、榊原先生の教えを受けたとあれば、どうせもとは幕臣じゃろ。幕臣の義務を捨てて警視庁の犬となったやつが、何をたわごとをぬかしに来たか」

と、いうと、あと三人がそっくり返ってどっと笑った。

実に人間の規格からはずれた連中で——もっとも幕末から明治前半にかけてとくにむちゃくちゃな若者が多く、これこそ疾風怒濤《しっぷうどとう》の中に、恐るべく嘆賞すべき明治時代をたたき出した原動力ともなるものだが——この壮士たちのむちゃくちゃぶりはひときわ度はずれていた。

彼らがのちに生命を捧《ささ》げた行為は、この連作物語の終りからなおはみ出すので、ここでいっておくと、いま小唄《こうた》で嘲弄《ちょうろう》したふとっちょが、唄がばかにうまいので仲間から「お師匠さん」と呼ばれているが、一刀流片手突きの名手島田一郎、犬を抱いた美少年が長連豪、髪がちぢれているので「お釈迦《しゃか》さん」という異名《いみょう》を持つ小男の杉本乙菊、巨軀《きょく》で顔貌《がんぼう》古怪な脇田巧一、いずれも加賀人だが、これこそ三年後の明治十一年五月、紀尾井《きおい》坂で鉄人大

久保内務卿《きょう》を一撃のもとに討ちとめた連中なのであった。

彼らは死刑前に、西南役《せいなんのえき》に呼応して蠢動《しゅんどう》しようとした土佐人たちが逮捕されて同じ獄中にあるのを見て、

「へ、へ、おまえさんたちが総がかりで、時代がかった大芝居でやれなかったことを、おれたちはちょっと手軽く茶番でやってのけたのさ」

と、そらうそぶいたという。――

二

――とはいえ、その西南役さえまだ起らないこの明治八年二月半ばには、彼らがそんな未来の自分を知っているわけもなく、このころはただ時勢に憤《いきどお》り、その中に生きることにもだえつつ、彼ら自身何をやっていいかわからない状態にあったに相違ない。

で、いま、警視庁への就職勧誘に来た二人の巡査は追っぱらったが、榊原鍵吉先生が腕組みをして坐《すわ》ったまま動かないので、あとの連中もしばし座を立ちかねている。

鍵吉が考え込んでいるのは、やはりこれからの暮しのことだ。警視庁の剣法師範など絶対に出来ないが、さればとてこれからいかに生計をたててゆくか、そのめどはまったくないのである。

もっともこれは、いまはじまったことではない。維新以来のことだ。

幕末の剣聖とうたわれた直心影流男谷下総守信友《じきしんかげりゅうおだにしもうさのかみのぶとも》晩年の一の弟子といわれ、安政《あんせい》二年、男谷下総が激動の時代にそなえて創設した講武所の剣法師範にあげられた男である。いわば国立剣法大学の教授だ。ほかの教授も当代一流の剣客ぞろいであったが、中でも榊原鍵吉は男谷の歿後《ぼつご》その衣鉢《いはつ》をつぐ剣人としてその門には旗本御家人がつどい、そこからげんに今井信郎のごとく京洛《きょうらく》の血戦場へ出ていた者が多かったのだが、瓦解《がかい》とともに、それはすべて霧散した。

幕臣は消滅し、文明開化の世になお剣術にはげむ物好きはまれになり、またかりに武を志す者があったとしても、それはみんな新陸軍なり新海軍なりにはいって、鉄砲や大砲の修行に余念もないありさまである。

もともと榊原家は八十石の貧乏御家人だったのを、鍵吉が剣一本で三百石にまで取り立てられたのだが、それが元の木阿弥《もくあみ》に戻ってしまった。いや若いころより家族はふえ、なまじ名声を得たために頼って来る人間が多く、それも修行を名目にしているので、武士と剣への郷愁断ちがたいもののある鍵吉はむげにそれらを放り出すことが出来ず、昔よりかえって悪い。いったいどうして今まで食って来たのか、自分でもわからないほどだ。

「先生」

一人、声をかけた。

「どうでしょう、これから剣術の興行をやられては」

まるで、鍵吉の煩悶《はんもん》を見ぬいたような発言であった。

例の四人の若者ではない。別に七、八人かたまっていた落魄《らくはく》の食客たちでもない。――いや、その浪人のうしろに坐って、やはりうらぶれ果てた姿はしているが、一人、ずっと若く、廿歳《はたち》を越えたばかりに見える青年であった。

「先生を中心に、われわれが町の辻《つじ》で剣術の試合をして見せてお金をかせぐのです」

「ば、ばかな!」

と襤褸《ぼろ》のかたまりみたいな浪人の一人が吼《ほ》えた。

「榊原大先生に、見世物師の真似《まね》をさせるというのか!」

「失礼だが、榊原家の暮しを、君たちは見ているのか。毎日、とりかえひきかえおしかけて来る高利貸しが、君たちには見えないのか」

と、青年はいった。浪人たちは鼻をくじかれたように一瞬顔をひきゆがめたが、たちまちいっせいに歯をむき出した。

「あんな虫けらどもは、いまに片輪にして放り出してやる」

「武士が――男子たるものが、金銭のことなど思いわずらうだけでも汚《けが》らわしい。いわんや、興行じゃと?」

「われわれの面目にかけても、先生にそんなことはさせん!」

さっき、二人の巡査とのやりとりの間はしゅんとして耳を垂れていたくせに、急に肩をそびやかして騒ぎ出したのを相手にせず、青年は榊原鍵吉のほうに膝《ひざ》をにじらせて、

「先生はいま新政府の禄《ろく》は食《は》まずときっぱり申しわたされ、立派に元幕臣としての面目を

たてられました。が、このあと——餓死《うえじに》でもすれば、いま来た巡査たちの笑いものになるにちがいありません。それより、堂々青空の下で剣術の真髄《しんずい》を披露《ひろう》し、感銘した巷《ちまた》の人々から喜捨を受けるのが、何の恥ずるところがありますか。人が、自分の会得《えとく》した芸で報酬を受けるのは、強制でないかぎり、何のはばかるところもないはずです」

と、弁じた。

「私は、政商から金をもらって大路をふんぞりかえってゆく馬車の大官より、それを横目で見ている辻の大道芸人のほうがよっぽどあっぱれな連中だと思っているのです」

「剣術の芸人。——」

さすがに鍵吉も大きな眼をまるくしている。

「いや、大道で恥をかくくらいのことをおれはいといはせぬが、それは剣術そのものの恥になりはせぬか喃《のう》」

「先生、黙ってここに坐っていては、大喰《おおぐら》いだけしか能のない居候以外、まともに剣を習おうという弟子は来やしません。現代における剣の第一人者である先生の道場にしてなおかつ然りです。放っておけば、先生のおっしゃる剣術そのものが滅んでしまうでしょう。それより、こっちから外へ出て剣の妙技を見せてやったら、町の若者などで眼をひらくやつが出て、それが剣術を復興させる呼び水になるかも知れません」

「天田《あまだ》。——」

と、鍵吉は呼んだ。

「しかし、剣術が見世物になるかね？」

「そのやりかたなら、私にまかせて下さい。実は私、大道芸人などといっしょに放浪したこともあるのです」

と、青年はにこっと笑った。

居候のうちいちばん新しい。十日ばかり前にやって来た若者で、名は天田五郎という。磐城平《いわきだいら》の侍の子だそうだが、藩主は坂下門外《さかしたもんがい》で傷つけられるまで老中をしていた安藤対馬守信正《あんどうつしまのかみのぶまさ》で、むろん佐幕派だから維新のときは最後まで官軍に抵抗した。そのあげく落城のとき、いっしょに籠城《ろうじょう》していた天田一家はばらばらに落ちていったのだが、そのとき十五歳であったこの五郎は、それっきり行方不明になった父母と妹を探して、奥羽から越後、そして日本じゅうをさまよい歩いて来たという。

漂泊の途上、どこで学んだか、剣も一応つかうし、歌もうまい。――このごろ榊原道場に転がり込んで来た連中のうちではいちばんまともなやつではないか、と鍵吉は考えていたほどであった。容貌《ようぼう》も眉《まゆ》ふとく、鼻たかく、ふと鍵吉は昔の中村半次郎を彷彿《ほうふつ》したくらいであったが、ただあの剛毅《ごうき》なだけの薩摩隼人《はやと》には見られぬ一種の詩的な悲愁がこの若者の面上にあった。

「親鳥はいずちゆきけむ雛雀《ひなすずめ》ひねもす庭におりたちて鳴く
親を恋《こ》い鳴くか子雀ひさかたの雨にぬれつつ鳴くか子雀
子雀はこの降る雨に立ちぬれて親鳥呼ばう声をかぎりに」

ふとしたことで、旅の手控えにしたためたこんな彼の父母を恋う歌をよんで、鍵吉は思わず落涙したが――いま、天田五郎は、笑顔でつづけていう。

「いや、それに私自身の望みもあるのです。申しわけありませぬが、それで人を集めて、私の親を探すよすがともしたいという。――」

「それは、どういう？」

膝を乗り出す鍵吉をよそに、向うでは、いままであっけにとられていた風の四人組が、しばらくたがいに私語していたが、いきなり笑いながら口々にさけび出した。

「面白いぞ！　剣術の見世物。――」

「士族は帯刀せざるも苦しからず、などいう馬鹿げた布令《ふれ》を出す新政府への皮肉な抵抗ともなる」

「そんなことで先生のお助けになるなら――」

「いや、まさに天田のいう通り、それ以外にわれわれが榊原先生への一宿一飯の恩義に酬《むく》いる法はないかも知れんぞ！」

「先生、やりましょう。やらせて下さい！」

神田の左衛門《さえもん》河岸《がし》の原っぱを五百坪ばかり借りて、榊原鍵吉の「撃剣会」が開かれたのは、それから十日ばかりのち、二月下旬のことであった。

竹矢来《たけやらい》を組み、あちこち榊原家の源氏車の紋を染めた幔幕《まんまく》を張り、一ヵ所に木戸を設ける。演ずる剣士は、三、四十人。——むろん、榊原道場の居候たちが東京じゅう駈《か》けまわって狩り集めて来た人数だ。

榊原鍵吉がこんな剣術の見世物のアイデアを結局受けいれたのは、天田五郎のいろいろあげた大義名分が突っかい棒になったとはいえ、やはり八方ふさがりの貧乏のせいだが、同様に、ほかにまったく能のない窮迫した剣士たちは掃いて捨てるほどあったから、榊原鍵吉の名をもってすれば、この人数集めは思いのほかにたやすかった。

これを相撲のように東西に分け、かつ相撲のように扇で呼び出す。

「ひがァしい、神道無念流——北藤角左衛門——」

「にィしい、北辰《ほくしん》一刀流——輪島力兵衛——」

という具合に。呼び出しは、美少年の長連豪だ。

「先生は、ただ正面にお坐《すわ》りになって下すっているだけで結構です」

と、いうことで、榊原先生は中央の緋毛氈《ひもうせん》の上に、稽古着《けいこぎ》をつけて厳然と坐っている。厳然というより、平家蟹《へいけがに》みたいに恐ろしい顔をしているが、これは木戸を設け、一人一銭五厘の木戸銭をとるというので、これに対する身も世もあらぬ恥ずかしさを踏みつぶすための面がまえであった。

行司は、加賀のほかの三人がやる。

このショーの光景を。——

「一進一退、左旋右回、東突キ西打チ、一往一来、咆哮《ほうこう》怒号、大叱《しっ》小咤《た》、巌柳空ヲ払ヒ、雷《いかずち》ナクシテ雷閃《いなずまひらめ》キ、花ナクシテ蝶《ちょう》狂フ。観者眼眩ミ、気奪ハル」
と、「東京開化繁昌誌《はんじょうし》」は描写しているが、この形容はオーバーにしても、とにかく見世物になるように演出したのは——相撲仕立てから木戸銭までふくめて、すべて天田五郎の才覚であった。

実に思いがけないことに、この剣術の見世物は当った。

まるで古道具屋の棚《たな》のほこりをかぶっていた骨董《こっとう》品を持ち出したようなものだと思われていたが、それはその通りだが、それが一方では人々に一種の驚きをも与えたらしい。元の武士で、剣術を見世物にするとは言語道断、と慨嘆《がいたん》する者はむろん多かったが、その連中をもふくめてその階級は強烈な懐旧の念をかきたてられ、また元の町人たちは、旧幕時代にも剣術の試合など意外に見る機会がなかったのを、いま野天で一銭五厘で見られるという物珍しさ、かつ痛快さで、続々集まって来た。要するにこの企画は、案外新鮮だったのである。

とくにおかしかったのは、女——しかも水商売の女のファンが出来たことだ。

「ああ、東のほうがいい男だわ、あっちが勝たないかしら」

「いやだよ、このひと、あんなのに岡惚《おかぼ》れしたの、ありゃ色は白いけどさ、いま面《めん》をつけながら、ちらっちらっとこっちばかり流し目に見てさ、あれ助平にちがいないよ」

「それより、あの呼び出し、すてきじゃない？　あれを声援しちゃいけないかしら」

「いけないってことないよ、呼び出しのひとーっ」

など、若い芸者がやっていると、そばの姐《ねえ》さん芸者が、
「やかましいねえ、みんな。よく耳をすまして聞いててごらんな、西のほうが頭を叩《たた》かれたら文明開化の音がし、東のほうは因循姑息《いんじゅんこそく》の音がするから」
「あら、どうして？」
「西のほうはザンギリ頭で、東はチョンマゲだったじゃないか」
そしてみなが腹をかかえて嬌声《きょうせい》をはりあげるのが、また剣術よりも観客の見世物になる。
それに、試合場の一劃《いっかく》に、大きな立札が立っている。
「榊原鍵吉先生のおゆるしを蒙《こうむ》り、お客様方にお願い申しあげ奉り候事。
元奥州磐城平《いわきだいら》の城主安藤対馬守藩中、
天田平太夫（戊辰《ぼしん》年六十五歳）
同人妻　なみ（同年四十七歳）
同人娘　のぶ（同年十一歳）
右三人去る明治戊辰の年磐城平落城の際に立ち退き候まま行方知れず、一子五郎爾来《じらい》手を尽くして百方たずね候えども、今もって生死のほども相わからず、日夜紅涙にむせび候。天下万一その居所落着《おちつき》御存知のお方は、御面倒ながら御通知の儀ひとえに願いあげ奉り候。
榊原鍵吉撃剣会剣士　天田五郎」
これを見て。――

「おう、可哀そうな話じゃねえか」

「ふうん、わかった。榊原先生が妙なことをなさると思っていたが、あの父母探しの方便の一つか。――」

「よし、親探しの費《ついえ》のたしにも、帰りに木戸銭をもう一銭五厘置いてゆけ」

と、人々はうなずきあって、ざわめく。――

かくて、来る日も来る日も、撃剣会は大入満員であった。

……とはいえ、春近いというのに、このショーの出演剣士たちに吹く風に、何やら哀愁の気があるのはいなみがたい。――

三

どこか奥のほうの一劃から、凄《すさま》じい矢声と竹刀《しない》の相搏《あいう》つひびきが流れて来る鍛冶《かじ》橋の警視庁の門を訪《おとな》っている一人の男があった。

春雨といっていい小糠雨《こぬかあめ》のふる中に、破れた笠《かさ》をかぶり、同じく破れた合羽《かっぱ》をつけて、落ちぶれはてた旅姿と見えるので、立哨《りっしょう》の巡査たちはしきりにくびを横にふったが、相手があまりしつこく頼むので、一人が舌打ちしながら奥へはいっていった。

やがて、その巡査といっしょに出てきたもう一人の巡査が、不審そうに門の外を眺め、

「や！　諏訪部《すわべ》何とかと聞いたが……平間重助《ひらまじゅうすけ》じゃないか！」

と、さけんだ。藤田五郎巡査である。

「おう、斎藤君。——」

と、訪問者のほうは駈け寄って、

「あれから山河幾星霜。……なつかしかった！　なつかしかった！」

と、しがみつかんばかりにした。

「君は……あれから……」

と、藤田巡査は眼をしばたたきながらいいかけたが、すぐにまた、

「君はどういうつもりでここへ来たのだ？」

と、聞き直した。

「うん、それを先に聞かれるなら、早速言おう。ふとしたことで、君が警視庁に勤めていることを聞いてやって来たのだが、おれも実は巡査が希望で……」

と、平間重助と呼ばれた男はいった。破れ笠《がさ》の下の杓子面《しゃくしづら》から上眼づかいに見る眼は暗く、卑屈であった。

「昔のよしみだ。君の手蔓《てづる》で、なんとか望みを叶《かな》えてもらえんだろうか？」

藤田巡査は答えないで、口を結んで訪問者を眺めた。ふだん、どこか虚無的でひとを小馬鹿にしたところもある藤田巡査だが、別人のようにきびしい、むしろ苛烈《かれつ》な眼であった。

平間はいう。

「このごろ聞くところによると、警視庁は、腕の立つ人間なら昔の経歴を問わず採用して

るそうじゃないか。名の知れた剣客なら辞を低くして招聘《しょうへい》しているとも耳にした」

梟《ふくろう》みたいに眼の奥から相手を見て、

「いや、げんに、元新選組隊士だった君さえもその一員となっておる。むろん君は身分を隠してのことだろうが。――いや、君ばかりではない。菊池剛蔵とか称している巡査の素性もおれは知っておる。あれはおれと同じ水戸人で――」

と、いいかけて、こんどはわざとらしく、にやっと笑い、

「いやいや、そんな過去のことを何もいまさら世に暴露するつもりはないが、だから君のほうでもそのへんを然るべく――」

「馬鹿っ」

と、藤田巡査――かつての新選組副長助勤斎藤一《はじめ》は一喝した。

「警視庁を脅《おど》すつもりか。おれや菊池の素性なんか、ちゃんと承知の上だ。いいかえ、平間――警視庁は何もかも見通しだ。人によるんだよ、人に。だから、せっかくだが、おまえさんの頼みはきけないよ」

「な、なぜだ？」

「腕が立つやつは何とかだと？　笑わせちゃいけない。大将が殺されるってえのに、敵と一太刀も合わせねえであと白浪と逃げだしてゆくえをくらましてしまったような卑怯《ひきょう》者を、警視庁がどうして、召抱えるかってんだよ。おれでさえ臍《へそ》が茶をわかすよ。新選組の残党面《づら》されちゃあ、鴨《かも》さんが泣くだろう」

いつのまにか、新選組のころの口調に戻っている。――訪問者は毒気をぬかれて、つき出したあごをがくがくとふるわせているだけであった。

鴨さんとは、芹沢鴨《せりざわ》のことだ。

――文久三年九月十八日雷雨の夜、新選組初代局長芹沢鴨は、壬生《みぶ》で色おんなを抱いて寝ているところを襲われて、同じく遊女と同衾《どうきん》していた配下の平山五郎《ひらやまごろう》とともに、いずれも下帯もゆもじもつけていない醜態《しゅうたい》のまま斬殺された。

そのときもう一人の配下平間重助は、これまた女郎といっしょに寝ていたのだが、これは真っ裸のままどぶねずみのように逃走してしまった。

あとになって、これは芹沢ら水戸出身のメンバーの行状あまりに放埒《ほうらつ》無惨をきわめるのに対する土方歳三《ひじかたとしぞう》らの粛清《しゅくせい》であったということが公然の秘密となったが、それはともかく、このとき逃げた平間重助のゆくえは、それっきりだれも知る者とてもなかったが。――

いまここに、十二年ぶりに落魄《らくはく》しつくして現われた訪問者を見て、藤田巡査は、それが平間重助だと知って一笑する。

「平間さん、新選組はみんな死んじまったよ。生き残ったのは何人か……五本の指までゆかんだろう。その中におれがはいってるのは、正直いってちょっと照れくさいところもあるが、おまえさんが生き残ってるので安心した。よくまあ、おまえさん、生きていたもんだ！」

かちっと靴のかかとの音をたてて、

「おれを元気づけちゃくれたが、おれはあんたを助けるわけにはゆかねえ。かりにおれが助けようと思ったところで、警視庁が許さんことは太鼓判を押す。お気の毒だが、では、これで」

と、挙手の敬礼をして、くるっと向うをむき、そのまますつかつかといってしまった。あとに平間重助は、茫然自失《ぼうぜんじしつ》といったていで、小雨の中に立ちつくしている。――

藤田巡査は、去年の秋新築されたばかりの警視庁の剣道場にはいっていった。

「えやーっ」

「おおりゃっ」

「……面、面、面！」

「胴ありいっ――一本！」

中では、何十人かが竹刀《しない》を打ち合っている。面金籠手《めんこて》胴をつけているが、みな巡査ばかりだ。

正面に一段高いところに端坐《たんざ》してこれを見下ろしているのは、上田馬之助先生であった。

警視庁師範になることを、なかなかしぶっていたのを、去年の秋ごろ油戸杖五郎巡査が何度もかよって、やっとくどき落したものである。

上田が逡巡《しゅんじゅん》した理由は「拙者は敵持《かたきも》ちでござれば」ということであった。

およそ幕末から明治にかけて、東京でもっとも一般に高名であった剣客は――剣禅一如など唱え天皇の侍従になり何となく雲の上へいってしまった感のある山岡鉄舟を別格にすれば――榊原鍵吉とこの上田馬之助であったかも知れない。

それはこの人物が「松田の喧嘩《けんか》」という有名な決闘をやってのけたからである。

慶応三年九月三日の事件だ。肥後の出身であるが久しく江戸詰で、鏡新明智流桃井春蔵《もものいしゅんぞう》の高弟といわれた上田馬之助は、首切役山田浅右衛門宅を訪れ、試し斬りを依頼してあずけてあった固山宗次《こやまむねつぐ》の新刀の切れ味がいいと保証されたので、よろこんで同門の友人二人と銀座の松田という料理屋の二階で祝盃《しゅくはい》をあげた。

松田の二階は衝立《ついたて》で仕切った大広間になっていたが、飲み終って去ろうとして、上田はふと途中の一組の客の刀のさきを踏んだ。その一組は、天童《てんどう》藩の剣術師範と槍術《そうじゅつ》師範であった。上田は陳謝したが、相手はしつこくからんで離さない。そこでいいかげんにして彼が階段を下りかけると、追って来た二人は上からこれに斬りかかった。それを上田馬之助は、その日山田浅右衛門から保証されたばかりの快刀一閃《いっせん》、下から逆流れに二人を斬り落したという。――

ふつうなら無事ではすまない事件だが、なにしろ徳川最後の年という混乱の中で、このおとがめはうやむやになってしまった。ただし、そのためかえって天童方の遺族から狙われることになり、そこで彼が「敵持ちだ」といったゆえんだが、とにかく場所が場所であっただけに、彼の剣名は江戸の市民に強烈に印象された。

山岡にしても榊原にしても、第一流の剣客にはちがいなかろうが、実際に人を斬ったという話はない。それを二人まで――しかも武芸の師範をやっている人間を同時に斃《たお》したというキャリアは、上田馬之助という名にいい知れぬ凄味《すごみ》をおびさせ――いま、警視庁の道場に粛《しゅく》と坐《すわ》っているだけの姿にも、何やら殺気がたちのぼっているように見える。

しかし、妖気《ようき》をおびているのは、彼をその座に招いた川路大警視だろう。

巡査には三尺五寸の棒だけ持たせることになっているのに、どうして彼はこのごろになって、こんな名だたる剣士まで招聘して剣術などを修行させはじめたのか。

川路大警視は、自分が生み出した警視庁を鋭意組織化するに努めていた。機構において書記局ほか五局に分け、書記局に翻訳係、記録係を置いたり、全東京に百ヵ所ばかりの交番をおき、常時パトロールさせたり、新しく鍛冶橋監倉《かじばしかんそう》を作って未決囚を収容することにしたりしたのは、おそらくいちどすでに洋行したこともある大警視のあちら仕込みの知識であったろう。

しかし、それと同時に――去年の夏ごろから、「警視庁警視隊」なるものを作って、剣術はもちろん、さらに操銃訓練まではじめたのは、川路個人の思うところあっての発想に相違ない。内に幕府はすでに倒れ、外に征韓《せいかん》の議はやんだのに、かつまたほかに軍というものがあるのに、いったい彼は何を遠望してそのような「軍備」に励《はげ》み出したのだろうか。

藤田巡査は、そんなことは何も考えない。

ちょうどそこへ、油戸杖五郎巡査がやって来たのを見て、

「おい、一つ、やるか」

と、うなずき合って脱衣室のほうへ歩きかけたとき、また外から若い巡査が呼びに来て、

さっきの訪問者の件につき、加治木警部がすぐに来てくれといっていると伝えた。

「なに？　加治木警部どのが？　どうしたんだ？」

「ちょうど外からお帰りの警部どのを、あの男がつかまえたのであります」

藤田巡査は舌打ちして、また表のほうへ出ていった。不審に思ったらしく、油戸巡査もついて来る。

雨はあがり、門のところにはまだ平間重助がいて、なるほど加治木警部と立話をしていた。加治木警部がふりかえって、

「藤田巡査、今井からの話をことわった例の榊原どんの撃剣会な」

と、思いがけないことを話しかけた。

「あれは少々困る。あれで幕臣系の剣術の名人たちが食う口を見つけて、みな警視庁に眼もくれんようになったではないか──と、この御仁《ごじん》は申される」

加治木警部は苦笑していた。

「この御仁、こっちのことをよう御存知じゃて。ふ、ふ、ふ」

「そ、その男は──」

「いや、それはいま聞いた。まッことその通りじゃ。下江秀太郎《しもえひでたろう》、逸見宗助《へんみそうすけ》、松崎浪四郎《まつざきなみしろう》、得能関四郎《とくのうかんしろう》──など、その道で錚々《そうそう》の先生がたが、このごろ急にこっちの話に興味を失ったかに見えるのは、たしかにあの撃剣会の成功のせいじゃとおいも見ておった」

こいつ、苦しまぎれに何を警部に吹き込みおったか。──と、藤田巡査はにがり切って

いった。


「しかし、それがどうしたのでござる？」

「あれをつぶす法を教えるんじゃ」

「ばかにていねいな言葉をつかうのは、この御仁は申されるんじゃ」

加治木警部もこの新選組元隊士を軽蔑《けいべつ》していることを現わしていた。しかし警部はいった。

「いかにも、あげなものはつぶしたほうがこっちには都合がよか。ちゅうて、こっちが公けにつぶすわけにもゆかん。ほかに妙策があるなら、ひとつやってみて欲しか――と、いまいうたところじゃ」

「撃剣会をつぶす妙策。――」

「くわしいことは、おぬし聞いてやってくれ。――榊原鍵吉、まさか由比正雪《ゆいしょうせつ》にゃなるまいと思うが、何しろ取巻きが悪か。とくにあの加賀の四人組、あんまり増長させると何をしでかすかわからんど」

四

左衛門河岸の榊原鍵吉の「撃剣会」とならんで、同じく竹矢来をめぐらし、「女剣会」という大看板がかかげられたのは、それから十日ばかりたってからのことであった。

――え、なに、女剣会？

人々は、むろん眼をまるくした。

すぐにそれは、どうやら昔の旗本の奥さまやお嬢さまが薙刀《なぎなた》や小太刀やくさり鎌《がま》を使って見せる見世物らしい、と判明した。

で、押しかけて見ると、女はわずか六、七人。あとは男ばかりで、その女というのも、一人だけくさり鎌を使うのが男にまがう筋骨たくましさで、なるほどもとは武家出だろうと思われる以外は、あとはどう見ても侍の奥さまやお嬢さまではない。大半はあばずれ、中に一人精薄ではないかと見える女さえいたが、ただどの女もやけに色っぽかった。

見物にとって、素性なんかどうでもいい。その色っぽい女たちが、いよいよ色っぽさを発揮してくれれば。——だいいち、旗本の奥さまやお嬢さまの大半は、瓦解《がかい》以来変なことになってしまったのが多いのだから、この女たちだって、看板に偽りはないかも知れないのだ。

そして、この「女剣会」はその期待を裏切らなかった。——興行のやりかたは、そっくり「撃剣会」のまねである。つまり相撲式である。だから、相撲のまねをしている「撃剣会」のほうでは、この点でも文句がつけられない。

「ひがァしい——小太刀、快悦一声流——」

とか、

「にィしい——薙刀、赤貝怪動流——」

とか。——ただし、女の名は告げない。告げなくったって、これまた見物にはかまわない。

女の相手は必ず男で、これはものものしい流派と姓名を呼びあげるが、流派はともかく、名のほうはこれもでたらめにきまっている。面金籠手《めんこて》の道具はつけるが、つける前の顔を見ると、「撃剣会」の剣士のほうの、貧にやつれているとはいえ一応ちゃんとした容貌《ようぼう》の多いのにくらべて、これはもうどうしようもない無頼漢の面がまえであった。そして一方の女は、これは鉢巻、襷《たすき》だけなのである。

この女たちが、この男たちを相手にやる。なかなかやる。なかなかやるどころではない。――一方的にやっつけるのだ。

ほんとうのところは、歌舞伎の立廻《たちまわ》りじみたものであったが、とにかく彼女たちが刃引きした薙刀をふるい小太刀をふるうたびに、白い脛《はぎ》からふとももまでがのぞく。あきらかに、のぞかせるのだ。それどころか、三度に一度は打物投げ捨てての組打ちを見せて、男と女が上になり、下になって転がりまわる。このときは、肩、乳房どころか、両足はねあげて、もっとあられもない姿を見せる。

行司は、しゃくれた杓子面《しゃくしづら》をした男だ。榊原鍵吉と同じように緋毛氈《ひもうせん》の上に稽古着《けいこぎ》を着て坐り、勝ったほうに軍扇をあげて怪声を発する。

「勝負あったっ、東の勝ち！　なめくじらの秘術わざあり一本！」

とか、

「西、西、西っ、秘伝腹踊り勝負ありっ」

どこがなめくじらで何が腹踊りなのかわからないが、見物人は腹をかかえて笑う。むろんこれが平間重助で、男も女も、彼が駈《か》けずりまわって狩りあつめた連中であった。演出すべて彼のものである。

明治版女剣劇。——

そのうち彼はいっそう調子にのって、淫戯《いんぎ》としかいいようのない見世物を展観に供しはじめた。これは警察の手がはいるぞ、とはじめ見物人も不安になってキョトキョト背後をふり返ったほどであったが、別にそういう気配もないので、安心していよいよ詰めかける。なんとスリ騒ぎまで出るほどの大入りがつづいた。

中で、圧倒的な人気を得たのは、一人の女剣士で、これがとびきり妖艶《ようえん》な女で、どうして、こんな見世物に加わったのか、ふしぎなほどであった。事実、女剣士、とはいったが、むろん薙刀をふるうのもおぼつかない手つき腰つきで、そこは本人も充分承知で、剣術以外の演技はいちばん派手だ。彼女が出演しているとき、かぶりつき？にいる客で、毎日二、三人、鼻血を出さない男はいないくらいといっても大袈裟《おおげさ》ではない。

「……おや？」

見物席は、前のほうは莚《むしろ》がしいてあるが、うしろのほうは天然自然に立見席となっている。それが、押し合いへし合い、波を打っているのは、さっきからその美女がいよいよ出演して、薙刀をふりまわすたびに赤い蹴出《けだ》しから白い足を盛大に露出させていたからだ。見物人の眼は、薙刀よりも、そっちのほうへ吸いつけられている。

その立見席のうしろへ、春風に吹かれて、今しがたはいって来た三人の男のうち、一人が正面を眺めて、深編笠《ふかあみがさ》をかしげた。

こういう笠も今どき珍しいが、三人のうち、いちばん背の高いのと、恐ろしく小さいのとがその笠をかぶって、その背の高いほうがそんな声を発したのだ。

「あれは……旦那《だんな》……」

と、もう一人の男がいった。冷酒かん八であった。

「ふうむ。……」

と、背の高い深編笠は感にたえたように、とっさに言葉もない。千羽兵四郎である。

「なんじゃ？」

と、小さい深編笠がきく。これは隅の御隠居さまの声らしい。

「驚いたな。あの女が、ここでこんなことをやっているとは。――」

千羽兵四郎はやっとそういい、ついで隅の御隠居さまに説明した。

「いまやっておるあの美しい女――あれは、人形町楽屋《がくや》新道《しんみち》の席亭五林亭《ごりんてい》、かつての青木弥太郎のお妾《めかけ》をしていた女です。それが、どうして剣術の見世物などやるようになったのか、これも青木の息のかかったことか、それとも青木のあずかり知らんいたずらか。……」

「ほう、いつぞやおまえと、つつもたせをやって、警視庁の警部をとっちめたやつじゃな。――」

と、低い編笠はうなずく。御隠居もあのときの話は聞いているのだ。

ちょうど、一年ばかり前の話になる。警視庁の狩り込みにあった売笑婦たちを救うために兵四郎は、青木弥太郎と組んで、隠し売女担当の警部を恐喝《きょうかつ》する手をつかった。そのときコンビとなった女だ。

兵四郎たちが、その日ここへはいって来たのは、むろんそうと知ってのことではなく、町で評判の「女剣劇」を是非見たいと、この仙人みたいな隅の御隠居さまがいい出したので、それに誘われてやって来たのだが。——

兵四郎とかん八が話す。

「あれは、何といったっけねえ？」

「旦那、つ、つ、つもたせの相棒の名を忘れちまっちゃいけませんよ、しかも、あんな美《い》い女を。——雲霧お辰でござんすよ」

「顔はおぼえてるさ。だからいまびっくりしたんじゃあねえか。雲霧お辰は、青木のはじめの妾だよ。そうだ、あれはそれをついで、やはりお辰といった。何でも上州から来た女とか青木がいってたっけなあ。……」

「ああっ、あんなことしてやがる。……」

と、かん八が、「舞台」のほうを見てうなった。

「あれくらいのことァ、あの女には朝飯前だよ」

と、兵四郎はいった。彼はあのときの警部とこの女の凄《すさま》じい痴態《ちたい》を思い出したのだ。そうはいったが、やっぱりごっくり唾《つば》をのみこまずにはいられない。――

「青木の息のかかったことじゃないな」

と、御隠居がつぶやく。

「青木は何をやるかわからない男だが、それにしてもまさか警察とぐるになったこんな芝居に、妾をさし出すわけはない。……あの女は、その後、青木と別れたのであろうよ。……

……」

いまは行いすまして席亭として余生を過してはいるけれど、かつては行状無惨の大盗であった青木弥太郎――と、遠い日のことをいうまでもなく、あのとき元幕臣として、大張り切りで警視庁への愚弄《ぐろう》を引受けた弥太郎が、と思い出し、しかし兵四郎はけげんそうに、

「御隠居さま、これが警視庁とぐるですと？」

と、聞き返した。

「いいや、ぐるでなくて警視庁がこれを黙って見のがしておるはずがないじゃないか」

と、御隠居は笑った。

「榊原のほうをぶっつぶすためじゃな。……」

そのとき兵四郎は、ふっとふところに触れるものを感じた。風のような感触であったが、彼はうしろに手をのばして、すでにそっちへ消えた手首をつかんだ。腕のさきには、財布がつかまれていた。

「元八丁堀同心にスリをやろうたァ、まぬけなやつじゃあねえか。それほどおれが快悦一

声流に魂をぬかれているように見えたかえ?」

ふりむくと、頰かむりの中にも凶悪な眼があった。眼はびっくり仰天してむき出されていた。

兵四郎は声をかけた。

「御隠居さま、妙なものをつかまえました」

すると、御隠居がいった。

「わしも、おかしなものをつかまえたぞよ。……」

御隠居のそばには、真っ白な髷《まげ》をのせた爺《じじ》いが、皺《しわ》だらけの顔をのびちぢみさせていた。

御隠居は笑いながらいった。

「かん八、早くひっくくってくれ。わしは赤貝怪動流を見にゃならぬ。……」

五

春風はここばかりは避けて吹いてゆくように見える。——本物の「撃剣会」のほうだ。

わびしい竹刀の音を聞きつつ、

「はじめて知ったが、閑古《かんこ》鳥《どり》という鳥は、ああいう音《ね》で鳴くものかの」

と、つぶやいた髯《ひげ》の浪人があったが、だれも笑う者もいなかった。

みごとにお客を「女剣会」にさらわれてしまったのだ。——

はじめ、あっけにとられ、すぐにせせら笑い、次に狼狽《ろうばい》し、それから怒り出した。「……き、きゃつら、真似をしおって、こちらのお株を奪うとは！」

まったく「撃剣会」というものがなかったら、まさか「女剣会」などいうばかげたものは思いつかなかったに相違ない。が、悪貨は良貨を駆逐《くちく》する。エピゴーネンは独創者をパロディ化して成功する。世の中は、えてしてこういうものだ。それがばかばかしいだけに、女剣会はいよいよ撃剣会より客を呼び、そしてなお困ったことは、そんな可笑《おか》しげな物真似がそばに出現しただけに、一見大まじめな御本尊の、実はたしかに内包していた滑稽味《こっけいみ》が急に表面に現われて、しかもこっちのほうは客を呼ばないという悲喜劇が生じたことであった。

怒り出しためんめんをなだめ、必死に回天を計ったのは、天田五郎であった。こっちも壮絶な組打ちとゆこうというわけで、半分本気で格闘などやらせて見たのだが、「袴綻《はかまほころ》ンデ臀露《しりあらわ》レ、臀露レテ毛ソヨグ。イヨイヨ出《い》デテ、イヨイヨ拙《まず》シ」と新聞の雑報に評されていたらくになった。

「……かく相成っては、もはや怨敵《おんてき》女剣会に斬り込んで、ほんものの剣風を味わわせてやるよりほかはない」

と、無念きわまるところ、正気で刀をひねくりまわす加賀の四人組を、

「よせ！」

と、さすがに榊原鍵吉は叱りつけた。

「そんなことをすれば、いよいよ鍵吉の恥になることを知らぬか、大馬鹿者」

といって、榊原先生も、ではどうしたらいいのか、まったく無能なのである。しかもますます具合悪いことには、いったん集めた出演剣士たちが、これまたほかに能がないためにいたずらに車坂道場に寄食し、むやみに大飯喰《ぐ》いの居候がふえてしまったことだ。

これが何もしなければ、むろん一銭もはいらないので、とにかくどんなに観客が少くてもやるよりほかはない、ということで、かくて全員のびた月代《さかやき》をさびしくなでて、毎日左衛門河岸に出張して、隣りの大歓声を聞きながら、力なく組打ちなどをやっている。——

「……あ、あの鳥は」

そんな或《あ》る日、わびしい見物席の上を飛んでいる一羽の鳥を、一人が見とがめた。

「ふうむ。……あれが閑古鳥というやつじゃないか」

「馬鹿、あれは鴉《からす》だ」

それはそれで、ぎょっとして、

「なに、鴉」

「撃剣会に変な匂いがして来たんじゃあるまいな」

と、見ていると、その鴉は、はたはたと下りて、或るものにとまった。まばらな見物席のうしろに立っている二人の雲水の網代笠《あじろがさ》の一つの上にである。

なにかそこに餌でもあって舞い下りたのではなく、その鴉はそこが自分の当然の住み家のごとく、笠の上で悠然と羽根をつくろっている。

そのとき、べつに「あ！」という声が聞えた。

天田五郎であった。彼もはじめからその二人の雲水をいぶかしそうに眺めていたのである。しかしそれは、いくら見世物とはいえ、僧の身でこんなものを見にはいって来るのは妙だ、と見ていたのだが、このとき何に気づいたのか、そんなさけびをあげると、まろぶようにそのほうへ駈《か》けていった。

彼は鴉をとめた網代笠の下をのぞき、大感動のていでしばらく何やら問答していたが、やがてその雲水をひっぱって、鍵吉のところへ連れて来た。

「鴉《あ》仙《せん》和尚《おしよう》と申されます」

と、五郎は紹介した。

雲水は笠をとりもしなかった。鍵吉が見ると、老僧みたいな名のくせにまだ三十を越えたくらいの、ただし真っ黒なひげに顔の下半分を覆《おお》われた坊さまであった。背は、やや低いほうだが、ずんぐりむっくりしている。

「榊原先生は、仙台のからす組を御存知ですか？　このかたはそのからす組の——」

と、いいかけて五郎は、ばらばらの、見物席に向って、

「きょうの興行はこれで終了。その代り木戸銭はお返しいたすゆえ、木戸で受取って帰んなさい」

と、さけんだ。

そして見物人が出てゆくのを待つらしく、説明をしばし控えたが、昂奮《こうふん》を抑え切れない

らしく、眼がキラキラとひかって雲水のほうを眺めていた。

——おう、では、これが。——

と、榊原鍵吉は眼をむいた。剣士たちも集まって来る。

仙台のからす組、その名は鍵吉も聞いている。戊辰の役の際、奥羽に殺到した官軍を迎え、会津はともかくそのほかの列藩の抗戦ぶりは、必ずしもあまりめざましいものとはいえなかった中に、恐ろしく官軍を悩ました、ほとんど伝奇的といっていい一軍がある。それが仙台藩士の細谷《ほそや》十太夫《じゅうだゆう》という男に率いられた博徒《ばくと》隊であった。このやくざ部隊がからすを描いた旗をひるがえし、全身黒衣の軽装で神出鬼没のゲリラ戦を行い、官軍の心胆《しんたん》を寒からしめた。——そのからす組を天田五郎が知っているのは、彼が平《たいら》藩士の倅《せがれ》なので、その一帯の戦乱の間に頼もしい味方として知る機会を持ったのであろうか。

見物のうち、最後まで残ってこっちを見ていた深編笠の二人が、やっと木戸のほうへ去ってゆくのを見送って、

「からす組とは——」

と、五郎が改めて説明しかかると、

「いや、勇名は耳にしておる。あのころの幕臣が恥ずかしいくらいじゃ」

と、榊原鍵吉は畏敬《いけい》の眼で見て、

「では、こちらの方も？　からす組の——」

と、もう一方の網代笠を見やった。このほうは背が高く、もっと凄《すご》い眼つきをして、し

かも四十ちかいと見えるのに、

「愚僧の弟子でござる」

と、鴉仙和尚は荘重にいって、なぜか、にっと厚い唇で笑った。

「榊原先生、先刻から拝見しておりましたが、だいぶ御苦労なされておるようで」

「されば」

榊原鍵吉は赤面し、苦笑した。

「南風競わず、というところでござるが、さればとて、このままスゴスゴ引っ込むのも、女剣会なるたわけたものに敗北したことを公認するにひとしく、意地でもやめるにやめられぬありさまでござるわい」

「ご尤《もっと》も。……それにあちらには、警視庁がついておりますから喃《のう》」

「なに、警視庁？」

鴉をとまらせた網代笠の下で、分厚い笑顔がうなずいた。

「されば、榊原鍵吉たるもの、決して負けてはいられますまい。榊原さん、あっちに一つ、しっぺ返しをする法がある。あんたなら出来ると思うが、やって御覧になる気はござらんかな。……」

六

「お客様のおゆるしを蒙《こうむ》り、警視庁へ剣術試合申し込み候事。

それ治にいて乱を忘れずとは聖賢の教うるところ、茲《ここ》をもって泰平の御代《みよ》とは申しながらさきごろよりわが警視庁において剣術御奨励のこと承り候こと、野にありて同じくこの道の廃《すた》らざることに日夜腐心《ふしん》いたしおる不肖榊原鍵吉の甚だ欣懐《きんかい》といたすところにこれあり候。

然るところつらつら考うるに、警視庁の剣術は、われらごとき治にある剣とは異り、すでに乱にあるべき剣と言わざるべからず、すなわち、いわゆる棒振り剣術たるべからず、たちどころに物の役に立つ剣術ならざるべからず、いわんや、その習練が国民の血涙による税金をもって、まかなわるるにおいてをや。

不肖榊原鍵吉深く憂うるところあり、ここに国民の名において堂々警視庁の剣術を試さんことを思い立ち候。然りといえども、その剣術は真剣のものたらざるべからざるは勿論《もちろん》ながら、決闘果し合いのごときはすでに聖代の法律の禁ずるところなり。

かくて不肖鍵吉志を立て、警視庁剣術の代表として上田馬之助師範を指名し、近日この撃剣会において兜割《かぶとわ》りの術を競わんことを要求するものに御座候。すなわち公衆の面前において両者真剣をもって鉄甲《てつかぶと》を両断せんとするものなり。

警視庁においてこの要求を快諾せらるるときは、その日時即座に御通知申しあぐべし。拒否せらるるときは、その旨も公表、お客さまとともに天下の前に大いに笑い申すべく候也。

撃剣会頭取　榊原鍵吉」

「撃剣会」の竹矢来の外に、こんな大立札が立てられた。

大変な評判になったことはいうまでもない。刀で兜《かぶと》が切れるかという話から古来の例、物識《ものし》りぶった技術論、男谷下総《おだにしもうさ》第一の弟子たる榊原と、実際に人を斬った上田の実力評、虚実とりまぜての両者のライバル物語。——そして、むろん話題の核心は、果して警視庁がこの衝撃的な挑戦を受けるだろうか、ということにあった。

「これは榊原の苦しまぎれの売名だよ。そんなものに警視庁がひっかかるわけがない」

「売名ったって、もしほんとにやって榊原が負けたら末代まで恥をかくことになるのだぜ。本気でなくっちゃやれることじゃないよ」

「負けたらとりかえしのつかないことになるのは警視庁のほうだ。だから、何とかうまい逃口上を作って——」

「しかし、ああまで書かれたら、もう逃げ道はあるまいよ」

「それにしてもまあ、榊原先生、思い切ったことをやったものだなあ！」

もし宣伝ないし商売が目的であったら、かりに榊原鍵吉が負けたとしても、これは成功したといわなければならない。

警視庁が承知したら即日知らせるというので、人々は毎日撃剣会の立札を見にやって来たからだ。そして、その発表がなくても、人々はそのまま撃剣会を見にはいったからだ。そこへ来たついでというより、かかる壮絶な勝負を申し込んだ榊原鍵吉とはいかなる人物か、という興味にかられるのは当然のことであった。

撃剣会は完全に女剣会をはね返した。

そういう師によって催されている興行だ、という眼で見れば、男同士の組打ちもなかなか迫力があり、女剣劇のほうが完全に喜劇化して見るにたえないものになった。

市民にとって手に汗にぎるように日が過ぎて——「おや、警視庁はやっぱり頬かぶりする気か？」「いや、こいつァうまく榊原の手に乗せられたかも知れねえぜ」などいう声が騒がしくなりかけたとき——撃剣会は告示した。

来《きた》る三月二十五日、この左衛門河岸の会場において、上田馬之助、榊原鍵吉の兜割《かぶとわ》りの試合を行うこと。兜は山岡鉄舟持参のものを用い、籤《くじ》によってまず一方が正面より試み、これが成功した場合は、もう一方は真横から試みること。——雨天といえども決行す。

榊原鍵吉の挑戦は、こけおどしではなかったのだ。そして警視庁は受諾したのだ。

三月二十五日は晴天であった。人々は黒山のように集まった。入場料は一円であった。当時一円で酒一斗が買えたころの一円である。それでもむろん見物人ははいり切れず、左衛門河岸を埋めつくすほどであった。

この入場料は榊原家の居候たち——例の加賀の四人組が勝手にきめたことで、鍵吉はあとになって知ったことである。彼はそれどころではなかった。

そしてまた警視庁も、入場料に文句をつける余裕はなかった。警視庁のほうでは、はじめこの挑戦に対して黙殺の方針であった。ただ——あんな無礼な立札はただちに撤去《てっきょ》させてしまえ、という意見を抑《おさ》えたのは加治木警部だ。実は撃剣会に対して、あまりたちのよくない女剣会などを作りあげた黒幕は彼だけに、いささか忸怩《じくじ》たるものがあったのだ。そこへ、かんじんの上田馬之助が、その挑戦に応じよう、といい出してきかなくなったのである。

——刀で兜が切れますか？

と、問うと、

——まず、よほど出来の悪い兜でないかぎり切れますまい。

と、答える。

——それでは？

と、昏迷《こんめい》した声を出すと、

——その場に臨めば、切れないこともありますまい。

と、上田馬之助は凄い眼をしていい切った。

——とにかく榊原先生からあのような申し込みを受けて背を向けることは相成らぬ。

そこへ、この話を聞いた山岡鉄舟から、適当な兜がなければ、明珍《みょうちん》つくるところの南蛮鉄の兜を一つ提供したい、そしてその試合は拙者も是非拝見したい、という申し込みがあったので、ついにもうあとにはひけなくなり、運を天にまかせてその旨榊原鍵吉に通告したのであった。

さて、この日、その鉄舟をもふくめた観衆の前で籤《くじ》を引いて、まず先にきまった上田馬之助は、台上に置かれた兜に相対した。春の日光に桃型《ももなり》兜の南蛮鉄は鈍いひかりをはなっている。

その場に臨まねば切れぬ――その場に臨めば切れる――彼の信念にいつわりはない。その必死の念力をこめて、

「ええい！」

その刹那《せつな》、彼の視界をななめにかすめて、さっと黒いものが羽ばたき飛んだ。が、すでに起した迅雷《じんらい》の動きはとまらず、閃《ひらめ》いたのはかつて二人の人間の骨を断《た》った固山宗次。凄《すさま》じい音とともに、ああしかし、それははね返されて、上田馬之助の手から離れて頭上高くはね上り、どうと彼はあおむけにひっくり返った。

代って榊原鍵吉がこれに向う。その構えの姿勢は上田よりむしろ沈鬱《ちんうつ》にさえ見えたが、

「きえーっ」

気合は鼓膜をつん裂かんばかり、振り下ろした愛刀胴田貫《どうたぬき》は、みごと明珍の兜の南蛮鉄に三寸五分も切り込んでとまった。

うなるようなどよめき、雀躍《じゃくやく》する榊原の居候たちの騒ぎをよそに、上田馬之助は地上か

らからくも身を起したまま、うつろな眼で宙を見て、うわごとみたいにつぶやいていた。

「どこから来た……どこへいった……あの鴉《からす》……」

その声を聞いたものはない。そして彼は——あとになっても、二度とこのことを口にしなかった。それはなんびとにも通用せず、自分自身を傷つけるだけの弁解であることを彼は承知していたのだ。

七

未明に、宿直していた藤田五郎巡査と油戸杖五郎巡査は呼び起された。

「加治木警部どのがお呼びです」

二人が身支度して駈《か》けつけると、加治木警部は一人の男と話していた。

「いま、この御仁《ごじん》が注進に来たんじゃが」

と、警部はあごをしゃくった。まだ息を切らしているような杓子《しゃくし》面は——平間重助であった。

「榊原家から、例の加賀の連中が旅立ったっちゅう」

「……？」

それが、どうしたのだ？　それより、こいつがまたどうして？　と、あまり機嫌のよくない顔で、藤田巡査は平間重助を見やった。

撃剣会が警視庁師範上田馬之助を撃破したのが十日前、同時に女剣会も撃破されて解散するのやむなきに至ったが、その後この女剣会の企画者平間重助は、なんと榊原鍵吉の道場に転がり込んだらしい、という話は聞いていたのだが。——

「榊原家には、おいが頼んでいってもらったんじゃ」

と、加治木警部はいう。へ？ と眼を大きく見ひらいた藤田巡査に、

「どうもあの四人組が気にかかるのでな。そいで、異常があれば急報してくれるようにこの人に依頼してあったんじゃ」

と、警部はつづけた。何となくその顔貌《がんぼう》に悽愴《せいそう》なものすらあって、二人の巡査の睡気《ねむけ》は急速に醒《さ》めて来た。

「きゃつら薩摩へいって、西郷先生に挙兵を煽動《せんどう》したらしか。むろん西郷先生があげな若輩にとり合われるはずもなか。一蹴《いっしゅう》されて、失望して東京に帰って来て……いままでのところ、べつに何もしとらんが……しかしな、おいの見るところによると、きゃつら、とてい、このまま無事に世を渡るやつらじゃなか。……必ず将来、大変なことをしでかすやつらに相違なか」

長い目で見れば、加治木警部の第六感はまさに的中していたのである。実際それは、恐るべき連中だったのである。——が、いま彼も「現在何もしていない」と明言したくせに、それに対して次に吐いた言葉は、明治の警視庁ならではのものであった。

「そいで、きゃつらを拘禁して絞めあげて見ようと思う。たたけば必ず何か出て来るわ

い」

「いったい、どこへゆこうとしておるのだ」

　と、藤田巡査が平間に聞く。

「どうも、北海道らしい。水戸から平《たいら》を回ってゆこうか、とも言っておったが」

　と、重助が答える。

「北海道へ？　何しに？」

「それはわからん。とにかく夜中といっていい時刻に出立することといい、どこかでだれかと待ち合わせるらしいが、きゃつらの旅立ちの気合、ただごとならずと見て報告に来たんだ」

　その間に、加治木警部は戸棚から一本の刀をとり出して来て、藤田巡査に手渡した。

「簡単につかまる連中ではなか。念のために、おはん、これを持ってゆけ。……油戸は棒があるからええじゃろ」

　と、いい、さらに断乎《だんこ》たる決意を眉宇《びう》に見せていった。

「手に余れば、少々怪我《けが》させるのもやむを得んかも知れん。事と次第では、おいもこれを使う」

　と、腰のサックにさし込まれたピストルをたたいた。

「馬で追えば蹄《ひづめ》の音で逃げ隠れするじゃろ。足でゆくぞ、急げ！」

千住《せんじゅ》は文明開化に縁が遠いので、徳川時代とまだ大したちがいのない宿場風景であった。それどころか、その手前の小塚原《こつかっぱら》などは、幕末に斬られたおびただしい志士たちが葬られたのみか、維新以来の刑死者も多くはここに埋葬されたので、真夜中など、その近くを通るのがこわいような気がする。——実はこの物語に登場する人物の中にも、遠からず、ここに処刑のかばねを埋める者があるのだが、それは当人もまだ知らない。——

とはいえ、千住大橋をわたって千住にはいると、ここは依然として東京から奥羽へ出る関門で、女郎屋も数十軒あり、そこの遊客や、江戸のころと同じく早発《はやだ》ちの旅人が多いので、まだ夜明前というのにゆきかう人も少くなく、灯《ひ》もともり、屋台店から酒や馬方《うまかた》そばの香が流れ、のちに鉄道が通じたあとよりは、かえって宿場らしいにぎわいを見せていた。

その往来を、いま異形《いぎょう》のものが北へ歩いてゆく。

二人の雲水と五人の旅姿の若者の一団で、何やら親しげに話し合ってゆくのだが、異形というのは、その中のずんぐりむっくりしたほうの雲水の網代笠《あじろがさ》の上にとまっている一羽の鴉だ。もっともまだ暁闇《ぎょうあん》の中であったから、どれほどの人間がこれに気づいたか、どうか。——

それから、若者の一人は、犬を抱いている。

「なるほど、あれらがいっしょになっては、警視庁が気をもむのはむりはない。——もっとも、定吉の知らせによれば、加賀組が雲水といっしょになったのは小塚原であったというから、そこまで警視庁が知っておるかどうかわからんが。——」

「加賀人は四人と聞きましたが、五人いるではありませんか」

「榊原家にいた居候の一人じゃないか」

「なるほど、加賀組と同年輩に見えましたな。……はてな、おう、あれはたしか例の雲水を榊原鍵吉に紹介していた若者。なるほど同行しておるわけが読めた。――」

路傍に出ていた馬方そばの屋台に首をつっ込んでいた二つの深編笠がふりかえり、見送ってささやいた。傍で頬かむりした男が、はあはあいいながら茶碗酒《ちゃわんざけ》にかぶりついている。

「いったい、彼らはどこへゆこうというのでしょう？」

「知らんの」

「そして、いっしょになって、何をしようというのでしょう？」

「さあて」

隅の御隠居と千羽兵四郎だ。

いまの返事もあいまいだが、そもそも兵四郎は、この老人が何を考えてこんなことを始めたのか、よくわからない。――

御隠居は、撃剣会の猛反撃を見て、こりゃ榊原から出た智慧《ちえ》じゃない、といった。しばらくののち、軍師はあの二人の雲水じゃ、と笑いながらいって、その素性も教えてくれた。あの雲水、といったのは、榊原と上田の兜割り試合の日、上田が大刀をふりあげた一瞬その前をひくく飛び過ぎた一羽の鴉が、やがて見物人の中の雲水の笠にとまったのを、御隠居さまも兵四郎も見ていたからだ。いや、それ以前、その雲水たちがはじめて撃剣会の見物にはいって来たらしいときから、二人はその姿を目撃している。

それからまた御隠居は、榊原家に寄食している連中のことや、女剣会を司《つかさど》っていた元新選組残党平間重助なるものも降伏のていでそこへ転がり込んだことも伝えた。——どうやら冷酒かん八に榊原家を見張らせて、それから情報を収集したらしい。

冷酒かん八ばかりではない。もう二人、下働きの男を使っている。

それが、驚いたことに、いつか女剣会でつかまえた二人の巾着切《きんちゃくきり》なのだ。あれ以来、隠居はその二人を数寄屋橋の庵《いおり》につれていって、居候をさせていたのである。

聞くと——あのとき兵四郎がつかまえた、若い——若いといっても三十は越えているが——スリは、鉄砲定《てっぽうさだ》といって、なんと昔は旗本某に小者として奉公していた清水定吉という男であった。のみならず、どうやら定吉はこの御隠居に頭の上らない因縁があるらしい。

もう一人はヨボヨボの老人で、名はむささびの吉五郎、旧幕のころからながいあいだ三宅島《みやけ》に遠島になっていて、御一新のおかげで帰って来たのだが、この二人がスリ人生の途上ふれ合って、なんとあのとき、老若二人でスリ競争をやったのだという。——むろん鉄砲定は、狙う深編笠の一人が旧知の元駒井相模守さまなどとは夢にも知らなかったのだ。

まさか、車坂道場の内情を探らせるためにその二人を飼ったとは思えない。不精《ぶしょう》なくせに物好きな兵四郎に輪をかけて、飄然《ひょうぜん》としているくせに変に物好きな御隠居の、その物好きのなせるところと思うしかない。

「いったい、何をお考えで？」

と、聞くと、

「その加賀の若者や雲水らのなりゆきよ」

と、心配そうにいう。

「警視庁が、例のしっぺ返しをくった報復をするというのですか。そんなまねをするなら、私も車坂道場に助《すけ》ッ人《と》に参りますが――」

「まさかと思う。おそらく……何も起らんじゃろ。しかし」

と、御隠居は思案投首《なげくび》のていになって、

「うん、お前に助けてもらいたいときは呼ぶ。何も起らんかも知れんから、しばらく黙って見ておってくれ」

と、いうことであった。

そして、けさ未明――スリの吉五郎が、兵四郎をたたき起しにやって来て、いま御隠居が俥《くるま》で千住に向われたからすぐに追っかけていってくれるように、と伝えた。

で、その通りにこの千住に急行してつかまえた御隠居さまに話を聞くと、先刻榊原道場から加賀組が旅姿で出かけ、平間重助が警視庁へ駈《か》け込んでいったという。これはかん八と鉄砲定の働きだ。この前から、かん八が、「岡っ引と巾着切が共同して働くたァ何てえことだ！」とこぼしていたという話を聞いて、兵四郎はニヤリとしたが。――

いまそのかん八はなお警視庁を見張っているということであり、鉄砲定は――いま、兵四郎たちの横で、はあはあいいながら酒を飲んでいるのがその男だ。榊原家を出た連中を追っかけたのは彼で、その連中が小塚原近くでだいぶ長い間待っており、やがてやって来た二人の雲水といっしょに、ここへ来る——と、先にすっ飛んで来て、さっき報告したばかりであった。

そういう事情で、御隠居はもちろん兵四郎までが、先にここに着いたわけだが。——その一行は、いま千住を通り過ぎていった。

「連中、いってしまいましたが、われわれは、これから何をしようというのですかな、御隠居さま」

「このまま、何もなければ、それに越したことはない」

「このまま、何もなければ——何か起りそうなんで？」

「警視庁が追っかけて来やせんかと思う」

「——ほう？」

「追っかけて来るなら、かん八が知らせて来るはずじゃ。もう少し待っていよう」

そのかん八が千住大橋のほうから駈けて来るのを兵四郎は見つけた。

兵四郎に呼ばれて、かん八はあえぎながら、いまここへ警視庁の三人と平間重助がやって来ることを報告した。

「やっぱり、案じていた通りじゃった。追って来おった」

と、御隠居がつぶやく。

——ことわっておくが、屋台のそば屋は、みるからに生活にくたびれはてた顔をしているが、頬に傷跡もあり、どうやら生まれながらのそば屋ではないらしい。御隠居との応対から見ると、これも昔の知り合いのようだ。それを承知でここに首をつっ込んだのか、偶然か、いかにかつて町奉行をしていたとはいえ、何とも顔の広い御隠居さまではある。

「しかし、ポリスの一人は例の棒の巡査、もう一人は、刀を持っていますぜ。それから、大将分は、たしかあれが加治木ってえ警部でしょう、ピストルをぶら下げたやつでさあ」

「小人数ということは、よほど連中に自信のある証拠じゃ。兵四郎、やっぱりお前に来てもらった甲斐《かい》があった」

「は、やるつもりですか？」

兵四郎は顔色を改める。

もっとも、例の棒術の巡査が来たと聞いたときから、彼の面色はやや変っている。去年の秋、めがね橋の上の決闘で、何とかしのぎはしたものの、あのときの巡査が容易ならざる相手だということはいかんなく思い知らされたからだ。それに、そもそも自分たちが、何のためにその巡査たちとやるのか、まだよくわからない。——

「わしにも、なぜこういうことをやるか、実はわからんのじゃが」

と、御隠居は兵四郎の心を読んだようにいう。

「ただあの雲水たちや若い連中を、無事に逃してやりたいだけよ」

「御隠居さまの仰せなら、兵四郎、何でもよろこんでやります」

と、兵四郎は腰の刀のつかをとんとたたいた。——何にしても、警視庁とやり合うのは面白い。自分の生甲斐でもある。目下のところ、ほかに人生の目的はない。

「しかし、それはともかく、そのピストルというやつには困ったの。……」

隅の御隠居は考え込んだ。それから、左右をかえりみた。

「おまえたち、やれんか」

「何をでごぜえます?」

と、右側の定吉がいう。

「その警部からピストルをスレんか、ということさ」

「たっ、たったっ」

と、定吉は奇声を発して、手をふった。実に途方もないことをいい出す爺《じい》さんだ、という表情をした。

「おまえ、鉄砲定という名前じゃないか」

「いや、そいつあ、スルのが早《はえ》えとか、無鉄砲だとかいうことからついたあだ名でござんして」

「だからよ、その無鉄砲と早わざで、何とかならんか」

「滅相な、ポリスの親玉を——それに、あいつは、革の袋にはいってるんですぜ」

スリだけに、どこかでよく観察していたと見える。——すると、しゃがれた声がかかった。

「おいらがやってみやしょう」

御隠居が左右をかえり見たゆえんで——左側にも酒を飲んでいる男がいたのである、真っ白なチョンマゲの爺いで、すなわち兵四郎を呼び出してここへいっしょに来た老スリのむささびの吉五郎であった。

「な、な、なあんてことを言い出しやがるんだ」

定は眼をむいた。

「老いぼれのおめえなんかに、そんなことが出来るかよ。馬鹿なことをいっちゃあいけねえ」

「お奉行さまにやれといわれて、やらねえってえ法があるか。そんな、申しわけのねえ——」

むささびの吉五郎は、とろんとした眼でうす笑いした。

「それによ、天下のお奉行さまお許しのスリをやれるなんて、スリに生まれた冥利《みょうり》につきらあ」

よろりと屋台に手をついて歩きかけて、爺さんは足を滑らせて尻《しり》もちをついた。それに手も出さず、じいっと見ていた鉄砲定が大きくうなずいた。

「ようし！　あっしがやってみます」

どうやら榊原鍵吉対上田馬之助以上のライバル意識があって、島帰りの老スリに対してムラムラと闘志をかきたてられて来たらしい。もともとスリをやっているのがおかしいほど獰猛《どうもう》な顔をした定吉なのである。

「お奉行さま、や、やりますぜ！」

「やってくれるか、えらい、えらい」

御隠居は頭をなでるような手つきをして、

「かん八、案内してやれ。もう来るじゃろう」

警官隊のことだ。――まるで易水をわたる荊軻《けいか》のごとく、鉄砲定とかん八はそのほうへ駈け去った。

八

その冷酒かん八が――かん八だけが、転がるように駈け戻って来たのは、それから十数分のちであった。

「やられた――やられやした！　棒で、ただ一打ち。――」

急行して来る警視庁の四人にむかって、定吉は鉄砲玉のように駈けてゆき、すれちがいざま警部のピストルに手をかけようとしたが、そのとたん、警部のうしろの巡査の棒がひらめいたと見るや、定吉はすっ飛んで、路傍の溝川《どぶがわ》の中へ消滅した、というのだ。

「もう一人の巡査が溝《どぶ》をのぞきにゆこうとするのを、警部が、いや榊原道場のやつじゃない、それより、きゃつらを早く、あれを見失ってはいかん――とせきたてて――もうそこへやって来やしたぜ！」

水色の夜明けの光の中に、数分後、いかにもその四人が千住にはいって来た。

それを深編笠《ふかあみがさ》の中からすかし見て、兵四郎ははっとした。顔ぶれはさっきかん八が注進した通りだが、その中の刀を持った巡査が、いつぞやのおんな牢《ろう》の事件のとき、汚職の警部をものみごとに介錯《かいしゃく》し、かつニヤリと笑いながら自分に挑戦してきた気味のわるい巡査であることに気づいたのだ。

あれと、棒の巡査と、ピストルの警部と。

――ピストルは、健在だ。

「な、なにぬかしやがるんでえ！」

突然、むささびの吉五郎が大声をはりあげた。

兵四郎は、あっけにとられた。さっきからこの老巾着切《きんちゃくきり》が相当に酔っぱらっていることは承知していたけれど、こいつ、いったい、どうしたのか。

「島帰りがどうしたってんだい？　島にいて、むささびが、もぐらになったと？　ようし、もぐらじゃねえところを見せてやろう」

手をふりまわしたとたんに、徳利《とっくり》やら丼《どんぶり》やらを地面になぎ落した。

「おいらのむささびぶりを見せてやるぜ。見ていなよ。――」

そういうとむささびの吉五郎は、往来のほうへよろよろと歩いていった。四人が、通りかかった。兵四郎は毛穴もしまる思いがした。むささびの吉、いままで酔っぱらって、何を自問自答して腹をたてたのか。さりとはあまりにむちゃな。――

もっとも、通過してゆく四人のほうは、その大声は聞いたが、何をわめいているのかわからなかった。御隠居と兵四郎以外には、その呂律《ろれつ》のまわらない宣言を、だれも理解した者はいなかったろう。――巡査たちは、ただ路傍の屋台から泥酔した爺《じじ》いがふらつきながら近づいて来たのを見たばかりだ。それは四人の中をつんのめって来て、泳ぐように横切っていった。

ふつうの場合なら、とっつかまったろう。しかし、このときは、油戸巡査がただ「馬鹿！」と一喝しただけであった。彼らはそのまま北へ急いでいった。

千住を出てややしばらく――奥州街道と水戸街道が分れるあたりで、ついに彼らはゆくてにめざす一団を見た。

加治木警部が、しゃにむに急いだのは、平間から聞いた加賀人の出立の時刻から、もう途中で追いつくはずだと首をかしげ出し、小塚原あたりで再捜査し、ようやく対象の一行がやはり千住のほうへいったことをたしかめるまでに、思わぬ時を費したこと、それからまた平間の話によると、北へゆくにしても奥州街道をゆくのか、水戸街道を回るのか、はっきりしないところがあったので、その分れ道までに捕捉《ほそく》しなければ、と焦《あせ》ったからであった。

「……あれだ！」

と、平間重助がつぶやいて、変な顔をした。

旅姿の若者は五人いる。その中の一人は、やはり車坂道場に寄宿していた磐城平《いわきだいら》出身の青年で、それが同行するということはすでにわかっていたから、五人はふしぎではないが、ほかに二人の雲水が加わっているのは。——

あとで知ったところによると、その雲水は榊原家に一、二度立ち寄ったこともあるが、平間が転がりこんだときはすでに姿を見せなかったので、その存在を知らず、かつ警部たちが小塚原あたりでまごまごしたのは、その前に若者たちが、その雲水と待ち合わせていたことから来た手ちがいであったのだ。

「あの坊主は？」

と、油戸巡査が首をかしげた。

「奇怪なやつ——笠に鴉《からす》をとまらせておる」

「七人は少し多いの。逃がすと、困るが」

と、藤田巡査もつぶやいた。

「よし、おれがいって、一応ようすを見て来よう。われわれが追って来たことを知っただけで、抵抗をあきらめて、おとなしく帰って来るかも知れん」

と、平間重助はいった。——何とぞしてこの件で一手柄をたてて、警視庁にもぐり込むきっかけをつかもうという決心がありありとむき出しになった表情であった。

加治木警部は黙っていた。なぜか彼は、やや蒼《あお》い顔をしていた。

「おれが手をあげたら、手切れだ。すぐに駈《か》けつけて来てくれ」

そして、平間重助はひとり先に駈けていった。——

夜は明けはなたれ、街道の左右にひろがった春の野は、まだ蒼味《あおみ》がかった海のように見える。

呼びとめられて、先をゆく七人がふりかえる。それと、何がしかの問答もあらばこそ、たちまち平間重助が、「あーっ」と大声を張りあげた。

背の高いほうの、杖《つえ》をついた雲水が、つかつかとひき返して来た。と見るや、その杖からほとばしったのは白刃であった。いわゆる仕込杖であったのだ。これをふりかぶると、棒立ちになったままの平間重助を大根みたいに斬った。——と見えたが、実は峰打ちであったのは、あとになってわかったことである。

「やっ？」

「きゃつら。——」

油戸巡査と藤田巡査は脳天に血をのぼし、棒と、これまた抜刀した白刃をひっさげて殺到していった。

と……二、三間の距離に迫ったとたん、彼らもまた棒立ちになった。背のひくい雲水が、網代笠《あじろがさ》の下から、にっと白い歯を見せた。

油戸と藤田は身をひるがえし、つんのめるように逃げもどって来た。

「いけませぬ！」

「あれは、いけませぬ！」

と、二人はさけんだ。

「あの鴉の雲水は……わが仙台藩の怪傑……からす組の細谷十太夫どのですっ」

と、油戸巡査がへなへなと路上に崩折《くずお》れると、藤田巡査も口をわななかせてあえいだ。

「あれはわしより強い。……もう一人の雲水は、元新選組副長助勤……永倉新八でござる！」

この二人の猛者《もさ》が顔も声もひきつらせていたのは、いまかいま見た雲水の正体に驚愕《きょうがく》しただけではなかった。その正体を知った加治木警部のピストルを恐怖したからであった。

加治木警部は、先刻より、いよいよ蒼い顔で自分の腰を見た。彫刻的な顔に、何ともいいようのない苦笑いが刻まれていた。

その腰の革サックにピストルの影はなく、かんぜよりで頸《くび》をくくった徳利が一本ひっかけられているのを見て、二人の巡査は眼をむいた。

鴉が春暁《しゅんぎょう》の風をついて舞いあがり、真一文字に北へ飛んでいった。七人の旅人は、何もなかったかのように歩み去ってゆく。水戸街道ではなく、奥州街道を北へ。

……彼らが北海道へいったとするならば、それは松前《まつまえ》藩士であった新選組の永倉新八の導きによるものであったかも知れない。あるいは、からす組の大将細谷十太夫が、維新後北海道へ逃れて、数年日高国沙流郡《ひだかのくにさる》でアイヌとともに開墾に従っていたというから、その案内に夢をかけたのかも知れない。

彼らのうち、加賀の四人組の未来についてはすでに述べたが、もう一人、天田五郎はおそらくなおゆくえ知れぬ父母と妹を求めての旅であったろう。

そして、それは北海道でも見つからず、やがて彼はまた本土を漂泊し、いちどは清水の次郎長の養子になって、後世の次郎長伝の原本ともいうべき「東海遊侠伝《ゆうきょうでん》」を著《あらわ》すことになる。晩年は、孤庵《こあん》に住む僧となって、ただ歌をよんで生涯を終った。すなわち、世の歌よみを弾劾《だんがい》した子規《しき》すらも師礼をとった天田愚庵《ぐあん》はその人である。

……北へ飄然《ひょうぜん》として消えていった七人、そして南へ悄然《しょうぜん》とひきあげていった警官たちを、芽ぶきはじめた路傍の欅《けやき》の大木のかげで見送った隅の御隠居と兵四郎は、やがてこれまた千住にひき返して、往来の馬糞の上にへたりこんでいるむささびの吉五郎を見た。

「おいっ……いま巡査たちに逢《あ》わなかったのか」

兵四郎のあわてた声に、吉五郎は首をぐらぐらと横にふる。依然、酔っぱらっているらしい。

「よく見つからなかったものだ。……さっきスッたピストルはどうした？」

老巾着切は萎《な》えた手で地面をたたき、ぶつぶつとつぶやいた。

「あれァ……鉄砲定にスラれやした。……野郎、泥ンこで這《は》いながら帰って来やがって、ちょいとゆだんしているあいだに……おいらのスッたものをスッて逃げるたァ、なんてえもののけじめのわからねえ野郎だろう。スリの仁義を知らねえたァ……島へいってるあいだに、世の中は悪く変りやしたねえ。……な、な、なにが御一新でえ。……」

幻燈煉瓦街

一

「ほう、河内山《こうちやま》を書かれるのですか」

と、幸田成延《こうだなりのぶ》はいって、まばたきした。

「それは、ちと困りましたなあ。世間に、お坊主衆について誤解を与える」

「へえ、幸田さまは河内山を御存知で？」

と河竹黙阿弥はけげんな顔をした。

「いえなに、亡父の夜ばなしですが――御承知のように、あれの家が下谷練塀小路《ねりべいこうじ》、こっちがやはり下谷三枚橋横町で、ほんの一足のところです。それに、なにしろああいうことをやったお城坊主はあの男がはじめてですから、父の利貞《りてい》が憮然《ぶぜん》としてよくその話をしたのを聞いた憶《おぼ》えがあります」

「ほう、それはそれは」

黙阿弥は眼をかがやかせた。いま、河内山について書かれるのは困る、と相手が当惑《とうわく》の色を浮かべたのも意に介しない風で、

「御亡父さまが河内山について、な。——さてさて、どんな話をなすっていらっしゃいました」

と、膝《ひざ》を乗り出した。

幸田成延がためらうのに、隅の御隠居さまが笑いながらいった。

「幕臣の恥かき話は、いま始まったことじゃない。ましてや河内山は——宗俊《そうしゅん》が死んだのはたしか文政《ぶんせい》年間、おまえさんの生まれるずっと以前の昔話じゃないか。このわしでさえ、ほんの子供のころのこと、わしも聞きたい。聞かせてくれ」

「父上、煉瓦《れんが》にはゆかないのですか」

と、幸田のそばに坐《すわ》っていたその子の鉄四郎がひざをゆさぶった。

「はやくゆかないと、日がくれてしまいます」

「日が暮れたら、ガス燈《とう》がつくよ。坊やはそのほうが見たいだろ?」

と、千羽兵四郎が笑いかけた。

この明治八年晩春のある日曜日《ドンタク》の午後、数寄屋橋にある隅の御隠居の庵《いおり》に集まったのは、河竹黙阿弥、幸田成延父子、千羽兵四郎たちであった。

河竹黙阿弥はこのとし六十歳である。「三人吉三《きちさ》」「縮屋《ちぢみや》新助」「弁天小僧」「鋳《い》かけ松」「髪結い新三《しんざ》」等——その他おびただしい名狂言を書いて来たこの大作者と兵四郎は以前から知り合いであったが、先日中村座に菊五郎を観《み》にいって、作者部屋でふと旧幕のころのお坊主衆について詳しいお方を御存知ではあるまいかと持ちかけられた。どんな職業、どんな社会相も知らざることなしと思われるこの人に相談されて、かいなでの知識ですむはずがなく、そこで何かのはずみで御隠居さまに話したら、御隠居さまが、先祖代々お城坊主をやっていたという旧知の幸田成延を呼んで逢わせてくれることになったのだ。

孫娘のお縫を使いにやったせいか、幸田のほうはただの好事家《こうずか》にものを聞かれる用件と思ったらしく、それよりも久しぶりに駒井相模守さまへの御挨拶《あいさつ》を念としてやって来たようであった。もっとも、子供の手をひいて。

「これは四男坊の鉄四郎で、ことし九つに相成ります。この倅《せがれ》が、どうしても昔の町奉行さまを見たい、と申しまして」

などといったが、こういうところはさすがに旧幕時代とはちがう。

とはいえ、その九つの息子にもキチンと袴《はかま》をつけさせて、彼自身も今は大蔵省の下級役人をしているということであったが、元はお城坊主というより武士ではなかったかと思われる剛直な印象を持つ男であった。年は三十半ばと見えた。

訪れて、聞き手が狂言作者と知って、いささかめんくらったらしい。もっとも芝居にはそれほど知識はないと見えて、黙阿弥の名を聞いてもそれほど驚いた風でもなかったが、とにかくそれから小半日、お坊主衆について知っているかぎりのことを語ったのは、何より黙阿弥の篤実《とくじつ》な肌合いに引きいれられたせいであったろう。実際、口数は少なく、苦味《にがみ》のきいた朴訥《ぼくとつ》な田舎《いなか》おやじみたいな顔をして、妖艶《ようえん》無比な濡《ぬ》れ場《ば》や血みどろの悪党物語を書くこの大狂言作者の人柄こそ、舞台以上に魔術師的であった。

だから、その黙阿弥が河内山宗俊を書く、そのために自分にお坊主衆について聞いたのだ、とはじめて知って幸田成延は意外に思ったのだ。

そしてまた幸田が意外に思ったらしいのを見て黙阿弥がけげんな顔をしたのは、当時河内山宗俊なるものについて知っている者がほとんどないはずで、その五十数年前えたいの知れぬ罪で獄死した謎《なぞ》のお城坊主を調べ、それからつむぎ出された悪党物語はなお彼自身の胸中にだけあることだったからだ。――ことわっておくが、現代のわれわれの知る河内山宗俊像は、ほとんど、この六年後に黙阿弥の発表した「天衣紛上野初花《くもにまごううえののはつはな》」によるのである。

その幸田成延が、いかに同じお城坊主とはいえ、年齢からして知らないだろうと思っていた河内山について、家の近さ、亡父の話から知っていることがあるという。――御隠居にもすすめられて、幸田は話し出した。

「私の聞いたところでは、宗俊は水戸家にゆすりをかけたようですな、当時富突《とみつき》の興行は神社仏閣だけにその維持費修繕費のために許されていたのを、水戸家が苦しい藩費の捻出《ねんしゅつ》用にやり出した。その智慧《ちえ》を出した大久保今助という御仁が、あまりたちのよくないお人だったらしゅうございますが」

幸田は微笑した。

「父の話では、鰻丼《うなどん》なるものをも発明した日本食物史上忘るべからざる大智慧者だそうで。――つまり、冷《さ》めた蒲焼《かばやき》など食えたものではないが、それを冷めないようにうまく食うにはどうすればよいかという工夫から」

「ほう」

「それはともかくその富突の件ですが、何といっても御三家の一つのなさることですから、お上でも見て見ないふりをしていたのを、宗俊がその富札のはずれたやつを何枚か集めて水戸家へ乗り込んで、天下の副将軍が素町人《すちようにん》をカモに富籤《とみくじ》をやられるのかと恐喝した。なにしろ公許されていないことをやっているのですから、そう真っ向から騒がれると、いかな水戸家でもぐうの音《ね》も出ない。そこでしぶしぶ五百両を出して引取ってもらったが、そのあと手を廻《まわ》して宗俊をつかまえさせ、牢屋《ろうや》の中で一服盛って始末をつけたということでありました」

「父上、煉瓦はまだ？」

と、鉄四郎が聞く。

幸田は、子供が元江戸町奉行さまを見たいというからつれて来た、といった。それも嘘ではあるまいが、これほどここに長座をすることになろうとは思わなかったらしく、それよりついでに銀座の煉瓦街へつれていってやるという約束もしていたようだ。煉瓦煉瓦とその子がいうのは、当時煉瓦街への一般の呼称であった。

「行儀のわるいやつだ。おとなしくしておれ」

と、幸田は叱りつけて、話をつづける。

「河内山は悪いやつだが、大きな声では云えないがまたあっぱれな男でもあった、というのが父の意見でした。当人は練塀小路の家の床柱に、小塚原《こつかっぱら》の磔柱《はりつけばしら》を使っていたそうですから、はじめから自分の末路を覚悟しての悪業であったのでしょう」

「なるほど。……ところで幸田さまは、片岡直次郎という男について何か御存知ではございますまいか」

と、黙阿弥がたずねた。

「片岡？　聞いたことがありませんな、それは何者ですか」

「いえ、その宗俊の仲間といわれたやくざもので、女をひっかけては売り飛ばすだけのケチな悪《わる》ですが。——いや、それは御存知ではございますまい」

「煉瓦。——」

と、また男の子が父の袖《そで》をひっぱった。

「わかった、わかった、坊や」

と、兵四郎が、その肩をたたいた。

「おじさんが煉瓦へつれてってやろう。おじさんとはいやかい？」

行儀がわるいどころではない。小半日の大人の昔話に、十《とお》にもならぬ子がキチンと坐って待っているのを見て、兵四郎は先刻から大感心していたのだ。よくいままで辛抱していたもので、ここらあたりでむずかるのはむりもない。

少年は兵四郎の顔を見て、にこっと笑ってうなずいた。

兵四郎は起《た》ちかけた。

「みなさま、ごゆるりと――私はこのお子をつれて、ちょっと銀座見物にいって参ります」

「いや、聞きわけのないやつで、お恥ずかしゅうございます」

幸田成延は恐縮のていである。

「銀座の煉瓦街――以前から倅めに、ゆこうゆこうとねだられながら、何やらえたいの知れぬ町と化しておるそうで、きょうまでつれて来たこともございませなんだ次第で」

「そういわれると、困りますな。実は私もあまりよく銀座を知らないのですが」

と、兵四郎は頭をかく。

「この男はな、若いくせに文明開化拒否症なのじゃ」

と、御隠居が笑いながらいった。

「いや、ちょうどよい。話も長くなった。河内山の話はまた改めて席を設けて聞くとして、きょうはみな一同で、たいくつさせたおわびにこの子のお守《も》りをして、煉瓦街を見にゆこうではないか？　どうじゃな、黙阿弥、ちと新しいところもとりいれねば、芝居も古くなるぞ」

「元南町奉行さまのお供で煉瓦見物、いや面白うございます」

黙阿弥も笑顔でうなずく。黙阿弥のことだから、いままでに銀座見物にゆかなかったわけはあるまいが。――

かくて、江戸の残光ひときわ濃い四人は、子供をかこんで数寄屋橋を立ちいでた。兵四郎は、幸田の子供の手をひいて。

――この元お城坊主の倅鉄四郎がのちに露伴《ろはん》となる。兵四郎の頭にもう記憶にもないが、いつか新宿女郎屋町の格子の奥にいた男の子、すなわちのちの漱石がやはり同じ年である。そしてまた、この物語から離れて、別の天の視点から見れば、同じ東京の芝神明町に、のちに紅露と並び称された尾崎紅葉が、象牙《ぞうげ》彫刻師赤羽織の谷斎《こくさい》の子徳太郎として同年で遊びたわむれていたはずだし、また遠く四国松山では、後年漱石の親友子規が、松山藩馬《うま》廻《まわ》り役の遺児正岡升《のぼる》としてやはり同年で学んでいたはずだ。すなわち彼らはすべて徳川最後の年の慶応三年生まれで、のちに文学史家が明治文学の水滸伝《すいこでん》的現象だと感に打たれたのもむりはない。

二

今は一種の概念とまで化したいわゆる「銀座」の町の始まりは、自然発生的な日本のほかの町とちがって、まったく一握りの人間の意志によるものである。

もっとも銀座という名は、だれも知るように江戸初期ここに銀座――銀貨鋳造所が置かれたからだが、それも寛政《かんせい》年間に蠣殻町《かきがらちょう》へ移転してしまい、あとは――幕末・明治初頭の銀座を伝える次のような文章がある。

「……京橋は幅三間に過ぎざる木橋にして、これを渡れば銀座一丁目その幅は六間に過ぎざりき。二丁目は人相見、古本屋、屋台店の天ぷら屋、八百屋、荒物屋といった店付《みせつき》なれば、銀座街頭の状態は推知するに足るべし。尾張町を経て新橋に進むに従い、一歩は一歩より場末の景状となり、新橋橋畔には、草履《ぞうり》、草鞋《わらじ》を店頭に吊《つる》せし立場《たてば》の茶屋然たる陋屋《ろうおく》さえありき」

こういう姿の銀座を一変させる機縁となったのが、明治五年二月の大火だ。和田倉門内の元会津屋敷から出た火は、築地から銀座お堀端辺一帯、三十万坪ちかい地域を焼きはらった。このためにそれまであった大名小路も元南町奉行所も焼失し、かくてそのあとに隅老斎の庵が編まれることとなったのである。

しかし、大火は江戸の華以来、東京の名物だ。おそらくふつうなら、それまでの何十ぺん何百ぺんかの火事騒ぎのあとと同じく、賽《さい》の河原の小石を積むような木と紙の貧弱な町を再建して平気でいたにちがいない。しかるに、このときは開化日本の創造に意気高らかな明治の若い新指導者が存在していた。

彼らはすでに洋行して、ニューヨークやパリやロンドンを見て来た者が多かった。その火事以前から、東京を世界の文明国と対等の都市にしたいという意欲は熾烈《しれつ》なものがあったのである。だから彼らはむしろこの大火を奇貨おくべしとして、まずこの三十万坪の焼跡に、煉瓦《れんが》作りの大道と建築物による新都市を作りあげようと発心《ほっしん》したのであった。

その企画の中心人物は、建設方面が東京府知事由利《ゆり》公正《きみまさ》と、財政方面が大蔵大輔《だゆう》井上馨《かおる》であった。

由利はいう。

「日本人は一生働いて、次の代かまたその次の代にはみな灰にしてしまう。何年経ても元の木阿弥《もくあみ》になってしまう。どうかして人間の働きを残して子孫に伝えにゃ立ちゆかぬと考えて、どうか町を煉瓦建築にして、延焼をふせぐためにも道路の幅を拡げたいと思うた。そこで外国の道幅を調べたら、ニューヨーク、ワシントンが二十四間幅で、ロンドンは二十五間であった。であるから銀座大通りも二十五間にしたらよろしかろうといった」

つまり、その都市改造の手はじめに選ばれたのが銀座であったのだ。

かくて、銀座をはじめ焼跡一帯は、やがてお上の手で煉瓦街を作るまで一切各自が本建築の家を建てることは許さぬという命令を下した。それに対する補償などはない。

それどころか、焼かれた民衆のうちには、むろん明日の暮しにも困るものが一万何千人かあり、見るに見かねて横浜の貿易商や外人銀行から義捐金《ぎえんきん》が寄附され、それをもとに相当額の救恤金《きゅうじゅつきん》が集まったのだが、井上大蔵大輔はその一部を罹災《りさい》民に下げ渡したのみで、あとは新市街建設費に組みいれることを主張して譲らないという始末であった。――明治のムチャクチャぶりの好例である。

ちょうど百年後の現在、GNP世界第二とか第三とかいう日本でさえ、新幹線を十本ほど加えるのに国をあげてもめているありさまだ。ましてや維新早々の新政府の財政は火のくるまで、他に巨費を要する緊急の事業は山積していたのだから、大蔵省がこの非人道的なガメッツサを発揮したのもむりはないといえるが、それでなおかつこの煉瓦街建設を発起し、しかも何とかやりとげてしまったのである。

建設の指揮には、英人技師トーマス・ウォートルスがあたったが、それに要するおびただしい資材、例えば煉瓦、セメントをとって見ても容易ならぬ問題であった。当時日本では煉瓦もセメントも生産せず、ヨーロッパから輸入しては費用が大変なものになる。この製造工場を作ること自体が一大事業だったのだ。

それも、何とかやった。

かくて、焼跡にバラックを建てて住んでいる連中を追い払い追い払い、新市街建設は強引にすすめられ、明治六年の半ばには銀座八丁が煉瓦街のかたちを整えるにいたった。——

ただし、由利知事やウォートルスの意図はだいぶ挫折《ざせつ》した。まず大道路そのものが、「二十五間なんて、そんなばかっぴろいものを作ってどうするのだ？」という批判に潰《つい》えて、半分近くの十五間に抑えられてしまった。歩道をのぞくと八間幅である。従って、それとのつり合い上、ウォートルスの三階建の建物をつらねるというプランも二階建てに変更された。必要性の如何《いかん》よりも、日本人の癒《いや》しがたい何事でも矮小化《わいしょうか》してしまう民族性に負けたのである。

しかも計画者にとってもっと大きな打撃は、銀座煉瓦街が出来上ったあとで、思いがけないかたちで来た。

住み手がないのである。

政府の手で作った建物を、坪当り七十五円、全額の三分の一を支払えば即時入居を許す、あとは十ヵ年賦にするという経済的負担に耐えられる者が限られた上に、まったく異質の建築物に住むということに住民たちが拒否反応を示したのである。

流言がはやった。

「あそこに入ると、みんな青んぶくれになって、脚気《かっけ》にかかる」

とか、

「品物はみんな錆《さ》びたり、色が変ったり、カビだらけになってしまう」

とか。――

入居者がないのには、何より政府が参った。煉瓦街が銀座だけでとまって、ゆくゆくは東京全部、少くともあの大火で焼けた区域だけでも煉瓦作りにしたいというその壮図が霧散してしまったのは――計画の推進者である府知事の由利がやがて井上と喧嘩《けんか》して追い出され、ついで井上もいろいろ問題を起して大蔵大輔をやめさせられたこともあるが――それよりも住み手がないという致命的事実のせいであった。

政府は狼狽《ろうばい》し、困惑した。とにかく、空屋《あきや》だらけという状態は解消させなければならない。それから何とか銀座に人を呼ばなければならない。

そのために窮余の策として、空屋を埋めさせたのが――なんと、香具師《やし》のたぐいだ。つまり、興行師、見世物師の一党だ。一方でまた大通りに、柳、松、桜などの街路樹を植え、京橋から新橋へ八十五基のガス燈《とう》をつらねた。

……それでも民衆の煉瓦アレルギーが消えるにはまだ七、八年の歳月を要し、銀座がまっとうな繁華街としての位置を占めたのは、やっと明治十五年ごろからのことになるのである。

こういうわけで、兵四郎たちが出かけていったのは、ようやく異国風の町は出来たものの、そこに住む人間はまさに百鬼夜行という怪異な時代の銀座であったのだ。

三

カーン、カーン、カーン。……

淡紅色に染まりはじめた夕雲に、美しい音が流れた。

「六つ。……」

鉄四郎がさけんだ。黙阿弥も空を仰いで、

「京屋の時計塔でございますな」

と、つぶやいた。

彼らの立っているところは尾張町の辻《つじ》であったが、そこから四丁目十四番地の時計商京屋銀座支店の時計塔——そりかえった欧風の二重屋根をのせ、四面にまるい大時計をはめた白堊《はくあ》円形の塔がそびえて見える。

「あれをあんな大きな音で鳴るようにしたのは、からくり儀右衛門《ぎえもん》だよ」

と、鉄四郎が得意そうにいう。

「おや、坊や、銀座にははじめて来るというのに、よく知ってるな。からくり儀右衛門って、だれだね」

兵四郎がくびをひねって聞くと、少年は、

「時計でもからくり人形でも、船でも大砲でも、何でも発明しちまうんだよ。もうお爺《じい》さんのはずだけどね。本で読んだんだよ。……あ！　たしかこの煉瓦のどっかに店を出してるはずだよ」

と、眼をかがやかしていった。——こういう大人も知らない新知識をすでに仕入れているところから見ても、いかにこの少年が銀座にあこがれていたかがわかる。

彼らは両側の歩道を京橋のほうへ歩き出した。お上の苦心惨澹《さんたん》の努力の甲斐《かい》があって、人通りは結構あった。

尾張町からこちら側は、さすがにちゃんとした店が多い。煉瓦作りの建物は一棟あたり間口平均二十間、表にはずらっと円柱がならんだその上はバルコニーとなっている。一棟には、三軒ないし五軒の店がはいっているらしい。その円柱の奥に垂れているのは日本式ののれんだが、とにかく町全体の統一美はあって、ヨーロッパの田舎町くらいの感じは醸《かも》し出されている。

そういう噂《うわさ》を耳にするのも癪《しゃく》のたねで、いままでこの町へ足を踏みいれることを拒否して来た千羽兵四郎だが、好奇心は人一倍内包しているたちなので、歩いていると、だんだん眼つきが少年鉄四郎と大差ないものになる。

……こりゃ、まるでお上りさんだな。

彼は苦笑した。

「ここをちょいと見よう」

と、御隠居がいった。

「天絵舎《てんかいしゃ》画展」

という大看板がぶら下がった店の前であった。

「たしかにここに、高橋由一《ゆいち》という西洋絵かきの絵がかかっておるはずじゃ」

そんなことを知っているところを見ると、隅の御隠居さまも銀座の消息にはなみなみならぬ関心があるらしい。

はいると、洋燈《ランプ》がいくつか天井からぶら下がり、煉瓦《れんが》の壁に十何枚かの油絵がかかっている。

それまでの浮世絵などの観念からすると、決して美しいとはいえない「花魁《おいらん》」の図の迫真力もさることながら、それとならべられた「鮭《さけ》」「豆腐と揚げ」「なまり節《ぶし》」「反物《たんもの》」「読本《よみほん》と草紙」――など、いずれもあくまで在来の日本の材料を使い、それだけに、

「……これ、絵？」

と、鉄四郎が思わず手を出して触れようとしたくらいの生々《なまなま》しさであった。

「高橋由一は元佐野藩の剣術師範の出《で》と聞いたが、ようもこう西洋の画技に習熟したもの

じゃの」

「まことにたいしたものでござりますな」

「売物にあらず、とある。西洋画の宣伝《ひろめ》のためであろうかの」

御隠居と黙阿弥も長嘆して私語している。

そこを出て、京橋近くまで歩く。ただ見物の通行人の中に、新しいたたみや襖《ふすま》をかついで出入している職人の姿が目立つ。どうやらめでたく入居者があったと見える。その中で黙阿弥は、中年の職人につかまって、挨拶《あいさつ》されていた。

「驚きました。ほんのこのあいだまで大道具をやっていた男が、いま大工になってるそうで」

と、黙阿弥は笑いながら一行に戻って来た。

「それがね、その前は元彦根《ひこね》藩のお侍だったという男で、大道具のほうはからっきしぶきっちょの役たたずでございましたが――この煉瓦地の造作《ぞうさく》変えにゃ、お歯に合わねえってんで逃げ腰になる棟梁《とうりよう》が多いそうで、何とか商売になりますと笑って申しておりました」

「そういえば、この町そのものが芝居の大道具じみておるの」

と、御隠居も一笑したが、兵四郎をふりむいて、

「ほほう、元彦根藩士が煉瓦街の大工とな。元佐野藩の剣術使いが西洋絵師、そしてお城坊主が大蔵省の役人……新しい世に、みな蟬《せみ》みたいにぬけ変ってゆく。変らぬからをつけておるわしたちは、何やら恥ずかしいの、兵四郎」

と、いった。兵四郎は赤面した。

京橋近くで、東側に渡る。ここに例の上田馬之助が決闘したという料亭松田屋があって、その後いよいよ繁昌《はんじょう》しているらしく、赤、青、藍《あい》など市松模様のビードロ障子で開化ぶりを誇っていた。こんどはまた尾張町のほうへ歩く。

「あ……ここだ、からくり儀右衛門！」

と、鉄四郎がさけんだ。

二丁目の煉瓦の一画――一軒あたりの店をまた三つくらいに分けて、何とか代言人《だいげんにん》事務所、英語稽古《けいこ》所とならんで、

「万般の機械考案の依頼に応ず。田中近江大掾《おうみだいじょう》」

という看板がぶら下げられていた。

鉄四郎がそれを発見したのは、その看板の文字が読めたというより、例の予備知識があったからだろう。

細長い店の両側の棚に、無数にならべられているさまざまの置時計、からくり人形、船の模型――こちらにはそれくらいしかわからない。あとは何が何だか用途不明の器械類で、しかもそのほとんどが新製品ではなく、古びた鈍い光をはなっている。

「ああ、品物に手をふれちゃいかん」

しゃがれた声がかかった。

「そりゃ、みな修繕を頼まれた預り物でな」

いちばん奥に、机の上に洋燈《ランプ》をひくく吊《つ》って、天眼鏡で何やら金属製の細工物をのぞきこんでいた老人であった。頭は禿《は》げ、白い天神ひげを垂らし、ぶよぶよ肥《ふと》っているが、こちらに向けた眼は炯々《けいけい》とひかっている。

ほ、これがからくり儀右衛門か。――と気づくと同時に、兵四郎たちは、そのうしろの壁に貼り出された大きな肖像画に眼を吸われた。

ほとんど等身大――しかも、日本ではなく、まるで現実の人間そのままの精密な油絵であったが、それより黒紋付にひげをはやしたその人物の顔にどこか見憶《みおぼ》えがあった。

「……あれは江藤司法卿《きょう》ではありませんか」

恐ろしげに、幸田成延がささやいた。……司法卿江藤新平が叛逆《はんぎゃく》罪に問われて佐賀で斬られ、梟首《きょうしゅ》されたのは約一年前のことだ。

「御老人」

と、隅の御隠居がしずかに呼びかけた。御隠居がひとを老人と呼ぶのはおかしいが、しかし相手は八十ちかい年齢に見えた。

「江藤卿とはお知り合いかの」

どんなへそ曲りでも素直に答えさせずにはおかないような元南町奉行駒井相模守独特の調子であったが、からくり儀右衛門は無造作にうなずいた。

「ああ、郷里の英雄でござるでな」

「御老人は佐賀か」

「江藤卿は佐賀、こっちは久留米《くるめ》でござるが、明治の御代《みよ》となっては、ま、同じ国でござるわい。……おお、あのお子は、こんなからくりがお好きか」

からくり儀右衛門は、大人たちには全然興味がないらしく、鉄四郎の姿にはじめて気がついたようで、急に雪のような眉《まゆ》の下の眼をほそめた。

「坊や。……おいで」

鉄四郎が寄ってゆくと、老人は机の下から小さな四角な木箱をとり出し、そのふたをひらいた。

すると、そこから——みながいちども聞いたことのない美しい旋律が——あきらかに異国の音楽がながれ出した。鉄四郎のみならず、兵四郎たちもぎょっとして立ちすくんだ。

「……坊や、ごらん。実はこういうからくりになっておる」

箱の中のもう一つのふたをはねあげると、中で無数の刺《とげ》のついた円筒がまわりながら、櫛《くし》のような金属片を打っているのが見えた。

「こりゃオランダでオルゲルというが、こわれておったのをわしが直したから、自鳴琴と名づけた。……どうじゃ、面白いじゃろ」

それが一曲を奏し終るまで、大人たちも口をあけて聞き惚《ほ》れていて、やがて外にガス燈《とう》がともったのに兵四郎が気がついたのをしおに、夢見心地で外に出た。

「兵四郎」

「は」

「煉瓦拒否症の感想はどうじゃ」

と、御隠居が笑いながら話しかけた。

「高橋由一の絵といい、田中儀右衛門とやらのからくりといい——どうも、新しい文明は、やっぱりここから発生して来るようじゃな」

……まさにその通り、高橋由一の写実絵からやがて明治の洋画が発展してゆき、からくり儀右衛門の工場からのちの芝浦《しばうら》製作所——いまの東芝《とうしば》が発生して来るのである。

「兵四郎、わしは少し銀座にいかれて来たぞよ」

「その新しい文明とやらが……」

と、兵四郎はにがい顔をしたが、声にどうやら力がない。

もっともそれは、いままで見物したことどもに感心したというより、いまげんに、眼前につらなるガス燈の壮観に眼を奪われたせいでもあった。

「ああ、まひるみたい！」

と鉄四郎がさけんだ。それで気づいてふり仰ぐと、晩春の長い日の空も、いつのまにやら暮れつくしている。

彼らは酒も飲まないのにいささか酔っぱらったようになって、また尾張町の辻《つじ》に戻り、それから新橋のほうへ歩きつづけた。

京屋の時計塔が七時を告げていた。

煉瓦《れんが》地になる前の銀座が、「新橋に進むに従い、一歩は一歩より場末の景状となり」と描写されたのはすでに紹介したが、その傾向は煉瓦地になっても変らない。いや、噂をきいた幸田成延が「えたいの知れない町」といったのは、まさにその通りであった。店の格は落ち、あっちこっちに歯のぬけたように空屋《あきや》が残り、また評判通りに見世物がはいっている。熊の興行、犬の踊り、猿芝居、軽業《かるわざ》、貝細工の人形、砂絵師、海坊主のかっぽれ、化物屋敷。――街燈の下には、講釈師が席を出しているし、居合抜が口上を述べている。

「……こりゃ、何のことはない、浅草の奥山じゃないか？」

と、兵四郎は呆《あき》れかえった。

街道は暗い。さっき鉄四郎がまひるみたいといい、大人たちもそう感じたことは事実だが、それは江戸時代と同じに暗い暗いほかの町とくらべてのことで、実は、のちの青く明るい白熱燈とちがって、去年の暮についたばかりのガス燈は、ガラスの中で蠟燭《ろうそく》みたいな炎を出して、毎立方呎《フイート》のガスあたり一燭光《しょっこう》という程度のものであった。しかも、同じ街燈のともっている尾張町の向う側より何だか一帯赤ちゃけてけぶっているように見えるのはこの怪しげな町のたたずまいのせいにちがいない。

「これはいかん。こっちはやめましょう」

幸田成延が鉄四郎の手をひいて逃げ腰になったのは、七丁目あたり、路地の銘酒屋から出て来たらしい首の白い女たちが、

「お寄りなさいよう、おひげさん」

「ちょいと飲んでいらっしゃい」

と、呼んでいるのを遠望したからであった。

が、そういった幸田成延は、御隠居たちがじっと大通りの向う側を眺めているのに気がついて、そのほうを見て、これまた息をのみ、やがて。――

「あ、あれは、河内山宗俊。――」

と、うなるような声を発した。

黙阿弥がふりむいて、これも奇声をあげた。

「な、なんでございますと？」

四

――昔なら、日の暮れたこの時刻、そんな見世物の興行が成り立つわけはなく、ひとえにガス燈と洋燈《ランプ》のおかげにちがいない。

とはいえ、どうしても肩々《けんけん》相摩す雑踏とはいえない向い側の一棟の前は、そこだけ相当な人だかりであった。その人々の頭上に、一人の男の姿が見えた。どうやら四尺ほどの高さの台に坐《すわ》っているらしい。ちょうど前にあるガス燈に照らされて、こちらをむいている顔は、さあ、六十年輩だろうか、みるからに魁偉《かいい》な入道頭であった。

「あれが、河内山？」

「いや。……」

と、幸田は苦笑した。宗俊は五十年以上も前に死んだ男だ、ということを思い出したらしい。

「先刻、その話をしておりましたろう。いや、実は亡父から聞いた河内山の風貌《ふうぼう》が、あれにそっくりなので、つい思わず――」

「へえ？」

「父が、ですな、柳橋で舟遊びをしたとき、やはり芸者をのせて遊んでいる宗俊の姿を見たことがあるそうです。色白で、たっぷり肥った入道頭、それがいちめんに野ざらしを染めた白縮緬《しろちりめん》の単衣《ひとえ》を着るという凄《すさま》じい姿で、ちょうど宗俊が獄死する一年前の夏のことであったと申します。……」

「ほほう。……」

「さきほどもその姿が頭にあったのですが……あそこにいる男、それにそっくり、しかもどうやら同じくどくろを染めた白い単衣《ひとえ》を着ているようではありませんか。……」

その男は、口を真一文字にむすんだまま、群衆を見おろしていた。幸田は首をかしげた。

「もっとも私だって河内山の顔などは知りません。衣裳《いしょう》が似ているのは偶然でしょうが、しかし、あれは何の見世物でしょうかな」

「いって見ようか」

と、御隠居がいって、大通りをわたりかけた。

「ちょっと。……」

ふいに兵四郎が呼んだ。ただならぬ顔色であった。

「あそこに、六尺棒を持った例のポリスがおります」

彼は、御隠居にささやいた。

「おう」

御隠居も眼をまるくした。その見世物のはいっている煉瓦《れんが》作りの一棟の町角に立っているのは——いかにも、いまは御隠居も知っている棒術の名人というあの巡査であった。

「おや、ほかにもまだ巡査がおるぞ。路地の向うにもチラと影が見えた。はて、何を見張っておるのじゃろ？」

「まさか、私じゃありますまいな」

「いや、こっちを見てもおらぬよ。……おまえはちょっとここでようすを見ておれ。わしたちだけでいって見よう」

何か？　という風にこちらをふりむいている黙阿弥と幸田父子を促して、隅の御隠居は大通りをわたって向う側へたどりついた。

そのとき、ぴしいっという音がした。

例の入道頭が——果せるかな、彼は建物の外側に座蒲団《ざぶとん》をしいた高い台を置いて、その上にあぐらをかいていたが、その前にもう一つ叩《たた》き台《だい》が置いてあって、それを手にした竹《たけ》鞭《むち》で打ったのである。その台は賽銭箱《さいせんばこ》みたいになっていて、「観覧代一銭」と書いてあった。

「これは昔のことならず、今の地獄の話なり。……」

と、彼は錆《さび》のある声で、重々しい一種の声調でうたうようにやりはじめた。

「時は明治の御代《みよ》はじめ、錦旗《きんき》にそむきしみちのくの、末路はあわれ南部藩、降参いたしてよりのちは、首代捧《ささ》げるより罪は、のがれる法もなかりけり。……」

人々は、窓に向って首をならべていた。

その煉瓦の一棟は、その見世物がいちばん端にあり、あとはまだ空屋《あきや》のようであった。とにかくバルコニーの下は柱がならんでいて、天然自然に観客席になっている。幾つかの窓は、外びらきの戸があいたままになっていて、その代り全部板でふさいであった。その板にまるい穴が数個ずつあいて、穴の数だけ人々はそれに眼をあてて、内部をのぞいているのである。

「首代、実に百万両、ふるさと寒き南部藩、さかさにふっても出る血なく、途方にくれて横浜の、異人にすがりて借金の、いちどは判をつきたれど、これは皇国《みくに》の恥なりと、藩士一同馳《は》せまわり、別に首代作りけり。……」

書けばこれだけの分を、ときどき鞭の音をいれながら、実に長ながとふしをつけていう。窓の穴から何か見えるらしく、見ている人々の横顔は相当に感動的であった。「見たい、父上、早く、見たい」と、鉄四郎は足ずりした。「待て待て、この次じゃ」と、幸田がたしなめている。

「のぞきからくりか」

と、御隠居はいった。

「左様らしゅうございますな。しかし、変った演題で」

と、黙阿弥は首をかしげて、入道頭のほうを見ている。

「胸なでおろすひまもなく、違約は二万五千両、出せといわれて証文を、見れば墨あと怖ろしや。……」

入道は声はりあげた。

「ここに領内尾去沢《おさりざわ》、世にも名高き銅山の、あるじは村井茂兵衛《もへえ》どの、商人《あきゆうど》なれど殿さまの、御恩かえすはこのときと、なげ出す二万五千両、藩に代って払いけり。……」

「これは。――」

御隠居はぎょっとして、眼を横にやった。角に立っている巡査のほうを見やったのだ。黙阿弥が変った演題といったのは、さすがに最初の一節からよく見ぬいたもので、人々が怖ろしく熱心にのぞいているのは、そののぞきからくりが「時事問題」を題目としているせいらしかった。

しかし、それればかりではなかった。実は御隠居たちは一銭ずつ払って、二回目の分を見たのだが、見物して眼を見張り、息をのんだ。

「金捧げしは村井なり。さるにこのとき証文に、内借二万五千両、藩御中《おんちゅう》と書きたるは、三百年の君臣の、南部のならいぞ是非もなき。これが義侠《ぎきょう》の商人の、地獄の門となろうとは」

　ぴしいっと鞭が台をたたく。

「さても明治の大蔵省、廃藩置県のそのあとで、南部の数ある証文の、中にこれをぞ見つけたり。さっそく村井を呼び出して、借財奉還命ぜらる。村井はおどろきその実は、かようかようと陳弁す。借り証文を貸したとは、言語道断ふとどきの、素町人めとお叱りの、あげくは財産差押え、どうじゃどうじゃと責めはたく、非道は三途《さんず》の奪衣婆《だつえば》か。……」

　御隠居たちは見た。——土下座している老町人を足蹴《あしげ》にしているひげの役人を。それがぱっと変ると、三途の川の亡者から衣類をはいでいる奪衣婆に変る。顔は、町人と亡者、役人と奪衣婆が同じである。

　のぞきからくりという見世物は、旧幕のころからあった。穴からのぞかせるのは、別世界にひきいれるためで、御隠居の幼時見たものは、絵は大津絵風、ときには立体感を与えるために押絵風になったものもあったが、穴にビードロもはめられていなかったようだ。それが幕末、鏡玉《レンズ》というものがはいって来てから、近いものを遠くに見せたり、遠いものを近く見せたり、俄然《がぜん》迫真力と幻怪感を増すことになった。

「村井が積年血と汗で、ひらきし銅山《やま》も競売の、憂目《うきめ》にあいしぞ無惨なれ。……」

　いま見るのぞきからくりの穴には、むろん鏡玉《レンズ》がはめられている。しかも、驚くべき精巧なものであるらしい。——向うに見えるのは、大津絵でもなければ押絵でもない、まるで生きているとしか思えない等身大の絵だ。動かないからはじめて絵だとわかるほどで、御隠居たちが眼を見張り息をのんだのは、まったくその迫力のためであった。隣りで見ていた鉄四郎などは、いちど変な声を出して、穴から顔をそらしたくらいだ。それを抱きあげてのぞかせているのをだれかと見て、御隠居は眼をまるくした。それは千羽兵四郎であった。いつのまにか大通りをわたって、こっちにやって来ていたのである。

「兵四郎、大丈夫かな」

「は、どうやら、ひげの巡査、まだ私を知らないようです。むき出しの顔はまだ見せたことはないので」

それにしても、不敵なやつだ、と不安がるひまもない。入道の語りはつづく。

「黄金《こがね》ならねど銅《あかがね》の、宝の山を手にいれし、人はだれぞやこはいかに、村井の陳弁聞かざりし、大蔵省の大輔《だゆう》とは」

絵は、ぱっぱっと変る。入道が片手で綱《つな》のようなものを動かしているところを見ると、その綱が建物の中につながっていて、それで絵が変るからくりになっているらしい。その絵が、右の語りをいちいち具象化したものなのだ。

「ここに正義の司法卿、怒りて汚吏を追い給う。ああ天なるか命なるか、日輪消ゆる佐賀嵐、悪運つよき悪者は、いのち永らえ生き残り、銅山《やま》に立つ札折れもせぬ、所有は大蔵大輔なり。……」

ポリスが見張っているのは、あきらかにこののぞきからくりそのものだ、と思うのが当然である。それにしても、よくこれを黙過しているものだ。——と、奇怪に思いつつ、なお絵に眼を吸いつけられる。

「罪なく山を奪われて、追われし村井一族の、運命《さだめ》は哀れ落魄《らくはく》の、茂兵衛が縊《くび》れしそのあとは。……」

老町人が首を吊《つ》っている絵が出て、鉄四郎はまた悲鳴をあげて眼を離した。

「シャケじゃ！」

と、御隠居も変な声を出した。ぴしいっ、とまた鞭が鳴った。

「舞いちる一家のなれの果て、神も仏もないものか、みなさまよっく御覧あれ、村井の娘のその姿。……」

穴に顔をあてていた見物たちが数秒後どよめいた。

穴の向うには、一人の花魁《おいらん》が坐《すわ》っている。かんざしをつらね、うなだれて、濃艶《のうえん》といわんか、哀艶といわんか、この世のものならぬひかりにつつまれて。――背景はいままでとちがって煉瓦《れんが》の壁だが、むろんだれもいままで通り絵だと思っていた。しかるにこのとき、その花魁が顔をあげてにいっと笑ったのだ。それは一つの衝撃であった。

「これは昔のことならず、今の地獄の話なり。……お望みならば一夜妻、どうぞやお買いなされませ。……」

錆のある声は、哀調の尾をひいてとぎれた。

見物人たちは、がらんとした、それだけに陰惨な煉瓦部屋のまんなかに一人坐っている「生ける花魁」に魂を奪われている。その花魁が、そばの行燈《あんどん》に顔を寄せて、ふっと灯を消すと、穴は真っ暗になった。

「これで今日はお別れ申します。おありがとうござります」

と、入道はあたまをひくく下げ、台から下りた。

いつのまにか往来に、一台の人力俥《じんりきしや》と大八車が来ていた。それらを曳《ひ》いて来た、饅頭笠《まんじゆうがさ》をかぶり、股引半纏《ももひきはんてん》の三人の男のうち、二人が建物の中にはいってゆき、一人は、入道の坐っていた台や叩き台を大八車にのせるのにかかり、あとの二人が家の中から窓の板をはずし、窓をしめ、その板や何やら箱を運び出して来た。二人で何とか持てるほどの量である。

それから——いまの花魁が出て来た。

それがやはり生きている女であった。矢ぐるまのようなかんざしにふちどられ、きらびやかな裲襠《うちかけ》をひいて、しずしずと出て来ると、ユラリと人力俥に乗り、それを一人の男がひいて、幻みたいに銀座の向うへ——尾張町のほうへ消えてしまった。美しいことも幻のような美しさであったが、消えることもまた幻のごとくであった。

「な、なあんだ、買ってくれといったくせに、いっちまったじゃあねえか。……」

と、口あんぐりとあけてあと見送った見物人のうち、一人が拍子ぬけしたようにさけんだので、みな笑った。

「お望みならば、どうぞ明晩またいちど。……」

入道は笑って、まず一礼して、建物の扉に鍵《かぎ》をかけると、大通りを歩み出す。墨色のぼかしの中にしゃりこうべを染めた白い単衣《ひとえ》の袖《そで》をひるがえし、香具師《やし》と知らなければ、みなぎょっとするような姿であった。

その間に、二人の男は、運び出した荷――いままで見せたからくりの道具一式であろう――を大八車に乗せ、一人が曳き、一人があと押しして、入道の去った尾張町のほうへ、これまた消えてゆこうとする。

「なんだこりゃ。……まるで夜逃げみてえな早わざだな」

「賽銭箱は忘れねえで持っていっちまいやがった」

呆《あき》れたようにがやがやささやく群衆の空を、このとき京屋の時計塔が、八つのひびきを送って来た。

「ああそうか、見世物の時限は八時だったなあ。……」

みな、それでわれに返ったように、三々伍々《さんさんごご》と動きはじめた。銀座の見世物は八時に終るようにというお布《ふ》れが出ていたことを思い出したのである。気がつくと、そのたぐいの店は、どこも灯を消しはじめている。

「兵四郎」

御隠居があごをしゃくった。

それまで棒立ちになっていた兵四郎は、ちらっと棒の巡査のほうを眺め、それから大八車のあとを追い出した。

兵四郎が棒立ちになったのもむりはない。御隠居はすでに気づいていたが、いまの大八車をあと押ししていったのは——いつぞや、めがね橋で肥後の壮士と決闘し、兵四郎といっしょに逃げたあの東条英教《ひでのり》青年だったのである。彼らを追いかけたのが、そこにいる髯《ひげ》のポリスだが、いまは夜のことではあり、饅頭笠をかぶり、まったく人夫みたいな姿に変っていたので、これは気がつかなかったようだ。

「お奉行さま」

と、黙阿弥がささやいた。

「お奉行さまはやめてくれんか」

と、隅の御隠居さまは苦笑する。しかし、つぎに黙阿弥が聞いたのは、まったく意外なことであった。

「さきほどお奉行さまは……いえ、御隠居さまは、シャケじゃ、とかおっしゃったように聞えましたが、あれは何のことでございます？」

「おお、あれか。あのとき、首を吊った老人の絵が出たろう？　あれが……それ、先刻見た高橋由一の鮭の絵、えらから口へ縄を通されてぶら下げられておる塩鮭の絵そっくりに見えたからじゃよ」

ふいに御隠居は考える眼つきになった。

「そういえば、いまの花魁も……顔は本物のほうがはるかに美人じゃが……高橋のかいた花魁そっくりであったぞ。いやいや、ぜんたい、いまのからくりの絵のすべてが。……」

兵四郎が駈《か》け戻って来て、小声で報告した。

「やはり、あの青年でした。私に呼びとめられて、向うも大いに驚いたようで……陸軍にはいる意志に変りはないが、ただ南部人として、この一件ばかりはお見逃しを願う、と必死の眼いろでござった。……」

「南部人として？　おお、尾去沢の件は、南部藩にからまることであったな」

御隠居はうなずいて、大通りをわたり出した。

「何にせよ、こっちもここに長居は無用じゃ。とにかくあっちへゆこう」

彼らはもと通り、東側へ移って、これまた尾張町へ歩き出した。

黙阿弥はともかく、幸田父子は、御隠居や兵四郎の異様な挙動には気づかず、それよりいま見たのぞきからくりの生々しさに、父は父なりに、子は子なりに、それぞれなお魂を置いて来たような顔をしていた。

九つの鉄四郎がつぶやいた。

「怪しやな。……」

「あの巡査はこっちに眼もくれませんな」

と、兵四郎がささやく。

「さあ、それがふしぎじゃて」

と、御隠居はうなずく。

「あれらは、あののぞきからくりを監視しておるものとばかり思うておった。あれは、ともかく政府の大官への誹謗《ひぼう》じゃ。それを堂々とやるやつの度胸もさることながら、あのポリスども、見て見ぬふり、聞いて聞かぬふりをしておった。……」

御隠居はふりむいた。

「きゃつら、まだあの角に立っておる。からくり師はおろか、見物人ももう一人もおらぬのに、いったい何を見張っておるのか？」

狐につままれたような顔で、兵四郎たちはそこから遠ざかっていった。

だから彼らは、その煉瓦の建物の中で、あとで起った一惨劇を知らなかった。——

五

——八時半から、九時にかけての時刻であったろうか。

その一棟の周囲には、五人のポリスが徘徊《はいかい》していたが、彼らのうち、一番端ののぞきからくりの見世物のあった横の路地に立っていた油戸杖五郎巡査は、奇妙な三味線のような音を聞いた。

実は彼らは、それを待っていたのである。それを待って、彼らはいままでそこに立っていたのである。

十日ばかり前からここにかかるのぞきからくりの件については、すでに報告されていた。その内容が甚だ穏《おだや》かならず、いかが処置いたしましょうかという照会に対し、なに思ったか川路大警視は、しばらく放っておけ、といった。

ところが、三、四日前、これにつづけてもう一つ届け出があった。その一棟と路地をへだてた隣りの棟の中の店――古着屋の後藤吉蔵なる者からの交番への訴えだが、夜、そののぞきからくりのはねたあと、路地で三味線の音《ね》が聞えるというのだ。すぐそばで聞えるようなのだが、ちかくに三味線をひいている店もなければ、人もどこにも見当らないというのであった。

そこで、二日前、交番の巡査が、その時刻そこへいって見た。すると、たしかに聞える。――聞いたこともない奇妙な節《ふし》の三味線の音《ね》が、のぞきからくりは終り、人々も散った夜ふけの路地に、ボロロン、ボロロンとながれる。――巡査は水を浴びたような思いになった。

かくて、警視庁から、油戸巡査、藤田巡査ほか三人の出動とはなったのである。そして、彼らもたしかに聞いた。――

「――き、聞えたぞっ」

最初に顔をあげたのは油戸巡査であったが、同僚を呼びながら、彼は「はて、これはどこかで聞いたことがある節だぞ。――」と、なお耳をそよがせていた。

前々夜聞いたという交番の巡査は、いちども聞いたことのない奇妙な節といったけれど。――

「あれじゃないか？」

油戸巡査は、はたと思い当った。南部地方のわらべ唄《うた》「子牛《べご》コ三匹」という唄だ。仙台出身の油戸杖五郎は、国が近い関係で、幼時からなんどかそれを聞いたことがある。

「上《かみ》から上からべごコ三匹下《くだ》った
　さきのべごコも物知らず
　あとのべごコも物知らず
　中のべごコは物憶《お》べて
　堂のあたりに花撒《ま》いて……」

むろん、そんな唄声《うたごえ》は聞えない。が、まるでそのユーモラスで哀調のあるわらべ唄が聞えてくるような節《ふし》まわしが、三味線にのって流れて来る。

駈けつけて来た四人の巡査も聞いた。そして、三分ばかりでその音は消えた。五人の巡査はうなされたような顔を見合わせた。

どこからその音が流れて来たのか、遠いようで、近いようで、まるで見当がつかないのだ。

……やがて、

「やはり、この中じゃな」

と、藤田巡査がうめいて、のぞきからくりのはいっていた一棟を指さした。くびをかしげる者もあったが、そう見るよりほかはない、という結論に達した。

「はいって見よう！」

と、油戸杖五郎がいった。

なお、三人を外に立たせ、油戸巡査と藤田巡査は、扉はひらかないので、窓の一つを破って中にはいった。藤田巡査は用意して来た角燈をかざしていた。そして二人は、そこに一つの屍体《したい》を発見したのだ。

がらんとした煉瓦《れんが》作りの部屋のまんなかに、腹かっさばいて、まさに血の海の中につっ伏している中年の男を。しかも、右手に匕首《あいくち》をつかんでいるのはいいとして、屍骸《しがい》は左手に一さおの三味線をぎゅっと握りしめていたのだ。撥《ばち》は血の海の中に落ちていた。

「こやつが、いま三味線をひいておったのか？」

「それにしては――屍骸がもう冷たいぞ。……」

二人はささやき合った。

「では、からくり師たちが？」

もともと怪しげなやつらだ、と見ていたのだから、この疑いは当然であり、やがてこの屍骸の正体が判明してからさらにその疑惑は重大なものとなったのだが、にもかかわらず、捜査の結論からいえば、この嫌疑は打ち崩されたのである。調べれば調べるほど、事は奇怪の相貌《そうぼう》を濃くして来たのである。

――というのは。

ほんの四、五十分前、おびただしい見物人が、ここに例の花魁《おいらん》が坐《すわ》っていたのを見たのである。ちょうど部屋のまんなか、この屍骸のあるあたりに。

そのときは屍骸など、むろんなかった。こんな凄《すさま》じい流血もなかった。それは見ていた人間が多いだけに、まちがいのない事実であったのだ。

してみると、これはからくり師たちが去ったあとに発生したと見るよりほかはない。――からくり師たちが去るときに運んだとか、素早く人間一人片づけてあとに残したということは考えられない。あのときこんなものをかつぎ込んだ形跡はないし、こんなことをやるひまもなかった。彼らはまさに興行制限時刻ぎりぎりに、風のごとく去ったのである。

では、その後？――と考えて、油戸巡査たちははたと立往生してしまった。

調べにつれて彼らはうなり出したのだが、その一棟の煉瓦建築は完全に無人であった。もともとからくり師たちの借りていた一劃《いっかく》以外は空屋だったのだが、その一劃は四面煉瓦の壁に区切られて、隣りや裏へ通じる扉には錆《さ》びた錠がかけられ、二階に上ったところの扉もまた然《しか》りであった。だいいち、階段そのものが、積もった埃のようすから、ここを上下したもののありそうにもないことがたしかとなったのだ。

しかも、その日夕刻からそのときまで、建物のまわりには五人の巡査が、文字通り聞耳《ききみみ》をたて、眼をひからせて見張っていたのだ。とくに、からくり師たちが去ったあと、そこに出入した者が一人もいないことは、彼ら自身保証しないわけにはゆかなかった。――にもかかわらず、屍体は忽然《こつぜん》と湧き出した。その場で死んだとしか思えない血の海の中に。しかも、その直前まで聞えていた三味線の発生源としか考えられない三味線をつかんで。

彼はいったい何者であったか。

それが判明して、世人は衝動した。屍骸は、前大蔵大輔《だゆう》井上馨《かおる》の用人で、現在は井上にまかされて尾去沢銅山の経営にあたっている岡田平蔵なる人物であったのである。

六

維新の激浪を越えて、人間が下落したのは敗者ばかりではない。勝者もまた下落した。

その代表的なのが井上馨《かおる》だ。

「その前」は、桂小五郎や伊藤俊輔《いとうしゅんすけ》の盟友たる勤皇の志士として、いちどは刺客のために瀕死《ひんし》の重傷を負うなど文字通り血風の中に奔走《ほんそう》した人物が、「その後」は、金のためには手段を選ばぬ貪官《たんかん》の典型という汚名を千載《せんざい》に残すことになった。

もっとも彼としては、下落したつもりではなかったかも知れない。彼には彼なりの目標なり信念なりがあって、そのためには周囲に頓着《とんちゃく》なく辣腕《らつわん》をふるうことを辞さないという性格だったのであろう。それにしても、明治の大官でありながら、やることが傍若無人に過ぎた。

その一例が尾去沢銅山の強奪だ。

尾去沢銅山は、秋田県鹿角《かづの》郡にあるが、旧幕時代は南部藩の持物であった。

さて戊辰《ぼしん》の年、朝敵となった南部藩は、新政府から七十万両——のぞきからくりの男は百万両といったが——の謝罪金を命じられた。南部藩はすぐには調達することが出来ず、尾去沢銅山の経営にあたらせていた藩の豪商村井茂兵衛を介して、銅山を担保に、いちどは横浜の外人商社から七十万両を借り出すことになった。が、一国の銅山を異人のものにしてはいかがあらんと再考して、必死に別途にこの金を調達したのである。で、右の契約はとり消しとなったが、そのとき外人商社に二万五千両の違約金を支払わなければならないという問題に逢着《ほうちゃく》した。

やむなく村井茂兵衛は、借金してこの金を自分で作ったのである。南部の豪商として、藩に対する恩義を思えばこそであった。しかもこのとき藩に対して、「一金二万五千両也《なり》。右内借したてまつり候こと実証なり」という証文を出した。大名たるものが領民から借金することはあり得ない、これは藩から借りて村井が支払ったのであるというかたちをととのえるためで、実に馬鹿げた話だが、それまで類似の場合における南部藩の慣例であり、またそれで問題が起ったことはなかったのだ。

しかるに明治四年、廃藩置県のあと、各藩の債務債権の調査にかかった新政府の大蔵省が、南部藩の書類の中にこの証文を見つけ出し、村井に向ってただちに二万五千両の返納を命じた。村井茂兵衛は出頭して右のいきさつを説明した。旧南部藩のほうでもそれに相違ないことを弁明した。

大蔵省は了承しなかった。それは村井と南部藩なれ合いの政府へのごまかしであると断じ、村井家に対して財産さしおさえの処分に出た。その中に尾去沢銅山もはいっていたが、やがてこれを競売に付し、岡田平蔵という人物に指名入札させてしまった。

この岡田平蔵が、長州の商人で、大蔵大輔井上馨の用人とも目される男であった上に、入札した銅山は二十年賦無利息ということにしたから、井上の傍若無人もまたきわまれりというしかない。

あまりのむちゃくちゃぶりに、司法卿江藤新平が起《た》ちあがった。やがて井上は大蔵大輔を辞するのやむなきにいたり、しかもなお江藤は、井上が悲鳴をあげるほど追及した。

そのときに江藤は、征韓論《せいかんろん》のことに坐《ざ》して司法卿をやめ、佐賀に去って叛徒《はんと》たるべき運命をたどったのである。天の助けか、魔の救いか、井上は窮地を脱した。

尾去沢銅山には依然として、いや、いよいよ鉄面皮に覆面をかなぐりすてて、「従四位井上馨所有」と書いた標木が立っていた。

そして、これを非道とする南部領民、ひいては銅山の人足たちが陰に陽に抵抗するのに対し、岡田平蔵は仮借《かしゃく》なく鞭《むち》をふるい、現在野《や》にある井上馨もしきりにみずから往来して収益をあげるのに余念もないという噂であった。

――その岡田平蔵が、東京の銀座で屍骸となって発見されたのである。

その後わかったところによると、井上の山代官ともいうべき岡田平蔵は、事務連絡のため一ト月ばかり前から東京に帰っていたということであったが。――

「大警視」

と、井上馨はひげをふるわせていった。

「岡田を殺した曲者《くせもの》をなぜつかまえんか。きゃつら、不敵にもまたおとといから、銀座の同じところで同じのぞきからくりをやっとるそうではないか！」

井上はこのとし四十歳である。年齢は一つだけ上だが、経歴の華やかさは、地味な川路利良の比ではない。私欲のために手段をえらばないのも、それに驕《おご》ってのことというより、天性のわがまま、感情のはげしさから来るものと見たほうがいいようで、それがむき出しの凄じい血相となっている。

右頰の深い傷痕《きずあと》は聞多《もんた》時代、刺客にメッタ斬りされた名残りの一つである。

彼は尾去沢事件などでいちじ官を辞していま野《や》にあるが、たまりかねてみずから雨の中を馬車で警視庁に乗り込んで来たのであった。岡田平蔵が怪死をとげてから七日目のことだ。

ちょうど日曜日《ドンタク》であったが、警視庁にも川路大警視にも日曜はない。——

井上は、あの日の午後四時ごろ、岡田が、銀座で興行されているというけしからぬのぞきからくりを糺問《きゅうもん》してくれるといって出かけたことを告げ、その岡田が切腹などするわけはない、とわめいた。

「そもそもあのようなのぞきからくりをどうして警視庁は黙認しておったのか。尾去沢の件に関し、荒唐無稽《こうとうむけい》のからくりを世人に見せるやつをとっちめにいった人間が、その場で急死したとあれば、下手人はそやつらにきまっておるではないか。なぜつかまえん？」

「そいが、そうとも言えんのでごわす」

川路大警視はいった。

「からくり師を訊問《じんもん》しもした。が、まったくあずかり知らんと言いもす。……」

「あたりまえじゃ！　人を殺して、すぐに泥を吐くやつがおるか。そんなことで、警視庁ともあろうものが……」

「いやいや、そいばっかいじゃないごわす。フランスでいう、アリバイっちゅうやつが。――」

川路は、そのからくり師が立ち去るときまで、その煉瓦《れんが》部屋に屍体《したい》がなかったことには多数の目撃者があること、彼らが去ったあとにそれが発生したこと、その間、なんびとも外から潜入し、内からぬけ出した者のいないことを五人の巡査が確認していること、巡査たちがそこにいたのは、妖《あや》しき三味線の音に関したことで、当夜も、屍骸《しがい》発見直前にそこで同じ音《ね》が――一巡査の報告によれば、南部のわらべ唄《うた》の節《ふし》で聞かれたこと、などをじゅんじゅんと説明した。

「承《うけたまわ》れば岡田どんは、尾去沢でもよく酌婦のたぐいをあつめて、日夜宴会をひらかれておったっちゅう事《こつ》ですが、そこでおぼえたあちらの唄を三味でひかれとるうちに、からくりで見せつけられたおのれの罪、また銅山《やま》での行状の申しわけなさに、万感きわまって、思わず腹を切る気になったのじゃごわせんか。……」

「罪？　何を、たわけたことを――それに、あいつは、そんな弱虫ではない！」

「しかし、そうと考えるよりほかに考えようはなか。……こっちにもわけがわからんのでごわすよ」

「だいいち、いま貴公はその三味線の音は何日か前から聞えたというが、岡田はあの日、はじめてあそこにいったのだぞ。——」

「じゃから、わけがわからんといっちょるのでごわす」

川路は泰然自若としている。

「そいにな、そんからくり師の素性も、調べてみると、村井一族とはべつに関係なか。——」

「なに？　そんなはずはない。村井一族でなくて、あのような真似をするはずがない！」

「そんからくり師が頭をかいて、村井の娘といって女郎姿の女を見せたが、村井にそんな娘はない、と白状しもしたが、いかにも調べてみると、その通り。——」

「では、そのからくり師は、やはり村井一族のことを知っとるではないか。それは何者じゃ？」

「そいは。——」

と、いったが、このとき川路は、翳《かげ》のような笑いを浮かべた。

「それは、尾去沢の一件が起る前から——旧幕のころから香具師《やし》をやっちょった男でごわす。尾去沢の件は世の評判ゆえ、これをねたにからくりにかければ当るだろうと思っただけちゅう事《こつ》で——うまか智慧《ちえ》でごわすな」

「大警視！」

井上馨はテーブルをたたいて立ちあがった。

「貴公、吾輩《わがはい》を愚弄《ぐろう》しておるな。明々白々たる殺人事件を、ああでもない、こうでもないと遁辞《とんじ》を弄《ろう》し、あまつさえその後も下手人らに依然吾輩を誹謗《ひぼう》する興行を許して平然としておる。これは職務怠慢の限度を越えて、吾輩を愚弄しておるものと見ざるを得ん」

川路は黙って、前大蔵大輔を眺めている。自若というより、蒼白《あおじろ》い、仮面のような無表情であった。

「おい、吾輩に刃向うた江藤が、どんな運命におちいったか、貴公知っておるだろう」

井上がそんなことまで口走ったのは、川路大警視の冷淡さに激発されてのことであったろうが、

「ははあ、そいじゃ——江藤卿《きょう》をそそのかして謀叛《むほん》させたのはあんたでごわしたか」

と、川路につぶやかれて、これにはさすがに狼狽《ろうばい》した。

「ばかっ、そんなことをするか！」

井上は真っ赤になって吼《ほ》えて、

「とにかく、これで警視庁はこの件に関し、吾輩をまったく保護してくれんことがわかった。よし、正当防衛のため、吾輩のほうで然《しか》るべき処置をとってもそっちに文句はいわせんぞ！　このことをあらかじめ通告しておく」

憤然として、その部屋を出ていった。

ひらかれたままの扉から、いれちがいに加治木警部がはいって来た。

「——前大蔵大輔、ひどく怒って帰られもしたが、大丈夫《だいじょうぶ》でごわすか」

と、さすがにやや心配げにいう。

「ふふ、江藤卿の末路を見ろとおどされたぞ」

川路大警視の顔には、例の水のような微笑がにじんでいた。ひとりごとのようにいう。

「西郷先生がな、あん人のことを、三井の番頭さんとか、三菱《みつびし》の手代とかいわれたが。……」

人に対する好悪をめったに言動に見せない川路大警視だが、珍しく吐き出すようにいう。

加治木警部も井上馨なる人物を決して好ましくは思っていないが、それにしてもこんどの事件に関する大警視の放任ぶりはふしぎであった。

「そんのぞきから、い、い、からくりの屍骸の件……私はいくら考えてもわかりもさんが、大警視はすでに何かお見通しでごわすか」

「うんにゃ」

川路はゆっくりとくびをふった。

「おいにも、よくわからん」

「あんからくり師――こんまま放っといてようごわすか」

川路大警視はしばらく考えて、やがていった。

「いつまでも放っとくわけにはゆくまいが……ま、しばらく、あののぞきから、い、い、からくりを世間に見させておけ。まったくあん通りじゃ。少しはあん横車《よこぐるま》の大将への薬になるじゃろ」

「いま、井上どんは、からくり師に然るべき処置をとると申されたようでごわすが……」

「それなら、それでよか。こっちは、放っておけ。そげな虫ケラ同士の喧嘩《けんか》は」

七

日曜日《ドンタク》だが、雨がふっているというのに、幸田成延が御隠居のところへやって来た。きょうは鉄四郎をつれていない。

この前の日曜日、銀座で別れるときに、また河内山のことについて改めて話しに来るという約束をしたからだが、黙阿弥はまだ来ない。

だからというわけではないが、話は河内山のことより、例ののぞきからくりの話になった。いや、彼らがあそこから去ったあと発見されたという屍骸の話になった。

その一件は、雲をつかむような記事ながらすでに新聞に出た上に、幸田は、死んだ岡田平蔵、ひいてはその主人井上の消息についていろいろ情報を耳にしているらしかった。幸田は下ッ端役人だが、前大蔵大輔井上馨への関心はむろん大蔵省内でひときわ強く、そこで交されるささやきを、あの夜知らないこととはいいながら現場に立ち合っただけに、彼は人一倍熱心に聞いて来たのである。

岡田が屍骸となって発見される前後、あの煉瓦の一棟は無人であったということ、ごていねいに巡査たちがそれを見張っていたこと、それはその数日前から夜な夜な妖《あや》しき三味線の音《ね》が聞えるという噂のためで、あの夜もそれがその煉瓦部屋から聞えたので巡査が踏み込んだということ、岡田は三味線を握って切腹しており、しかも部屋は密室状態になっていたこと、等。——

「ほう？」

御隠居はそんな声を出し、眼をあげて宙にそそいだ。

「あれか。——それで、のみこめた」

「あれとは、何でございます？」

「オルゲル。——」

「は？」

「あのからくり儀右衛門の店で見せられたろう。あれじゃな、巡査たちが聞いたというのは」

「へえ？　あれはしかし異国の品で、曲も異国のものでございましたが、そこで聞えたのは三味線の音《ね》で、しかも何でも日本のわらべ唄の曲であったそうで——」

「からくり儀右衛門がそれを作ったのじゃ。どんな器械でも考案してやるから持って来い、と威張って看板を出していたほど鬼巧を誇る老人じゃ。日本のオルゲルが作れぬことはあるまい。そうじゃ、自鳴琴とかいった。巡査たちが聞いたのは、それであったに相違ない。三味線の音《ね》に聞えたのは、そう思い込んだだけであったろう。おそらく壁の煉瓦の一つを抜き出してそれをいれ、あとまた煉瓦でふたをする。その中で自鳴琴が、時が来れば鳴るようにして、みずから鳴って、鳴りおえたのじゃよ」

「な、なんの必要あって、儀右衛門が。——」

「巡査を呼んで、あそこで見張りさせるためよ。ひいてはあの夜、死人以外にあの部屋にいた者はない、ということを警視庁に認めさせるためよ」

幸田は眼をまんまるくして、御隠居を見つめた。

「では、下手人はあの儀右衛門でござりますか」

「まさか、あの八十ちかい老人がやるまい。あれは知慧《ちえ》を貸しただけじゃろ。してみると、その自鳴琴のみならず、あののぞきの鏡玉《レンズ》、いやいやあののぞきからくりそのものにもあれの工夫の息がかかっておると見てよいな……」

御隠居は面白げにニコニコしていた。

「からくり儀右衛門が手伝ったとあれば、高橋由一もまた絵筆の助太刀をしたと考えることが可能となる。いや、あのときものぞきからくりの絵が、高橋でなくては書けぬ絵じゃ、とは感じておった。あの生々しさ、あの迫真力——あの画技をもって尾去沢一件を絵解きされれば、見物人がひき込まれ、はては筆の作り出す遠近五彩の魔術に惑わされてしまうのも無理からぬ。……そもそも、思え、儀右衛門の店にかかげてあったあの江藤司法卿の肖像画、あれは高橋由一の筆以外の何ものでもない。儀右衛門と高橋相知の縁を示す何よりの証拠じゃ」

「御隠居さま。わたしには、何をおっしゃっているのか、さっぱりわかりませぬ」

「わしとていまわかったのじゃ。あのからくり殺人のからくりが」

「からくり殺人のからくり。……」

「左様、あのからくり師がたち去るときになかった屍骸《しがい》が、そのあとあそこに忽然《こつぜん》と生じ、ほかに出入りした者はないという怪事が。……あの屍骸は、はじめからあそこにあったのじゃよ」

「へえ？　しかし、私ものぞきましたが、部屋のまんなかにあの花魁《おいらん》ひとりが坐《すわ》っていただけで。——」

「岡田平蔵はもっと早い時刻にのぞきからくりのところへやって来た。そして、あの棟にはいりこみ、あの部屋で殺された。切腹の態《てい》に見える殺されかたで殺された。……その屍体は、花魁のすぐうしろにあったのじゃ」

「だって何十人という人が見て、屍骸はおろか、血のあとも見えませなんだが。……」

「おそらくその間は、幕でへだててあったのじゃ。あとで人夫たちが持ち去った道具に、大きな板様《いたよう》のものは見えなんだからの。折りたたむことの出来る幕じゃ。それに、遠く見える煉瓦の壁が書いてあったのじゃ。布に書かれているとはいえ、あの高橋由一の油でえがいたほんものそっくりの絵を思い出すがよい。それにのぞき穴の鏡玉《レンズ》のなせる魔法が加わっていたかも知れん。……それらの道具を、あそこに残さんで、ぜんぶ持ち帰ったゆえんじゃ」

幸田成延は息をのんで、何かを思い出すように宙を見ていたが、やがて、

「そ、それにしても何のために儀右衛門や高橋由一が、そんなことをしたのでござりまし

ょうか。二人があの岡田平蔵に何か恨みでもあったのでござりましょうか?」

「それは両人に聞いて見なくちゃわからんが、少くとも儀右衛門は、井上と倶《とも》に天を戴《いただ》かぬまでの縁となった江藤卿《きょう》を郷党《きょうとう》の英雄とする佐賀、それといまは同国にひとしいという久留米の生まれであった喃《のう》。いや、理由はそんなことではないかも知れん。たしか上州佐野の出身の高橋由一には、そんな意味のかかりあいはあるまいからの。……じゃが、前大蔵大輔《だゆう》の権力を私に使う非道強欲ぶりは、天下の士のみな憎むところじゃ、その走狗《そうく》の第一たる岡田某、こやつにみせしめに天誅《てんちゅう》を下す仕事の相談を受ければ、血ある男ならだれだってちょっと手を貸したくなるではないか。……」

「そ、それでは、手を下したのは、やっぱりあのからくり師でござりますか」

「左様、——いまおまえから聞けば、岡田は一ト月ばかり前から上京しておった由。それを知って思い立ち、準備したことであろうな」

「あの入道、何者でござろう?」

「さあ、それは知らぬ」

「警視庁はどう見ておるのでござりましょう?」

「さ、そこが面妖《めんよう》じゃ。以上のからくり、むろん嫌疑《けんぎ》をのがれるための苦心のからくりじゃろうが、いまの警視庁はそんなものの通ぜぬところがある。それを通じさせておる警視庁が……兵四郎にきけば、おといごろから銀座では、平気でまたそののぞきからくりをやっておるということじゃが、それを見のがしておる警視庁の心が、実のところわしにはよくわからん」

外に俥《くるま》のとまる音がして、その兵四郎が、黙阿弥を同行して、そのとき飛び込んで来た。

「御隠居さま、一大事です！」

「何じゃ？」

「いえ、こっちにとって一大事かどうかわかりませんが……黙阿弥の家は馬道《うまみち》です。そのすぐ近くに井上馨の別宅があって、一ト月ばかり前から、十何人かの鉱山師《やまし》が泊っておる。東京見物のつもりか、尾去沢からつれて来たそうで」

兵四郎は息をはずませて、

「それがけさから門前をウロウロして殺気立っているので、黙阿弥が通りすがりにわけをきいたら、どうやら例ののぞきからくり、警察が放任しておるのでごうを煮やした井上が、警視庁に談じ込みにいった。事と次第では、その連中が銀座におしかけて、のぞきからくりをぶちこわし、からくり師をとっつかまえてやると息まいて、今や井上の帰って来るのを待っているところだったそうで」

「ほう」

「いかがいたしましょう」

「それは……からくり師に告げてやったほうがよいの」

御隠居は、いまの絵ときは兵四郎に告げていない。しかし、何にしても兵四郎は、あののぞきからくりのほうに味方する気になっている。

「では」

「待て、兵四郎。……俥を待たせてあるようじゃが」

「は、そういうことになるだろうと、銀座へゆくつもりで」

「わしもゆこう」

するとと、黙阿弥が、

「私も、弥次馬《やじうま》として、なりゆきを拝見いたしとうございますな」

といった。兵四郎はうなずいた。

「では、御老人お二人、俥でどうぞ。拙者は笠《かさ》だけ拝借して、いっしょに走って参ります」

八

――ふだん、そののぞきからくりが何時ごろ商売にかかるのか知らないが、その日ははげしい雨のせいか、桐油《とうゆ》紙で覆った大八車を二人の人夫がひいて来て、例の入道とともに道具の運び込みにかかったのは、午後三時ごろであった。雨の中に、棒をかかえた巡査がその日も角に立っていた。

「ふふん」

それを横目で見て、平気な顔で背を見せて、バルコニーの下の扉の鍵《かぎ》に入道が手をかけたとき、向うから、頬かぶりに笠をかぶり、黒紋付を尻《しり》っからげにした一人の男が走って来た。

「のぞきからくりの頭《かしら》。――」

と、さけぶ。

「縁なき者だが、存ずるところあって知らせる。やがてここへ、井上の一味の鉱山師《やまし》たちが来るぞっ」

まず駈《か》けつけて来た千羽兵四郎であった。

入道はふりかえって、首をかしげ、それから笠の男のずっと向うに、馬車とそれをかこむ一団を見て、はっとしたようだ。兵四郎もふりむいて、これはいかん、と思った。時すでに遅かったと見えて、それは井上一派に相違なかった。馬車を包む男たち――あきらかに鉱山師《やまし》以外の何者でもない凶猛な面がまえの連中は、雨の往来にチラホラしている俥や人影をはね飛ばすようにして殺到して来た。その中に、兵四郎につづいて走って来た御隠居と黙阿弥の俥もあったが、ちょっとどうすることも出来ないような勢いであった。

「みな、ひっとらえろ。――あとのことは吾輩が承合《うけあ》う。やれ!」

馬車の窓をあけて、かん高い声がした。井上だ。

いやしくも前大蔵大輔ともあろう人物が、荒くれ男の一団を指揮して銀座のまんなかで人を襲うとは恐れいったものだが、井上としては、このからくり師に対してはもとより、いまや薄情な警視庁に対しての怒りに逆上して、まるで鬼神のようになっていたのである。

警視庁から戻って来た馬車もおりず、そのまま待機していた鉱山師たちに一鞭《ひとむち》くれて地ひびきたてて駈けて来たものであった。

「やあ、大将、ついに来たな」

入道は歩み出し、真っ先に飛びついて来た二人の男を、足をあげて蹴たおした。手に例の鞭をぶら下げている。

「ええ、仰々しい。静かにしろい。……逃げやしねえ、奸魁《かんかい》井上馨みずから出馬して来たとありゃ、逃げろといっても逃げやしねえ。おれは元来村井とはなんの関係もねえ。生まれ育ちもれっきとした江戸の香具師《やし》だ。ただし、南部にゃ血縁あり、その昔南部のために津軽侯を狙い、小塚原でいのちを捨てた相馬大作の忘れがたみとして、明治の南部に暴逆の鞭をふるう天下の奸物は見逃しちゃおけなかったんだ。これだけ聞きゃ、相手にとって不足はなかろう。さあ、来やがれ」

自分のほうから猛然と踏み出して、手近の一人を鞭でたたきのめした。

「悪にも強えが、善にも強い。その名も南部の秀《ひで》が六十ちけえ香具師の商売仕舞《しょうべえじめえ》に、いのちを張ってやり出したことだ。大奸井上、いま馬車からひきずり下ろして、煉瓦《れんが》の大道に裸で土下座させてくれるぞ」

雨ふりしぶく銀座の大通りで、格闘が起った。入道と鉱山師だけではない。大八車をひいて来た二人の人夫も、荷の中に棒があったと見えて、それをひきずり出して鉱山師とやりはじめた。

おそらくその鉱山師たちは、尾去沢でも井上に神妙に尾をふる分子で、その褒美《ほうび》に東京見物をさせてもらいに来た連中であったろうが、その剽悍《ひょうかん》さはやはり鉱山師に相違なかった。匕首《あいくち》はもちろん、鑿《のみ》やら鏨《たがね》やら、ぞっとするような凶器をふりかざし、しかも人数は圧倒的であった。

兵四郎はたまりかねた。われを忘れて、髯《ひげ》の巡査のそばへ走り寄った。

「失礼、暫時拝借」

六尺棒をひったくると、その乱闘の中へ駈け込んだ。

油戸巡査は仰天してあとを追おうとし、突然禁止命令を思い出したように立ちどまり、怒号しかけたままの口をあんぐりあけて、大あばれする笠の男を見ていたが、そのうちしきりに首をかしげ出した。……何だか心の中に、気泡のようなものが浮かんで来て、途中で消えてしまうのに、大苦しみに苦しんでいる顔つきであった。

そのとき、侠香具師《やし》、南部の秀がさけんだ。

「来ちゃあ、いけねえ、ひき返せ！」

向うから、少し遅れて人力俥《じんりきしゃ》がやって来るのを見たのである。

が、幌《ほろ》の中の華やかな影を見とがめて、馬車の中の井上馨はわめいた。

「一味の女じゃ、あれをとらえろ！」

その人力俥はまだ遠いところに停止して、俥夫はこちらを眺め、俥を捨てて飛んで来そうな気配であったが、入道の絶叫に、ぐるりと梶棒《かじぼう》をまわし、脱兎《だっと》のごとく逃げ出した。

一息おいて、二台の人力俥がそれを追う。

五人ばかりの鉱山師がまたそのあとを追っかけた。それと見て、兵四郎が駈けつけ、二人を殴り伏せたが、そこへまたうしろから襲いかかって来たやつがあって、二人の鉱山師が韋駄天《いだてん》みたいに飛んでゆくのを歯がみしつつもどうすることも出来なかった。

めちゃくちゃの大乱闘をあとに、先の人力俥を追う二台の俥は、隅の御隠居と黙阿弥であった。

「驚いたな、黙阿弥」

と、御隠居は幌越しに大声で話しかける。

「相馬《そうま》大作《だいさく》の忘れがたみが出て来たぞ」

「左様で」

「なるほど胆《きも》のふといわけじゃ。それにしても、相馬大作が処刑されたのはいつのことであったの」

「それは、河内山のことを調べたときに知ったことでございますが、文政五年……宗俊が獄死する前の年のことでございます」

「ふうむ、いずれにせよ、あの香具師も、父が死んだときほんの少年であったろう。それが、幸田の話によると、河内山そっくりの衣裳《いしょう》をつけておるという。だれから聞いたか、偶然か。……」

「御隠居さま、あとから追っかけて参るようですが。――」

黙阿弥は気をもんだ。

「いったい、どうなさるおつもりで?」

「逃げてゆくのは、あの花魁《おいらん》じゃろ。……なんとか、逃がしてやりたいの」

この場合に、気楽な質問をするから、何か自信があるのかと思うと、心細いことをいう。

「とにかく。追え。これ、酒手《さかて》は存分につかわすぞ」

俥夫は、ふいごみたいな息とともに、悲鳴をあげた。

「旦那《だんな》、もうこれ以上走れねえ」

「それに、雨で、先をゆく俥《くるま》がよく見えねえ」

俥は、銀座から京橋、日本橋まで駈けぬいた。それでもここまで逃げて来ることが出来たのは、追手がしばらく兵四郎とやり合っていたのと、それにまさに雨のために、ときどきこっちを見失ったせいかも知れない。

しかし、日本橋——それはまだ木橋であった——の上で、狼みたいな二人の男が、ついに御隠居たちの俥を追いぬき、つむじ風のように駈けぬけていった。

黙阿弥はさけんだ。

「御隠居さま……いけませぬ、追いぬかれましたぜ!」

「待て待て」

と、御隠居は俥夫に声をかけた。

「俥をとめろ」

「どうなすったんで？」

「いま、日本橋の上で追いぬいた俥があったろう。この雨の中に幌をたたんだやつ。——」

とまった二台の俥に、うしろからその俥が近づいてきた。

「あの俥夫に見憶《みおぼ》えがあるのじゃ」

「しかし」

と、黙阿弥は、狐につままれたような顔をした。——自分たちが追っかけていたのは、のぞきからくりの中に坐《すわ》っていた濃艶《のうえん》な花魁であった。それはさっき幌越しにチラと見た姿だ。が、いま近づいて来る俥に乗っているのは、白髪と灰色の着物を雨に打たれるままにした老婆ではなかったか？

「東条君」

と、御隠居は呼びかけた。俥夫は饅頭笠《まんじゅうがさ》の下にあえぐ口で、あ、とさけんだ。

「花魁。……追手は気づかず、先に糸の切れた奴凧《やっこだこ》みたいにすっ飛んでいったようじゃの」

向きを変えた俥の中から、御隠居は笑いながら話しかける。

「絢爛《けんらん》たる遊女髷《まげ》の鬘《かつら》をとり、きらびやかな裲襠《うちかけ》と衣裳をぬぎ、紅白粉《べにおしろい》を雨でながして本来の姿に戻っても、どこやら残る廓《くるわ》の花の色香。……」

なんとなく黙阿弥調になった。

「もとの名を何といわれる」

「あい」

老婆は、雨の中でしなをつくった。

「昔は吉原で、三千歳《みちとせ》といいんした。……」

「では、では、では……」

黙阿弥はかっと眼をむいた。

「あなたが、あの片岡直次郎と浮名をながした——」

両手で宙をかきまわすようにして、

「その三千歳が……いま、生きて……いくつになられる？」

「あい、わたしが直さんと馴《な》れそめたのが、直さんが三十五、わたしが十七……それが、恥ずかしや、いまは六十三になりんす。……」

絶句して、あののぞきからくりをのぞいたときより魔に魅入られたように、まじまじと見まもっている黙阿弥に、御隠居がつぶやいた。

「女は、長生きするものじゃ喃《のう》。……いや、ひとのことはいえんか」

それから、東条青年に声をかけた。

「もうよかろう、幌をかけてあげなさい」

何やら御隠居の眼を怖れるかのごとく、梶棒を下ろし、幌をかけるのにかかった東条英教に、ややあってまた御隠居は話しかけた。

「わしらはともかく、春秋ある身で危いことをする。……おまえの仲間の二人の人夫、さっき見たところではあれもまだ若く、ただの人夫とも見えなんだが、あれも南部の男か」

「はい、東京に職探しに来て……ふとしたことであの香具師《やし》どのに頼まれたことですが……」

と、東条は赤くなり青くなりしていった。

「南部に生を受けた者として、こんどのことだけはお手伝いせずにはおれませなんだ。お見逃し下さい。私は必ず陸軍にはいります。あの二人は故郷へ帰ると申しております。……」

……おう、あいつら、どうしたか。――」

「何とか兵四郎が、あとでみんな数寄屋橋へつれて来るじゃろ」

と、御隠居は自信あるもののごとくつぶやいて、俥夫たちに、

「どこか廻《まわ》り道して数寄屋橋へいってくれ」

と、命じた。

なおふりしきる雨にゆれつつ、先をゆく三千歳の俥の幌の中に、河竹黙阿弥はまたあでやかな花魁の幻想をえがきはじめ、それをつつむ新東京の風物が、すべて幻燈《げんとう》の世界のように思われて来た。

数寄屋橋門外の変

一

もういちど、銀座からくり話です。——まったく怪奇な草創時代の銀座は、物語の舞台として容易には捨てがたい。

のぞきからくりの事件から一ヵ月ばかりのちの、雨もよいのある夕方であった。冷酒《ひやざけ》かん八は銀座をぶらついていた。

その事件の大詰《おおづめ》で、千羽兵四郎は、元政府の大官いまは政商ともいうべき井上馨《かおる》とその一味の鉱山師《やまし》たちと銀座で大乱闘をやった。

その結果、兵四郎をはじめ、香具師《やし》南部の秀《ひで》とその二人の手下はみごとに逃げ失《う》せ、あと七、八人も半殺しになった鉱山師たちが雨の路上に残った。凶暴な十何人かの荒くれ男を相手にしてこの始末となったのは、三人の香具師が三方の横町へ逃げ散って、その影をたちまち消してしまった雨のおかげもあったが、それより千羽兵四郎が井上馨の馬車のところへ馳《は》せ寄って、棒で馬を一撃して、馬車ごめに狂奔《きょうほん》させて鉱山師たちを混乱させたせいであった。

こういう話をあとで兵四郎から聞いて、その事件には完全においてけぼりにされたかん八は、大いに残念がったが――その日、彼が銀座に来たのは、むろんその戦場を改めて見学に来たわけではない。

実は、銀座七丁目に店を出している古着屋に後藤吉蔵という男があったが、その吉蔵が数日前からいなくなり、女房が大変困っている――と、ちょうどその女房の実家《さと》がかん八の髪結床《かみゆいどこ》の近くにあって、そのほうから吉蔵のゆくえを探してくれるように頼まれて、昔とった杵柄《きねづか》で、ともかく事情を聞きに銀座へやって来たのであった。

半狂乱になっているその女房から、吉蔵が悪い女にひっかかって駈《か》け落ちしたらしい、と聞き、なあんだ、と思いながら、それでもその女についていろいろ尋ね、やがてそこを立ちいでたかん八は、路地一つへだてた並びの煉瓦《れんが》建築が、偶然、兵四郎から話に聞いた例ののぞきからくりのあったところだということを知った。

で、むろん、ただならぬ関心をもって、その建築のまわりをぐるっとひとまわりして見たわけだが。――これをかりに「からくり煉瓦」と名づけよう。

「へえ、だれかはいったようだな」

と、かん八はひとりごとをいった。

そのからくり煉瓦の、しかも前にのぞきからくりがはいっていたという一劃《いっかく》のガラス窓の内側が、どれも新しい障子でふさがれているのに気づいたのだ。

銀座を煉瓦作りにして、政府は住人にほしいままに造作《ぞうさく》替えをしてはならぬと申し達したのだが、とにかくむき出しの煉瓦の中に住むということは耐えられないと見えて、住人は内部に羽目板《はめいた》を張ったり、襖障子《ふすま》で覆《おお》ったり、壁紙を貼《は》ったりした。それを厳禁するといよいよ借手がなくなるので、このごろはお上のほうも、煉瓦壁など破壊して窓や扉《とびら》を新しく作るなどいう行為でないかぎり、ある程度の様替《さまがえ》はやむを得ないと黙認するようになっていた。

「それにしても死人《しびと》の出たところを買うたァ、どんなやつだろう。物好きな野郎もあるもんだ」

かん八は首をひねったが、内部が見えないのはどうしようもない。表通りの窓も、すぐ内側を屏風《びょうぶ》らしいものがふさいでいる。

入口の扉のそばには「先収《せんしゅう》会社銀座本社」という新しい看板がぶら下がっているが、何をする会社なのか見当もつかない。

で、かん八はその一劃もふくめた建物を廻っただけであったが、むろん彼の興味はその建物だけにとどまらない。

銀座も新橋に近くなるにつれて、まるで浅草の奥山のようだ、とは兵四郎の評だが、裏通りのほうにまわると、これは魔窟《まくつ》としかいいようがない。

表通りは、建物だけは一応立派で、これを表煉瓦と称するが、裏通り側は裏煉瓦といって、ちょっと下がる。表店と裏店の間は火災その他の非常口用にドアで連絡出来るようになっているけれど、それ以外は、煉瓦の壁でへだてられて、別々の居住向きに作られているということだが、表通りでさえ見世物がはいっているくらいだから、裏側はほとんど借手がないといっていい。

ただし、表を買われた例の一劃は、その裏側も買われたようで、これまた窓々は障子と屏風で内側は見えない。

とにかく銀座八丁、表通りだけはこの煉瓦家屋が一列にずらっとならんでいるが、その裏一帯の町々は、ゆくゆくはこれまた煉瓦作りにするという政府の方針で、それまでは本建築は許さないというのだから、焼跡の掘立小屋ばかりが密集して、ここには一膳《いちぜん》飯屋、一杯飲屋、それから何をやっているのかわからない怪しげな店々が、蜘蛛《くも》の巣《す》みたいにひしめいてひろがっている。

しかし、それはそれなりに何となく面白げで、かん八はそんな一杯飲屋で冷酒をひっかけた。

銀座に来たのはむろんはじめてではないが、かん八も開化拒否症の兵四郎と同じく片意地を張っているところがあって、ほんとうをいうとやはり物珍しい。珍しいだけに、本音《ほんね》を吐くと面白い。

ぶらぶらと歩いて、表通りへ出る。表通りの見世物街をひやかしてまわり、また裏へひき返して冷酒をひっかける。

いつのまにか表通りには、ガス燈《とう》がともり出した。だから人通りは絶えることがなく、見世物の呼び込みの声はいよいよかまびすしい。そして、灯とともに現われる妖蛾《ようが》みたいに、白粉《おしろい》も濃い女たちの影がチラチラしはじめたのも、かん八は見た。淫売《いんばい》だ。

いまもいうようにかん八は銀座へはじめて来たわけではないから、そういう眺めは知らないことはないが、

「……え、今夜はどうしたんだ。いくら魔性《ましよう》の煉瓦街《れんが》だって、夜鷹《よたか》の大名行列たあ。……」

と、思わず酔眼をまろくした。

というのは、大通りの歩道を、お高祖頭巾《こそずきん》をかぶったり髪に手拭《てぬぐ》いをかけたりした女たちが、ゾロゾロと二十人も三十人もかたまって、ゆきつもどりつしているのだ。中に、数人ならず、きゅっきゅっと口を鳴らしているやつもある。

「や、もうほおずきが出て来たか？」

かん八は、いよいようれしくなった。顔をのぞきこんで見ると、意外に若く、上玉が多い。

「そうだ、山王祭はもう近えな。……」

ほおずき売りは山王祭の名物で、こういうことを連想するのはかん八の江戸ッ子たるゆえんだ。

かん八が裏通りへいって一杯ひっかけてもどるたびに、その人数は徐々にへってゆくようだが――おそらく、客をくわえてどこかへしけ込んでゆくにちがいない――いつまでも、

群をなして歩いている。

それからまたかん八は、もう一つ面白いものを見つけた。

一人のポリスだ。

かん八ももう知っているあの六尺棒をかかえた髯《ひげ》の巡査ではないが、それに劣らずがっしりしたからだのポリスが、制服制帽に三尺棒を腰に下げて、コツ、コツ、コツ――と歩いている。

元御用聞きのかん八にとって、ポリスこそは無上の好敵手だ。もっとも相手はそんなことを知るはずもないし、彼とて、いつも遠くから犬の遠咆《とおぼ》えみたいな真似《まね》をやるだけだが。

――その晩は、少々酔っぱらっていた。

「春の朝《あした》や風の夜は

つつ袖《そで》寒くポリス泣く

待つ身につらき御給金

ほんにやる瀬がないわいな。……」

例の唄《うた》でからかう。

巡査は、じろっとかん八のほうを見た。凄《すご》い眼であった。――棒に手がかかれば、すっ飛んで路地の迷路へ逃げ去るつもりだが、巡査はにらんだだけで、そのままうつむいて、また、コツ、コツ、コツ、と歩きはじめる。

「髯を生やしてお巡りならば

猫やねずみはみな巡査
どじょうのおひげでぬらくら歩き
やっぱり鯰《なまず》のお仲間だんべ
オヤマカチャンリン」

それでも知らない顔をしている。

最初のうちは、この界隈《かいわい》に出没する売女《ばいた》どもを取締るためだろうと思っていたが、そんなようすでもない。大通りで、あきらかに淫売とわかる女たちとすれちがっても、彼は見て見ぬふりをしている。

もっとも遊女解放令以来、逆に巷《ちまた》ではおびただしい売春婦が発生して、もう手もつけられないありさまとなり、そこで、やはり遊廓《ゆうかく》を復活しなければおさまりがつかないだろうという声の高いこのごろだから、これはただの器械的な巡邏《じゅんら》にちがいない。

「いやだおっ母《か》さん、巡査の女房
出来たその子は、雨ざらし」

いちどなどは、すぐそばで奇声を発して見たが、依然反応がない。――

さすがにかん八も飽きて来て、そのうち裏通りに出た屋台のそばで逆に婆《ばば》あの夜鷹にしつこくからみつかれる破目になり、あわててふりちぎるとともにおっかない女房の顔を思い出したのが、さあ、あとになって考えると十時前のことであったろうか。

それは一時間おきに時を告げる遠い尾張町の京屋の時計塔のおかげであったが、とにかくその夜かん八が、日暮れからその時刻まで銀座をウロウロしていたのは、酒の酔いもさることながら、ハイカラな煉瓦街とポリスに対するに、因果ものめいた見世物と売女のむれというとり合わせに象徴される奇怪な町の雰囲気《ふんいき》にとり憑かれたせいに相違ない。

酔っぱらっていたから、時間などはっきりしないのだが、それより前――八時に店をしまうことを命じられている見世物がそれぞれ灯を消してからの時間を考えると、八時半ごろであったろうか、かん八は大通りを歩いていて、偶然、例の「からくり煉瓦」に、二十人近い男のむれがゾロゾロはいってゆくのを見た。

「……おンや、買い手はこいつらか？」

酔眼にもかん八がまばたきしたばかりでなく、通行人すべてが眼をまろくして眺めていた。その男たちが洋服に靴、それにそろいの紺のハッピを着ていたからだ。ハッピの背には、丸に千秋という字が染め出してあった。数が多いだけに、それはちょっとした壮観であった。

彼らは話し声一つたてず、何やら憚《はばか》る風ではあったが、しかし忍び込むといった気配でもなく、ゾロゾロと、バルコニーの下の扉からはいってゆきつつあった。あけられた扉のあいだから、いつのまにか中に洋燈《ランプ》がいくつかともされているのにかん八は気がついた。

みんながはいり切ると、扉はしまった。

こういう事実をかん八はたまたま見たのだが、さて十時前、彼がいよいよ銀座から退散しようとまた表通りへ出たときである。

表通りには、もう人通りは少なくなったが、なおガス燈の下に夜の妖蝶《ちょう》たちが三々伍々《さんさんごご》練《ね》り歩いている。それに混って新橋のほうからやって来た四、五人の職人らしい男が、鼻唄を唄いながら、ちょうどまた「からくり煉瓦《れんが》」の表側のバルコニーの下の扉をあけてはいってゆくところであった。

ちらとそれを見ただけで、かん八は通り過ぎたが、その煉瓦の棟の角まで来て、そこにまた例のポリスがつっ立っているのを発見した。

いちどぎょっとなり、それから顔をそむけてコソコソと通りぬけたが、数歩いってかん八がふりかえったのは、その巡査がこっちに眼をとめるどころか、実に変な顔をして例の「からくり煉瓦」のほうを眺めていたからだ。

——はてな、何を見張っていやがるんだろう？

そういえばそのポリスは、さきほどからその界隈をぶらついていたが、何やら思案にくれていたようであったし、その「からくり煉瓦」に何かあるのだろうか。

かん八は、柳並木の一本の下に立ってうかがっていた。むろん、その建物に一ト月ほど前奇怪な殺人事件があったという記憶のせいもある。

すると、さっき職人風の男たちがはいっていってから五分あまりたってからだ。いきなりその扉が中から蹴《け》ひらかれたかと思うと、

「大変だ！」

と、ひとかたまりになって、その職人たちが転がり出して来た。

まるで鞭《むち》でもあてられたように巡査はそのほうへ駈《か》け出した。

「なんじゃ！」

「ひっ、人殺し――何十人か、人が死んでいる！」

みんな、腰をぬかしたようにバルコニーの下にへたばり、あごをがくがくふるわせてあえぎ、腕で扉の中を指す。

巡査は飛び込んだ。

つづいて、往来を通りかかった人々が殺到するのにつづいて、かん八もすっ飛んで、扉から雪崩《なだ》れ込んだ。巡査はすぐ内側に棒立ちになっている。

「あーっ」

人々はさけんだ。

中は三十坪ちかい大広間であった。しかし、天井も床も壁も煉瓦ではない。四つの隅に台があって洋燈《ランプ》が燃えているので朦朧《もうろう》と見えたのだが、床にはいちめんに真赤な絨毯《じゅうたん》が敷きつめられ、新しい天井板が張られ、壁も羽目板――向いの一面など唐紙《からかみ》さえ見える一室であったが、その絨毯の上に、十数人の男が、あるいは折り重なり、あるいは算を乱して倒れていた。

いま、発見者が何十人といったが、実際は十八人であった。しかし、義眼みたいにむき出された見物人の眼には、まさに屍山《しざん》血河の景と見えた。――もっとも、血と見えたのは真紅の絨毯で、その男たちはただ口から血をながしているだけであったが、それはあとになってわかったことだ。──何より、ひと眼見ただけで屍体《したい》とわかるその大量の人数は、名状しがたい凄《すさま》じさであった。

「いつ？　いつ、こんなものが……」

巡査は夢魔でも見たようにつぶやき、よろめいた。

そのとき京屋の時計が十《とお》鳴った。

巡査がわれに返ったように、うしろをふりむき、口をひっ裂いて怒号した。

「出ろ！」

また雪崩を打って歩道に押し返され、つんのめって這《は》いながらかん八は、いまの屍体が、先刻そこにはいっていった紺のハッピの連中であることを知ったのである。

二

実に驚くべき事実が明らかになった。

一ト月ほど前、前大蔵大輔《だゆう》井上馨の山代官ともいうべき岡田平蔵の屍体が発見されたのはその「からくり煉瓦」の中であったが、同じ場所で発見されたその十八の屍体は、これまたすべて井上の配下であったことが判明したのである。

もっとも、それは、岡田が尾去沢《おさりざわ》からつれて来た例の鉱山師《やまし》ではなかった。井上は野《や》に下って以来、鉱山以外にも、大阪の五代友厚《ごだいともあつ》、藤田伝三郎などの知慧《ちえ》をかりて、はじめ千秋会社、最近改めて先収会社という貿易商社を設立していたが、彼らはその社員として上方から呼び寄せていた連中だったのだ。

例の「からくり煉瓦」を買ったのは、井上自身であった。貿易商社といっても、それまで本拠は馬道にある彼の別邸をあてていたのだが、そんな事業をやるには場所が思わしからず、もう少し便利なところをと考えていた。そこで浮かんで来ていたのが銀座だ。というのは、何よりもそもそも銀座煉瓦街を建設したのは自分だ、という当時の関係者としての特別の感情があったからだが、そこへ右の岡田の変死事件が起った。ふつうなら井上にとって不吉きわまる場所だが、さらにその上、そこが彼の悪業をあばく宣伝の見世物として使われたのを、かえって逆手にとった。そのあとを買って、先収会社の東京本社とし、世の悪評を押し潰《つぶ》そうと企図したのである。さすがは維新の嵐で鳴らした井上の剛腹《ごうふく》さであった。

先収会社は、その「表煉瓦」のみならず、それと背中合わせになっている「裏煉瓦」をも通して手に入れた。

そして先般来、銀座のある棟梁《とうりょう》の手で、内部の模様替えをすすめていた。かりにも貿易商社だから、四面煉瓦でもかまわないようなものだが、そこは昭和の現代とは感覚がちがう。たとえ椅子《いす》テーブルは置くにしろ、まわりが粗悪な煉瓦では殺風景過ぎて、そこに来る客も働く社員も気が落着かないというのがその理由で、これは銀座八丁ほかの店々でも同じことである。それに、何といっても岡田が殺されたあとそのままというのも気になったことも、模様替えの理由の一つであった。

ただし、先収会社前名の千秋のハッピを着たその男たちが、その夜銀座へ出かけていったのは、社用ではなかった。そのことは井上も知らなかったという。

何のためか、彼らは井上のところにあった鍵《かぎ》を持ち出して出かけてゆき、「からくり煉瓦」の中で全員屍体となった。

発見したのは、井上が内部改装を依頼していた銀座の棟梁とその弟子である。改装はまだ進行中で、その日も昼間弟子たちだけが働いていて、夜になって棟梁がそれを検分に来て、その大惨劇を発見したというわけだ。

彼らの死因は何であったか。そのからだには、どこにも傷はなかった。その大半は口から血を吐いていた。そして、その七、八人の口中からほおずきの皮が発見されたことこそ奇怪であった。

しかも、さらに事実が明らかになるにつれて、奇怪の相貌《そうぼう》はいよいよ深くなって来たのだ。


「大警視」

と、井上馨はいった。

警視庁大警視室。――事件から三日目の午後である。

「こんどは十八人じゃ」

からかうようにいう。

「それでも貴公、また、あっけらかんと見ておるか」

卓をへだてて相手を見ている川路大警視の顔は、最初から例によって蒼白《そうはく》な仮面のように動かなかったが、こうまでいわれてさすがに頭を下げた。

「申しわけごわはん。……いまのところまだ下手人がわかりもさん」

自若《じじゃく》とした表情はもとより、こうわびた言葉以上に、こんどばかりは大警視の心中の苦悩は深かった。

「まことにふしぎな事《こつ》ごわす。当時、たまたま現場界隈《かいわい》を巡邏《じゅんら》中の巡査が即刻駈けつけたのでごわすが、そん巡査も被害者の衆があそこにはいるのはたしかに見たが、そいがあげな目に逢《あ》うのをまったく気づかなんだ、そいどころか、ほかに怪しか者があそこに出入りするのを見受けたこともなか、と報告しもしたが。――」

「あの巡査がそんなことをいったか」

――と、井上は冷笑した。……「あの巡査」といったところを見ると、彼はその件については警視庁以外から何か情報を得ているらしい、と知って大警視はまばたきした。が、それにはとりあわず、まじめな顔でいう。

「井上どん、ありゃ自殺ではごわすまいか？」

「なぜ？」

「第一に、いまの巡査の報告を鵜《う》呑《の》みにするわけじゃごわせんが、昼間働いておった大工たち、これは井上どんからお借りした合鍵《あいかぎ》を所持しておったそうでごわすが、仕事が終って、これで鍵をかけて出た。そのあと夜になって、被害者の衆が、本式の鍵を使ってはいっていった。——その建物に、ほかに人間のはいりようがなか」

「ふふん」

「第二に、よしほかに人間がおったとしても——それが下手人とするなら、ありゃ毒殺でごわすな。口中にほおずきの皮が残っておった人があって、たとえ銀座にゆく途中そげなものを買ったとしても少なからず面妖《めんよう》でごわすが、とにかく屍斑《しはん》の色がぶきみなほど鮮紅色で、当方じゃ、ありゃ青酸性毒物に違いなかと見ておりもす。が、何者がそれを飲ませたにせよ、あれだけの人数の男衆が、なんの騒ぎもなく、いちどに飲んでしまうなんぞ、ちょっと考えられん事《こつ》ごわす。本人たちが得心して飲む、つまり自殺でなか限りは」

「なぜ、あいつらが、そんなところへいって集団自殺を」

「そいを井上どんにお聞きしたか。そもそも、あん衆は、何用あってあそこへゆきもしたのか」

「そんなことは、吾輩《わがはい》は知らん！　吾輩に無断でいったんじゃ！」

抗議に来たくせに、へんに冷静な口をきいていた井上は、ここで本心をむき出しにして吼《ほ》えたが、すぐにまたわざとらしい陰々たる調子にもどった。

「貴公、吾輩の家来が変死をとげたら、みんな自殺にしてしまうつもりか」

先般の岡田平蔵の死のことをいっているのだ。

「そげな……滅相もなか」

「岡田を殺害したこと、あれほど明らかな香具師《やし》を見逃し、いまに至るまでつかまえん。……貴公、西郷の真似をして、吾輩を馬鹿にしておるな」

井上の怒りは、それであった。自分の片腕のような岡田の横死に警視庁が変に冷淡な反応を見せたのも憤激にたえないが、それというのもこの川路が、大西郷の猿真似をして自分を軽蔑《けいべつ》しているからだ、と確信し、さっきから妙にひくい声で嘲弄《ちょうろう》的冷笑的にものを言っているのは、実はその狂おしいほどの憤怒《ふんぬ》が逆の表現をとったものであった。

「うん、吾輩に聞くなら、教えてやってもよいがな。殺された連中は、ありゃ誘い出されて罠《わな》にかかったものじゃよ」

「誰《だい》に？」

「巡査によ」

「菊池巡査の事《こつ》ごわすか」

「貴公、人が悪いから、どこまで本気で物をいっとるのかよくわからんが……大警視、貴公はあの晩、屍体が発見される前――左様、二十分ほど前、その巡査があの建物から出て来る姿を見た者があるといったら、どうするな？」

「ほ」

さすがの川路大警視も、愕然《がくぜん》と顔色を動かした。

「そりゃ、ほんの事《こつ》ごわすか！」

「警視庁はあてにならんから、当方で調べたのじゃ。通行人じゃが、それを目撃した者は二人や三人ではない。何ならその証人をすぐにでもここへ呼んで見せる。鍵を持たぬ巡査が、なぜその建物から出て来たか？……ともあれ、当方でさえ、調べればそれくらいのことはわかる。ついでに、当方の調べたもひとつ重大なことを教えてやろうか」

と、井上は底びかりする眼を大警視にそそいだ。

「教えるまでもない、これは貴公も知らぬとはいわせぬ。その菊池剛蔵という巡査、元の名を海後嵯磯之介《かいごさきのすけ》といい、十五年前、桜田門外に井伊大老を殺害した水戸浪士の一人に相違あるまいがな」

これは、川路は驚かなかった。

「それは承知しておりもす」

と、うなずいた。

「ただし、こいはもう罪人ではごわすまい。そいどころか、おいやあんた、薩長《さっちょう》に先んじて討幕の血祭をやってのけた大志士、本来ならあの身分じゃすまんこっちゃが、当人の望みであえて巡査をやらせておりもす」

「ふん、そのことに文句はつけはせぬ」

井上は地を這《は》うような声でいった。

「ただ、一方で——殺された吾輩の配下どもが、ことごとく元彦根藩士、すなわち井伊の家来じゃったという事実があるから捨ておけぬ話となるのじゃ」

「や！」

　これには川路も衝撃を受けたようだ。

「左様でごわしたか。こいは知らなんだ。……ふうむ。……」

「実は桜田の変のあと、吾輩と伊藤俊輔は彦根に潜入し、井伊の家来どもが暴発せぬよう苦心の謀略を施したことがある。その縁故で、吾輩を頼って来たその連中を飼ってやっておったのじゃ。……それはともかく、彦根藩士にとって、主君を討った水戸浪士どもは、血肉《けつにく》をすすってもあき足りぬ怨敵《おんてき》じゃろう。その水戸浪士の生残りがいま警視庁の巡査となっておることを——吾輩が教えたのではない、吾輩が知ったのはそのあとのことじゃ——何かの機会で知ったとすれば、彼らの心中もまた察せられるであろう」

「お言葉でごわすが」

　と、川路はいった。もとの冷静な調子にもどっていた。

「それは察しもすが……それなら、菊池、いや海後のほうが手を出すことはごわすまい」

「狙《ねら》われておることを知って、身の危険を感じて、逆襲に出たのじゃ。そういう殺戮《さつりく》の動機はあり得る。大老でさえ殺した男ではないか」

「しかし、いまの、あの菊池が、そげな。……」

「その男が、連中のはいった煉瓦《れんが》から出て来た姿を目撃した者があるといっておるではないか！」

「わかりもした」

川路大警視は沈痛にうなずいた。

「すぐに菊池巡査を調べて見もそう」

「よいか、大警視、もしその巡査があの大量殺戮の下手人ならば、罪はそやつにとどまらんぞ」

井上は眼を蛇みたいにひからせ、痙笑《けいしょう》を浮かべて、とどめを刺すようにいった。

「そのような危険人物を警視庁の巡査として、頬かぶりしておった貴公の責任もまたまぬがれぬぞ。……」

三

——いつか、元新選組斎藤一の藤田五郎巡査が、元京都見廻組の今井信郎巡査に、

「いや、警視庁も百鬼夜行じゃねえ」

と、自嘲《じちょう》的に述懐したことがあるが、まさにその通り、これは逆に幕末の大宰相を斃《たお》した桜田の変の志士の生残り、海後嵯磯之介、いまは菊池剛蔵巡査は、川路大警視に呼ばれて、直立不動のまま告白した。

「恐れいりました。……弁解がましゅうて恐縮至極でありますが、本日にも申しあげようと存じておりました」

悪びれない表情のどこかに、何やら吹っきれない靄《もや》みたいなものが、菊池巡査の角ばっ

た顔にかかっていた。

「先日の報告中、いましばらくと控えました事どもは、あまりに奇怪で、かつ私個人の前半生にからまるふしもあり、せめてその謎《なぞ》を解いてから、改めて御報告いたそうと思案した次第でありますが、それは捜査に重大支障を来たす謬《あやま》ちであったかも知れませぬ」

菊池巡査はポケットから一通の書状をとり出した。中から一枚の紙片を出して大警視にわたす。

「封の表には、至急警視庁菊池剛蔵巡査におわたし願う、とあり、銀座四丁目の交番に投げ込んであったそうで、私が受けとったのが、あの日の午後四時ごろでありました」

受けとって、じろっとひとにらみされて、菊池巡査の顔は赤くなり青くなった。むろん、今ごろこんなものを見せるとは、という叱責《しっせき》の眼だが、紙片に視線を落して、川路大警視ははっとした。

「さんぬる万延《まんえん》元年三月三日、桜田門外においてわが主君井伊掃部頭《かもんのかみ》どののおん首《しるし》をあげられたる水戸浪士海後嵯磯之介どの、はからざりきいま警視庁巡査として御在世ならんとは。これを知りこれは生き恥と申すほかなき残生を明治の巷《ちまた》に送りつつある井伊家ゆかりの者として、すべては十五年前の夢とは申しながら、是非是非その節の物語など承《うけたまわ》りたくお出《い》でのほどを願いあげ候。御承知ならば、早速ながら今夕銀座七丁目へお越し下さるべし。西四番館あたりを御巡邏《じゅんら》下さらば、その折当方より改めてご連絡申しあぐべく候。なお必ずお一人に願いたく、御他言御無用の事。

井伊掃部頭家来　長野主膳義言《しゆぜんよしとき》」

大警視がはっと眼を吸いつけられたのは、この最後の署名だ。

「長野主膳？」

と、さけんだ。

「長野主膳が生きちょると？」

幕末の老中などで、すでに忘れられている者があっても、無官のこの人物の名を知らぬ者はない。とくに倒幕の志士たちにとって、これこそ魔王のような名であった。鉄血の井伊大老の懐刀《ふところがたな》、いや秘密警察の首領としていわゆる安政の大獄を構成し、おびただしい志士をいけにえにした男であったからだ。

「しかし、長野は大老の死後、彦根藩の尊攘《そんじよう》派のために処刑されたと聞いちょる。……まさか、主膳が生きておるはずはなか」

「私もそう思いました」

と、菊池巡査はうなずいた。

「が、生きておるはずのない人間が、あのころの嵐を越えてまだ生きておる例は……すでに私などが然《しか》りです。ましてあのような恐ろしい男、しかも処刑というも井伊家でそう発表しただけのことでありますから、ひょっとすると……と、当方もぐらつくものがござった」

「ふうむ。……」

「一笑したいが、一笑出来ぬものがある。とくに私を桜田の生残りと知って、かような書状を寄越したことはどうしても笑殺出来ぬ。いったい何を企《たくら》んでのことか。……いちどは、すぐさまこの書状を御報告いたそうと存じましたが、私が海後であることはべつに隠す必要もないとは申せ、まったく新生したつもりで今日警視庁に奉公しておる男として、ひろく人に知られることは好まず、かつ万一警視庁に迷惑のかかることをおもんぱかり……」

ついに報告しなかったことの弁明だ。

「さらに、わざわざ一人で来いと釘《くぎ》を刺している以上、べつに人をつれていっては向うが乗って来ぬおそれもあり、ままよ、言う通り、とにかく私一人で探って見ようと……私一人、出かけた次第で」

菊池巡査の心情もわからないではない。

ちょうど十五年前の春三月三日、白雪ふりしきる桜田門外に十八人の水戸浪士は登城中の井伊大老を要撃した。激闘ののち、井伊家の供侍十数人を斃《たお》しかつ傷つけ、めざす大老の首級をあげたが、浪人たちもまた五人が斬死《きりじに》かつ傷ついて自決し、八人が自首した。その場を逃げおおせた者は五人であったが、そのうち三人は一両年中に逮捕され処刑された。ついにそのゆくえをくらましたのはただ二人、その一人がこの海後嵯磯之介であったのだ。

天下のお尋ね者として世に潜《ひそ》みぬいた人間が、時改まって警視庁の巡査となる。転変もまたきわまれりといいたいところだが、しかし倒幕の最初にして最大の一撃を加えた殊勲者が、いま一介の巡査とは意外でもある。薩長の有象無象《うぞうむぞう》がもっと然るべき地位に目白おしになっているのにくらべれば哀れともいえた。

これは桜田や筑波山《つくばさん》で革命の烽火《のろし》をあげながら、その後の内ゲバでたがいに殺戮《さつりく》し合ってほとんど人を消磨しつくし、維新の時を迎えたときは、だれも残っていなかったという水戸人全般の悲劇につながるものだが、また海後自身としても、殉難全滅した亡友たちに憚《はばか》って、むしろ進んでこの下級の身分に甘んじて生きているようであった。川路の眼から見ると、菊池巡査は桜田の一挙の参加者であったことを、誇りよりも慚愧《ざんき》の記憶としているかのように見えた。——

このような書状を受けとりながら、菊池巡査が単独行動をとったことを責めるより、何はともあれ川路はこの書状の署名にひかれた。

彼らしくもなくせきこんで、

「で、おはん、長野主膳に逢《あ》ったのか」

実をいうと、幕末の風雲の中に乱舞した無数の群像の中で、長野主膳は川路の最も興味をいだく人物であったといっていい。

というのは長野主膳は、井伊大老の懐刀というより、むしろ井伊を踊らせた原動力と目されるほどの男であったにもかかわらず、井伊の家臣ではなく、突如としてどこからか出現し、大獄のことを行なうと突如として消え、その素性《すじよう》も前半生もそもそも長野主膳という名さえ果して本名かどうかまったくわからないという流れ星のような謎の人物であった

いないが、大久保内務卿《きょう》の下にある川路大警視に、どこか似ていな
いこともないということもある。
その妖人は、殺されたとばかり思っていたが、生き残っているといわれれば、たしかに
笑殺出来ない凄《すご》みがある。——
「は、それが。——」
菊池巡査は語り出す。いちど報告した内容だが、事実は一変した。
あの夜彼は、指定された通り、夕刻から銀座七丁目西四番館あたりを徘徊《はいかい》していた。そ
の間、あとになって見れば被害者となった井上の配下たちが四番館の表からはいってゆく
のも目撃したが、むろんそのときはそれが井上の配下とも知らず、また四番館がその舞台
になるとさえ知るよしもないので、そのまま歩きまわっていた。
すると、九時半ごろであろうか、ようやく事の真偽を疑いつつ、ちょうど路地を歩いて
いるとき、果然、前から来た書生風の男が、
「西四番館の裏煉瓦《れんが》からおいでなされ、長野がお待ち申しております」
と、ささやいて、すれちがった。ふりかえったが、街燈《がいとう》も遠い横町なので、もうその姿
も見えなかった。
菊池巡査の全身に、さっと水のような緊張が走ったのはいうまでもない。あの呼び出し
は、いたずらではなかったのだ！
井伊大老を斃した人間として、その大老の片腕であった長野主膳という名には、毛穴も

そそけ立つほどの感覚を禁じ得なかったのはむろんだ。待ちあわせる場所は、西四番館であったのか。その長野がほんとうに生きていて、そこにいるのか？

呼び出しには「その節の物語など承りたく」とあったが、それだけですむとは思われない。何の目的かまだわからないが、菊池巡査が死を覚悟したというのも、決して大袈裟《おおげさ》ではない。

彼は、裏通りへ廻《まわ》った。

銀座の煉瓦家屋は二階建てで、一棟が長さ二十間、奥行七間で、表通りを表煉瓦、裏通りを裏煉瓦と呼ぶことはすでに述べた。表煉瓦のほうがやや広くて奥ゆき四間、裏煉瓦の奥ゆきが三間、しかも一棟あたり縦《たて》に三ないし五の区劃《くかく》に分れているから、一棟に表裏六ないし十の店がはいることになる。

この煉瓦にはいる店がなくて、表通りさえ見世物などがはばをきかせている始末だが、西四番館のそのいちばん端の一区劃に、先収会社という会社がはいったらしいことは、菊池巡査もここへ来てはじめて知った。しかも表裏通しでである。ここで一ト月ばかり前、井上馨の番頭格岡田平蔵が殺されたことは承知しているが、その先収会社が井上の経営するものだとは、彼はまだ知らなかった。——

怪人長野主膳と密会する場所がここだとは、いま指定されるまで考えていなかったのだが、気がつくと内側から障子でふさがれたガラスの窓々には、その一劃だけ、表も裏も灯がともっている。どうやらそれは、あの紺のハッピを着た連中がはいっていったときからだ、と思い当った。

　言われた通り、裏煉瓦の扉を押すと、鍵《かぎ》ははずされていたと見えて、それはひらいた。

――

　はいって見ると、中は――床《ゆか》に真っ赤な絨毯《じゅうたん》が敷かれ、壁には美しい羽目板が張られ、襖《ふすま》、屏風《びょうぶ》なども見えるが、まだ内部改装中と見えて、階段のあたりには板や大工道具などが積み重ねられている。二つほどの洋燈《ランプ》が台に置かれてあったが、長さ七間ばかり、奥ゆき三間、つまり二十坪ほどのがらんとした広い部屋に人影はない。

「……はてな？」

　彼は狐につままれたような顔で佇《たたず》んだ。

「……これ、長野……どの？」

　どのをつけていいのか悪いのか、とにかく二、三度呼んで見たが返事はない。もしや二階にも、と思って階段の下からも呼んだが、二階は暗く、階段のようすから人が上下出来るとも思えない。

　しばらくキョロキョロしながら立ちすくんでいて、ふと菊池巡査は、この一劃の表煉瓦のほうに一時間ほど前、ハッピの連中がはいっていったことを思い出した。その後、自分が巡邏《じゅんら》しているあいだ、彼らが外へ出ていったのを見たおぼえがない。してみると、彼らはまだ表煉瓦のほうにいるのではないか。……

　そっちを見ると、扉がある。

首をかしげながら、それをひらくと、果せるかなそれは表煉瓦の部屋らしかった。少し広いが同じ形式に改造しているらしく、まったく同じ真紅の絨毯、羽目板、襖、屏風、おまけに階段のあたり人も通れぬほど板や大工道具が積み重ねてある眺めまでそっくりだ。ただ広いだけにこっちの洋燈《ランプ》は四つの台の上にともっていたが、人影一つ見えないこともまた同じであった。

「面妖《めんよう》じゃな。……きゃつら、出ていったのか」

またしばらく、そこに茫然《ぼうぜん》と立っていたあと、菊池巡査は表側の扉をひらいた。鍵はかかっていなかった。外は、表通りだ。

表通りへ出ると、外はその間にもめだって通行人が少なくなっていて、ただ何度か見た淫売《いんばい》の女たちが、チラホラとまだ獲物を求めてうろついている。

その建物からいきなり巡査が出て来たので、ぎょっとしたらしく、反射的に逃げかけたその一人をつかまえて、

「これ、いま……いや、先刻、ここからハッピの男たちが十何人か出て来るのを見かけなかったか」

と、聞いた。

「いえ、存じません、あたい、何も見ません」

女は、おびえて、首をふるだけであった。

それから、二、三人の女に聞いたが、返事は同様であった。何もこの建物を見張ってい

る者はなかろうから、気づかなかったといわれればそれまでの話だが、その男たちが中にいない以上、出ていったことはまちがいないと見るほかはない。——

「で、結局、長野主膳はおらなんだのか」

と、ほっと吐息をついて、大警視が聞く。

「左様でござる」

「そうじゃろ。……いかに怪人物にしろ、まさかあれが生きておるわけはなか」

川路はうなずいた。

「そいで?」

それにしても、このいたずらはただごとでない。しかも無人のその煉瓦家屋の一劃に、あかあかと洋燈《ランプ》がともったままというのも奇怪なら、そこに立っているとき、四辺から何やらえたいの知れぬ妖気《ようき》が、そくそくと身をつつんで来たのは何だろう?

だから、そこから出てからも、菊池巡査は夜風に吹かれて立ちつくし、その建物を眺めていた。何とも腑《ふ》に落ちず、しきりに首をひねりながら。……

すると、そこへ五人の職人がやって来た。あとになって、それは先収会社から模様替えを頼まれた大工たちだということを知ったが、その棟梁《とうりよう》らしい男が扉に鍵をさしこんで、

「や……ひらいてら」と、ふしぎそうにつぶやいたが、そのまま中へはいっていった。

それから五分ばかり。——

大工たちが悲鳴をあげて転がり出し、菊池巡査が駈《か》けつけたのは、この前の報告の通り

だ。だが、その直前のいきさつを報告しなかった以上、そのときの彼の天地晦冥《かいめい》の驚愕《きょうがく》ぶりが、いかんなく伝えられたとはいわれない。――

「な、なんじゃと？」

川路大警視も眼をむいた。

「おはんがそこを出てから、それはどいほどじゃったか」

「さ、二十分ほどでありましたろうか」

「そんあいだに、あの十八の屍体《したい》が出現したというのじゃな」

「は、あの丸に千秋のハッピを着た連中が……どこから現われたか、少なくとも私の見ているかぎり、表からかつぎこんだということはござりませぬ。そのあと、もしや私のはいった裏口から？　とも思い、裏通りへ駈けつけて調べましたが、附近に出ておった屋台の者も、十八の屍体というと大変なことでありますが、そんなものを搬入する姿はまったく見受けなかった、と申します」

そのときの昏迷《こんめい》がよみがえったかのごとく、菊池巡査はザンギリ頭をかきむしった。

「あれはいったい、どうしたことか、それを解こうとして三日間、私は苦しんで来たのでありますが。――」

川路大警視もむっとふくれあがった顔で沈黙していた。判断を絶したらしい。

「あの死びとは、みんな元彦根藩士であったそうな」

と、やがてうめき出すようにつぶやいた。

「おはんは桜田門外の男」

「は」

「そう、井上がいった。しかも、屍骸《しがい》発見の直前に、おはんが現場から出て来たことも知っちょる」

「は。……」

「おはんは、罠《わな》にかかったんじゃ。おいはそう思う。おはんが彦根藩士に狙われるなら話はわかるが、その彦根藩士が殺されたとありゃ、下手人は誰《だい》か。その屍体出現の怪事をもふくめて、この謎解かんけりゃ……おはん、牢《ろう》にはいってもらうよりほかに法はなか」

菊池剛蔵巡査は惨澹《さんたん》たる表情でいった。

「それは覚悟しておりますが、私はともかく……大警視にもわざわいが及びやせんかと。……」

四

その翌日の午後。——つまり事件後四日目になる。

銀座七丁目西四番館の前に馬車がとまり、そこから降り立った井上馨が、「からくり煉《れん》瓦《が》」の入口に立哨《りっしょう》した三人のポリスを叱りつけていた。

「おまえら、いつまでここに案山子《かかし》みたいに立っとるか。人殺しがすんだあと、三日も四日も見張りしておっても何にもならぬわい。さっさと消えてしまえ、こっちの店びらきの邪魔になる」

一人の巡査が、何かいいかけた。井上はさらにかん高い声を張りあげた。

「黙れ、無能ポリス、下手人はこっちでつかまえたんじゃ。いま警視庁へいって、わしがそやつを監倉《かんそう》に放り込ませて来た。驚くな、うぬらの仲間じゃ。嘘《うそ》だと思うなら帰って監倉をのぞいて見るがよい、帰れ帰れ。——井上がいったといえば、川路は黙ってしまうはずじゃ」

振った鞭《むち》は御者《ぎょしゃ》から借りたものだろうが、まるで犬でも追っぱらうような手つきであった。

巡査たちはなお抵抗の身ぶりを見せたが、一人が何やらささやくとみな落着かぬ表情になって、いっせいに歩き出したのは、いまの井上の言葉に——「下手人はもう監倉に放り込んである」という通告に愕然とするものがあったかららしい。

どうやら井上は、その日も警視庁におしかけて、その後の処置について川路大警視を追い込み、その足でこちらに廻《まわ》って来たと見える。すでに打ち合わせてあったと見えて、大工たちが大八車をひいてさっきからそこにやって来ていて、巡査たちの制止もきかず、棟梁らしい男が表からはいり、大八車は裏口にまわったのを見た。——

大通りを越えて、向い側の歩道の柳のかげに佇《たたず》んだ隅の御隠居、千羽兵四郎、かん八らがである。むろんほかにも、見物人たちがひとかたまりになって、この騒ぎを見ている。

尾張町のほうへ駈け去ってゆく三人の巡査を見送って、

「例の連中でござったな」

と、兵四郎がつぶやいた。「残月剣士伝」のとき千住で見た油戸杖五郎巡査と藤田五郎巡査、「人も獣も天地の虫」のとき牢屋敷で見た今井信郎巡査であったからだ。

そのとき横町から、長い板を山ほど積んだ大八車が出て来た。前から曳《ひ》き、あとおししているのは四人の若い大工で、さっき表からはいっていった棟梁もいっしょだ。

棟梁は井上にお辞儀して何かいった。

「よし、それでは、二、三日のうちにもはいれるな」

井上の大声が聞えた。そして彼は馬車に乗り込んで、これまた尾張町のほうへ去った。むろん数人の従者が従っている。

兵四郎がささやく。

「つかまえた下手人とはだれでしょう」

「わからん」

と、御隠居が首をふる。

「巡査に、うぬらの仲間じゃ、といったところを見ると、巡査ということになりますが、するとやっぱり」

と、兵四郎が息をつめていったのは、すでにあの翌日、彼とかん八はここに来て、まだ恐ろしげに「からくり煉瓦《れんが》」を眺めている見物人から、昨夜その大量殺人が発見される直前に巡査がそこから出て来たという話を聞き込んでいたからだ。

——その巡査こそ、かん八が見たポリスに相違なかった。

「……それで、いよいよわからなくなった」

と、御隠居はしかし妙なことをいった。

いまいったように、四日前の大量殺人のことはむろんかん八が駈けつけて報告し、兵四郎が深甚の興味を持って、翌日もうかん八とのぞきに来たのはいまいった通りだが、御隠居さまも——実は、きょうここへぶらぶら視察にやって来たのも、御隠居の発意なのである。

動いたわりに兵四郎には、下手人など見当もつかないが、まして御隠居さまが何を考えているのか、いよいよわからない。

「かん八、あの棟梁があの殺しの発見者じゃな」

と、御隠居が聞き、かん八がうなずくと、老人はそのほうへ歩き出した。

「棟梁《とうりよう》」

大八車のところへいって、声をかけた。

「あの晩は驚いたであろうな」

馴《な》れ馴れしさが、この老人の気品とからまって、実に好もしい人なつこさを醸《かも》し出す。

棟梁はしかし、眼をぱちくりさせた。おだやかな顔をしたチョン髷《まげ》の中年男であった。

「そのときの話を聞きたいが、わしのところへ話しに来てくれぬかな」

「あなたさまは、どなたさまで？」

「わしは昔、江戸町奉行をやっておった者で、駒井信興《のぶおき》という。いま数寄屋橋の元南町奉行所跡に小屋をたてて住んでおるが。……おまえには、こないだ逢《あ》ったことがあるな」

「へえ？」

棟梁はいよいよ狐につままれたような顔をした。

「いつ、どこで？」

「一ト月前、ちょうどここで井士さんの手代が殺された日じゃった。もっともおまえを見たのは京橋近くの往来で、こちらは黙阿弥といっしょじゃったが」

——あっと、兵四郎は思い出した。

そうだ、あのとき黙阿弥を見かけて挨拶《あいさつ》していたのはたしかにこの棟梁で、そのあとで黙阿弥が、「このあいだまで芝居の大道具をやっていた男でございますが、いま大工になってるそうで——この煉瓦地の造作《ぞうさく》替えにゃ、お歯に合わねえってんで逃げ腰になる棟梁が多いそうで、何とか商売になりますと笑って申しておりました」というようなことをいってたっけ。——

「左様でございましたかな」

と、棟梁はていねいに小腰をかがめた。

「が、せっかくではございますが、いま井上さまから一日も早く仕上げてくれときびしいお申しつけで」

「きょうでなくてもいい。明日参ってくれ」

「明日も同じことでございます」

「その話ばかりじゃない。わしも造作替えを頼みたいのじゃよ」

兵四郎はあっけにとられた。御隠居は相手の困惑などに頓着《とんちゃく》なく、平気な顔で、

「そこでな、おまえの仕事ぶりを見ておきたい、ちょっとここにはいってもよいか喃《のう》？」

と、「からくり煉瓦」に白いひげをふった。

「そ、それはかまいませぬが。……」

「では。御免。……ざっと見るだけじゃから、おまえ、ちょっとここで待っておってくれ」

と、澄ました顔で、バルコニーの下の扉から中にはいっていった。

はいると、真っ赤な絨毯《じゅうたん》、煉瓦をかくす羽目板――和洋混合の三十坪ばかりの宏壮《こうそう》な部屋になっている。つづいてはいった兵四郎も、御隠居さまの行動は腑《ふ》に落ちないが、殺人現場のあとを直接見るのははじめてで、好奇の眼をひからせて四周を見まわしたが、むろんもう殺人の名残りもない。

隠居は羽目板を撫《な》でて、その仕事の出来ばえを調べているらしかったが、すぐにまた奥の扉をあけた。ここも同じ絨毯と羽目板につつまれた二十坪ばかりの部屋であった。

「同じ模様替えじゃな」

御隠居はつぶやいて、ヨタヨタとひき返して外に出た。大工たちはまだそこにいた。温

厚らしい棟梁もむっとして、大八車をひいた四人の弟子はひどい仏頂面をしていた。

「案外上手ではないか」

と、御隠居が変なお愛想をいったのはまあいいとして、

「では、明日――左様、朝十時ごろにでもわしの家を見に来てもらおうか」

と、命じたのは厚かましい。――弟子が憤然として、

「駄目だ」

「こっちはそれどころじゃあねえんだ」

と、口走るにとり合わず、

「棟梁、その車に積んでおるのは何かな？」

「へえ、造作替えに余った材料でございます」

「そうか。……では、明朝、頼んだぞ。元江戸町奉行たっての願いじゃ」

と、いいすてて、隅の老人は飄々《ひょうひょう》と尾張町のほうへ歩き出した。あとに大工たちは、口をぽかんとあけて立ちつくし、こちらを見送っている。……

「御隠居さま」

と、兵四郎はぼんやりと呼びかけた。

「何か、おわかりで？」

「まだわからぬことがある」

と、御隠居はつぶやいたが、ふいに立ちどまった。兵四郎は、織るような銀座の人波の

中に、お稚児髷《ちごまげ》にゆった三人ばかりの女の子が、手に手にほおずきの枝を持って歩いて来るのを御隠居が眺めているのを見た。

「かん八」

と、御隠居がいった。

「屍骸《しがい》の中に、口中にほおずきをいれた者があったと伝えられたことこそ怪しけれ、と新聞にあったが……おまえ、あの晩、銀座でほおずき――店か人か――を見かけなかったかえ？」

五

翌日、千羽兵四郎がかん八と待ち合わせて数寄屋橋の庵《いおり》に出かけてゆくと――いれちがいに、ひとりみすぼらしい爺《じじ》いが出て来て、垣根のところでふりむいて、手を合わせているのを見た。

「や……お前は」

「おい、むささびの吉《きち》じゃあねえか」

眼をまろくして立ちどまった二人の前を老人は、

「へえ、面目次第《しでえ》もごぜえません。……どうぞ御免なすって」

と、身をかがめて、老いぼれた鼠《ねずみ》みたいにすりぬけて、駈《か》け去っていった。

――この春、神田左衛門河岸《さえもんがし》の女剣会で隅の御隠居さまにとっつかまり、そのあと千住でみごと警視庁の警部の腰からピストルをスリ去った島帰りの老スリなのである。

二人はけげんな顔で御隠居さまに逢い、まずこのことを口にした。

「いや、あれはスリの現行犯でつかまっての。この十日ばかり鍛冶橋の牢《ろう》にはいっていたそうじゃ」

と、御隠居は笑いながらいった。鍛冶橋の牢とは警視庁に附属している監倉――いまでいう留置場のことだ。

「知らぬ存ぜぬでシラを切り通して、やっとけさ早く釈放になったとかで、わしのところへ挨拶に来た」

挨拶に来たといったが、おそらく何か食べさせてもらい、若干の金でももらっていったにちがいない――と、兵四郎はさっきの老スリの姿を思い出して考えた。

「じゃが、そのついでに吉め、こんなことをしゃべっていったぞ。……きのう監倉に、一人の巡査がいれられたそうじゃ。それが昨晩、舌をかんで死のうとしての、これはみんなにとめられたが、何でもそやつは昔桜田門で大老を襲った元水戸浪士で、それが大勢《おおぜい》の元彦根侍を殺した疑いでぶち込まれたものらしいという。――」

「えっ、あれが？」

かん八はすっ頓狂《とんきょう》な声を出した。

兵四郎も雷《らい》に打たれたような思いがした。――容疑者の正体についても、被害者の素性

について も。

昔の職業柄、牢内では、牢内の罪人の運命についてのみならず、それをめぐる牢屋敷の役人の動きなど、奇怪としかいいようのないほど正確にまた迅速に情報が伝わることを彼は知っている。むろんその中には荒唐無稽《こうとうむけい》な誤報もあるが——この場合は、決してでためとは思えない。

それどころか。——

「縁じゃなあ、大変なことを知らせてくれた。——なるほど、それで読めた、と思ったが」

と、御隠居はいった。

「しかし、なぜあの巡査が牢にいれられたのか、わしには解《げ》せぬよ。大老を殺した水戸浪士が、十五年もたってからなぜまた彦根藩士を殺すのか？　そうは思わぬか兵四郎、これが逆ならまだわかるがの。——」

「あ」

と、いったん疑問が氷解したように思っていた兵四郎が、またひたいに手をあてたとき、お縫が襖《ふすま》の向うで伝えた。

「お祖父《じい》さま、銀座の大工の棟梁で宇津木源助という人が参りましたが」

「通せ」

と、御隠居はいった。

兵四郎は混乱した表情で御隠居を見た。——実は、そのために彼とかん八はけさここへ来たのである。ただし、まさかあんな依頼であの棟梁《とうりょう》が来やしないだろうとは考えていた。それが、なんと、やって来たという。やや意外だが、それなら改めてあの大殺人の発見時のようすを聞いてもいいと思う。思うけれど。——

棟梁が通されて、部屋の隅に律義《りちぎ》に坐《すわ》った。放心したような表情なのは、この元南町奉行さまの家が三帖《じょう》三《み》間《ま》の小屋であることを知って呆《あき》れたためか。

「御隠居さま」

兵四郎はせきこんだ。

「棟梁にもういちどあの晩のことを聞くこともさることながら、その巡査が水戸浪士で、殺された連中が彦根藩士、云々《うんぬん》という件について話しましょう。……」

「おまえ、何かわかったことがあるかの」

「わかりませぬ。……御隠居さまのお考え、お聞かせ下さい」

「いま言ったように、わしにもわからぬことがある。わかったと思うておることも、実はあてずっぽうに過ぎん。そもそも恐ろしく突飛な推量で、事実はそんな馬鹿げたことではないかも知れん。……まあ、いって見ようか。棟梁、そっちの用件はあとにして、しばらく待っておってくれい」

と、御隠居は会釈して、さて語り出した。——

「はじめ、かん八からあの人殺しの話を聞いたときには、もとより何が何やらわからなんだ。正直なところ、あの井上さんの家来がまたやられたか、やれやれ……と、気の毒でもあり、可笑《おか》しくもあり――」

「まことに、いい気味で。しかしなにぶん多過ぎますな」

「いや、実はほかのことで心配になったくらいじゃ。やったのは、あの南部の秀とそれにつながる香具師《やし》どもではないか、と思うてな。場所も秀が借りておった七丁目西四番館じゃというし、それに前の事件以来、井上配下の鉱山師《やまし》どもが東京じゅうを血相変えて練り歩いて秀を探し、ついでに香具師たちをひどくいじめておると聞いておったからの。そのしっぺ返しかと思うたのじゃ」

あの銀座の大乱闘のあと、兵四郎は南部の秀の若い乾分《こぶん》二人を何とか拾って、あとでこの数寄屋橋の庵へつれて来たが、秀その人にはあれっきり逢《あ》っていない。――

「ところがその翌晩、おまえたちが銀座へいって、その人殺しの直前巡査がそこから出て来たのを見た者がある、と聞き込んで来たので、はてな？　と思うた。では、その巡査が下手人か――と一応は思ったが、何やら納得出来ぬものがある。かん八の報告によると、巡査は屍骸を見て、いつこんなものが出現したのか眼を疑ったようでもあったからの」

「いや、それは」

「まあ待て、同じくかん八の話では、その巡査は夕方からずっとその西四番館のまわりを歩きまわっておったらしい。しかも彼はかん八に何度もからかわれて、自分の姿を見られておることを承知しておる」

「………」

「さらに、かん八のいうところによると八時半ごろになるか、その西四番館にあのハッピの男たちがはいっていった。巡査はそれを見すまして、そのあと煉瓦《れんが》館の中に忍び込み、彼らを殺したということになるが――そこから出て来た姿を、また通行人に見られておる。……実はの、お前たちのその報告を聞いたあと、わしも物好きに現場へ出かけて見たのじゃよ」

「……へえ？」

二人は、眼をまろくした。もっともこの数寄屋橋から一足だ。

「なにしろ前夜にそんな事件の起ったところじゃから、なるほど大通りではまだたくさんの人がその煉瓦のほうを見て話しておった。そこでわしもやっぱりお前たちと同様、巡査が出て来て、しかもゆきずりの夜鷹《よたか》などをつかまえて、いまここからハッピの男たちが出て来るのを見なかったか、とたずねておったということまで聞いた。――」

「ほほう。……」

兵四郎たちの聞き込み不足だ。

「さてそれから、その巡査が西四番館のほうを妙な顔をして眺めていたのをかん八が見かけたというわけじゃろう。では巡査は、そんな大量の人殺しをしたあと、そらとぼけて駈けつけるために立っておったというのか？　そこから大通りへ出る姿を見られたというのは、あんまり間ぬけ過ぎ、不用心過ぎ――人に見られたということは彼自身も知っておるじゃろうに——そのあとでそんなお芝居は、あんまり無用過ぎ、ばかばかし過ぎはせぬか？」

「かん八、そのときの巡査のようすはどうだったい？」

と、改めて兵四郎は聞いた。

「芝居くさかったか、それともほんとに驚いたのか」

「巡査はあのときたしか屍骸《しがい》を見て、いっ？　いつこんなものが……とつぶやいたようですが、こっちも仰天していやしたから、そいつがただびっくりした声か、それともお芝居だったか、いまになってもよくわからねえ」

と、かん八はいった。

「御隠居さま、なら、なんのために巡査はあそこにはいっていたんでごぜえましょう？　あれはたしかに、あの煉瓦の中に何かあると知って眺めていた気配でしたぜ。……」

「さ、そこでじゃ、わしは考えた。出てから巡査が、ハッピの連中が出てゆかなかったかとひとに聞いたということからも推量してのことじゃが——巡査は、実はその屍体を見なかったのではないか。いつこんなものが？　と呆れはてたのはほんものじゃなかったか？」

「ひぇっ」

かん八は奇声を発した。しばし、口をぱくぱくさせたのち、

「じゃ、あのポリスは、出てから何を眺めていたんで？」

「下手人は巡査ではない、と仰せなのですか！」

兵四郎もさけんだ。

「では、だれがあの殺人をやったのです？」

「だいたい、だれがあれをやったにしろ、十八人もの大の男がいちどに殺される——どうやら毒殺らしいが——毒殺されるなどいうことがあるじゃろうか。いかに巡査にしろ、一人で十八人の口をひらかせて毒を飲ませるというわけにはゆくまい？　それが何よりふしぎじゃった」

と、御隠居はつづける。

「ところが、屍体の中に、口中にほおずきを残しておった者があるという。そこで考えた末わしははたと気がついた。ただしそれは、昨晩銀座でほおずきの枝を持って歩いている少女たちを見たときにじゃ。あの男ども、毒を仕込んだほおずきを口にいれられたのではないか——とな」

「へ？　毒をいれたほおずき？」

兵四郎は虚をつかれた表情になりながら、しかしすぐに、

「が、それにしても、それをむりに口にいれられるというのも——」

「女じゃ。元来ほおずきは女の噛《か》むもの。女から口移しにいれられたと考えてはおかしいか」

「女！　どんな女？」

兵四郎はさけんだ。

「しかも、十八人の男が――」

「じゃから、女も数が多い。おそらく、男と同じ十八人。……」

「十八人の女が、西四番館の中におったといわれるのですか」

「左様。……わしの考えによると、そうでなければ十八人の男をいちどに殺せるはずがない。口づけ、というやつでな、それ、このごろイギリス語で何とかいうじゃろ」

この場合に、御隠居はニヤニヤした。

「うん、キッスというやつじゃ。男の口にほおずきを放り込むには、それしかない」

「……そ、その女たちは、どこから来て、どこへいったのです」

「さ、それじゃ、わしはかん八が、あの晩妙にあの界隈《かいわい》に売女《ばいた》が多かったという話をふともらしたのを聞きとがめた。夜鷹の大名行列みたいじゃったといった。――しかも、その女たちの中に、たしかにほおずきを鳴らしているやつがあったと」

「え、夜鷹？　それがいつ西四番館にはいって、いつ出たのでござる」

兵四郎はたたみかけた。

「巡査が一人出て来てさえ少なからず目撃者があった銀座の大通りで、それだけの女が出入すれば、だれか見ていた者があったでしょうに」

「それを大名行列で目かくししたのではないか？」

「へ？」

「ゾロゾロと西四番館の前を通り過ぎながら、その仲間の作った壁のかげで二、三人がすっとはいる。行列はひき返して来て、また一人、二人がはいる。あたりをうかがいつつこれを繰返して、ついに十八人がはいってしまう。そしてそのあとはいって来た男たちをほおずきで仕止めてから——おそらく、男たちの口中のほおずきはあとでかき出したものの、そんなことをしたあとじゃから、何人かついとり残したものじゃろう——はいったときのやりかたを逆に繰返して、だれの眼にも気づかれず、またみんな出てしまう。むろん行列の人数は十八人以上、二十人も三十人も用意していたじゃろう。巡査がはいったのはそのあとのことじゃ」

兵四郎はまじまじと御隠居を見つめている。信じ切れない眼つきだ。ややあって、その気持を露《あら》わにした声でいった。

「その女たちは、いったい何者だとおっしゃるので？」

「ちょっと待て。そういう推量は、むろんあとになって——昨晩、ほおずきを持った少女を見てから思いついたことじゃがな。そんな思いつきが浮かばぬ前から、わしは先刻いったように、あの巡査は四番館の中にはいって、ほんとうに何も見なかったのではないか、と考えた」

かん八が息を切らせて繰返した。

「それじゃ、あのポリスは何を眺めていたんで？」

「屍骸は見なかったが、何か気にかかることがあったのじゃ。……このときわしの頭に浮かんだのは、一ト月前ののぞきからくりの事件じゃった。からくり師たちが去ったあとで屍体が出現したという――それを保証させるためにわざわざ巡査を見張らせたというあのやりくちじゃった。その手の真似をしたのではないか。しかも、ただポリスに発見されただけでは、下手人探索の手は他に及ぶ。そこでそのポリスを何らかの法でいちど現場に誘い込み、何もないことを確かめさせたあと、再度そこへ追い込めば、ポリス自身が容疑者となるという、一歩手のこんだ辛辣《しんらつ》な罠《わな》をしかけた。……あの巡査は、その罠にまんまとかかったのじゃないか？」

「……………」

「しかもそのポリスと被害者のあいだに悪縁あれば、いよいよ弁明の辞を失うことになる。この兵法はみごとに図に当り、見よ、その巡査は牢《ろう》で自殺をはかったというじゃないか？」

「御隠居さま、御隠居さまはその売女たちが男どもを殺したとおっしゃる。ところが巡査はその屍骸を見なかったとおっしゃる。――」

兵四郎は混沌《こんとん》たる顔でいった。

「しかし、そのあとで現実に屍骸は発見されたのです。ではあの屍骸はどこに消えていたのでござる。またあれほど大量の屍骸がどこから出て来たのでござりまする？」

「そこで、棟梁《とうりょう》、お前さんへの頼みじゃが」

と、御隠居はまなざしを転じた。

「実はわが家にはお尋ね者が滞在しておっての。お前も知っておるじゃろ、この前井上さんと銀座で大喧嘩《おおげんか》した香具師《やし》――おい、そこをあけて、ちょっと顔を見せろ」

隣りとの襖《ふすま》があいて、そこに坐《すわ》っている二人の若者が姿を見せた。――

これは、兵四郎たちは知っている。知っているどころではない、彼がつれて来た香具師南部の秀の乾分《こぶん》をやっていた若い衆だ。盛岡から出て来た青年で、名は板垣征徳、米内《よない》受《なが》政《まさ》というそうな。いずれも南部藩の士族の子で、青雲の志をいだいて東京へ出て来たもの、はからずものぞきからくりの事件に巻きこまれ、それからきょうまでここにかくまわれていたものであった。

「警視庁もさることながら、井上さんの鉱山師《やまし》たちに血まなこで探されて、ここに隠してはおるものの、なにぶん小さな家じゃから、実は少々困っとる。お前さんにその隠し場所を作ってもらいたいのじゃが」

「あっしが――そんなものを？」

棟梁は眼をむいた。

「お前には出来るはずじゃ。――あの西四番館から持ち出した不要の羽目板などを使や、何とかなりゃせんかな」

と、御隠居はいった。

「巡査を将棋のコマに使ったのぞきからくりの事件の真相を知っておるのは、やった連中をのぞいて、ここにおる者以外、警視庁さえまだ知るまい。ただ一人、知っておる者がある。それは河竹黙阿弥じゃ。その黙阿弥に、あの話をだれかにしゃべったかと問い合わせたら、考えたすえ、お前すなわち宇津木源助棟梁だけに聞かせたといった。お前が芝居の大道具をやる前は、彦根藩士でなかなか信用出来る男じゃから、大道具話ついでに話したような気がする、といった。——」

あ！と兵四郎は、眼を拭《ふ》かれたような思いがしていた。彼はいつか銀座の往来で黙阿弥が、「その前は元彦根藩のお侍で——」云々《うんぬん》といったことを、いま思い出したのである。

そうか、そうであったか。ここにも彦根侍が出て来たか。それで辻《つじ》つまが。——

いや、まだわからないことがある。

「それで念のため、かん八に、お前があの現場を発見したときのことをもういちど聞いて見た。すると、あそこにはいってから、お前たちが転がり出て来るまでが少し長過ぎる。念を押して聞いても、その間、五分くらいもあったという。五分、短いといえば短いが、長いといえば長い。あれほどの大惨劇を発見しながら、五分間もお前たちはあそこで何をしておったのじゃ？」

棟梁の髪の毛はそそけ立ち、鉛色の肌は粟《あわ》を立てているようであった。短いといえば短い、長いといえば長い時間が過ぎた。——

その間に、このついでに隅の御隠居がかくまっていた南部の二人の青年について述べておこう。この米内受政から五年後に光政が、板垣征徳から十年後に征四郎が生まれて来ることになる。

余談だが、これに九年後に生まれて来る東条英機を加えると、前に漱石・子規・露伴・紅葉が同年に生まれたのを明治文学の水滸伝《すいこでん》的現象だといったが、これは南部盛岡という石棺から飛び出した太平洋戦争の水滸伝的現象であろう。

日清・日露両役で将星はほとんど薩長《さつちょう》人で、ともかくも素早いところうまくやった。ところが太平洋戦争ではかくのごとく東北出の将軍たちがやっと主役をつとめる時節を迎えて――ちなみにいえば山本五十六《いそろく》も奥州と組んだ朝敵越後長岡の出身である――これは無惨な失敗に帰している。彼らはレーダーと原爆に対するに、日清・日露のやりかたで戦争をしたといっていい。

八幡《はちまん》太郎に攻められた安倍宗任貞任《むねとうさだとう》の昔から、そのくせ源九郎義経《よしつね》をかくまって滅ぼされた藤原一族、秀吉に最後まで抵抗しながら関ヶ原《せきがはら》では背後から家康を牽制《けんせい》した上杉景勝、その徳川に殉じて、維新ではついに朝敵となった東北諸藩。

おそらく太平洋戦争に主役をつとめた軍人に奥羽人が多いのは、維新時朝敵となって辛酸をなめた反撥《はんぱつ》の現われであろう。その結果と彼らの能力を照らし合わせて云々《うんぬん》するよりも、常に歴史に一歩ずつ「遅れて来る」奥羽人の宿命的悲喜劇を思わざるを得ない。――

がっぱと棟梁宇津木源助はひれ伏した。

「昨日、お呼びのときから、若《も》しやと覚悟しておりました」

しずかにあげた顔は、いままでの温厚な職人の表情はかき消えて、凄壮《せいそう》厳粛な武士の面《めん》貌《ぼう》であった。

「恐れいってござる。やったのは、まさに拙者でござる」

六

私、宇津木源助、元彦根藩井伊掃部頭《かもんのかみ》の家来でござる。主人在世当時、上方《かみがた》にあって大手腕をふるった長野主膳とならび江戸屋敷の用人として、やはり掃部頭の懐刀といわれた宇津木六之丞《ろくのじよう》、また大塩の乱のとき、叛乱《はんらん》をいさめて平八郎に斬られた宇津木矩之允《のりのすけ》とは同族のものでござります。

十五年前、桜田の変に参じた水戸の浪士は、ただ主人のかたきであるのみならず、彦根藩士すべての生甲斐《いきがい》を根こそぎ破壊した怨敵《おんてき》となりました。

と、ことさら申しますのは。——

事変直後、彦根全藩は憤激その極に達し、水戸の当主斉昭《なりあき》どののおん首を幕府に請求せい、いや彦根侍すべて水戸へ駈《か》け向え、という狂ったような声の中に、事実復讐《ふくしゆう》のため女子薙刀《なぎなた》隊さえも編制され、藩の決定も待ち切れぬとして陸続東へ駈け向う侍どものため、江戸藩邸は溢《あふ》れかえり、世田《せた》ヶ谷《がや》あたりまで分宿するほどでござった。

しかも、主人死後、遺領安泰のために暴発はならぬ、この際我慢せよ、隠忍せよという方針が藩の上層部で立てられ、ついにこの悲憤はおしつぶされ、うやむやになってしまったのでござる。

それには、その後の幕威失墜、尊王攘夷《そんのうじょうい》への急旋回《せんかい》という世の大勢からの影響もござった。ただ影響されるどころか――一歩進んで尊攘派としての旗幟《きし》を鮮明にせねば、また井伊家が危い、という事態に相成りました。これはどこの大名でも同様でありましたろうが、とくに井伊家は大老のなされたこともあり、その危険はいっそう急迫したものがあったのでござります。

井伊家は速成の尊攘派が主流を占めるに至りました。その結果、故大老の手足となって働いた人々――とくに長野主膳と宇津木六之丞を処分せねばたちゆかぬという決定となったのでござる。

文久二年夏から秋へかけて、長野と宇津木は彦根四十九町の牢で相ついで斬首《ざんしゅ》されました。大老おん死去後、二年半後でござります。

「飛鳥《あすか》川きのうの淵《ふち》はきょうの瀬と変るならいをわが身にぞ見る」

というのが、主膳の辞世でござりました。

この変る世の中――彦根全藩、怒り、争い、泣き笑いする混乱の中で、佐幕派からも勤皇派からもすべて憎しみのまとになったのが、あの桜田の変のとき大老のお供をしておりながら、みすみす主君を討たれ、しかも生き残った供侍とその家族でござりました。

三月三日当日の供廻《ともまわ》りは総勢六十余人、ただしそのうち足軽、草履《ぞうり》取り、駕籠《かご》かきなどを除けば、士分の者は二十六人でありました。

これが十八人の水戸浪士に襲われ、主人を討たれたのでござるが、すべてが終るまでが烈《はげ》しい雪の中で、ちょうど御存知のように、煙草三服をのむほどのあいだということで――斬られた侍の中には、刀は柄袋《つかぶくろ》をかけたままの人間も少なくなかったと申します。合羽《かっぱ》の紐《ひも》をといとまもなく、主人とともに殺された者が八人、手負《てお》いが十人。殺された者はまだしもござった。生き残った侍どもが問題となったのでござる。

何にせよ、彦根の大悲運のはじまりは大老の死でござるが、その主君を見殺しにした腰抜け侍こそ許すべからず、いわんや微傷も負わずおめおめ生き残ったやつらは何じゃ、いや傷を受けたといっても、間の悪さであとになって自分で傷つけたやつもいるだろう、と悪評ごうごうたるものあり、その結果、長野・宇津木の処刑と前後して、生き残った士分十八人中、七人が斬罪となり、あとは終世ぬぐえぬ汚名の烙印《らくいん》をひたいに受けて、彦根四十九町の牢《ろう》にいれられたのでござります。

日本人の通弊として、かかる事態における家族の惨状は眼もあてられず、とくに彦根藩の場合、すべてが苦悶《くもん》しているだけに、その吐け口をまともに引受けて、迫害は面《おもて》を覆わんばかり、私は――私も、事変当時は彦根にあって直接関係はなかったと申せ、宇津木六之丞の一族の者として同様の憂目《うきめ》にあい、たまりかねて彦根を脱走したほどでござります。

もっとも私の脱走の目的は、怨敵水戸浪士のうちの逃亡者――事変後数年たってもなおつかまらぬ海後嵯磯之介と増子金八なる両人を探し出し、亡君の仇《あだ》を討つつもりもござりました。すでにその名も知り、その人相書まで手にいれて、諸国をめぐりました。そして空しく幕末に至ったのであります。

その間、彦根藩はどうしたか、というと、御承知のように、これがお話にならぬものであります。

かつて音に聞えた井伊の赤備《あかぞな》えの誇りはいずこ、いや近くは幕府の柱として大老とともに勤皇派を弾圧した彦根藩は、いったん尊攘派の馬車に乗り換えるや、毒くらわば皿までといわんばかり、宮さん宮さんの歌声はりあげて東山道《とうさんどう》の官軍先鋒《せんぽう》となり、下総《しもうさ》では近藤勇をひっつかまえ、野州、奥州の戦争でも官軍のために汗水ながして犬馬の労をとりました。そのあげく、維新となると、まるでボロキレのごとく捨てられて、新政府のまともな要職についたものは一人もない、というていたらくとなったのでござる。

桜田が彦根すべてを破壊した、といったゆえんでござります。

私はさまざまなことをして口を養い、いちじは御存知のように芝居の大道具にも使っていただき、その後はとうとう大工になりました。

めざす怨敵の海後が警視庁の巡査となっていることを知ったのは、二、三年前のことです。なに、ふと銀座で見かけたのです。それが人相書の本人かどうかたしかめるだけの労をとったのは、昔の執念の名残りでありましたが、それだけのことでござりました。その後の世の変りよう、彦根の変りよう、そして私自身の変りようからいたしかたもござりませぬ。

ところが、半月ほど前。――井上さまから例の七丁目西四番館の模様替えの御依頼を受けるとともに、その配下として上方から来た十八人の男が、かつての彦根藩士だ、しかも私どもをもっとも迫害した男たちだ、ということを知ったのでござります。

運命か偶然か、それと前後して黙阿弥さまから、一ト月前の銀座の人殺しのからくりを——むろん黙阿弥さまははっきりそうだとは申されませなんだが、とにかく、そのからくり、屍骸《しがい》のある部屋を無人と見せかけるとか、その証人に巡査を使う、などいう思いつきを聞かされました。大道具の工夫やら芝居の趣向やらに熱中のあげく、つい洩《も》らされたものと見えまするが、それを機会《しお》に、私の胸の復讐の焼けぼっくいに火がついて、炎々たる殺戮《さつりく》の図が描きはじめられた次第。まことにそれは、銀座煉瓦《れんが》街でなくては叶《かな》わぬ計画でござりました。

いまとなっては、憎いのは海後嵯磯之介よりも、その彦根の元朋輩《ほうばい》どもでござった。あのとき連日押しかけて来て、藩を誤らせ、主君を見殺しにしたたわけよ、犬畜生よと罵《のの》り、唾《つば》をかけ、足蹴《あしげ》にし、金切声たてて桜田の七人の生残りを斬首させ、残りを地獄牢へ投げ込んだ張本人どもが、いかに落ちぶれ果てようと、いま長州の大物、しかも強欲無比の奸《かん》吏《り》井上の走狗《そうく》となってしゃあしゃあと生きておるとは！

ようし、こやつどもに天誅《てんちゅう》を加える。そして……ついでに巡査となっている海後をその下手人に仕立てて、これも地獄へ落してやろう。

決心するとともに、私は元彦根藩の女のところへ出かけました。いまは銀座裏で淫売《いんばい》屋をやっている女でござります。そこには、やはり同じ運命の彦根の女たちが七、八人も働いておりました。いずれも、あのとき罰せられた桜田生残りの藩士の妹、娘、姪《めい》などでござります。その女たちは、あの幼いころの迫害のために、魂の生きる道さえも失った女たちでござりました。

私の計画を聞いて、女たちはすぐに賛同してくれたのみならず、まだほかにいる――売春婦にならぬまでも、ほとんどそれにひとしい悲惨な暮しをしている女たち、いずれも同様の運命をなめた彦根の女たちを二十人内外も集めてくれました。

ほおずきに針で毒をいれて蠟《ろう》でふさぐ。これを口移しに相手の男の口にいれる。そこまで男相手に事を運ぶには、女の恥など捨てなければならぬぞ、毒は一瞬にしてきく毒でなければならぬゆえ、相手だけ殺すには、まかりちがえばこっちも死ぬほどのきわどい工夫が要るぞ。――そう打ち明けたのに、女たちはまるで生き返ったように眼をきらきらかがやかせて、やります、きっとやって見せます、とこぶしをにぎりしめました。

さて、当日私は、井上の彦根組と警視庁の菊池巡査に、それぞれ投げ文をいたしました。前者には、元彦根藩士の娘どもが銀座で売色しておるが、それを見聞する意志があるならば、このたび井上さまのお求めの七丁目西四番館に待たせておくから、今夜八時半に来るように、と書き、後者には、桜田の変のことについて話を聞きたいから、夕刻同所附近で待て、そこで改めて連絡する、と書き、これには特に、長野主膳、と署名してやりました。

そういう書状を受けとって、双方それぞれ大いに考えるところがあったでございましょうが、結局両方ともに、他には隠して指定通りの時刻に参りました。私の推測したごとくでござった。

彦根組が来る前に、女たちは西四番館にはいっております。そのはいりかたは、お奉行さま仰せの通りで、御眼力まことに恐れいってござります。そのときなおほおずきをしゃぶっていた女があったというのは、別状ないほおずきでなお必死に練習をしていたものがあったのでござりましょう。

八時半に、彦根組ははいりました。鍵《かぎ》を持って来たそうですが、その前に女たちがはいっておりますから、それは要らざることでありました。女たちには、むろん私が井上から仕事上あずかっていた鍵をわたしてあったのでござります。

待ち受けていた女たちと彼らとのあいだに、それから何が起ったか。——結局、彼らは女たちを嘲笑《あざわら》いつつ、中には説教するやつもありながら、しかも全員が女を抱くという始末に立ち至りました。私が命じた通りでありますが、元彦根侍の娘たちが——まだ売色の経験のない女たちも半分以上おりましたのに、そこまで事を運ぶその光景を思いますと、命じた私自身身ぶるいするようでござる。

三十六体が十八体となって、もつれ合う痴戯《ちぎ》のさなか——京屋の時計が九時を知らせました。その第一点鐘こそ合図でござった。女たちはいっせいに、快楽《けらく》に無我夢中になっておる男どもの口に吸いつき、舌をいれると思わせて毒ほおずきを押しいれました。中には、同時に男の両頬をはさみ、下あごをつきあげたものもあると申しますから、凄《すさま》じいことでござります。

男どもは、一瞬に血を吐いて悶死《もんし》いたしした。

その口からほおずきをとり出し、屍体の身づくろいをし、さて女たちはその屍体を——壁の羽目板の奥にひきずっていって隠したのでござる。羽目板は、一見壁にぴったりくっついているように見えて——ああ、お奉行さま、よくぞ御看破になりました——実は裏煉瓦のものを表煉瓦に移したものでござりました。はじめから、裏煉瓦の羽目板は二重に用意してあったのでござります。

裏煉瓦は二十坪、表煉瓦は三十坪、裏煉瓦の羽目板を運んで表煉瓦に使えば、極端にいえば十坪の余裕が生じまする。まさか四面使う必要もなく、また左様なことをいたせばあとで菊池巡査がはいって来たとき表煉瓦の狭さに気づくでありましょうから、ただ一面だけでござりましたが、それでもあれだけの広さ、三十坪すなわち六十帖《じょう》の大広間でござりますから、十八人の屍骸をならべて積み重ねれば、一見、前と同じ部屋の一部に屍体をすべて隠すことが出来たのでござりまする。

この作業をやる一方で、女たちは順次、はいって来たときと同様のやりかたで外へ出てゆきました。

九時半に、海後が裏煉瓦にはいりました。巡邏《じゅんら》中の巡査に、そこで長野主膳《しゅぜん》が待っていると伝えたのは、私の弟子でござる。やはり迫害されたものの子で、私の弟子すべてそれに縁故あるものでござります。……思えば、これは多人数による大量殺人と申せるかも知れませぬなあ。

裏煉瓦からはいった海後は、幻の長野主膳を求めて表煉瓦に出る。やや狭くなっている部屋は、素人《しろうと》の眼にはまったくわかりませぬ。流れたかも知れぬ吐血《とけつ》も、赤い敷物に吸われて見えませぬ。……結局、無人の西四番館から、狐につままれたように巡査が表通りへ出るであろうことは、私の計《はか》った通りでございました。なお表通りに残っていた女が、うまくいったことを確かめました。

そして――十時前に、私と弟子の五人が参って、あそこへはいったのでございます。はいるやいなや、私どもは大童《おおわらわ》になって、表煉瓦の羽目板を裏煉瓦に移しました。裏煉瓦の羽目板はもと通り二重になったわけでございます。そしてその屍体をもういちど部屋のまんなかに散乱させ、さてそれから、大声をあげて外へ飛び出したというわけでございます。

まことにばかばかしい――芝居の大道具でもやった人間でなくては思いつかぬ、それだけに常人にはわかるはずのないからくりと思っておりましたが、お奉行さまにことごとく見通され、とくに裏煉瓦に重ねてあったあの羽目板までお眼をつけられては、もはや万事休す、と覚悟いたしておりました。

ただいま、多人数による大量殺人と申しあげましたが、むろん発起者も計画者も命令者も、すなわち下手人は私一人でございます。下手人はだれかということをくらますためのからくりでござりましたが、みごとにこのからくりを成功させたいまの心は、甚《はなは》だ痛快至極、この満足を味わった上は、断罪ごとき、ものの数ではござりませぬ。

さあ、警視庁におつき出しなされませ、江戸町奉行さま。……

七

「兵四郎」

と、御隠居がつぶやいた。当惑した声だ。

「さて、どうしてよいか、困ったぞ。……」

「井上の家来など何百匹絞め殺されようと、当方の知ったことではありませんな」

驚きから、からくも醒《さ》めて兵四郎は答えた。

「しかし、その無実の巡査が喃《のう》。……」

「警視庁の犬の運命も、こちらには関係ありますまい」

御隠居は、しばらく沈黙していたあと、嘆息をもらした。

「昔は八百八町の大家主のつもりで店子《たなこ》の相談を聞いておったが、いまは数寄屋橋門内の隅の隠居、数寄屋橋門外のことには、吉凶禍福、さっぱり判断がつかぬわい。……」

いま、恐ろしい「判断」を下したくせに。——

一週間のちである。

あれっきり警視庁にやって来ない井上馨の動静をぶきみに思っていたら、当人の代りに川路大警視のところへ一通の招待状が来た。

明日、銀座七丁目西四番館において、いよいよ先収会社銀座本社の開店祝いに一席設けたいから、川路大警視には是非とも御出席を乞《こ》うという鄭重《ていちょう》な文面で、特に徳川昭武《あきたけ》氏、井伊直憲《なおのり》氏も御来臨下さる予定なりとつけ加えてあった。

いうまでもなくかつての水戸藩と彦根藩の現当主で、いまなおあと味悪い断絶をつづけているというこの両貴人がともに出席するということはただごとでなく、それを呼ぶについては容易ならぬ苦労をしたに相違ない。

「こりゃ、大警視、どげんしたものでごわすかなあ。……」

加治木警部のほうが苦悩の眼をむけた。——菊池巡査を監倉にいれたものの、いれたまま放っておくわけにはゆかず、さりとて出すわけにもゆかず、警視庁はいまなお立往生のままなのだ。

「ゆくぞ」

と、川路大警視は無表情に答えた。

その翌日、西四番館では、華々しい開店の祝宴がひらかれた。バルコニーには万国旗がつらねられ、中にはいると六十帖の大広間には緋《ひ》の絨毯《じゅうたん》がしきつめられ、まわりの壁こそ日本風の美しい羽目板や大唐紙《からかみ》や金屏風《びょうぶ》に覆われているが、長いテーブルと椅子が持ち込まれて、真っ白なテーブルクロスの上に、銀器やグラスが花の中にかがやいていた。裏煉《れん》瓦《が》のほうが供待《ともまち》部屋をかねて祝宴の支度《したく》部屋にあてられていると見えて、そこから白い制服のボーイがしきりに出入した。

汚職の疑いがあって官を辞した人物だから、さすがに木戸、伊藤らは姿を見せていないが、それでも長州系のお歴々が多い上に、三菱の岩崎弥太郎《やたろう》、大阪から来たらしい政商五代友厚、藤田伝三郎などの顔も見える。

この中に、はじめから人々の眼をひいたのは、警視庁の川路大警視と、それから水戸と彦根の旧藩主が出席していることで、はて？　という注視の中に、川路は冷然として坐《すわ》り、二人の殿さまは居心地悪げにたがいにそっぽをむいている。

井上馨がこんなことをやったのは、むろんこの機を利用して自分を愚弄《ぐろう》しているとしか思えない川路を絞めあげるためで、そこへ持ってゆく手の込んだ趣向も考えてある。二人の殿さまに来てもらったのはその舞台効果をどぎつくする目的からで、そのために実は両家に大金もおくった。

警視庁を威嚇《いかく》し、ひいては世に井上馨の凄味《すごみ》を思い知らせる目的をかねた余興だが、しかしそれはあくまで余興であって、きょうの祝宴の目的ではない。

で、はじめから座がしらけてしまっては本末顚倒《てんとう》なので、異例ながら最初の挨拶《あいさつ》のうちにその件についての説明をはじめようとした。

「……かくのごとく、本日御光来をたまわったお歴々の中に、徳川昭武氏、井伊直憲氏、また警視庁の川路大警視に拝顔の機を得ましたることは、吾輩《わがはい》のもっとも光栄かつ得意とするところでござりまして、実はこれよりその深き深き仔細《しさい》について……」

そのとき、部屋の隅で、ギ、ギ、ギというような微《かす》かな音がした。

ふり返って、井上馨は、かっと眼をむき出した。いつのまにか、そこの真紅の絨毯に、五尺四方くらいの四角い穴があいている。――ポッカリと、暗々と。

地の底から、柝《き》のような音につづいて、陰々たる声が聞えた。

「本日の余興のはじまり、はじまりーい。……」

みな、息をのんで見まもる中に、まずザンバラ髪が見え、蒼白《あおじろ》い男の首が現われ、ハッピ、腹掛《はらがけ》、股引《ももひき》を着てあぐらをかいた姿が浮きあがって来た。ただしそれがみな真っ白だ。

「……そもそもこれは、この西四番館において井上前大蔵大輔家来ども十八人を殺害せし、同じく井上前大蔵大輔お抱え大工宇津木源助の幽霊なり。……」

これが河竹黙阿弥作るところの「船弁慶《ふなべんけい》」の知盛《ともり》のせりふに模したものであることに気づいた人間がどれだけあったか。――

「ああら珍しや、いかに井上、思いもかけぬ共喰《ともぐ》いの……」

完全に――いつのまにそんなところに作ったか――すっぽんからセリ上った白衣の大工は、呪文を結ぶように両こぶしで逆手に握っていた鑿《のみ》で、このときのどをつらぬいた。

「共喰いのあと白波となりにけり。……」

声とともに口からあふれた鮮血が白衣を染め、宇津木源助は川路大警視を見て、にいっと笑ったようであった。

それから、ゆっくりと前につっ伏した。

最後の牢奉行

一

「大警視閣下」

官服の列のうしろから、一人の男が進み出ていった。

「この機会を利用し、是非陳情申しあげたきことがござります」

「これ、何をいう」

と、伝馬《てんま》町囚獄署長の鳥坂喬記《とりさかきようき》は狼狽《ろうばい》してとめた。

「大警視に申しあげたいことがあるなら本職を介してやれ。ここは、その場所ではない」

「しかし、あとで機会があるかどうかわかりませんので――それは市ヶ谷に移っても、何とぞ斬刑《ざんけい》の制をお残し下されたい、ということであります」

川路大警視はその男を見まもった。

この囚獄署長官舎の一室にならんだ署長以下十人あまりの司獄官たちは、みな巡査に似た紺羅紗《こんらしや》の制服を着て、ただ巡査の場合、階級によって数がちがう帽子や裾《すそ》やズボンには
いった筋が金色であるのに、その色がここでは赤で、かつ巡査の棒に代ってみな刀を帯び

ているという相違があるが、その中に、一人、羽織袴《はおりはかま》に髷《まげ》を結《ゆ》った男であった。まだ若い。二十五にもなっていないと見えるが、眼鼻だちはととのっているのに、唇が異様に赤く、名状しがたい凄味《すごみ》のある容貌《ようぼう》をしていた。

「おはんは何者か」

と、川路は聞いた。その男に代って、鳥坂囚獄署長が答えた。

「これは首斬役の山田浅右衛門でござります」

「ほう」

さすがに川路をはじめ、そのうしろにならんだ加治木警部や油戸巡査たちはちょっと眼をまるくした。伝馬町の牢で名高い首斬役山田浅右衛門の名を知らない者はない。ただ、彼らはいままで何度か囚獄署には来たが、かけちがってまだこの人物に逢《あ》ったことがなかった。

「おはんが、山田浅右衛門か。存外若いの」

「先代は、まだ存命いたしておりまするが、もう隠居いたしまして、これは八代目浅右衛門でござります」

と、鳥坂署長がいった。

「これで、雲井龍雄《たつお》を斬り、夜嵐お絹を斬り――それから、去年、例の赤坂喰違《くいちが》いの変の凶漢、武市《たけち》熊吉ら九人の土佐人の首をはねたのはこの男でござります」

「ほほう」

川路大警視は感じいったていで、さらにしげしげと相手を眺めやり、

「なるほど、それでは斬首刑残置を陳情するのも当然じゃな」

と、うすく笑った。

「いえ、拙者が代々の首斬役であるから申しあげるのではござりませぬ」

山田浅右衛門はいった。

「ただ——同じく死罪にあたる者でも、その罪にさまざまの相違あり、しいて大別すれば、拙者の見るところ二つ、一つは罪をにくんでその人をにくむべからざるもの、もう一つは罪も人もにくんであきたらざるものでござる。これを同じ形態の死刑に処するはいかにも不当でござりまして、さればこそ以前は斬首のほかに磔《はりつけ》、火あぶりの刑などいうものがござりました。しかるところ御新政以来、磔、火あぶりなどを御停止《ごちょうじ》になったのはまずやむを得ざることとして、それに代ってこのごろ絞首刑なるものを御制定になり、承《うけたまわ》れば将来の死刑はだんだんこれ一つになるとの風評あり、右申した通り、死罪の内容に差あることでござれば、これは断然然《しか》るべからずと愚考いたす次第にござりまする」

「重いやつを、どっちにせいというのか」

「いえ、罪の軽重は別といたして、拙者の思うところでは、強盗強姦《ごうかん》のごときけがらわしき犯罪人こそ絞罪に処すべし。いうに憚《はばか》りはござれど例えば去年の赤坂喰違いの土佐の衆、あれは申さば一種の志士にて、これは拙者が手にかけましたが、あのたぐいの人々を縄《なわ》で鶏のごとく絞め殺すなどいうのは、あまりにもお気の毒と存ずる。これは断然、武士の魂

たる刀をもって成仏《じょうぶつ》いたさせるのが礼と申すものではござりますまいか」

川路大警視は破顔した。

「斬首が礼儀か。いや、おはんがそう主張するのもむりはないが」

「本職も、実は死刑のかたちには別様《べつよう》のものがあったほうがよいと存じます」

と、鳥坂囚獄署長が口を出した。

「ただし、浅右衛門とは反対で――その罪、いささかでも恕《じょ》すべきものは絞首、にくむべく、いやしむべきものは、これを斬首に処すべきであると存じおる次第」

「それはなかなか難しか問題じゃな。……例えば武士の名誉ある自決と思われとる切腹っちゅうやつが、考えて見ればいちばん残酷な死にかたじゃからの」

と、大警視はいった。

「その問題については――左様、あとで斬首の実情を見てからでも考えるとしよう。きょう、一つ、見せてくれるとな？」

「は、用意いたしてござります」

と、鳥坂囚獄署長はうなずいて、われに返ったように、

「では。――」

と、先に立った。

それにつづいて、川路大警視以下数人の警視庁警部巡査、さらにそのあとに司獄官たちが、囚獄署官舎をぞろぞろと出ていった。

この明治八年初夏のある午後、川路大警視が囚獄署にやって来たのは、近いうちにここが廃止になって、すでに落成している市ヶ谷・谷町の新監獄に移転することになっているので、その準備の次第を視察するためであった。牢獄《ろうごく》は警視庁の所管だったからである。ただし、その用件以外に、最後の伝馬町の牢屋敷を見ておきたいという気持もあったであろう。徳川初期から連綿《れんめん》とつづいて来た、泣く子も黙る伝馬町の大牢《たいろう》、ここには維新前おびただしい勤皇の志士たちも投げ込まれ、かつ処刑された歴史がある。それを思えば、新政府の司法の職にある大警視たちも少なからぬ感慨なきを得ないのは当然だ。

場所も建物も江戸時代からひきつがれてそのままだが、名は伝馬町囚獄署と変えられている。

その署長の鳥坂喬記は四十をちょっと越えたくらい、でっぷりふとって、いかにも囚獄署長にふさわしい貫禄《かんろく》の持主で——その昔は津和野藩の志士で剣術の相当の達人だったということで、なるほど腰の刀も一段と太目《ふとめ》に見えるが——しかし、さっきからの大警視への応対、またいま一行を案内している物腰は、官服と刀をとれば、そんな過去や現在とは異質な、商人のような陽性と滑脱《かつだつ》さを具《そな》えたものであった。

牢屋敷の敷地は、二千六百七十七坪ある。それが手狭《てぜま》になったというのでこんど移る市ヶ谷監獄は、元備中《びっちゅう》庭瀬藩二万石板倉家と武州金沢藩一万二千石米倉家の屋敷跡で、あわせて三万二千坪ちかく、いまの十二倍もある敷地だということだが。——とにかく在来のままの土地に建った獄舎や役所、その他附属の建物やそれらに積みあげられた引っ越しの荷物の状態などを、鳥坂署長は案内してゆく。

実はこの伝馬町の牢は遠からず取払いになるというので、前から建物の修繕も中止し、草は蓬々《ほうほう》と生え、廃牢以前から廃墟然《はいきょ》とした雰囲気《ふんいき》を漂《ただよ》わしていたのだが、こんど川路大警視が最後の臨検に来るというので、ここ数日大掃除をした。

そろそろ暑くなる季節で、草など手もつけられないほどのびていて、みなぶつくさこぼした。

「どうせとっぱらいになって、あとは入札払い下げになるってえのに、いらねえ苦労だ」

「署長の点かせぎだな。……大警視のお覚えをこの際少しでもめでたくしようという。――」

「そういえば、市ヶ谷のほうの新署長はまだ決まらねえようだな」

「なって欲しい人はなりたがらず、なりてえやつはお上のほうで首をかしげ――ってえ案配だそうだが」

「鳥坂さんは、あとのほうだな、あははは」

役人や獄卒たちは、汗だらけになって羽目板を打ちつけたり、草をむしったりしながら悪口をいったものだ。

「しかし、必死だね」

「ここをくびになったら、ひきのねえ津和野の出《で》じゃあ、おさきまっくらだからな」

「立つ鳥あとを濁さず、というところを大警視にお見せするのじゃ、なんかといって――

狙いは、市ヶ谷の新署長だろう」

役人たちの悪口も、あながち下司《げす》のかんぐりばかりではなかったかも知れない。

その日も——川路大警視一行を迎えるために囚獄署のほとんど全員を門内の広場に集めて訓示したあとでも、何か手ぬかりはないかと、署内の主要な場所をひとり点検して廻《まわ》ったくらいの努力ぶりであった。

いま、大警視を案内しながら、自分が就任以来加えた改革の数々をさりげなく吹聴《ふいちょう》している鳥坂署長に、はじめ、ふむ、ふむ、とうなずいていた大警視は、しかしうしろのほうから歩いて来る山田浅右衛門のほうをちらっちらっと見ていたが、ついに、

「浅右衛門」

と、呼んだ。

「ちょっとここへ来い」

山田浅右衛門が来た。

「先刻の斬首絞刑の是非問題じゃがの。古来の斬首をやめ西洋式に絞首刑にするようにしきりに具陳したのは前囚獄署長小原重哉《しげや》で、政府のほうにも賛同者がふえちょるが……そうなると、おはん、失業するわけじゃの」

べつにからかう調子ではなく、まじめな顔で問う。さすが水のごとき川路大警視も、この徳川期から代々首斬役を勤めて来た山田浅右衛門には特別の興味を禁じ得ないらしい。

しかし、八代目山田浅右衛門は肩をそびやかした。

「いえ、山田家の失業とか何とか、そんな私情からの論ではござらぬ。先刻も申しあげましたように死刑の中には、剣をもって処刑せねば礼にそむくと思われる人々もあり。――」

「首斬役の家を、おはん、誇りに思うておるか」

「むろん。――父も、吉田松陰《しょういん》、頼三樹《らいみき》三郎《さぶろう》、あるいは桜田事変の浪士などを手がけたことを名誉として、しばしば武辺《ぶへん》話のごとく夜語りに聞かせてくれました」

「しかし、死罪人の中には、志士などは稀《まれ》なほうじゃろう。大半はただの悪党じゃろうが」

「それはそれで、電光一閃《いっせん》悪を断《た》つ、その快、まったくこの世に生まれた冥利《みょうり》と存ぜられます」

山田浅右衛門の顔に、うっとりしたものが浮かんだようだ。

「そいで、きょう斬るのは、どういう種類の罪人じゃ」

「それが、白痴の男で」

そばから口を出したのは、鳥坂署長だ。山田浅右衛門など斬罪場で待っておればいいのに、いつのまにか官舎にまではいり込んで、その上この行列に加わって自分をおいて大警視と応答しているのが、甚《はなは》だ気にくわない。

「なんじゃ、白痴？」

「は。――板橋在の百姓の倅《せがれ》で、幼女を強姦、死にいたらしめた者でござりまする」

実は、きょう大警視視察につき、一つ斬首《ざんしゅ》の刑を御覧にいれたいと存じまするが、と鳥坂署長から伺《うかが》いを出されて、それは是非見よう、と川路大警視は了承したが、それが白痴だとははじめて知った。ちょっと眉《まゆ》をひそめて、

「そういうのを斬るのも愉快か」

と、浅右衛門に聞いた。浅右衛門は答えた。

「さような場合は、ただ芸の向上一点のみを考えて斬ります」

「大牢でござる」

と、むっとしたように鳥坂囚獄署長がいった。

二

数人の牢番が敬礼し、その一人が鍵《かぎ》をあけると、一行は両側格子にはさまれた通路にはいっていった。

一方の格子からは中庭が見えるが、もう一方はつまり大牢の格子で、その前を通るこの通路を外鞘《そとざや》と呼ぶ。

ふとい牢格子の奥には、髯《ひげ》だらけの、柿色の獄衣を着た男たちがギッシリと詰まって坐《すわ》っている。それが異様にひかる眼でこちらを眺めて、しーんと黙りこくっているのは、静粛にするように命じられているのだろうが、気味わるいことおびただしい。糞《ふん》汁に似た名

状しがたい悪臭がそこから流れ出している。

「在牢の者は何人か」

大警視の問いに、署長が答えた。

「ここに三百九人。……ほかにおんな牢に三十六人、独居房に八人、合わせて現在三百五十三人でござります」

「ちがうよ、鳥坂さん」

奥で、しゃがれた声がした。

「おとといからきのうへかけて、二人死んだから三百五十一人だよ」

「ありゃ何者《なにもん》か。——」

大警視は聞いた。囚人たちの向うに畳《たたみ》を積みあげ、その上にあぐらをかいているのは、髯だらけでよくわからないが、まだ三十前だろう、面色蒼白《そうはく》だが凄惨《せいさん》きわまる迫力をはなっている男であった。

「は、牢名主を勤めておりまする橋寺千代蔵と申す男で」

「おとといから、二人死んだとは何じゃ」

「病死でござる。……以前ここでは三日に一人ずつ牢死したと申すことで、私、本職を命じられてより左様な惨状のないように種々改革して参ったつもりでござりまするが、折悪《あ》しくおとといから二人死亡いたしました。両人とも入牢前から肺を患《わずら》っていたようで」

「警視庁の大将」

と、牢の奥の声は笑いをおびた声でいった。

「ひとのことだと思っちゃいけねえぜ。世の中は、どういう拍子《ひょうし》でひっくりかえるかわからねえ。昔、ここにはいってた鳥坂さんが、いまの伝馬町囚獄署長となる。そいつあおめでてえほうだが、これァ逆のことだって起るってえことだぜ。大警視、あんたは薩摩《さつま》っぽうってえことだが、お国の風向きに気をつけな、まかりちがうと、いまの政府のおれきれきが、みんなここにたたっ込まれる日が来るかも知れねえ」

「千代蔵、口が過ぎるぞ」

鳥坂署長は一喝《いっかつ》した。それまでとは別人のような凄味《すごみ》がそのあぶらぎった面貌《めんぼう》にあらわれた。牢名主は平気で、傍若無人《ぼうじゃくぶじん》に高笑いし、それが外鞘にかけて反響した。

大牢を出てから、川路は尋《たず》ねた。

「いまの男、おはんが昔ここにはいっていたといっちょったが」

「は、私、若いころ――もう十七、八年も昔になりますか――例の幕府の日米通商条約無断調印のことに憤激し、津和野藩の同志数人と、江戸で当時の老中間部下総《まなべしもうさ》の暗殺を企《くわだ》て、それが発覚して逮捕され、しばらくここにはいっていたことがありますので」

苦笑の中にも、やや誇るところあるかのごとくいう。

「ほ、そいははじめて聞いた。西どんもそげなこと話さなんだぞ。おはん、なかなかの勤皇の志士じゃったのじゃな」

西どんとは、不遇の鳥坂を囚獄署長に推薦した、元津和野藩士いまは法学者として高名な西周《にしあまね》のことだ。——川路大警視は、ちょっと相手を見なおした顔になった。

「そげなこと、ようあん男が知っちょるの。あれはまだ三十前と見えたが」

「あれは、その拙者入牢時、ともに捕まって牢死した同志——同志というより指導者であった橋寺万蔵という仁《じん》の遺児なのでござる」

「ほほう」

大警視は眼をまるくした。

「道理であげなおはんになれなれしか口をきいたわけじゃ。そいにしても勤皇の志士の息子が、なぜいま牢に？」

「私、囚獄署長をして感慨無量でござりましたが、それでここへ来て、あの橋寺千代蔵が入牢しておることを知って、いよいよ驚きました。去年私が着任する前から、あれは牢名主をしておりました。むろん私どもの事件のころはあれはまだ十二、三だったはずで、ただ津和野生まれ橋寺という名からそれが橋寺万蔵どの遺児であることを知ったのでござります。向うはしかし、父の同志であった私の名を承知しておりました」

「いったい、何をしたんじゃ？」

「強盗」

「ほう」

「当人は、新政府顚覆《てんぷく》を計った雲井龍雄一味と志を通じ、軍資金調達のためにやったことだと申したてたそうでござりますが、それが事実ならとっくの昔、山田浅右衛門めに斬られておったことでござろう。いや、それほど大それたやつなら、大警視も御承知のはず——どうやら、ただの強盗団の親玉で」

「ふむ」

「父が牢死したころは、閣老暗殺を計るとは藩にとっても大重罪でありましたから、むろん家は断絶、家族は離散、以来筆舌につくしがたい苦労をしたであろうことは推量に余りまするが、それにしても——父の血をついだものか、いや父の名を恥ずかしめるものでござりましょうが、とにかくただの泥棒にしても、人並みはずれた凄いやつに成長しておりまして」

「ふうむ」

「私情をもってすれば甚だふびんにも存じまするが、本職としては今さらいかんともする能《あた》わず。——」

「署長」

山田浅右衛門が寄って来て、声をかけた。

「拙者、支度《したく》をしてお待ちいたしております」

「うむ、すぐにつれてゆく」

浅右衛門は裏手のほうへ駈《か》け去った。どうやらその方向に斬罪場があるらしい。全身躍動するようなうしろ姿であった。

「ここは元百姓牢でござりましたものを独居房としたもので、私が発案でござります」

その建物の前で、鳥坂署長がいった。

「手に負えぬ凶暴の者、精神異常の者、それから数日中に断罪される者を収容いたしております。……ただいま八人おります」

一行ははいった。建物は大牢にくらべて小さいが、やはり外鞘がついている。

そこにうずくまっていた老人が立ちあがって、お辞儀した。署長が聞いた。

「石出《いしで》。……囚人はどうしておる？」

「いつものように、ただ寝ております」

老人は、入口にいちばん近い、やはり格子のついた小房に近づいた。表裏吹き通しの格子になっている大牢とちがって、独居房というだけあって、格子は表側だけで、あと三面は厚い羽目板にかこまれている。その中に、ボロにくるまって横たわっている影があった。

「処刑する。ひき出せ」

署長に命じられて、牢番の老人は腰にぶら下げた鍵をぬいて、牢格子の戸前口をあけて、中にはいっていった。――

声をかけ、ゆり動かし、突如彼はすっとんきょうな声をあげた。

「死んでおる！」

「なに？」

牢番はふりかえって、茫然《ぼうぜん》と署長を眺め、――

「鎌助め……絞め殺されております」

「ば、ばかな！　そんなはずはない。――」

鳥坂囚獄署長は仰天《ぎょうてん》し、自分もあわててふとったからだをぶっつけながら、戸前口から中へはいっていった。

異常事態の発生したことを知って、加治木警部、油戸巡査などがあとにつづき、そしてその囚人の頸《くび》に縄が巻きつき、蒼白《あおじろ》く痩《や》せた顔に眼が飛び出し、鼻口から血をしたたらせてこときれているのを発見した。

そやつが、これから斬首刑《ざんしゅけい》に逢《あ》うはずになっている白痴の百姓男であったことはいうまでもないが――鳥坂署長は、唇をふるわせながらさけんだ。

「いつ、こんな目に逢ったのだ？」

「わかりませぬ。……二時間ほど前、昼飯はたしかに食いましたが」

「その後、だれがここにはいったのか」

「さきほど署長の御訓示を承るため、暫時《ざんじ》ここを離れました以外、だれもここにはいった者を見かけたことはござりませぬ」

牢番はおろおろしていった。

「だいいち、牢の鍵《かぎ》は、私がここにこうしてずうっと腰につけたままでござりまする」

「それならおぬしが……いや、何にしても大警視の前にかかる大失態を演ずるとは、石出《いしで》帯刀《たてわき》ともあろう者が……その責任をまぬかれぬぞ！」

混乱した署長の言葉を、川路大警視が聞きとがめた。

「なに、石出帯刀？」

格子の外から彼は、その痩せて小柄な——いかにも影薄い五十年輩の牢番をのぞきこんだ。

「石出帯刀といえば、代々のこの牢屋敷《ろうやしき》の奉行。——おはん、その石出帯刀か？」

数瞬、加治木警部たちも、眼前の「殺人事件」を忘れて、その老人を眺めやった。——石出帯刀、その名は彼らも一人残らず知っていた。しかしその人は、この牢屋敷が御一新とともに囚獄署となったときからどこかへ消えてしまったと思っていた。少なくとも彼らが警察に職を奉ずるようになってから、その前に姿を見せたことはない。

「面目次第もござらぬ。……わたくし、まさに十七代石出帯刀……それが、かかる過怠《かたい》を犯そうとは！」

牢番は弱々しく呟《つぶや》いて、枯木の朽《く》ちるように床にヘナヘナと崩折《くずお》れた。

元牢奉行がいま牢番をしているとは思いがけないことであったが、それはともかくとして、その老人が牢番をしている独居房の中で、これから斬罪に処せられようとしている白痴の殺人鬼は、その寸前に絞殺されたのである。

「……？」

あっけにとられて立ちすくんだ一同の前に、やがて山田浅右衛門がキョトンとした顔を出した。

「死罪人は、いかが相成りましたかな？」

三

「お奉行さま、お助け下さいまし」

娘は、あえぐようにいった。

娘ばかりではない、手をとりあってはいって来たその弟らしい、袴《はかま》をはいた十ばかりの少年も、少年らしくもなく手をついてひれ伏した。

「父上を助けて下さい、お奉行さま！」

御隠居と、そこにいた千羽兵四郎、冷酒かん八、それに巾着切《きんちゃくきり》のむささびの吉五郎も、しばしあっけにとられてその二人を見まもった。

この二人は、すすんで数寄屋橋の隅の御隠居の庵《いおり》の戸をたたいたものではない。その前を何時間か、ゆきつもどりつしているのを、孫娘のお縫《ぬい》が気がついて祖父に報告し、それで御隠居が、首をかしげながら呼びいれたのである。

兵四郎とかん八は、偶然その座に――というより、数日前に悲劇的な結末をとげた「数寄屋橋門外の変」の話をしに来ていたのだし、老スリの吉五郎はそのまた前からここに坐《すわ》っていたものだ。これはまた金でももらいに来たのだろう。長い間ここにかくまわれていた二人の青年は、青雲の志挫《ざ》折《せつ》して、もういなかった。奥州へ帰ったということであった。

「あんたがたの父上とは？」

まず、それを聞いて、

「石出帯刀と申します」

という返事を聞いて、御隠居のみならず、あとの三人も——吉五郎までふくめて、はっと顔を見合わせた。

「幕末以来、無音《ぶいん》に打過ぎて久しいが、石出なら知っておる。が……帯刀に、あんたがたのようなお子があろうとは知らなんだ」

御隠居は改めてしげしげと、容貌《ようぼう》は美しいが、いかにも貧しげな身なりの姉弟《きょうだい》を眺めやり、

「で、その石出帯刀がどうしたと？」

と、聞きなおした。

姉弟は話し出した。——彼女は名をお香也《かや》といい、年は二十三、弟は柳之丞といい、年はだいぶ離れて十一だという。

姉弟の話した三日前の事件は、前章にしるしたようなものであった。ただし、彼女たちはむろん現場にいたわけではなく、あとで牢役人から聞かされたことで、概略はともかく詳しいところが欠落している代りに、石出帯刀の子なればこそ知っている事柄もあった。

大警視の眼前で、牢獄の中で屍体《したい》が発見されたという事件の異常さもさることながら、石出家の運命を聞いて、御隠居も兵四郎も長嘆しないわけにはゆかなかった。

石出家は、その初代は御徒目付《おかちめつけ》であったものを、三代将軍がとくに牢屋敷の奉行を命じ

たといわれ、以来世を重ねること十七代に及ぶ。その役宅として、牢屋敷の中に三百八十坪の土地と五十坪の住居を与えられ、禄高《ろくだか》は三百俵だが、その支配下に五十人の牢屋同心と四十六人の牢屋下男を持ち、牢獄の世界においては絶対の権力者であった。

それが、瓦解《がかい》とともに、この二百何十年かの職を失った。——

これは他のあらゆる幕府の役人と同じことだが、公式にはともかく、事実は十七代目の石出帯刀はなお牢屋敷にとどまっていた。新政府の指導者は、市井《しせい》で凶悪無惨の罪を犯してつかまった犯罪者をどうするか、とっさには別に変った智慧《ちえ》も持ち合わさず、さしあたっては、石出帯刀が「以前の通り」その職にあることを認めるほかはなかったのだ。

明治二年七月に至って、はじめて新政府の役人による囚獄署長を作り、石出家の役宅をその役所にしたが、なおその一隅に石出一族の居住をゆるし、帯刀は「囚獄掛り」というあいまいな名目で顧問として、以来五年ばかりが過ぎた。

しかるに去年の春、その牢屋敷に闖入《ちんにゅう》しておんな牢から密淫売《いんばい》の女たちを逃がした曲者《くせもの》がある。その正体はいまだに不明だが、この事件で、それまでの署長が更迭《こうてつ》されて、新しい署長が任命された。

「……ふ！」

話がここに及んだとき、千羽兵四郎はのどの奥で妙な声をもらした。その曲者は兵四郎自身であったからだ。

新署長が着任以来、彼はさまざま改革を試みたが、その一つとして、次第に影薄い存在となっていた石出帯刀はそれまでの顧問的役職をやめさせられ、居住の場所も追われ、あとは完全な官舎となった。いま石出一家は、大伝馬町の市井の陋屋《ろうおく》に住んでいる。

「すると……その女囚逃散《ちょうさん》の騒動が、石出家の運命を変えたというわけかな」

と、兵四郎はくぐもった声で聞いた。

「いえ、遅かれ早かれ、こういうことになるだろうと覚悟しておった、時のながれだ、と父は寂しそうに申しておりました」

お香也は答えた。

「いずれにせよ、新しい署長さまと父はどうしても合わなかったようでございます」

「あいつは、父上をひどくいじめました！」

と、涙を浮かべて柳之丞はさけんだ。姉は叱った。

「これ、あいつとは何です」

「あいつだ。あいつが来てから、父上はみるみるやせて、お弱りになった。僕たちを追い出したのもいまの署長だ！」

「で、お父上は牢番になられたという。――」

兵四郎が話をひきとった。暗然たるまなざしで、

「しかし、それにしても牢奉行という名門のお人が、牢番とは。――」

「父は、どうしても牢屋敷を離れることが出来なかったのでございます。時の流れだから、いつまでも、とはいわない。やがて囚獄は市ヶ谷へ移り、伝馬町の牢は消え失《う》せる。せめ

てその日まで牢屋敷と縁をつなぎ、その最後をみとりたい。それは十七代そこに住み牢奉行をやって来た家の子孫としての務めだと申し、どんないやしい職でもいいから牢屋敷に勤めたいと願い出て、やっとそのお役目にありついたのでございます」

「ふうむ。……」

御隠居はうなった。

「言われて見れば、帯刀の心情、わからぬでもないな。……」

そこで顔色を改めて、

「その父上が、どうなされたと？」

と、もういちど聞きなおした。

そこでお香也が、三日前の伝馬町囚獄署の殺人事件について、彼女の知っていることをしゃべった。――

けがらわしい罪を犯して、独居房にいれられていたその白痴男は、ふだん飯を食うとき以外はただボロをまとって海の底の爬虫類《はちゆうるい》みたいに寝てばかりいて、斬首刑になるという。その日もその通りであったが、昼飯を与えたとき生きていたことはたしかめられている。

それから二時間ばかりたって川路大警視一行がそこへ到着したとき、はじめてその男が縄で絞め殺されているのが発見されたわけだが、その前に控えていた牢番石出帯刀はまったくそれに気づかなかった。

その二時間のあいだに帯刀がそこを離れていたといえば、その前、牢の職員一同が門内の広場に集められて署長の訓示を受け、かつ大警視が到着するのを待つまでの二、三十分の間であったが、その正門も裏門も、門番だけは番をしていたことはいうまでもないし、塀は忍び返しを打ちつけた七尺八寸の練塀《ねりべい》で外から曲者《くせもの》が忍びいるなどいうことは絶対に出来ない。では、内部の何者かが？　という と。——

「鍵《かぎ》はどうなっておる。昔は鍵役同心が持ち、同じものがもう一組ずつ牢屋奉行の手もとに保管されていただけじゃが」

と、御隠居が聞いた。

それはいまも、鍵役同心という名こそちがえ、同様であった。ただ独居房だけは、行動たんげいをゆるさない精神病者をいれてあることが多いため、火災発生などの場合避難が間に合わないという危険例が以前にあって、牢番がいつも腰に下げていることになっており、それ以外は囚獄署長が持っているだけである。署長が保管している鍵に異常はなかったということで、そうすると石出帯刀の持っている鍵が問題になるが、これまたそれは絶えず腰に下がっていたという。——

そして、格子越しに外からくびり殺したというようなこともあり得なかった。格子と格子との間のすきまは、旧幕時代と同様一寸五分（約四センチ五ミリ）で腕一本はいらないし、また屍骸《しがい》はずっと奥のほうに転がっていたからである。

「疑いは父にかけられました」

息を刻むように、お香也はいう。

「父はすぐ警視庁につれてゆかれました」

「なぜ、帯刀どのがその男を？　どういうわけで？」

御隠居の疑問に、お香也は役人からの伝聞を訴えた。これに作者の知った知識を加えると。——

実はそれ以前から——正確にいうと前署長のころから石出帯刀は、斬首刑《ざんしゅけい》をやめて絞首刑とするように進言していたのである。前署長の小原重哉が、

「……斬の事たる身首処《ところ》を異《こと》にして鮮血刑場にほとばしる。その惨なるは観《み》る者をして、その罪のにくむべきを忘れてかえって罪人をあわれむの心を催《もよお》さしむ。これに比して絞はその肢体《したい》を保ち鮮血の惨を見ず、やや寛なりと申すべく候、これ死刑において斬の刑を廃し、絞罪にとどめられんことを欲するゆえんに御座候」

と、司法当局に上申書を呈出《ていしゅつ》したのは、石出帯刀の意見によるものであった。帯刀は旧幕のころからこの意見を抱きつつ、三百年の定法《じょうほう》に縛られて行われなかったことを、新政とともに改革しようと志したのである。

その結果、数年前から死刑に徐々に絞首刑が加えられはじめた。

当時政府はときどき「日本政表」なるものを発表した。その明治八年刑事裁判の部を見ると、明治初年の刑罰の凄《すさま》じさに唖然《あぜん》としないわけにはゆかない。

「刑事裁判」にかけられて死刑に処せられた者が、明治六年で九百四十六人である。七年で七百二十二人である。そしてこの八年では四百五十一人である。

その数は次第に減じているとはいうものの、この明治八年に死刑を執行された者で二十歳未満の者が、男四十四人、女一人ある。ついでにいうと無期懲役《ちょうえき》に処せられた者が十五歳未満で三人、十歳未満で一人ある。

さて、明治八年に死刑になった四百五十一人のうち、絞首刑が六十六人を数える。以前にはなかった現象だ。

石出帯刀は、鳥坂喬記が着任しても、まだ囚獄署顧問のつもりで、同様の意見を具陳した。ところが新署長は斬首刑存置論者で、にがにがしげにこれを聞いていたが、やがて、――この件だけが原因ではあるまいが――帯刀を放り出し、哀願されてからくも牢番に拾いあげた。

「……それで、あの日父は、自分の意見にそむく首斬りの刑を、大警視さまのお目にかけるのをいやがって、面当《つらあて》にわざとその前でわが手で罪人を絞め殺したものにちがいない、と署長さまが申されましたとか」

「そ、そんな馬鹿な！」

と、兵四郎は思わずさけんだ。

「斬首刑に反対のために自分で罪人を絞め殺すなどいう人間があるものか！」

「でも、ほかに下手人が考えられないかぎり、そうとしか思われないと――」

「それで、警視庁はどう見ておるのかな」

御隠居が聞く。

「警視庁では……その殺された男を、そのまえに大警視に逢《あ》わせるのに何か困るわけがあったのではないかと申しておられるとかで。……」

「その見込みのほうが順当でしょうな」

と、兵四郎がいう。

「父上が、そんなことをするわけがありません！」

と、少年柳之丞が身もだえした。御隠居がしずかにいった。

「安心なさい。警視庁も馬鹿ではない。理由がたたぬ以上、やがて父上はまちがいなく釈放されるじゃろう」

「でも、牢番としての責任の上からでも、父は牢にいれられるに相違ありませぬ」

と、お香也は手をもみねじっていった。

「それが、こわいのです」

「なぜ？　それは暫時、そういうこともあり得るかもしれぬが、結局は大したことにはなるまいが」

「いいえ……前に牢役人やお奉行所の御用聞きなどをしていた人間で、それが牢にはいって生きて出た者はないと聞いております」

お香也は恐怖にあえいだ。

「父は牢奉行だったのでございます！」

御隠居と兵四郎とかん八は、はっとして顔を見合わせていた。

容疑者として捕えられたものがすぐ牢獄に送られるなどいうことは現在ではあり得ないが、法制の整《ととの》わなかったこの明治初年ではそれがふつうであった。例がちがうが、前年四月、佐賀で叛乱《はんらん》を起した江藤新平など、わざわざ佐賀の裁判所に急行した大久保内務卿《きよう》の一断で、逮捕後半月で判決、即日斬首されたほどむちゃな時代であったのだ。

そしてまた、いったん牢獄にいれられると、それが町奉行所、牢屋敷関係の罪人だと、実に残虐無比の私刑にあい、あと囚人一同知らぬ存ぜぬでそらとぼけ、お上のほうでもこれには手がつけられないというのが江戸時代からの不文律であった。いわゆる牢死と称するものにこの種のものが少なくないことも、公然の秘密であった。――その恐ろしい伝統が、いまも残っているか？

「昔とちがう。まさか、御新政の世に、そんなことはあるまい。それにいまの帯刀は、寛大の評のある牢奉行であったし――そりゃ、心配のし過ぎじゃろう」

と、御隠居はつぶやいたが、その語韻にどこか迷いがあった。

「しかし、こりゃなるほど事は急を要するかも知れぬな……」

「お願い申します。どうか父を囚獄署に送らないよう、お助け下さいまし！」

姉弟《きようだい》は、手を合わせてふし拝んだ。

その願いを、囚獄署にも警視庁にもかけるわけにはゆかない。懊悩《おうのう》のあげく、ふと思い出したのは、いつか父が、ここに元南町奉行の駒井相模守《さがみのかみ》さまがお住まいだ、そのうち御挨拶《あいさつ》に参りたいと話していたことで、天下にここよりすがるところはない、と思いつめてやって来たと二人はすすり泣くのであった。

「孝心、感じいる。……」

御隠居の声がうるんでいる。かん八は手ばなしで涙を流しているし、兵四郎も眼じりににじむものを感じた。キョトンととぼけた顔で坐《すわ》っているのは、老スリのむささびの吉五郎だけであった。

そのとき、お香也が首をふった。

「いえ、このたび父の危難は、ひょっとするとわたしのせいかも知れないのでございます。……」

「とは？」

と、兵四郎が聞き返したが、お香也はそのあと、うなだれたままであった。

改めて問いなおすのを憚《はばか》らせるような、哀れで美しい姿だ。兵四郎は問いを忘れ、息をのんで見つめた。象牙《ぞうげ》を彫ったような顔、細い頸《くび》、涙にぬれた小さな赤い唇、骨細《ほねぼそ》のからだに蒼白《あおじろ》い肉がついて――その哀艶《あいえん》さはただごとではない。二百何十年か牢屋敷の中に住んで来た一族の血のせいであろうか、何か男にひどい力を起させる被虐的な美しさであった。

「よし、心得た」

御隠居ががくんとうなずいた。

「父上にまことに罪がないならば、きっと救って進ぜよう。三、四日――いや、もうしばらく待ってもらいたい。七日ばかりたったらまたやって来なさい。その間、何か吉報があったら、こちらから知らせよう」

姉弟がほっとしたように去ったあと――兵四郎が尋ねた。

「御隠居さま、何か見込みがおありで？」

「ない」

すこし、無責任だ。

「ただ一つ、ひょっとしたら……と考えることがないでもないが、しかしいくら何でもそんなあてにならぬことを目的に……」

と、ひとりごとのようにいって、それっきり黙っている。

兵四郎は唇をかみ、首をかたむけた。

「しかし石出さんが知らないとすれば……何者にせよ、いかにして牢《ろう》の中のその男を絞め殺したものでしょう？」

「わしはそれより、放っておいてもすぐそのあとで死罪になる人間を、わざわざ殺害するという理由のほうがのみこめん」

「だから、大警視に、生きたままのその男を逢わせるのが不都合で……」

「それがわからん。何をいおうと、白痴の男というではないか。――」

御隠居は兵四郎とかん八を見た。

「とにかく両人、その白痴の素性《すじよう》を調べ、そやつのこれまでの人生を探索してくれ。何ぞこれはという事実が出て来るかも知れん。さし当っていまのところ、それを頼むよりほかに法はない。……それは警視庁のほうでも調べるじゃろうから、かち合って、眼をつけられるなよ」

それから、またいった。

「それにしても、いまの囚獄署の牢名主《ろうなぬし》はどんなやつか。万一、こちらがもたついておるあいだに石出が送られても、お手柔かに頼むとそいつに頼みたいんじゃが、いまの牢はわしも知らんで喃《のう》。……」

四

殺されたのが、板橋在の百姓の倅《せがれ》鎌助という白痴であることをつきとめると、千羽兵四郎とかん八は、すぐそちらへいって調べ出した。

「……はてね、おととい棒を持ったポリスが来たが」

「鎌助はもうとっくにつかまっておるはずじゃが、まだ何か調べることがあるのかのう？」

聞き込みの相手になった百姓たちは、けげんな、恐ろしげな顔を見合わせた。彼らはその鎌助が牢で変死をとげたことはまだ知らなかったのだ。果せるかな、警視庁のほうでも調べているらしい。

何日か、嗅《か》ぎまわって、兵四郎もかん八も失望した。御隠居のいった「これはという事実」が何もないのである。

その二十一になる男は生まれながらの白痴であったが、三年前、近所の幼女に暴行を働いてから荒縄につながれて納屋《なや》に監禁されていた。ところがこの春、縄がはずれてさまよい出し、こんどは二人の幼女を強姦《ごうかん》して殺し、とうとう牢屋へつれてゆかれただけで、これほど他と相渉《あいわた》ることない人生も珍しい。人生というより獣生といったほうがいい。

五日目の夕方、二人は元気のない顔を数寄屋橋に現わした。

「残念ながら、何もありませんな」

「そうか。……」

「わざわざあの日に、大警視の前で特に殺されなければならないような事実は、どこからも出て参りません」

彼らの報告を、御隠居はしばらく黙って聞いていたが、やがて、ぽつりといった。

「どうやら、きょう、石出帯刀が警視庁の監倉《かんそう》から伝馬町へ送られたらしいぞ」

「えっ、やはり？　牢へ、ですか」

「じゃろう」

「すると——あの石出の娘が案じておりましたようなことが——」

「まさか、元牢奉行のきんたまをたたきつぶすやつもあるまいが」

牢内の私刑のことだ。——御隠居は案外落ちついていた。

「無収穫、つまり、その男自身にこれはという事実がないということがわかったということは一つの収穫である。……」

そうつぶやいたとき、お縫が「こないだの御姉弟が——いえ、弟のお子のほうが、また来ました」と告げた。

「なに、男の子だけが？」

三人は、けげんそうな表情をした。

そして彼らは、あまりにも急激に大破局《カタストロフィ》が訪れたことを知ったのである。しかも、まったく思いがけなかった形での悲劇が。——

石出柳之丞ははいって来た。外は雨のはずなのに、傘《かさ》もさして来なかったと見えて、お河童頭《かっぱ》からズブ濡《ぬ》れだ。それが坐りもせず、足をひろげてボンヤリと立ち、そのまま頬にひかっているのは、たしかに雨のしずくではなかった。

「……姉上が死にました！」

と、少年は声をしぼり出した。

「のどをついて、死にました！」

三人は、のけぞりかえった。

「いつのことだ？」

と、兵四郎がうわずった声でいった。

「さっき——」

「な、なぜ？」

と、かん八が悲鳴のようにさけんだ。

少年は唇をわななかせ、しばらくは声も出ないようすであった。

「まあ、坐れ。……坐って、その話を聞かしてくれ」

と御隠居がいった。

やおら、石出柳之丞が嗚咽《おえつ》しながら告げたことは、いよいよ三人を驚倒させた。

姉のお香也はあれ以来、家でじっと考えこんでいた。元町奉行さまからのよい知らせを待ちつづけているようでもあった。そしてきのう、何か思いつめた顔で牢屋敷に出かけたのである。「鳥坂署長さまにお願いして、きっと父上におまちがいのないようにするから安心おし」と柳之丞にいったという。二人に母はなく、父との三人暮しだったのである。

ところが、一夜帰らず、さっき、雨の中を帰って来た。髪は乱れ、着物も乱れて、まるで恐ろしい目にあって逃げ出して来たような姿であった。

「……むだだった。父上は、きょう牢にいれられてしまった」

と、彼女はいった。眼はうつろであった。

「わたしは、もう生きてはいられない。――」

何ごとが起ったのか、わけがわからず、柳之丞は、「姉上、しっかりして」とすがりついて泣いたが、警視庁にひかれていった父が伝馬町に帰されたというのはほんとうか、と、一人で牢屋敷をのぞきにいった。が、ただ門前をウロウロしただけで、空しく家にひき返してみると——姉のお香也は、懐剣でのどをついて自害していたというのだ。

「お奉行さま、かたきをとって！」

と、柳之丞は御隠居のひざにむしゃぶりついた。

「かたきはだれじゃ」

「鳥坂署長です」

あることを頭に浮かべつつ、御隠居は少年に尋ねる言葉を探してしばし口ごもった。柳之丞はさけんだ。

「署長はまえに、姉上をオメカケに出せといったのです。それをことわられてから、父上をいじめ出し、僕たちを追い出したのです。姉上は署長のところへいって、ひどい目にあったにちがいないのです！」

柳之丞は単刀直入にいった。十一の少年ながら、直感するものがあったらしい。

三人は硬直した。沈痛な顔を見合わせた。

「あのとき、息女が、父の危難のもとはわたしかも知れない、といったのはそのことでありましたか」

と、兵四郎はうめき出した。

「あれを、あのとき、もう少し押して聞くべきでありましたなあ。……」

つまり、お香也は父の生殺与奪の権を握っているのは鳥坂囚獄署長だと思い、身を捨ててそこへ助けを求めにいったが、その犠牲はむなしく、父が牢にいれられたと知って、絶望して死んだ、と考えるしかない。——

「いちどはこちらにすがって来たが、とうてい間に合わぬと思ったのか。……」

「そのことは、わしもあのとき考えた。——」

御隠居がつぶやいた。

「しかしなあ。……あの年になって、せっかく囚獄署長の職を得た男が、いかに一人の娘に恋着し、その父親を邪魔に思ったところで、ただそれだけのことで、あんな大それた殺人、それほど手のこんだ危い細工をやるじゃろうか？　と思うたから、そのほうの疑いは一応捨てたのじゃ。……」

「私も、それだけ馬鹿がいるとは信じられません。しかし、こういう話を聞いた上は」

「どうする」

兵四郎は詰《つま》った。

御隠居は沈んだ息をもらした。

「ほんとうのところは、署長か帯刀かに聞きただすよりほかはないが、牢格子の中と外のちがいこそあれ、いずれも牢屋敷の鉄の壁の中におる。……」

そのときまたお縫が襖《ふすま》をあけて、「沼崎のお爺《じい》さんが」と伝えた。

五

沼崎とは、むささびの吉五郎のことだ。御一新以来、百姓町人はおろか乞食《こじき》泥棒も姓をつけなければならないことになって、もっとも吉五郎は、おれはむささびの吉だけでいいと頑張っていたが、チョイチョイここへ来るにつれて、どうもふだん、むささびとは呼びにくいと隠居がいい、彼の生まれた常陸《ひたち》の国は筑波郡沼崎村の名をとり、異名のむささびとひびき合うといって沼崎吉五郎というもっともらしい名をつけてやったのだ。

沼崎吉五郎ははいって来て、この座の雰囲気にも風馬牛《ふうばぎゅう》のキョトンとした顔で坐《すわ》ったが、

「どうも変なことを知りやしてね。……それでとにかくここへ御注進に上りやした」

と、いい出した。

「何かの」

と、ともかくも御隠居が聞く。

「あっしゃあね、御存知のように昔牢屋敷《ろうやしき》にお世話になった男で、牢奉行ってえ人も知っておりやす。そのころはべつにやさしい奉行だとも思わなかったが、しかし今から思うと、評判は悪くねえおひとでござんした。それよりこないだ、その牢奉行の娘さんとかいうお嬢さまのお話をここで聞いて、やっぱり気の毒になりやしてねえ。その牢の中の人殺しってえのもふしぎだし、ま、あっしなりに何か役に立つことアねえかと、ここ四、五日、尻《しり》の穴がかゆいような思いで、あの牢屋敷のまわりをウロウロしていたんでさあ」

吉五郎は話し出した。

「そのお奉行さまがいま牢番とア驚いた話だが、あっしのいたころの牢番でも見かけたら

何とか詳しい話を聞いてやろうと思ってたんだが、だれも知った顔に逢《あ》わねえ」

「役人はたいてい変ったはずじゃ」

「そうでしょうね。だいいち、いたところでこっちがいちいちおぼえちゃいねえんだが、そのうち……きょう、突然、知った顔に出くわした。――それが、牢役人のほうじゃねえ」

「囚人か」

「へえ、わかりやしたか、兵四郎の旦那《だんな》」

「おめえの知り合いといやあ、そっちのほうにきまってる」

「へへえっ、恐れいりやの鬼子母神《きしもじん》といいてえところだが、たしかに昔、同じ大牢で見た顔なんだが、どういうやつかわかりやすかい」

「どうせ巾着切《きんちゃくきり》か、泥棒にちげえねえが……はてな、吉、おまえ、そいつにどこで逢ったんだ。まさか、牢の中じゃああるめえ」

「ぶるぶるっ、牢の中はもういやでござんすよ。それが、れっきとした当時の勤皇の志士ってえやつで」

「ほう。……そういえば、いくら志士でも浪人の身なら、あのころ大牢にたたき込まれたろうが。……」

「何しろ指折り数えりゃ、もう十七、八年の前《めえ》、あっちはまだ二十代《はたちでえ》の若《わけ》えころで、いまはでっぷりふとって威張って歩いているので、はじめわからず、しばらくたってから、はてな、あいつ昔どこかで見た顔だぞ、と考《かんげ》えてるうちに、やっと思い出した。……」

「吉」

　兵四郎はいった。

「すまねえが、きょうはおめえの牢屋の知り合いの昔話を聞いちゃあいられねえんだ」

「ま、待っておくんなせえ。そいつが牢役人をつれて牢屋敷へへえってゆくのを見かけたんだが、だれだと思いやす？」

「はてな」

「鳥坂ってえ人で――」

「おう。……」

「昔知っていた名は、あっしも忘れてた。こないだ聞いたが、思い出せなかった。昔の伝馬牢は知ってるが、島からけえってからはありがてえことにそっちにゃ御無沙汰《ごぶさた》してるので、いまの牢奉行の顔なんざ知らなかった。……その、牢役人つれて威張って通ったひとが、いまの牢奉行の鳥坂ってえ人で、昔、あっしの知ってた志士と知ったときは、いや、驚いたねえ」

「ほう、鳥坂囚獄署長は、昔、あそこにはいっておったことがあるのか。それア初耳だ」

　と、御隠居はいったが、すぐに、

「しかし、それア充分あり得る話じゃな。いまの大官の中にも伝馬町の味を知っておる人は、ほかにもたんとあるじゃろう」

「いえ、それがねえ、あっしがおぼえてたのア、ちょっと変った話があるからなんで。……」

「どんな話だ」

と、御隠居は聞いたが、放心したように宙を見つめている柳之丞に気がついて、

「いや、それよりこの子の家には、あの姉娘が死んでおるというのに、それを捨ててはおけぬ。かん八、すぐにいって仏《ほとけ》を蒲団《ふとん》に寝させて、線香をあげてくれ」

と、命じた。

「坊さんを呼んで、警察は……そっちはちょっと待ってくれ。わしたちも、すぐにゆく」

かん八は、吉五郎の話にちょっとみれんがあるようであったが、少年を見て、

「合点だ」

と、うなずいて、立ちあがった。

「坊、ゆこう。待ってな、姉さんのかたきは――」

と、いいかけて、絶句して、御隠居の顔を見る。御隠居はしずかにいった。

「必ず、とってやる」

かん八が、柳之丞と大伝馬町の路地の奥の貧しげな石出家へ同行して、哀れなお香也の屍骸《しがい》を始末し、坊さまを呼んで読経《どきよう》してもらっていると、外をしきりにウロウロする影がある。のぞいて見ると、帽子や服に赤いすじのはいった囚獄署の役人だ。

「なんだ、てめえは!」

かん八は、首を出して、いちど一喝した。影はすうと路地の向うへ消えてしまった。かん八はしばらく考えていたのち、ほんのしばらくと坊さまにあとを頼んで、数寄屋橋に駈《か》け戻った。

すると、ちょうど御隠居さまたちが庵《いおり》から出て来るところであった。

「ちぇえ、しかし、残念ですなあ、私どもが手ずからかたきをとってやれぬとは！」

と、兵四郎が御隠居さまにさしかけた傘をそよがせていい、かん八を見て、

「呼びに来たか。いま参るところだ」

と、いった。御隠居がいう。

「しかし、石出の娘は死んだ。父親の運命などどうなるかまだわからんのじゃから、死ななくてもよいのに死んだ。よほど死にたくなるような目にあわされたのじゃな」

「ですから」

「しかし、その証人が死んだために、敵にしらを切らせる惧《おそ》れが出来た。この手より、ほかに法はない」

いっしょのむささびの吉五郎がお辞儀した。

「では、御隠居さま、しばらくおさらばでござんす！」

「おお、頼んだ。お前にこんなことで世話になろうとは思いもかけなんだぞや」

「へへっ、あっしが御隠居さまのために役に立つなあ、まあこれくれえのことで」

老スリは、頬かむりの下できゅっと笑って、尻っからげして雨の中を馳《は》せ去った。あと

見送って、御隠居はつぶやいた。

「いや、あれは、思えば、相当な〝歴史的人物〟であるな。……」

六

一週間ばかり後である。

警視庁大警視室に加治木警部がはいってゆくと、一通の書状を読んでいた川路大警視がそれを卓上に置いた。

「この字は」

と、首をかしげていう。

「いつぞや種田少将の交合写真につけて送って来た警視庁への脅迫状と同じ字じゃなかか？」

「えっ？」

加治木警部は眼をむいた。

「そやつが、また何か――？」

「こんどはまた妙な事《こう》をいうて来た」

「どげん事《こっ》ごわす」

「さきごろの伝馬町囚獄署の殺人の下手人は、大牢《たいろう》の牢名主が知っちょる、いって訊《き》くがよかと」

めんくらった表情の加治木警部の前で、川路大警視は立ちあがった。

「ありゃ、下手人は石出帯刀とも思えんが、牢番としての責任は免れがたいと、ともかくも囚獄署に送ったの」

「左様でごわす」

「何にしても、あの事件は奇怪千万じゃ。……それに、知っちょるのがあの牢名主というところが妙じゃて。おいもゆく。伝馬町へゆこう」

やがて、突然囚獄署を訪れた川路大警視以下五、六人の警部巡査を迎えて、鳥坂署長はびっくりした顔になり、用件を聞いていよいよ混乱した表情になった。

「大牢の牢名主があの事件の下手人を知っておりまするると？　それは、知っておるでござろう、下手人石出帯刀はいま大牢にはいっておるのでありますから」

「それが、下手人はほかにあるっちゅう事《こつ》らしか」

川路にしては珍しくあいまいなもののいいかたをする。

「それは面妖《めんよう》、牢名主というと、あの橋寺千代蔵でござるが……いかに牢名主とはいえ、大牢と離れた独居房の事件について、きゃつが別に知っておることのあるはずがござりませぬが」

「ま、逢わせえ」

大警視にいわれて、鳥坂囚獄署長は不承々々、一行をそちらに導いた。

外鞘《そとざや》に立って、加治木警部が呼びかけた。

「牢名主。……警視庁のものだ。先だっての独居房における殺人事件について聞きたか事《こつ》がある。何か、おまえ、知っちょると？」

「知っちょる、知っちょる。……待ってた、ほい」

と、人をくった声が笑いをおびて答えた。あきらかに警部の真似をしている。

「あの白痴《ばか》を殺したのァ、そこの鳥坂さんさ。ねえ、鳥坂さん？」

数十秒、外鞘に沈黙が落ちたのは、かるく発せられたこの言葉が、やはり衝撃を与えたからだ。巡査たちは、あっけにとられたといっていい。

「ばかっ」

丸太ン棒みたいに立ちすくんでいた鳥坂署長が口を切った。

「うぬは、石出から何か吹き込まれたな？」

肩をゆすって、

「ここにいれられて、苦しまぎれのたわごとの何を聞こうと、聞くべきことがあればすでに警視庁でおとりあげになっておるはず。……いまさら、血迷った人騒がせはするな」

「いや、石出さんは何もいわねえ。ここへいれられて、気の毒なくれえただ黙っていなさる」

と、積みあげた畳《たたみ》の上の、髯《ひげ》だらけの牢名主は隅のほうへあごをしゃくった。

「ただ、娘さんが自害なすったことが知れてから、おれの聞いたことに二つ三つ答えちゃくれたが、しかし、あの白痴《ばか》が殺されたのア、いずれにしても番をしていた自分の責任だといいなさるだけだ。……」

「なに、娘が自殺したことを――なぜ、そんなことを知っておるか」

「あいつから聞いたことさ」

牢名主は、こんどは反対のほうへ髯のあごをしゃくった。そちらをのぞいて、油戸杖五郎巡査はあっという小さな声をもらした。

それは一週間ばかり前、鍛冶橋ちかくを往来中、すれちがいざまにいきなり彼の横っ面《つら》をひっぱたいた老人があって、同時にこちらのポケットに手をつっ込んだのを、たちまちひっとらえ、爺《じじ》いにしては怖ろしく荒っぽいスリだと呆《あき》れながら、警視庁の監倉《かんそう》へほうり込んだやつであったが、あいつ、もうここへ送られていたのか。……

「三日ばかり前《めえ》、ここへ来たスリですがねえ。世間からそんな話を聞いて来た」

牢名主はいった。

「鳥坂さん、あんた、その娘さんによくねえことをしたね。娘さんが自害したのア、おめえさんが……」

「たわけっ」

署長は吼《ほ》えた。

「その件についてはこちらでも調べたが、あれは父の入牢《じゅろう》を悲観しての自殺であった。あまりに哀れじゃから、いつ石出に告げようかと苦慮しておったところじゃ。それを、何を、あらぬ世の噂《うわさ》を――本人に聞け、いや、その娘は自殺してもう口はきけぬか、ああ、それが残念至極。――」

「あんなことをいってやがる。残念至極はこっちの話だい」

牢名主は舌打ちした。

「その娘さんを手にいれてえために、石出さんに罪を着せて牢に放り込んだくせに」

そして、うす笑いした。

「もっともあとになってからやりゃいいものを、向うから助けてくれとすがりついて来られたので、つい手を出した。その意地汚なさがどうやら身の破れとなったようだなあ」

鳥坂署長は突如笑い出した。

「よくまあ、左様に愚かしきことを思いつくもの。――鳥坂喬記、不肖なりとはいえ、天下の伝馬町囚獄署長を承るもの、この年になって、一人の女への欲のためにそんな馬鹿げたまねをするか。御炯眼《ごけいがん》をもって聞えた川路大警視の前で、人を殺し、その罪を他に負わせるなどいう大それた行為をするか。わしは、うぬらのようなのっぺらぼうの脳味噌《のうみそ》を持った悪党ではない！」

文字通り、笑い飛ばした。

「そもそも、あの事件で、石出が下手人だと断定される保証はない。たとえ責任上牢にいれられたとて、それでふたたび世に出られぬときまっておるわけではない。――」

「ここへぶち込まれさえすりゃ、帯刀さんは二度と世に出られねえことになると見込んだからだろう」

牢名主はいった。

「このおれの手でなあ。……いや、まったく、帯刀さんがはいって来たとき、おれもそのことを考えたくれえだからな。いま白状するが、おめえさんは前から知ってるだろう。この牢の中で、おれの気にくわねえ野郎を五、六匹ひねりつぶしたことを。——それを知ってるからこそ、これだ、この橋寺千代蔵の手で始末させようとひざをたたいたにちげえねえ。まして、ただ気にくわねえ新入りじゃあねえ。石出帯刀、それこそはこの千代蔵のおやじ、勤皇の志士橋寺万蔵を牢死させた恨《うら》みの親玉だからなあ」

彼は冷やかに苦笑した。

「まったくおめえさんの脳味噌は、のっぺらぼうじゃあねえよ。おめえさんの狙いは、ただ娘さんだけじゃねえ、石出さん当人をこの世から消すことにあったのさ。いや、おれの一生をメチャクチャにしたのアおやじの非業《ひごう》の死がもとにちげえねえのだから、ほうっておきゃ、そのうちおめえの狙い通りになったかも知れねえ。……むささびの爺《じい》さんがへえって来なきゃあ、危《あぶね》えところだった」

鳥坂署長には——いや、ほかの巡査たちのだれにもわからないことをいった。

「わしが石出を、なぜそんな目にあわせる必要がある？」

署長はいった。声が、やや嗄《か》れていた。

「娘さんの一件もあるだろうが、それよりおめえさんの出世の邪魔になるからじゃあねえかい」

「わしの出世の邪魔？　ふっ、石出にそんな力はない！」

「ある。あるとおめえさんは思った。——十七年前のことで」

「なに、十七年前のこと？」

「むささびの爺さん、申しあげな」

　すると、囚人のうしろから、一人の老人がヒョコヒョコとしゃしゃり出て来た。

「へえ、御免なすって。あっしゃ、スリでつかまったむささびの吉五郎ってえケチな老いぼれでござんすがね。ここへは昔、ずいぶんお世話になりやした。いろいろと想い出ふけえ興味津々《しんしん》の伝馬牢回顧談もござんすが。……」

「ぷっ、むささびの、早くかんじんの話をしろよ」

「その中で、変に忘れられねえ話が一つ、つまり十七年前《めえ》、あっしがここにいたころのこと、いっしょに勤皇の志士ってえ衆がやはり放り込まれていやしたがね。ある日、穿鑿所《せんさくじょ》へ呼び出されて、あっしがお取調べを受けてると、やはり若《わけ》え志士が隣りで拷問《ごうもん》を受けていやしたが——いや、拷問とまではゆかねえ、ただ道具がならべてあるだけだが、それだけでぎゃあぎゃあ悲鳴をあげて、いきなりベラベラとてめえの企《たくら》んだことや仲間の名をしゃべっていやした。どうやら侍《さむれえ》らしいが、なんてまあだらしのねえ野郎だろうとおれでさえ呆れけえったが、それが変に忘れられなくなったのは、それから間もなく何人かの志士がつかまって牢へへえって来て、いれ代りに、その若えのが出ていったこと。……つまり、同志を売ったってえわけでござんすねえ」

老巾着切《きんちゃくきり》は、じっと宙を眺めていた。思い出しているのだろうが、奇妙に静粛な眼であった。

――読者よ、この連作物語の後に物語られる或《あ》る史実につながるこのむささびの吉五郎の眼をどうかそれまで記憶されたい。

「あとで知ったんだが、その志士たちの企んだことってえのが、あっしの知ってる或る人と関係があることだったから、それでいっそう忘れられなくなったのかも知れねえ」

と、彼はつぶやいた。

「いや、つかまった人々はみんなりっぱな衆で、特にいちばん御年配のお侍にはみんな頭を下げたが、お気の毒に牢内の病毒にあてられて、ボロキレのようにお死になすった。あとの衆も、すぐにみんな斬られなすったそうで、それにつけてもベラベラ白状して、そのおかげで御放免となったとしか思われねえやつはひでえ野郎だ。……」

「その牢死したのが、どうやらおれのおやじらしい」

と、橋寺千代蔵はいい、薄明りの向うに眼が蛍《ほたる》のようにひかった。

「売ったやつが、てめえだ。忘れちゃいねえとこの証人がいう。――鳥坂喬記！　売った同志がみんな死んじまったのをいいことに、よくも何くわねえ勤皇の志士面をして生きて来やがったな！」

「な、なにを――黙って聞いておれば、虫けらにひとしいやつの、夢まぼろしのような捏《ねっ》造譚《ぞうたん》を――」

満面蒼白《そうはく》にふくれあがって、鳥坂署長はあごをつき出した。

「かりにじゃ、かりにそれが事実としても、それが石出帯刀と何の関係があるのじゃ？」

「さあ、そこだ。いいかえ、こっちの脳味噌ものっぺらぼうじゃあねえことを見せてやる。――おめえはここの署長になって乗り込んで、まっさきに思い出したのはそのけがらわしい想い出にちげえねえ。そして、おめえが醜態をさらしたときに立ち会ってた帯刀さんが、それをおぼえているかどうか、ひどく気にしたにちげえねえ。だから、帯刀さんがけむたかった。けむったがったくせに、その娘さんを見てそっちにゃ色気を出したんだから勝手な野郎だが、それでも帯刀さんに図々しく話を持ちかけて、もののみごとに肘鉄《ひじ》砲くらって、さてこそ帯刀さんは、十七年前《めえ》の自分の醜態をおぼえていると思い込んだ。……」

凶賊千代蔵はせせら笑った。

「なあに、長《なげ》え年月《としつき》、何万人か何十万人かの罪人のしたこと、しゃべったことをいちいちおぼえてる牢奉行があるもんか。帯刀さんには、おれから聞いてみたが、は、は、そんなことア忘れてたよ。……だが、おめえの追い出し策にゃ踏んばった。それアね、ただ長《なげ》え牢奉行の家の人間として、せめてこの伝馬町の牢が滅びる日までここにいたかったというだけのことだよ。そいつをてめえ、腹に一物ある野郎は、ひともみんな、腹に一物かかえていると考えて、疑心暗鬼《かんげ》からいよいよぶきみがり、剣呑《けんのん》に思っていじめぬき、はてはここで帯刀さんを何とかしなけりゃ、自分のやっとつかんだ出世の道にひびがはいりかねねえ、さしあたって内心地団駄を踏んでる市ヶ谷監獄の新署長も夢となる、いいや、少なくとも自分がこの伝馬町にいるあいだに、石出帯刀を始末しておかなきゃ枕を高くして寝られねえとまで思いつめた！」

鉄の槌《つち》を打つように、彼はいった。

「といって、直接《じか》に帯刀さんに手をつけちゃ、はじめからぶちこわしだ。そこで——とう、あんなことをやったのだろう。なるほど脳味噌ののっぺらぼうじゃあねえ野郎の考《かんげ》えつきそうなことだよ。その手は一応うまくいって、めでたく帯刀さんをここへ放り込んだ。そいつを即座におれが絞めちまわねえものだから、さぞきょうまでジリジリしていたろうなあ？——どうだ、喬記！」

「わしが……いつ、殺《や》った？　あの白痴を。——」

「は、は、は、そこを詳しくたしかめたらな。おめえ、大警視の来たとき、牢役人をみんな集めたあとで、ひとりセカセカと屋敷の中を見廻《みまわ》ったってな。あのとき、自分の持ってる合鍵《あいかぎ》で独居房をあけて、電光石火殺《や》ってのけたのさ！」

——もし、ほかの時、ほかの場所であったなら、たとえこういうやりとりがあったとしても鳥坂喬記は笑殺していたに相違ない。なんといっても、囚獄署長に対して囚人のいうことだ。

ただこの場合は、そばに川路大警視がいた。黙然《もくねん》と立って、じっとこちらを見ている眼があった。その眼が、意志に反して鳥坂の顔面筋肉に不自然な痙攣《けいれん》を起させた。眼はなおその痙攣を凝視している。——

「電光石火、か。——」

彼ははじめてまったく無意味な応答を返したが、突如抜刀して、外鞘《そとざや》の奥のほうに立っていた川路大警視へ向って突進した。

その前に、油戸杖五郎巡査の六尺棒が閂《かんぬき》みたいに立ちふさがる。

と、見るや、鳥坂喬記は身をひるがえして、反対側へ走った。二、三人の巡査がそこにいたが、武器は短い棒だけなので、その凄《すさま》じい勢いに思わず避けて路をひらく。そのあいだを戦車みたいに駈《か》けぬけて、庭の向うへ逃げていった鳥坂喬記の足のあいだに、うなりをたてて飛来した油戸巡査の棒がからまり、彼はもののみごとに、二、三度もんどり打って転がった。

巡査たちが殺到してゆくのを眺めながら、牢名主《ろうなぬし》はひとりごとのようにつぶやいた。

「帯刀さん、入れ替りだ。そのあと……ふ、ふ、こんどはあいつの狙いがあたるようだぜ。……」

七

——本来なら、物語はこれで大団円で終るところだ。ところが人さまざまの世は物語作者のたんげいを許さない。

それから半年ばかりたって、通旅籠町《とおりはたご》に火事が起った。夜にはいって南風がはげしくなったころで、火は通旅籠町から、大伝馬町、小伝馬町へみるみるひろがった。——炎は牢屋敷にかかった。なんと、その翌日、いよいよ市ヶ谷監獄へ引っ越すことになっている伝馬町囚獄署に。

さて、こんな場合、禁獄してある囚人たちをどうするか。

旧幕時代には、「切放《きりはな》し」という不文律があった。牢の鍵《かぎ》をあけて、囚人をいっせいに解きはなつのである。鎮火後ふたたび牢に帰って来ることを命じて、囚人を自由に逃走させるのである。この慣習を作ったのが、何代目であったか、明暦《めいれき》の大火のときというから初代かそれに近い石出帯刀であった。

しかしながら、これは実に思い切ったことをやったもので、町奉行なら知らず、ただ禁獄を任とする牢奉行にそんな権限はない。囚人が帰来するという保証はないどころかその反対の可能性のほうが大きく、また逃走中、さらに凶暴な罪を犯す惧《おそ》れは充分ある。その責任をどうしてとるか。だから世界の行刑史《ぎょうけいし》にもこんな例はほかにない。

にもかかわらず、囚人たちの焼死をふせぐために、あえて石出帯刀はやった。元来日本には劇的なヒューマニズムの例は希《まれ》である。いわゆる「義民」といっても、つまるところ農民の利益代表に過ぎない。従って、これこそ徳川期唯一にして最大のヒューマニズムの例話といっていいかも知れない。とにかくそれ以来、この切放しが徳川時代を通じての不文律となったところを見ると、杓子定規《しゃくしじょうぎ》な幕府も、このヒューマニズムに圧倒されたとしかいいようがない。

元来牢奉行というものは、牢屋敷内における権威はともあれ、武士の世界では一種の賤《せん》職《しょく》に過ぎなかった。同じ奉行といっても、町奉行とは天地の差がある。「日本近世行刑史稿」に、「十七代の間、一かどのお役に立つべき者のなきにあらざりしなれど、先祖代々穢《けが》れたる家に生まれては、駿馬《しゅんめ》もいたずらに飼馬桶《かいばおけ》に死し、ひとたびも霽《は》れし浮世に立つこと叶《かな》わず、実に三代将軍の抜擢《ばってき》は永くこの家のありがた迷惑となれるなり。されば縁組のこともこれを武士に求めがたくて、代々村名主などと取結びしとなん」とあるほどである。

だから、この切放しの下知《げち》を下すときこそ、石出家にとっても唯一にして最大の誇りを発揮する晴舞台であったといえる。

ただ、この夜の火事にあたり、伝馬町囚獄署をつかさどる者は石出帯刀ではなかった。明治の役人であった。しかも半月ばかり前、前署長が逮捕されるという大不祥事があって、代ったばかりの新署長であった。彼の頭には囚人釈放のことなど火の粉ほども浮かばず、ひたすらに狼狽《ろうばい》するばかりであった。

その騒ぎのさなか、牢屋敷の門へ駈け込んで来た者がある。

「囚獄署長はいずれにある」

と、彼はさけんだ。そして、近くでうろたえている一団の中に新署長を見つけると、

「牢の鍵をこれへ」

と、命じた。

新署長がこれに唯々諾々《いいだくだく》と応じたのは、まったくこの相手に圧倒されたからだ。なんたる姿が開化のこの明治八年に出て来たものか。銀鉑《ぎんぱく》を押した鉄の兜頭巾《かぶとずきん》、緋羅紗《ひらしゃ》の胸当《むねあて》に定紋《じょうもん》打った石帯、それに大石内蔵助《くらのすけ》みたいな華麗きわまるだんだら染めの火事羽織をつけて、片手に采配《さいはい》をにぎっている。——しかし、牢役人たちが呪縛《じゅばく》されたのは、そのアナクロニズムのいでたちではなく、凄絶《せいぜつ》無比の気魄《きはく》であった。

彼は牢屋の鍵を受けとると、みずから疾風のごとく走って、大牢、おんな牢、独居房などの扉をあけてまわった。

「囚人ども承れ」

と、彼はさけんだ。

「なんじらここで焼き殺されるは無惨のきわみなれば、石出帯刀、独り責任をもってゆるし放つべし」

すでに牢屋敷の四方にあがる万丈の炎を背に、仁王立ちになって、逃げるべき方角を采配でさしているのは——あの影薄い初老の十七代石出帯刀であった。

彼は半月前、牢から釈放されると、そのまま大伝馬町の自宅で静養していたのである。

彼は呼ばわった。

「足にまかせていずこへでも逃げゆき、火が鎮《しず》まったるのちは、一人残らず帰牢せよ。この義理たがえずばわが身にかえて、なんじらの命助けつかわす。さもなくてこの約定《やくじょう》たがえて帰らざる者あらば、地の果て雲の果てまで探しぬき、その身はおろか一家一族逆さ磔《はりつけ》に成敗《せいばい》するぞやっ」

どうも、こういうせりふはその口跡もふくめて、歌舞伎の名門とひとしく石出家の相伝となっていたのではないかと思われる。

何だっていい。囚人たちは雀躍《じゃくやく》して、雲を霞《かすみ》と逃げ出した。

火は牢屋敷を焼きはらった。

そして、その翌日。——それでも正直に、焼跡へ三々伍々《さんさんごご》集まってくる囚人たちを、蒼《あお》ざめた顔で点検していた囚獄署員の一人が、灰燼《かいじん》の中に、みごとに割腹してつっ伏している石出帯刀の姿を見出《みいだ》した。

石出帯刀にとっては、あるいは大団円であったかも知れない。彼はまさに牢屋敷と運命をともにしたのである。

ただ——帰って来ない数十人の囚人の中に鳥坂喬記という名があったと知ったら、彼はいかなる感想をもらしたであろうか。

鳥坂喬記は、数日前からこの囚獄署にいれられていた。しかも、大牢の私刑を怖れて、大独居房に収容されていた。知るや知らずや——おそらく承知の上であったと思われる。大伝馬町の自宅から駈けつけた石出帯刀は、自分の娘を犯し自害させた男を、一視同仁、炎の中から解きはなったのである。

それはともかく、帰って来た囚人の中に、これは役人たちも意外としたところだが、ほろ酔いきげんにくわえ楊枝《ようじ》といった態《てい》ながら橋寺千代蔵の姿があったことと、帰って来ない囚人の中に、老スリの沼崎吉五郎の名があったことはつけ加えておかなくてはなるまい。吉五郎にとっては、もしあの火事で焼き殺されていたら、まったくいい面の皮に相違なかった。

ちなみにこの牢屋敷のあとは、やがて牢屋ヶ原という原ッぱとなる。

八

「優曇華《うどんげ》だ」

と、あとで千羽兵四郎がいった。

仏教説話で三千年にいちど咲く花とかで、敵討《かたきう》ちでゆくえ知れぬかたきと、首尾よくめぐり逢《あ》ったときの形容などに用いる。若いくせに、明治の世にこんな形容を持ち出すのは、懐古趣味者の兵四郎くらいなものだろうが。

東京の町にもう夏が来ていた。――町の中に「氷」と赤い旗を出した店が出はじめたのも、ここ二、三年からのことだ。

「ここはどこの細道じゃ

天神さまの細道じゃ」

唄《うた》いながら、子供たちが遊んでいる夕暮の神田小川町の裏町をぶらぶら歩いていた兵四

郎とかん八と吉五郎は、

「鳥坂さん」

という呼び声を聞いて、はたと立ちどまった。

あの伝馬町囚獄署を焼いた火事から約一ト月、三人は、そのまま逃走して姿をくらましたという鳥坂喬記を求めて歩きまわっていた。兵四郎は編笠《あみがさ》をかぶり、むささびの吉は頬かむりをしている。

石出帯刀が囚人を解きはなって、最後に牢奉行《ろうぶぎよう》としてすべての幕を閉じた壮絶な武者ぶりには讃嘆《さんたん》のほかはないが、逃がしたやつの中に鳥坂喬記がいたということは、何としても釈然としない。それどころか、そもそも彼が囚獄署長となった遠因を作ったという自責の思いのある兵四郎には、とうていそのまま見すごせない。

むろん警察のほうでも必死に捜索しているにちがいないが、何とかして自分の手で捕えたい。いや、むしろこの前、他の手を介してその悪人に誅戮《ちゆうりく》を加えるという御隠居の方針に少なからず不満であっただけに、ふたたび自分の手できゃつを捕える機会が生じたということは、願ってもないことといえる。

とはいえ、鳥坂喬記がどこへ逃げたか、まったく雲をつかむような話だ。だいいちまだ東京にいるものやら、いないものやら、そのめどもつかない。

で、ただ盲滅法に、東京のあっちこっちを——鳥坂喬記を知っているむささびの吉五郎を頼りに、その一ト月あまり歩きまわっていた兵四郎だから、そのとき、

「鳥坂さん」

という声を聞いたのは、まったく優曇華の花だといいたいのだ。

「鳥坂さんではありませんか」

呼びとめたのは、銘仙の着物に小倉の袴《はかま》をはき手拭《てぬぐ》いをたばさみ書物をかかえた一人の書生――書生というにはあまりに若い、まだ十四、五歳の少年であった。

「僕です。西先生のお邸《やしき》にいた森です。森林太郎」

呼びとめられたのは、屋並《やなみ》の一つに門付《かどづけ》をしていた一人の虚無僧《こむそう》であった。この時代、このたぐいの町の芸人は珍しくもない風物詩だ。

往来にむけて、でっぷりした腰に刀までさした背を見せて笛を吹いていたが、その声に尺八を口から離し、しかしふりむきもせず、スタスタとこちらへ――兵四郎のほうへ歩いて来た。

「……野郎でげす」

と、吉五郎がささやいて、兵四郎の腰をつっついた。

出合いがしらに、いきなり兵四郎はその虚無僧の天蓋《てんがい》をはねのけた。中から、あぶらぎった――ただし、いまはいささか憔悴《しょうすい》した鳥坂喬記の顔があらわれた。

あとで思うと、鳥坂は、このちかくに自分をひきたててくれた同藩出身の西周《にしあまね》の邸があったから、むろんそこの使用人にも知人が多く、それに何か依頼することでもあって、このあたりを徘徊《はいかい》していたものだと思われる。

「御用だ！」

かん八が低くさけんだ。

驚愕《きょうがく》して立ちすくんだ顔が、八方破れにひっ裂けたように見えた。鳥坂喬記はいきなり腰の刀をひきぬいて、正面の兵四郎に斬りつけた。電光のごとく抜き合わせると、この男も相当の使い手であったというのに、たちまち喬記の刀が宙に飛ぶ。躍《おど》りかかろうとして、兵四郎はさすがに一瞬ためらった。まさかここで斬るわけにはゆかない。

まろぶように二、三間つっ走る鳥坂喬記のふとい頸《くび》に、しかし冷酒かん八のノスタルジア用の捕縄《とりなわ》がきりりと巻きついた。

鳥坂喬記の事件について何も聞いていなかったのか、聞いていても、少年なればこそ、知人のあまりにも意外な姿にめんくらって、うっかり呼びかけたのか。——書物をかかえた少年は、茫然《ぼうぜん》として、この椿事《ちんじ》を眺めていた。

……さて、しかし実際問題としてこのあとの処置に窮した兵四郎たちは、うしろ手にくくりあげた鳥坂をぴったり囲んで近くの空地へひいてゆき、兵四郎だけが数寄屋橋へ相談にいった。その結果彼はふたたび意外な御隠居さまの指示を聞くことになった。

「もういちど、ひっくくったまま、伝馬町の牢《ろう》の門内へ放り込んでおけ。こっちで何とかするには、手もけがれるやつじゃわい」

と、御隠居はいった。

「いや、伝馬町の牢はもうない。市ヶ谷か。——あそこはちょいとした〝近代的牢獄〟じゃそうな。まさか、こんどは逃がしはすまいよ」

「近代的牢獄」か何か知らないが、ここばかりはむしろ伝馬町のそれよりも恐ろしい。――市ヶ谷監獄の死刑場。

監獄の裏手の昼なお暗い陰森《いんしん》たる杉林の中に、黒塀に囲まれた五百坪くらいの原っぱがあって、その一劃《いっかく》にイギリス型絞首台とならんで、畳一帖《じょう》分ばかりの穴が掘られてある。穴はシックイで塗りかためられ、地上の口は頑丈な木の枠《わく》がはまっている。

そのそばに鳥坂喬記がひきすえられたのは、七月半ばの或《あ》る夕方であった。市ヶ谷監獄第一号の死刑囚が前牢獄の長であったとは何たる皮肉であったろう。

杉林をもれる真っ赤な夕日に彩《いろど》られて、しかし妙に黒い印象で立つ幾つかの影に向って、鳥坂は土下座し、悲叫を発した。

「大警視！　伝馬町囚獄署長を拝命した者として、せめてものお願いでござります。斬首《ざんしゅ》より、どうか、あの絞首台へ――」

川路大警視は、耳のない人間のように、そばの検屍《けんし》の医官と話していた。

「小山内《おさない》君、穴をシックイでかためたのは、流れる血の量を計るためっちゅうが、あと汲《く》み出すのか」

「は。――」

これに対して、冷静に説明しているのは陸軍軍医小山内健《たけし》で、その子薫《かおる》はまだ生まれて

いない若さだ。彼は説明したのちに、

「人間は斬首によってどれくらい出血するものか。フランスのギロチン刑の結果によると平均二・七リットルとありますが、この囚人は甚だ肥満体でありますから、三・五リットルくらいは採取出来るかも知れませぬ」

と、いった。

うしろ手に縛られ、両側から押えつけられ、首を穴につき出すことを強《し》いられた鳥坂喬記の背後に、すうと一つの影が立ち、大警視に一礼した。

「大警視閣下、斬の刑を残されて、山田浅右衛門吉亮《よしふさ》、甚だ欣懐《きんかい》に存じまする」

抜刀した。空で鴉《からす》が泣いた。

大警視が聞いた。

「浅右衛門、きょうの心境はどうじゃ？」

「悪を断《た》つ快、ただそれのみでござる！」

夕日に一点、やきがねのような光をはねて刀身は一閃《いっせん》した。

解説——一行を読めば一行に驚く

関川夏央

一九七三年の夏、ほかにはなにも持たないのに時間だけはありあまっていた私は、貸本屋で雑誌「オール讀物」をかりてきて、安下宿の畳の上で読むともなしにめくっていた。

当時、貸本屋の雑誌にはビニールカバーがかけられていたことを思いだす。

私は、どこか失業同心の千羽兵四郎に似て、なげやりな態度で日々をすごしていたが、むろん彼のようにニヒルな美貌《びぼう》でもなく、元武士の娘でいまは粋筋で名をあげる恋人もいなかった。気もなくページをめくっては返し、返してはめくり直す手をふととめたのは、山田風太郎の名前に多少魅かれるところがあったからだ。

さらにその十年あまり前のことである。地方の中学校の授業中の教室に、ノートの端を千切った付箋《ふせん》をいくつもつけた『くノ一忍法帖』がまわってきた。付箋は「ここを読むべし」という謎で、男の子だけの遊戯である。女の子たちは見て見ぬふりをしていたが、夏の白いブラウスに、つけはじめて間もないブラジャーの線を透かしだした彼女たちの背中は、「なんていやらしい子たちなんだろう」と無言のうちに咎《とが》めていた。

山田風太郎の名前から、女の子たちに咎められてもやむを得ないエロチックな部分のほかに、机の下に隠して読んだそのとき子供心にも感じた、「さびしい残酷さ」あるいは「諧謔《かいぎゃく》の味わいある虚無感」の記憶がたちのぼってきたのだった。

『警視庁草紙』を三ページ読んで、無意識のうちに肘《ひじ》枕をやめていた。十ページ読み十五ページ読み五ページ読んで、気づけばすわり直していた。ついに読み終えたとき、私は作中の冷酒《ひやざけ》かん八のように「親分、大変だ」と叫びつつ、三河町の半七の家の格子戸を勢いよく開けて駆けこんで行きたくなったのである。

歴史上の著名人が、虚構上の人物たちとともに西南戦争直前の東京を駆け、交錯する。その手並みのあざやかさはもちろん、背後にうかがえる教養の深さ鋭さは、まさに端倪《たんげい》できない。

「不思議な事に、其《その》広い宅《うち》には人が誰も住んでいなかった。それを淋しいとも思わずにいられる程の幼ない彼には、まだ家というものの経験と理解が欠けていた。彼は幾つとなく続いている部屋だの、遠く迄真直《まっすぐ》に見える廊下だのを、恰《あたか》も天井の付いた町のように考えた。そうして人の通らない往来を一人で歩く気でそこいら中馳《か》け廻《まわ》った」

漱石は『道草』で、姉の嫁ぎ先である「伊豆橋《いずばし》」という内藤新宿の大店《おおみせ》の廓《くるわ》をこう描写した。人の気配がないのは、「遊里糸竹ノ音ヲ絶チ、冬枯ノ景況ヲナシ荒涼ニタエズ」と当時報道されたように、明治五年の娼妓解放令のためである。

この一節に想を得、卒然として一篇の物語を空に架けてみせるのが、鬼のごとき作家山田風太郎である。

　ここに、たとえば落語の『らくだ』、たとえば小泉八雲の『耳なし芳一』、たとえば綿織《にしごり》剛清《たけきよ》の『神も仏もなき闇の世の中』を加えて山田風太郎の脳中で攪拌《かくはん》すると、にわかに『幻談大名小路』という探偵小説の結構を持つファンタジーの傑作が世に生まれる。『神も仏もなき闇の世の中』は、明治初年に世上を騒がせた相馬子爵家のお家騒動の一方の側からの記録、いわばただ独善にもとづいた執念の力で書かれた「ニュージャーナリズム」の草分けで、告発されたのは志賀直哉の祖父志賀直道である。材料は、戦後最大の知識人山田風太郎の胸中に厚く堆積している。

『幻談大名小路』には幼い樋口一葉が五歳上の漱石と言葉をかわす場面がある。これも意外な同時代人を縦横に交錯させる「風太郎式年表」の効用だが、一葉の父則義と漱石の父小兵衛は維新直後に東京府職員として同僚であり、そのとき、女の子がふたりいる樋口家と男の子の多い夏目家のあいだに、将来夏目の末子金之助と樋口の長女夏子をめあわせようという口約束があったという逸話を踏まえている。

　一九七三年の私は、このような絢爛《けんらん》たる「つくりもの」の世界に、または「最高の知性をもってしるされた草双紙」の世界に文字通り驚倒し、歴史と想像力の関係に深く思いをいたしたのである。

「あんたのいうことはよくわかる」

と最後の南町奉行駒井相模守は、最初の警視庁大警視川路利良にいう。

「日本は西洋のために変らせられた。まあ、むりむたいに女にさせられた娘のようなものじゃ。が、そこで急に手のつけられぬあばずれになろうとしておる——と、いうのがわしの見解でもある」

笑いつつ、さらに老人はいう。

「川路さん、しかしな、権謀によってそういう間に合いの国を作っても——目的のために手段をえらばず、たとえ強兵の富国を作っても——これを毫釐《ごうりん》に失するときは差《たが》うに千里を以《もっ》てす——いっておくが、そりゃ長い目で見て、やっぱりいつの日か、必ず日本にとりかえしのつかぬ大不幸をもたらしますぞ」

川路は鉄塊を投げ返すように答えた。

「国家とは、いつでもそういうものではごわせんか?」——

戦後三十年近くたち、山田風太郎は、その戦中派の死生観を、そして戦中派の近代史観をこの小説からあらわにしはじめたのだが、それは一九七一年に『戦中派不戦日記』を刊行し、『警視庁草紙』執筆と同年一九七三年には『滅失への青春』(いずれもおそるべき静かな緊張に満ちた戦中の青年の記録にして名作である)を世に問うたことと関係があるだろう。

駒井相模守の旧知行地、相州佗助《わびすけ》村は、馬入川《ばにゅう》(相模川)沿いの、春には桃の花がいちめんに咲き、小高い丘の上には鷗外の『雁』に出てくるそれと同名の「からたち寺」がある美しい村である。追われ、疲れ、傷ついた人々はここに難を避けて心と体をやすめいたわるのだが、「世の中はもう師走《しわす》にはいっているはずだが、ここの空はからあんと碧《あお》く晴れて、やはりふしぎにどこか春の感じ」がするこの「聖域」は、山田風太郎が生まれて幼年期をすごし、長じてからは二度と帰ることのない家と里との原風景だと思われる。

この「幻の中の風景」が文字によって造型されるまでにも、やはり三十年近い歳月を要したのだった。

その戦中派の死生観を芯《しん》に据えて、教養の糸を惜しげもなく費やして織りあげられた物語、知識人と自称せざる知的な人々を読者とした「大衆小説」を前にした私は、一葉の『たけくらべ』を読んだ子規のごとく「一行を読めば一行に驚き、一回を読めば一回に驚」いて、末は露伴のごとく「多くの批評家、多くの小説家に、此《この》あたりの文字五六字づつ技倆上達の霊符として呑ませたきものなり」とつぶやくに至り、その思いは二十年余を経て、四読五読した現在もかわりはない。

『警視庁草紙』こそ、まさに文芸の最高峰につらなる偉大な小説である。

この解説は平成六年三月に刊行された『警視庁草紙（下）』（河出文庫）に収録されたものの再録です。

本書は、「山田風太郎明治小説全集」（ちくま文庫）より、『警視庁草紙　上』（平成九年五月）を底本としました。
本文中に、きちがい、白痴、盲、狂人、癲狂院、片輪など、今日の人権擁護の見地に照らして不当・不適切と思われる語句や表現がありますが、作品発表当時の時代的背景を考え合わせ、また著者が故人であるという事情に鑑み、底本のままとしました。

編集部

警《けい》視《し》庁《ちよう》草《ぞう》紙《し》 上

山《やま》田《だ》風《ふう》太《た》郎《ろう》ベストコレクション

山《やま》田《だ》風《ふう》太《た》郎《ろう》

平成22年 8月25日　初版発行
令和7年 9月25日　12版発行

発行者●山下直久

発行●株式会社KADOKAWA
〒102-8177　東京都千代田区富士見2-13-3
電話　0570-002-301（ナビダイヤル）

角川文庫 16405

印刷所●株式会社KADOKAWA
製本所●株式会社KADOKAWA

表紙画●和田三造

●お問い合わせ
https://www.kadokawa.co.jp/（「お問い合わせ」へお進みください）
※内容によっては、お答えできない場合があります。
※サポートは日本国内のみとさせていただきます。
※Japanese text only

ISBN978-4-04-135655-5　C0193

角川文庫発刊に際して

角川源義

第二次世界大戦の敗北は、軍事力の敗北であった以上に、私たちの若い文化力の敗退であった。私たちの文化が戦争に対して如何に無力であり、単なるあだ花に過ぎなかったかを、私たちは身を以て体験し痛感した。西洋近代文化の摂取にとって、明治以後八十年の歳月は決して短かすぎたとは言えない。にもかかわらず、近代文化の伝統を確立し、自由な批判と柔軟な良識に富む文化層として自らを形成することに私たちは失敗して来た。そしてこれは、各層への文化の普及滲透を任務とする出版人の責任でもあった。

一九四五年以来、私たちは再び振出しに戻り、第一歩から踏み出すことを余儀なくされた。これは大きな不幸ではあるが、反面、これまでの混沌・未熟・歪曲の中にあった我が国の文化に秩序と確たる基礎を齎らすためには絶好の機会でもある。角川書店は、このような祖国の文化的危機にあたり、微力をも顧みず再建の礎石たるべき抱負と決意とをもって出発したが、ここに創立以来の念願を果すべく角川文庫を発刊する。これまで刊行されたあらゆる全集叢書文庫類の長所と短所とを検討し、古今東西の不朽の典籍を、良心的編集のもとに、廉価に、そして書架にふさわしい美本として、多くのひとびとに提供しようとする。しかし私たちは徒らに百科全書的な知識のジレッタントを作ることを目的とせず、あくまで祖国の文化に秩序と再建への道を示し、この文庫を角川書店の栄ある事業として、今後永久に継続発展せしめ、学芸と教養との殿堂として大成せんことを期したい。多くの読書子の愛情ある忠言と支持とによって、この希望と抱負とを完遂せしめられんことを願う。

一九四九年五月三日